21世纪学前教育专业规划教材

普通高等教育"十四五"规划教材

幼儿文学

（第二版）

瞿亚红 / 主编

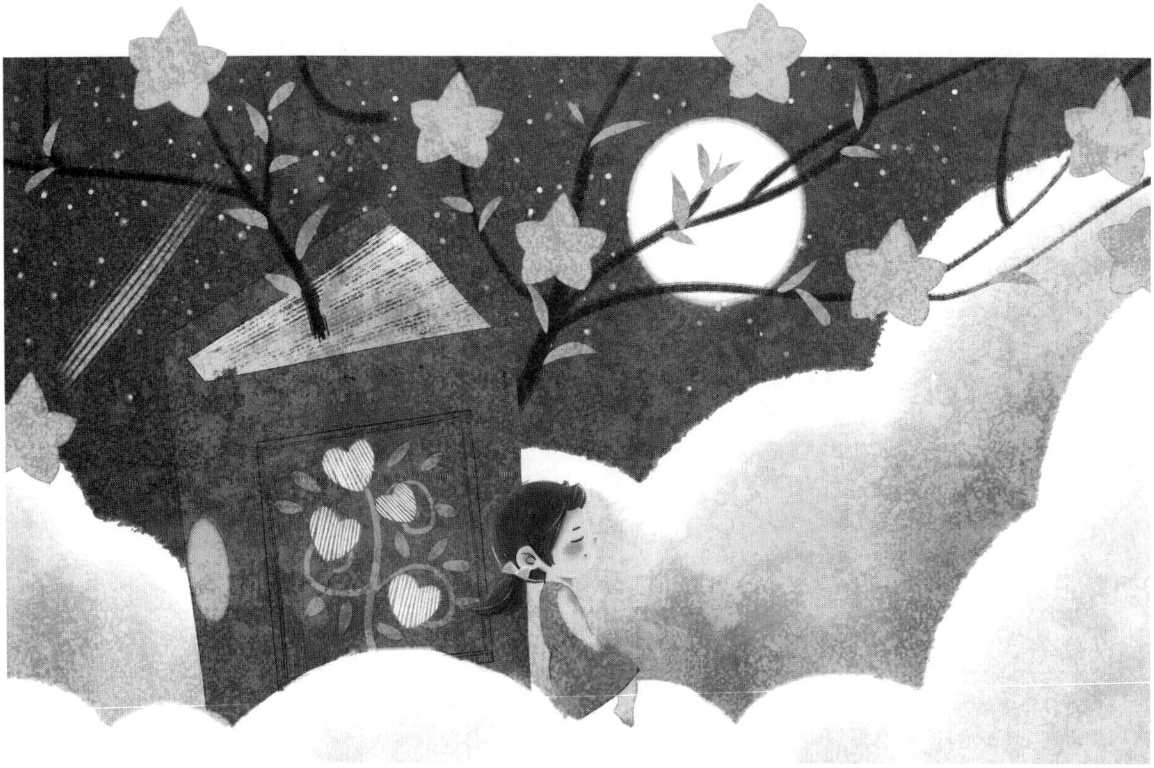

图书在版编目(CIP)数据

幼儿文学 / 瞿亚红主编. -- 2版. -- 北京：北京大学出版社，2025.7. -- （21世纪学前教育专业规划教材）. -- ISBN 978-7-301-35794-1

Ⅰ.Ⅰ058

中国国家版本馆CIP数据核字第2024VH5411号

书　　名	幼儿文学（第二版）
	YOUER WENXUE（DI-ER BAN）
著作责任者	瞿亚红　主编
策划编辑	巩佳佳
责任编辑	巩佳佳
标准书号	ISBN 978-7-301-35794-1
出版发行	北京大学出版社
地　　址	北京市海淀区成府路205号　100871
网　　址	http://www.pup.cn　　新浪微博：@北京大学出版社
电子邮箱	编辑部 zyjy@pup.cn　总编室 zpup@pup.cn
电　　话	邮购部 010-62752015　发行部 010-62750672　编辑部 010-62704142
印刷者	北京溢漾印刷有限公司
经销者	新华书店
	787毫米×1092毫米　16开本　19.5印张　398千字
	2013年10月第1版
	2025年7月第2版　2025年7月第1次印刷（总第14次印刷）
定　　价	59.00元

未经许可，不得以任何方式复制或抄袭本书之部分或全部内容。
版权所有，侵权必究
举报电话：010-62752024　电子邮箱：fd@pup.cn
图书如有印装质量问题，请与出版部联系，电话：010-62756370

第二版前言

2013年10月《幼儿文学》出版，这是我人生中第一次编写教材。这本书始于2006年校级精品课程建设，我还记得"幼儿文学"的校级精品课建设结束答辩时，别人拿着一张纸去结题，我抱着六个文件盒。从小我就认为自己不属于聪明的孩子，所以我知道我需要加倍努力，就这样我一路往前走！

本书第一版出版至今已有十多个年头了，在这十多年里，我经历了更大的磨砺，也得到了更多的收获。我们的"幼儿文学"课程2013年被评为国家级精品视频公开课，2022年成为获得中国大学MOOC正式授权开放的课程。我们的"幼儿文学"课程之所以能一直走在其他学校的前面，就是因为我们一直秉持幼儿文学课程建设的关键——要惠及幼儿的成长这一理念，这促使我们一直坚持在做幼儿文学的实践性研究。这不仅符合作为应用型专业的学前教育的专业特点，同时也为一线幼儿园教师的教学教研提供了具体的帮助。这也是本教材的特点所在。2023年，本书第一版又被评为重庆市高校普通本科重点建设教材。

本书主要有以下三个特点：

第一，编写目的性和针对性很强。本书不单是大学教育学院的教材，同时也是幼儿园教师和幼儿家长的最好读物；不单是文学理论书籍，同时也在和千家万户读者大众探讨一个最受关心的社会问题——幼儿教育的文化读物应该是什么样的。幼儿教育如同幼儿哺乳一样，是特别讲究乳制品的营养性和哺乳量的。为幼儿创作文学作品，要严格掌握作品的内涵，否则，即便艺术技巧再高明，过于高深或玄妙的主题内涵也是会遭到小读者排斥和抵制的。本书就是秉持着这一理念来为学前专业的大学生、幼儿园教师和幼儿家长支招并讲授幼儿文学原理的。

第二，作为一本大学教材，本书特别强调与读者，即学校师生之间的教学相长与互动。本书在体例安排上一反传统的课堂教学模式，而采取翻转课堂的教学模式，力求以学生为本位，充分发挥学生的主观能动性。这种教学模式下，学生在课堂外初步完成知识的学习，而课堂则变成师生之间、学生与学生之间互动的场所，如进行答疑解惑、知识的运用等，从而达到更好的学习效果。此外，本书每一节在"本节导读"之后设置了"小组探讨"版块，引导学生在课堂教学之前先完成相应的思考；全书在每个奇数页右侧留出一定空白，

方便学生随时写下自己的阅读感受和见解;每一节的末尾还设置了便于学生记录教学建议的专用页。这些都为实现教与学、编者与读者之间的直接对话交流搭建了平台。

第三,在幼儿文学的文体教学方面,本书既注重儿歌、散文、寓言、童话、故事和戏剧等多种体裁的系统品评与赏析,又特别突出具有表演性的幼儿戏剧和具有强烈视觉功能的幼儿绘本的介绍,因为幼儿戏剧的制作和表演、幼儿绘本的色彩和线条处理,都是幼儿特别感兴趣的。此外,我们坚持与时俱进的观念,竭力将国内和国外的上述艺术门类加以对比分析。

瞿亚红担任本书主编,负责全书的框架设计、统稿和部分内容的编写。本书具体编写分工如下:

第一章由瞿亚红编写。

第二章第一节由唐英编写,第二节由黄轶斓编写,第三节由瞿亚红编写。

第三章第一节由吴晓云编写,第二节由黄轶斓编写,第三节由付东生编写,第四节由瞿亚红和谭雪莲编写,第五节和第六节由瞿亚红编写。

第四章第一节由吴晓云、黄轶斓和付东生编写,第二节和第三节由黄轶斓编写,第四节由谭雪莲和瞿亚红编写。

本书在编写和修订过程中,借鉴了部分国内外相关著作、教材和论文成果,吸收了一些同行的意见,在此一并表示感谢。由于编者水平有限,书中难免存在不足,敬请广大同行和读者批评指正。

在今后的路上,我们依然秉持幼儿文学的启蒙精神——幼儿文学是人生起点的文学,它为幼儿成长播撒精神的种子,努力让幼儿在文学作品中体验到生命的尊严和生命的幸福,欣赏、悦纳自己和他人的生命,为幼儿成为热爱生活的幸福之人奠定基础。

编者

2025 年 4 月

本教材配有教学课件或其他相关教学资源,如有老师需要,可扫描右边的二维码关注北京大学出版社微信公众号"北大出版社创新大学堂"(zyjy-pku)申请。

- 课件申请
- 样书申请
- 教学服务
- 编读往来

目　录

第一章　幼儿文学理论篇 1

第一节　概说 2
一、如何理解幼儿文学 3
二、幼儿与幼儿文学的拥抱 6
三、成人与幼儿文学之间的距离 10
四、幼儿文学的文体分类 15

第二节　幼儿文学的特征 18
一、推开探索世界的窗户 18
二、幼儿文学独特的趣味 20

第三节　幼儿园的文学活动 27
一、幼儿园语言领域的文学活动 27
二、幼儿园一日生活各环节的文学活动 32

第二章　幼儿文学发展篇 47

第一节　西方幼儿文学发展史 48
一、孕育期 48
二、萌芽期（14—17世纪） 50
三、发展期（18世纪） 51
四、成熟期（19世纪） 52
五、多元期（20世纪以来） 54

第二节　拉丁美洲和日本幼儿文学发展史 64
一、拉丁美洲幼儿文学发展史 64
二、日本幼儿文学发展史 66

第三节　中国幼儿文学发展史 72
　　一、发轫草创期 72
　　二、初步兴盛期 73
　　三、高度繁荣期 75
　　四、美学回归期 76

第三章　幼儿文学文体篇 81
第一节　幼儿诗歌 82
　　一、儿歌 82
　　二、幼儿诗 112
第二节　幼儿故事 156
　　一、幼儿神话传说故事 156
　　二、幼儿童话故事 163
　　三、幼儿生活故事 179
第三节　幼儿散文 195
　　一、幼儿散文概说 195
　　二、幼儿散文的特征 196
　　三、幼儿散文的分类 200
　　四、幼儿散文鉴赏与经典作品推介 205
第四节　幼儿绘本 214
　　一、绘本的内涵 214
　　二、绘本的图文关系 216
　　三、绘本的文学性 217
　　四、绘本中图画的叙事特色 219
　　五、幼儿绘本经典作品推介 221
第五节　幼儿戏剧 232
　　一、幼儿戏剧概说 232
　　二、狭义的幼儿戏剧与广义的幼儿戏剧的区别和共同特点 233
　　三、幼儿戏剧的分类 234
　　四、幼儿戏剧经典作品推介 235
第六节　幼儿动画 239

  一、幼儿动画概说 ················· 239
  二、动画与幼儿 ··················· 242
  三、幼儿动画经典作品推介 ········· 243

第四章　幼儿文学实践篇 ············· 247

第一节　幼儿文学各种文体的创编 ········· 248
  一、幼儿诗歌的创作 ··············· 248
  二、幼儿童话的改编 ··············· 254
  三、幼儿生活故事的创作 ··········· 257
  四、幼儿散文的创作 ··············· 261
  五、幼儿绘本的创作 ··············· 263
  六、幼儿戏剧剧本的改编 ··········· 271

第二节　优秀幼儿文学作品的选择方法 ····· 276
  一、主题：充满儿童精神 ··········· 276
  二、内容：符合幼儿发展需要 ······· 277
  三、表达：浅与深的结合 ··········· 277
  四、选择优秀幼儿文学作品的其他建议 ··· 278

第三节　幼儿文学作品的家庭阅读方法 ····· 282
  一、家庭阅读的要求 ··············· 282
  二、具体的阅读方法 ··············· 284

第四节　幼儿文学作品的具体实践方法 ····· 289
  一、儿歌表演 ····················· 289
  二、幼儿诗朗读 ··················· 291
  三、幼儿故事讲述 ················· 291
  四、幼儿绘本讲述 ················· 292
  五、幼儿戏剧活动组织 ············· 296

参考文献 ························· 300

第一章 幼儿文学理论篇

第一节 概 说

本节导读

本节从树立正确的幼儿观入手，解读幼儿文学中"幼儿"和"文学"的内涵。同时，本节分别分析了幼儿和成人对幼儿文学的不同感受，试图寻找影响幼儿文学发展的关键因素，以促进幼儿文学更好地为幼儿成长服务。本节还简要介绍了幼儿文学不同的分类方式，以帮助大家了解本教材的结构。

小组探讨

阅读本节后，你认为编写者所持的"幼儿观"是什么？你认为"幼儿观"与"幼儿文学"之间有什么关系？

我国学者黄云生曾在其 1997 年出版的《人之初文学解析》中感叹幼儿文学的理论研究被冷落。他认为幼儿文学理论是最能反映儿童文学特殊性的理论，也是整个儿童文学理论最核心、最本质的部分。同时，他认为在整个现当代儿童文学理论中，幼儿文学理论几近空白，直到 20 世纪五六十年代才有三五篇论文发出微弱的呼声，而又很快被浓浓的"误解和冷落"所淹没。这一令人困惑的现象，直至 20 世纪 80 年代才开始引起儿童文学界的警觉。

1997 年至今，二十多年过去了，今天的幼儿文学理论研究状况不能说没有丝毫进步，各类学前教育专业中的"幼儿文学"课程的教师们一直在踏踏实实地潜心研究幼儿文学理论，并且努力将幼儿文学理论研究与幼儿文学教学结合起来。研究幼儿文学理论、建立幼儿文学自己的理论体系都是为了更好地促进幼儿文学的发展，幼儿文学的发展有助于促进幼儿健康且全面地成长。然而，发展幼儿文学不仅要对幼儿文学理论开展研究，还要将幼儿文学理论与幼儿文学实践联系在一起，即在幼儿文学传递中，幼儿文学的主要传递者——幼儿教师和家长要学会运用幼儿文学的基本理论看待、解决幼儿文学实践活动中出现的问题。

本教材中的幼儿文学理论建立在前辈们的研究和对自身教学实践过程梳理的基础之上，希望能从幼儿文学传递者的角度搭建起幼儿文学最基础的理论框架，从而减小幼儿文学在传递过程中产生的偏差，更好地发挥幼儿文学在幼儿成长过程中的作用。树立"幼儿为本"的幼儿观尤为关键，因为观念会影响人们看待、理解幼儿文学的角度，更决定着幼儿教师和家长在幼儿文学实践活动中的言行。

一、如何理解幼儿文学

"儿童观是成人在人生哲学层次上对儿童这一生命存在所作的认识和观照。"[①] "儿童生命存在与儿童文学之间存在着恒定的独一无二的本体逻辑关系。正如不能先于研究人去研究文学一样，我们也不能先于研究儿童而去研究儿童文学。探求儿童文学的本质，无可避免地要去探求儿童生命的本质，并在这一探求过程中建立其自身的儿童观，由此儿童观的指引，寻找到通向儿童文学本质的大路。建立科学、合理的儿童观是儿童文学本质研究的重中之重。"[②] 对于幼儿文学更是如此。成人对于幼儿生命的理解和认识就是"幼儿观"，幼儿文学的本质也是以幼儿观为根基的。

（一）树立"幼儿为本"的幼儿观

在我们的日常生活中，成人面对幼儿通常有三种视角：一是俯视，二是仰视，三是平视。

所谓俯视，是指在有些成人眼里，幼儿是什么都不懂的。此观点虽与英国哲学家、教育家约翰·洛克的白板说并不完全一样，但也有些相似之处。持这种观念的成人在面对幼儿的时候往往会表现出很强的控制欲。在幼儿文学活动现场，当幼儿对作品有不一样的理解、想法时，我们经常会看到持这种观念的幼儿教师会想尽一切办法把幼儿往自己预设好的思路上拉。结果是幼儿教师

---

① 朱自强. 经典这样告诉我们[M]. 济南：明天出版社，2010：2.
② 同上。

筋疲力尽，幼儿兴趣全无。

所谓仰视，就是认为在生活中幼儿需要被供着、被哄着，即幼儿无论怎么说、怎么做都是对的。持这种观念的成人在面对幼儿时其实是苍白而无力的。在幼儿文学活动现场，持这种观念的幼儿教师面对幼儿不同的理解和看法时，往往会不知所措，或只知道一味地表扬幼儿："说得好！说得好！"而完全不顾幼儿的理解和想象是否远离文学作品，是否不着边际。

所谓平视，形象地说就是成人与幼儿对话时成人蹲下来，与幼儿同样高，这时成人才能明白幼儿的视野。这需要成人有一种平等的心态。这才符合我国学者朱自强提出的儿童与成人是人生不同的两极的观点。黄云生也曾提出："学前儿童主要还处于自然生存的状态，'自然人'是他们的主导方面；而学龄儿童则由于正规的学校教育的规范，开始逐步进入社会生存的状态，逐渐显现出'社会人'的特征。"[①] 准确地说，幼儿与成人是区别最明显的人生两极，孩子的世界与心灵是无限广大的，他们不是附庸，而是主体，他们身体的弱小，需要受呵护，不代表他们精神上的无意识、依附性与非独立性。这就是"幼儿为本"的幼儿观。持这种观念的幼儿教师在幼儿文学活动现场会表现出如幼儿游戏般的自如状态，幼儿也会自然而然地融入活动中，充分感受幼儿文学作品带给他们的快乐和感动。

带着"幼儿为本"的幼儿观去理解幼儿文学，幼儿文学的本质就是"幼儿为本"的文学。

（二）幼儿文学是"幼儿"的

幼儿文学由"幼儿"和"文学"组成，"文学"是主题词，"幼儿"是用来修饰、限定"文学"的。"幼儿"是限定词，在这里应理解成"幼儿为本"。这是成人看待幼儿文学的角度和观念问题，因此必须先行陈述。

以幼儿为本的文学，是独立的文学样式，成人只有以平等的心态看待幼儿，才可能承认幼儿文学是与成人文学平等的、有独立存在价值的文学样式。这样的幼儿文学观体现了对幼儿的尊重，它认可对于人生的整个周期而言，童年是永远不能摘下的一环，是一个价值永存的领域，即它肯定童年在人生中的价值。

以幼儿为本的文学，也是独特的文学样式。幼儿文学要充分尊重幼儿身心成长的真正需要。这里的"身心成长的真正需要"不是成人以自己的标准认为的需要，而是既符合幼儿成长特点，又能促使幼儿健康、快乐成长的需要。

---

① 黄云生. 人之初文学解析 [M]. 上海：少年儿童出版社，1997：6.

（三）幼儿文学是"文学"

幼儿文学是独立并独特存在的文学样式，因此幼儿文学必须具有文学性，即具有文学的本质或特质。著名学者王国维在《文学小言》中曾指出："文学中有二原质焉：曰景，曰情。前者以描写自然及人生之事实为主，后者则吾人对此种事实之精神的态度也。故前者客观的，后者主观的也；前者知识的，后者感情的也。……苟无锐敏之知识与深邃之感情者，不足与于文学之事。此其所以但为天才游戏之事业，而不能以他道劝者也。"[1] 中国现代作家老舍认为："感情与美是文艺的一对翅膀，想象是使他们飞起来的那点能力；文学是必须能飞起来的东西。使人欣悦是文学的目的，把人带起来与它一同飞翔才能使人欣喜。感情，美，想象，（结构，处置，表现）是文学的三个特质。"[2]

以上的论述都论及这样一点，即文学的文学性在于通过与世界的艺术性接触，使用某种创造性语言表达人对世界的最深切感受。幼儿文学也是如此。由于幼儿的思维是形象思维，幼儿文学就应通过生动的形象，给幼儿以情感的冲击，表达幼儿对于世界的最深切的感受。

然而，现今幼儿教育领域缺少既拥有一定幼儿教育理论、实践研究基础，又拥有幼儿文学理论基础的教育者，加之幼儿语言教育领域存在"为语言而语言"的功利主义教育理念，同时，我国在很长的一段时期将幼儿文学的核心确定为"教育性"，因此，幼儿文学在幼儿教育中还主要被作为对幼儿进行道德教育的工具。一些幼儿教育者仅仅从幼儿语言教育和道德教育的角度看待幼儿文学，忽略幼儿文学的文学性，导致他们在选择幼儿文学作品时标准发生偏差，即使优秀的作品进入他们的视野，作品中那些生动的形象、优美的情境也可能被肢解成无滋无味的词汇、句式以及抽象的说教；即使希望孩子们能够有感情地朗读出作品，孩子们脸上的表情也变成了肌肉的机械运动。老舍认为：文

---

[1] 王国维. 王国维文学论著三种［M］. 芜湖：安徽师范大学出版社，2014: 226-227.
[2] 老舍. 文学概论讲义［M］. 苏州：古吴轩出版社，2017: 53.

学有它内在的完整意境，有它浑然不可分割而又无所不在、渗透内外的特定神韵，文学文本的意义是文本形式建构的产物，文本意义和文本形式是不可剥离的。

幼儿文学与幼儿教育的确密不可分，但幼儿文学的本质特征是富有文学性，教育作用只是幼儿文学的功能之一。幼儿文学并不是为教育幼儿而产生的，而且幼儿文学的"教育"是一种广义的教育，它利用"文学的力量"对幼儿进行潜移默化的感染、影响，使幼儿在自然而然、愉悦的心境中发生变化。幼儿文学的文学性与教育性的关系是："儿童文学创作必须包含着'文学性'。儿童文学创作可能洋溢着'教育性'。"[①] 虽然这是从儿童文学创作角度出发的，但对于我们感受、理解幼儿文学的"文学特质"不无启发。

现在人们对于幼儿文学的理解虽各有侧重，但主要都是从幼儿的年龄、幼儿文学的目的以及幼儿文学自身的内涵三个方面来给幼儿文学下定义的。北京师范大学张美妮教授对幼儿文学的定义就是：幼儿文学是以0—6岁的儿童为读者对象，为促进他们健康成长而创作或改编的、能为他们接受和欣赏的启蒙的文学。南京师范大学郑荔教授也综合上述三个方面给出了幼儿文学的定义：幼儿文学是适应0—6、7岁儿童年龄特征、具有独特艺术个性和审美价值、能够适宜幼儿以多种方式"阅读"激发幼儿兴趣的文学作品。本教材采纳郑荔教授对幼儿文学的定义。

二、幼儿与幼儿文学的拥抱

（一）幼儿的文学感受能力——敏锐而细腻

幼儿天生喜欢听故事，可见幼儿与幼儿文学的关系不一般。幼儿时期是人生中最富有想象力、感受力的时期，幼儿具有敏锐而细腻的感受能力。"童年期是培养和发展儿童感性能力的最佳时期，它有如农事的节气，是不能错过的。"[②] 著名美学家、文艺理论家朱光潜把幼儿泛灵的心理看作是"宇宙的人情化"。他认为："人情化可以说是儿童所特有的体物的方法。人越老就越不能起移情作用，我和物的距离就日见其大，实在和想象的隔阂就日见其深，于是这个世界也就越没有趣味了。"[③] 这意味着幼儿对文学作品的感受能力并不比成人逊色。在对某幼儿园中班幼儿开展的幼儿文学欣赏活动中，幼儿教师有感情地朗读了儿童文学作家徐鲁的幼儿诗《一片红树叶》，内容如下：

---

① 林良.浅语的艺术［M］.福州：福建少年儿童出版社，2017：45.
② 朱自强.经典这样告诉我们［M］.济南：明天出版社，2010：90.
③ 朱光潜.文艺心理学［M］.桂林：漓江出版社，2011：120.

秋天的风,
吹过了山谷和田野。
光秃秃的老橡树上,
还站着一片
小小的红树叶。

老橡树说——
再见吧,孩子,
等到明年春天,
我再听你唱歌。

小小的红树叶,
低声告诉老橡树说——
让我再等等吧,
等到雪花飘落。
冬天还在路上呢,
他还没有越过小河。
如果我们都走光了,
你有多么寂寞!

朗读完后,全体幼儿鸦雀无声,幼儿教师没敢打扰他们,而是停留了几十秒钟,然后才轻轻地问:"你们在想什么?"一个幼儿说:"老师,我想哭。"另一个幼儿接着说:"老师,我想起你教我们的一首歌——《秋天的落叶》。"幼儿教师随即说:"那我们来唱一遍《秋天的落叶》吧!"幼儿敏锐的感受力和深情的演唱让人震惊!活动结束后,幼儿教师感慨地说:"今天孩子们唱得太感人了。我完全没有预料到他们能把两个作品联系在一起,而且对诗歌的欣赏使他们加深了对歌曲的感受和理解。"

也许还有人会问:"孩子真的懂吗?"俄国文学批评家尼·瓦·舍尔古诺夫曾提出:"一本读物就应去打动人们的感情,作用于人们的想象。它应当温暖人们的心灵,给他们打开那美好而又人道的感觉世界,激发他们心中温柔的、微妙的感受能力。"俄国文学评论家别林斯基也说过:"儿童文学的正面的、直接的影响都应当集中在儿童的感性上,而不应当集中在儿童的理性上。"

儿童文学评论家朱庆坪认为,对幼儿来说,理解与感受并不完全是一回事,深刻的东西也会打动他们幼小的心灵,虽然他们并没有真正理解是什么打动了他们的心。当我们过分拘泥于幼儿认识理解能力的局限时,却忘记了审美感受能力往往会超越逻辑和经验。当我们自以为幼儿不可能理解《去年的树》那种生死不渝的友情时,孩子们却已被那生死不渝的友情深深地打动了。

的确,文学不是科学,我们不能用科学的方式来理解文学。文学与知识的多少无关,文学是在感受、感动中体味和领悟的。这也就是"文学的力量"!

(二)幼儿的文学感受方式——全身心投入

在《作为艺术要素与审美原则的"心理距离"》一文中,作者布洛提出审美需要心理距离。朱自强也曾说:"如果以审美的心理距离的观点看待儿童与成人审美,便可以清楚地发现,常常将现实与幻想相混同的儿童与审美对象处于近距离,而成人则相对于审美对象处于远距离。"[①] 所谓近距离审美,即由于幼儿审美心理中存在自我中心思维、任意结合逻辑和泛灵的观念,导致幼儿在审美活动中极易沉浸到作品的情境中去,从而使幼儿对幼儿文学作品的投入是彻底的,感受是全身心的。于是会出现这样的情景:在中川李枝子的《不不园》中,幼儿将板凳搭好就会立刻认为自己已经上了捕鲸船,顿时眼前就会出现茫茫大海,在一旁的小班幼儿甚至并没有觉得荒诞,并且也加入了欢送和欢迎的行列。朱光潜在观察幼儿的游戏时曾经说:"像艺术一样,游戏是一种'想当然尔'的勾当。儿童在拿竹帚当马骑时,心理完全为骑马这个有趣的意象占住,丝毫不注意所骑的是竹帚而不是马。他聚精会神到极点,虽是在游戏而不自觉是在游戏。本来是幻想的世界,却被他看成实在的世界了。他在幻想世界中仍然持着郑重其事的态度。"[②] 成人应充分利用幼儿近距离的审美特点,让幼儿与幼儿文学充分互动。

(三)幼儿的文学审美特点——纯粹的感性

法国哲学家、教育家、思想家卢梭在《爱弥儿》中曾说:"儿童时期就是理性的睡眠期。对于艺术作品,无论是创作还是欣赏,成人虽然是通过感性思维与理性思维共同完成的,但主要是依靠感性思维,因为艺术在本质上是感性的。""在儿童时期,感性和理性处于根本对立的状态,两者是互不相容的,是一方排除另一方的;优先发展儿童的感性能使

---

① 朱自强.儿童文学概论[M].北京:高等教育出版社,2009:145.
② 朱光潜.文艺心理学[M].桂林:漓江出版社,2011:104.

他们了解生活的丰富、和谐及诗意;优先发展儿童的理性会使他们心灵中绚丽的感情花朵凋谢枯萎,使他们身上说教的杂草蔓延生长。"[1] 纯粹的感性是幼儿期审美的特点。有人说幼儿经验少、识字少,因而审美能力受限,然而,审美中起决定作用的是情感和想象力,幼儿正是凭着纯粹的感性思维,以及不受束缚的想象力直抵幼儿文学作品中最打动人的情感之处的,这往往也是优秀的幼儿文学作品的主题所在。正是凭着这种能力,对劣质的幼儿文学作品,幼儿会给出非常直截了当的反馈——不好听!不好玩!反之,他们会对着成人叫嚷:"再讲一遍,再讲一遍嘛!后来呢?后来呢?"

其实,成人与幼儿的审美方式各有特点,不存在孰高孰低之分。但是,成人往往忘记尊重幼儿的审美方式,总以为自己是高明的。别林斯基曾提出:"一个爱发议论的小孩,一个明事理的小孩,一个爱说教的小孩,一个时时刻刻小心谨慎、从不淘气、待人接物温文尔雅、谨小慎微的小孩,而且所有这些行为都是经过仔细盘算的……你若把小孩培养成这副模样,那将是你的不幸!你扼杀了孩子身上的感性,助长了孩子的理性;你扼杀了孩子身上不自觉的爱的美好种子,却养成了他那干巴巴的说教本领……"[2]

(四)幼儿的文学接受特点——听与动组合

幼儿文学是听觉的文学。因为幼儿不识字,所以幼儿是通过成人传递的有声语言来感受文学作品的。幼儿文学的媒介材料不是文字,而是有确切含义的声音。我国著名儿童文学作家金波用通俗易懂的方式告诉我们,幼儿文学的听觉艺术特点是"便于听,听得懂,记得住"。便于听,就是指幼儿文学要有音乐美。音乐美表现在语词的选择上和句式的安排上。比如多用象声词,用音响的模拟造成一种听觉的真实感;多用短句,多用反复、排比的句式,听了给人造成一种重叠复沓、回环反复的

---

[1] 周忠和. 俄苏作家论儿童文学[M]. 郑州:河南少年儿童出版社,1983:68.
[2] 同上.

旋律感。听得懂，就是多用孩子们活的口头上的语言。记得住，就是讲究句式安排以及篇章结构。便于听才听得懂，听得懂才记得住，记得住才喜欢。

"艺术的雏形就是游戏，游戏之中就含有创造和欣赏的心理活动，所以要了解艺术的创造和欣赏，最好研究游戏。"① 与成人的文学接受相比，幼儿的文学接受的游戏性特征更为显著。"成人的文学接受往往是一种幻想的游戏，它主要是发生在大脑之中的一种精神性的游戏，是一种静观的、内在的心理活动，没有明显的外观特征。而幼儿的文学接受通常伴随有相应的外部行为表现，幼儿在接受活动中的内心感受往往会通过幼儿的表情或动作表现出来，呈现出一种积极的活动状态。"②

"一个听音乐和听故事的儿童，他是用自己的身体在听的。他也许入迷地、倾心地在听；他也许摇晃着身体，或进行着、保持节拍地在听；或者，这两种心态交替着出现。但不管是哪种情况，他对这种艺术对象的反应都是一种身体的反应，这种反应也许弥漫着身体感觉。"③ 所以，幼儿文学不仅要有故事性、音乐性，同时还得多一些动作性描述。

三、成人与幼儿文学之间的距离

（一）成人与幼儿文学关系的现状

在现实生活中，与幼儿文学发生密切关系的成人，第一类是幼儿文学作家，第二类是家长，第三类是幼儿教师。大多数幼儿文学作家在创作时能够关注幼儿的接受特点，但是特别优秀的幼儿文学作品并不多。虽然近年来的绘本很畅销，但多数优秀作品是国外引进翻译的，国内原创的作品还不是很多。作为幼儿家长，他们关注幼儿成长，但是很多家长对于幼儿文学作品的优劣无法辨识，对幼儿文学对幼儿成长的作用的认识，很多幼儿家长显得比较功利。幼儿教师对幼儿文学的理解和认识往往具有语言教育和道德教育的工具化倾向。至于一般的成人，他们对于幼儿文学的看法往往是：幼儿文学是幼稚的文学，与成人无关。改变这样的现状还需加倍努力。

（二）幼儿文学作家的创作精神

北京师范大学张美妮教授曾说：幼儿文学是特别难写的文学。没有走进幼儿文学的人可能会以为幼儿文学是简单的文学形式，他们甚至会鄙视这"小儿科"的文学形式。

---

① 朱光潜. 文艺心理学 [M]. 桂林：漓江出版社，2011：135.
② 许央儿. 论幼儿文学接受的游戏性特征 [J]. 学前教育研究，2006（06）：34-37.
③ H. 加登纳. 艺术与人的发展 [M]. 兰金仁，译. 北京：光明日报出版社，1988：322.

我国儿童文学作家贺宜曾说:"尽管有不少人对年龄越小的读者的文学越鄙视,然而事实上,这种幼小者的文学却是世界上最难的文学!"我国幼儿文学作家鲁兵也表示:"就那么几个词,就那么简单的语句,要把诗歌、童话、故事、剧本等写得生动活泼,幼儿文学创作之难就在于此。"

幼儿文学作家在创作时应该有一种精神,如我国台湾儿童文学学者林良所说:"儿童文学作家为孩子写书的时候,应该尽心尽力,而且毫不自卑。"这种"尽心尽力",只有对幼儿充满爱的作家才可能做到。同时,这种"尽心尽力"也只有真正走进幼儿世界,并能够蹲下身来和幼儿平等对话的作家才能做到。这种作家才可能创作出让"那种顽固的,认为'文学就是文学,哪里有什么儿童文学'的人读了以后,不得不点头说'文学毕竟是文学,这种儿童文学到底不坏呀'"[1]的作品。

"毫不自卑"的前提就是"尽心尽力",于是无论别人是否关注幼儿文学,作为幼儿文学作家,他们都有自己"工作的自尊"。"你不能盼望全世界的作家不写别的,都只写儿童文学,全世界的人都只阅读儿童文学作品。你所做的是人类千万种工作中的一种,只要工作是神圣的,尽管大家忙得没工夫理你,你也不必觉得自尊心受了伤。我们几时关心过哲学?我们几时关心过太空医学?我们几时关心过文学批评史?诚恳地耕耘自己的园地,这才是最重要的。"[2]

(三)幼儿文学——成人可以阅读的文学作品

优秀的幼儿文学作品是0—99岁的人都可以阅读的文学作品。因为优秀的幼儿文学作品不仅具有在成人看来也无懈可击的艺术价值,而且在思想上还具有一定的思辨性。所谓思辨性,不是脱离幼儿的理解水平,而是启发幼儿进一步思考的内容依据,也是作者寓深于浅的丰富内涵。例如苏联作家安德烈·乌萨丘夫的幼儿故事《大海的尽头在哪里》:

---

[1] 林良.浅语的艺术[M].福州:福建少年儿童出版社,2017:198.
[2] 同上书,第6页。

一只蚂蚁爬到海岸边,望着一个接一个的海浪涌到岸上,不禁忧愁起来:"海这么大,而我这么小,我一辈子也不能看见大海的尽头……我还活在世上干什么呢?"

蚂蚁在一棵棕榈树下坐下,哭了起来,他感到这般委屈。

这时,一只大象来到岸边,问道:"蚂蚁,你哭什么?"

"大海的尽头看不见,"蚂蚁呜呜哽咽道,"大象,你个子大,或许能看得见吧?"

大象开始张望。他看啊,看啊,甚至跷起脚,但除了海水,仍然什么也看不见。大象在蚂蚁旁边坐下来,也哭了起来。

他们哭呀,哭呀……突然,蚂蚁说:

"听着,大象,你爬上棕榈树,我爬到你身上,我们再看看!"

蚂蚁爬到大象身上,大象则爬到棕榈树上。

他们看啊,看啊,除了海水,照样什么也没看见。于是,他们坐在棕榈树上又哭了。

这时一条金枪鱼游到岸边。

"喂,"他喊道,"在岸上好好待着,哭什么啊?"

"大海的尽头看不见,"蚂蚁和大象异口同声。

"怎么?"金枪鱼感到奇怪:"这里难道不是大海的尽头吗?"

"对呀!"蚂蚁兴高采烈地叫着:"呵呵,大象!我们见到海的尽头啦!"

"呵呵!"大象高兴地欢呼起来,并开始从树上下来。但他突然顺便考虑了一下,问:"那么大海的开头又在哪里呢?"

一则短小的幼儿故事,通过蚂蚁、大象和金枪鱼把作品一步步推向高潮,并给了人们一个思考的空间。其实"优秀的幼儿文学作品也会常常以坚定而又巧妙的方式,捕捉并呈现出这样一种属于哲学的气质"①。

林良曾在《浅语的艺术》中说他的努力只是想纠正尝试儿童文学写作的人的错误想法,即告诉他们:那浅浅的文字,也有文学的价值。

(四)成人——幼儿文学的传递者

1. 幼儿文学传递者必备的基本条件

幼儿文学发展至今,该领域有一个被长期忽视的问题———些幼儿文学传递者缺乏必备的基本文学素养。这一情况甚至制约了幼儿文学的发展。我们知道,幼儿由于年龄因素,在文学接受方面有其特殊性,即幼儿主要是通过听觉来接受幼儿文学作品的。于是

---

① 方卫平.幼儿文学:可能的艺术空间——当代外国幼儿文学给我们的启示[J].浙江师范大学学报,2004(06):1-5.

在幼儿文学作品和幼儿之间必须有一个传递媒介，而主要的传递媒介就是家长、幼儿教师，以及图画、音响等辅助媒介。家长和幼儿教师扮演着传递者的重要角色，幼儿教师在其中更承担着引领家长的职责。作为幼儿文学传递者的成人必须具备以下基本条件：

（1）具有正确的幼儿观和幼儿文学观；

（2）具备一定数量优秀幼儿文学作品的阅读经历；

（3）具备较高的适合幼儿听赏的语言表达能力和表现能力；

（4）熟知幼儿的文学接受特征，并能够利用这些特征策划、开展多种形式的文学活动。

在幼儿看来，一个优秀的幼儿文学传递者的地位绝不低于作家。"可以这样说，在幼儿眼里，一个故事或一首儿歌的作者是谁，那是无关紧要的，他们认准的是讲述故事或教唱儿歌的人，即传达人。"①

那么，传递者心里是否热爱幼儿，是否认识到幼儿文学真正的价值所在，都将影响他所选择的幼儿文学作品的质量，以及围绕该作品展开的一系列传递活动的质量。例如，在一次幼儿园大班小朋友的文学欣赏活动中，幼儿教师选择了我国儿童文学作家樊发稼的儿童诗《放学路上》：

学校里，响起下课的铃声；
天空中，传来隆隆的雷声。
——放学了，
——下雨了。

从校门口，飞出一只只彩色的蘑菇：
绿的蘑菇，黄的蘑菇，蓝的蘑菇，
紫的蘑菇，红的蘑菇……

天空中，传来隆隆的雷声；
学校里，响起下课的铃声。
——下雨了，

---

① 黄云生.人之初文学解析［M］.上海：少年儿童出版社，1997：256.

——放学了。

从校门口开出一簇簇绚丽的花朵：

蓝的花朵，黄的花朵，绿的花朵，

红的花朵，紫的花朵……

半路上，雨停了，

天边映出灿烂的彩虹。

——一下子，蘑菇蔫了，花朵谢了，

只听见小伙伴们欢乐的笑声、快活的笑声……

在这次活动中，选择的作品与幼儿的接受能力比较相符，但是，欣赏活动的目标设定存在一些问题，这些问题与幼儿教师本身所秉持的幼儿文学观有关。例如，目标一——欣赏美文，理解散文中"蘑菇"和"花朵"指的是什么。由此目标不难看出，幼儿教师依然将知识的学习作为这次文学欣赏活动的重中之重。其实幼儿欣赏完作品，自然就知道"蘑菇"和"花朵"是什么了，这并不是欣赏文学作品的关键。况且如此真实地了解雨伞就是"蘑菇"和"花朵"，势必也破坏了诗歌的意境美。

同时，在这样的目标指引下，教师在欣赏活动中往往就会出现这样的语言总结："原来诗歌里说到的'蘑菇'和'花朵'指的是小朋友们五颜六色的伞。"这时候，"彩色的蘑菇""绚烂的花朵""蘑菇蔫了，花朵谢了"带给幼儿的美好、快乐的意境可能就会荡然无存，幼儿们心里想到的不过是——雨伞收了罢了！

2. 幼儿文学的传递者应做到理论与实践并重

长期以来，我国儿童文学研究受到成人文学研究方式的影响，采取的是从理论到理论的研究模式。这种情况也殃及了幼儿文学。同时，我国高校中专门研究幼儿文学的人很少，更多的是学前教育专业的幼儿文学教师。在学前教育专业中，幼儿文学课程也并没有被当作一门理论与实践相结合的课程，而是依然延续从理论到理论的研究模式，导致学前教育专业的幼儿文学课程教学严重脱离幼儿教育实践。因此，改革幼儿文学的研究和教学模式势在必行。在幼儿文学研究和教学中，应采取从理论到实践，再从实践到理论的螺旋上升的模式。同时，应将学前教育专业的幼儿文学课程作为理论实践型课程，应强调幼儿文学教师深入幼儿园、社区等幼儿文学活动现场观摩、学习、指导，同时要作好幼儿文学理论和实践课时量的适当调整和分配。

黄云生曾指出，幼儿文学虽然是为幼儿创作、为幼儿存在的，但它和幼儿之间仍然隔着一条"河"，即幼儿尚无直接欣赏和接受幼儿文学的能力，所以人们采取"传达"的方式，在这条"河"上架起一座"桥"，使幼儿变被动为主动，进入欣赏和接受幼儿文学的过程。作为幼儿文学传递者的幼儿教师，应该努力让自己成为一座沟通幼儿与幼儿文学之间的美丽"彩桥"。

四、幼儿文学的文体分类

在我国，幼儿文学一般采用按体裁分类的方式，即分为儿歌、幼儿诗、童话、寓言、散文、幼儿戏剧、绘本以及幼儿生活故事。也有专家学者根据幼儿文学不同体裁的特点进行划分，例如，由于幼儿诗与儿歌具有韵语的特点，且对韵语的阅读和欣赏，在儿童中较之在成人中具有不同的地位和价值，因此，将幼儿诗与儿歌统称为韵语文学。所以又有将幼儿文学划分为韵语幼儿文学、幻想幼儿文学、写实幼儿文学、动物文学、绘本的说法。

本教材主要基于幼儿的接受特点以及体裁的共同点，将幼儿文学分为幼儿诗歌、幼儿故事、幼儿散文、幼儿绘本、幼儿戏剧与幼儿动画六个类别。

幼儿诗歌包括儿歌和幼儿诗，这是因为儿歌虽然与幼儿诗有区别，但两者并不具有截然不同的特质，相反，两者经常有一些交融的地方。

幼儿故事包含幼儿童话、神话传说和幼儿生活故事，这主要是基于幼儿对故事类作品的喜好，以及这几类题材都具有情节性强的特点而进行的划分。这里未将寓言纳入幼儿文学的分类中，是因为幼儿对于寓言的寓意并不感兴趣，寓言的目的是最终的寓意，而这与幼儿的接受特点相违背。

幼儿散文一般包括记人、叙事、写景、状物、抒情、议论等几种类型，是幼儿文学园地里独具特色的小花。它以语言简练、意境优美、想象丰富、修辞手法多样等特点，给幼儿以美的享受、艺术的熏陶和思想的启迪。

幼儿绘本本身就是既深得幼儿喜爱，又符合幼儿接受特点的幼儿文学体裁。同时，绘本是唯一幼儿可以自行阅读的文学形

式。在幼儿园，幼儿教师也会用大量的绘本与幼儿开展早期阅读活动。所以，将绘本单独作为一种文学类别是十分必要的。

幼儿戏剧是幼儿文学不可或缺的一个类别，它不仅是幼儿最喜欢欣赏的文学形式，而且是幼儿非常希望参与的艺术创作活动，同时它也能对幼儿健康成长发挥重要的作用。

这里之所以还列了幼儿动画这个类别，主要是因为幼儿常被动画片深深吸引，他们不仅喜爱这种形式，甚至痴迷于这种形式，这也是幼儿的一个尤为突出的表现。

第二节 幼儿文学的特征

本节导读

本节从幼儿成长和幼儿作为一个独立个体的角度，详细探讨幼儿文学的特征，以帮助大家深入地了解幼儿文学。

小组探讨

如何理解幼儿文学是0—99岁的人们都可以阅读的文学？

一、推开探索世界的窗户

幼儿具有强烈的好奇心，这促使他们执着地探索着周围的世界。但是现实世界是成人的世界，幼儿的好奇心常常很难在现实生活中得到满足。而幼儿文学无疑为幼儿推开了一扇探索世界的窗户。当这扇窗户被推开时，不仅幼儿的好奇心得到了满足，而且幼儿在这奇妙的文学世界里还有了意想不到的收获——全面的成长。

（一）认识启蒙

幼儿文学反映生活，涉及大千世界中许多幼儿感兴趣的事物，从吃、穿、住、行、玩、用，到草、木、虫、鱼，再到自身、群体、社会、宇宙……无所不有。在这里幼儿可以认识世界、增长知识、了解生活，他们心中的许多"为什么"可以得到解答；在这里成人可以发掘出幼儿的兴趣所在，幼儿也能从有趣而生动的故事情节中明白一些事理。这就是通常人们所强调的幼儿文学的教育性的体现。而教育的终极目标是教导人珍惜生命、热爱生活、丰富人生，并发现生命的意义。印度诗人泰戈尔认为教育的目的是向人类传送生命的气息。教育之"育"应该从尊重生命开始，使人性向善，使人胸襟开阔，使人唤起自身美好的"善"根。幼儿文学的教育性与其艺术性完美结合，其教育性正存在于其强大的艺术魅力之中。

（二）情感启蒙

阅读文学作品，可以使幼儿沉浸在浓厚的情感氛围中，从而使他们从特定的时刻、特定的文学世界进一步体验情感的微妙和复杂，理解情感的含蓄和克制，懂得快乐与爱、恨与忧伤。更重要的是，阅读文学作品可以使幼儿的情感世界中逐渐产生"同情""尊重"等这些人类最宝贵的情感，待他们长大成人后，他们就不会因漠视而随意践踏、残害生命。

一个妈妈在博客中这样记录了自己3岁的女儿读《小熊尤克》的故事。这位妈妈向女儿讲述了熊妈妈养育小熊的一些情节，当讲到"熊妈妈因为要救正在吃蜂蜜的小熊而推开他的同时，山谷中响起巨大的石头滚动的声音，一股浓烈的血腥味扑了过来。当小熊睁开眼睛的时候，妈妈已经不见了……"她女儿的表情由紧张变得悲伤。当读到小熊在山谷中已经怎么也找不到妈妈的时候，女儿流泪了。这位妈妈问："怎么了？""小熊没有妈妈了……"女儿边哭边说，晶莹的珍珠般的眼泪挂在她胖胖的脸上。妈妈拥抱着女儿安抚了她好久，然后说："不知道熊妈妈掉到山谷里还会不会回来。"她女儿肯定地点头说："熊妈妈一定会回来的。"后来很长时间她女儿都不肯再读这个故事，这位妈妈问："为什么？"她女儿很认真地说："太悲伤了！"幼儿文学作品经常用深情的笔墨歌颂弱小的生命，幼儿在阅读作品的过程中情感上会发生微妙的、神秘的变化。幼儿文学作品对幼儿的这种影响是不易被觉察的、贮之于心灵深处的、悠远而绵长的。

满足幼儿的心理需要也是幼儿文学在情感启蒙方面一个很重要的内容。尽管人们认为幼儿总是无忧无虑的，但由于幼儿年龄较小，因此生活中成人总是用许多的"不可以"限制幼儿。我国儿童文学家班马认为，儿童期的精神压抑现象，其实恰恰就是指向儿童的身体感官和器官的，所有的禁忌以及压制的形式，细究起来便知统统是针对儿童的手、脚、嘴巴等的，如不许动、不许去、不许讲和不许看等。在文学世界里，幼儿喜欢《长袜子皮皮》中神奇的"皮皮"，他们很容易与吹牛吹得"天花乱坠"的皮皮产生强烈的共鸣，他们心中被压抑的欲望、渴望和自由的天性借助皮皮这个角色可以快意地释放。现实生活中受了种种束缚，有着种种"孩子式苦恼"的幼儿在文学作品的"美好世界"中能得到补偿。幼儿可以通过文学作品（如刘盛云的儿童诗《爸爸的脸》）宣泄心里不愉快的情绪，这有益于他们的身心健康。

爸爸的脸

爸爸的脸是电视广告，

变来变去，真让人烦恼，

要是我有遥控器，

就把它定在笑眯眯的频道。

在这首诗里，作者准确地捕捉住了日常生活中幼儿的心理活动，即对于成人情绪变化的无奈与无助，于是他们只有借助想象来抚慰自己的心情。任何一名幼儿读到这首诗时，对于诗中的"我"想出来的妙招——用遥控器将爸爸的脸定在笑眯眯的频道，都会露出狡黠的笑容，同时他们心里的不满与不快便会烟消云散。

二、幼儿文学独特的趣味

"儿童对于人生和自然，另取一种特殊的态度。他们所见、所感、所思，都与我们不同，是人生自然的另一面。这态度是什么性质的呢？就是对于人生自然的'绝缘'的看法。所谓绝缘，就是对一种事物的时候，解除事物在世间的一切关系、因果，而孤零地观看……所看见的是孤独的、纯粹的事物的本体的'相'。我们大人在世间辛苦地生活，打算利害，巧运智谋，已久惯于世间的因果的网，久已疏忽了、忘却了事物的这'相'。孩子们涉世不深，眼睛明净，故容易看出，容易道破。"[①] 幼儿是儿童世界中最特立独行的群体，幼儿与成人是人生不同的两极，因此，幼儿文学是儿童文学中儿童文学特点最为鲜明的文学。

（一）快乐的游戏

1. 游戏精神

幼儿这个年龄阶段天然就是属于游戏的，幼儿对于世界万事万物的态度可能前一分钟是真实，后一分钟即是游戏。他们在真实与虚幻、严肃与轻松之间交替得那样自然而然，可见他们是最具有游戏精神的人。对于幼儿，游戏就是生活的全部，幼儿文学之于幼儿也是游戏。我国儿童文学作家贺宜认

---

① 丰子恺. 丰子恺文集：艺术卷2［M］. 杭州：浙江文艺出版社，浙江教育出版社，1990：250.

为故事里就有游戏因素。童话、儿歌、笑话、谜语，以及其他充满娱乐性的文艺形式都有游戏的因素。幼儿在文学的世界里最自由，因为当"工作"不再受威胁和强迫的时候，他们就能享受和陶醉于"工作"。这里的"工作"就是游戏。

每当我们看见幼儿非常投入于故事之中，听故事听得两眼发直、脸颊红红、表情多变、精力高度集中时，就可以断定幼儿已经沉浸在故事营造的游戏之中了。

2. 娱乐精神

当幼儿听完故事之后，如果问幼儿："故事好听吗？"幼儿往往会回答："好玩！""好玩"是幼儿在幼儿文学中发现的乐趣，"好玩"里蕴含着幼儿的娱乐精神。这也是幼儿给予成人为幼儿组织的所有活动的最高评价。如果幼儿觉得"不好玩"，幼儿就会拒绝。因此，幼儿文学尤其要重视"寓教于乐"，"益处"要在"乐趣"中自然流泻出来。幼儿文学作品能给幼儿带来快乐，是幼儿接受幼儿文学作品的基本前提。一篇只有训诫而不能给幼儿带来任何快乐的幼儿文学作品，幼儿是定然不会接受的。好的幼儿文学作品不仅能给幼儿带来快乐，还有助于幼儿稳定情绪、宣泄烦恼，达到心理上的平衡。在日常生活中，为幼儿讲故事几乎成为家长和幼儿教师平定幼儿哭闹、转移幼儿注意的良方，甚至成为幼儿接受的一种奖励方式。这都说明幼儿文学具有娱乐的功能。

3. 幽默意识

幽默是指依靠情节、语言等营造的一种包含复杂情感、引人发笑、耐人寻味的艺术意境。就幽默与儿童的关系，我国儿童文学作家秦文君认为幽默不是一种现代派的东西，幽默是一种古典精神，是和儿童的游戏精神紧密联系在一起的，它在中国传统文字里比较缺乏，但在西方一直是儿童文学的精髓之一。幽默一般都是针对人的弱点的，其实人的所有弱点孩子都有，而成长中受挫又特别会产生喜剧效果，人只要用宽容的心去看待一切，就会产生幽默。例如，我国儿童文学作家周锐的《门铃和梯子》中，幽默的野猪和长颈鹿、有趣的故事情节往往把幼儿逗得哈哈大笑，使他们想一遍又一遍地听。其实在幼儿欢乐的笑声

中,他们已经充分感受和体会到作品的幽默元素。

幽默可以培养幼儿高雅的气质、乐观的心态、高尚的情趣。幼儿文学的幽默重在营造欢乐的、滑稽的、机智的艺术氛围,为幼儿播下幽默的种子。

(二)特别的情趣

幼儿文学作品中的情趣是一种有别于成人文学作品中情趣的"特别的情趣",即童趣。童趣是幼儿特有的行为、动作、心理、兴趣、喜好、思想、感情等在文学作品中的艺术表现,是创作者以敏锐的艺术洞察力将生活中儿童的情趣浓缩提炼而成的艺术结晶。文学作品中的"趣"是一种能给人以美感的审美趣味。"趣"是人们对艺术作品最一般的审美要求和鉴赏标准。在幼儿文学作品中,幼儿情趣除了具有审美属性外,更是作品的灵魂。在成人的文学作品中,情节、人物、语言等均可以弥补"趣"的不足,而在幼儿文学作品中则呈逆向显示,幼儿文学作品不可以"无趣",无趣的幼儿文学作品就不是一篇优秀的幼儿文学作品。

童趣是幼儿文学作品的美学特征,成人欣赏幼儿文学作品往往是在感受作品中幼儿情趣特有的美。幼儿欣赏幼儿文学作品,除了感受情趣的美,还能增进对自身生活的认同,并增长知识。幼儿文学作品中的情趣具体表现为纯真美和稚拙美。

1. 纯真美

幼儿还没有经过成人社会的濡染,因此还保持着纯真、透明的心灵,还保有人类的本性与本真。幼儿的世界总是显得那么稚嫩、纯真、美好。这些往往成为幼儿文学作品纯真美的丰富资源。因此,表现幼儿生命的纯真美就成为幼儿文学作品自觉的美学追求。许多作者将幼儿纯真的心灵作为对功利的成人世界的对照与反驳。童心之所以被人们向往和赞叹,就因为很多时候它是与"善"联系在一起的。幼儿天然不假矫饰的善良使他们澄澈的心灵在作家笔下呈现出动人的纯真美,如作家肖定丽在童话《和你一起长胖》中所写的那样。

小狮子毛尔冬的表妹花眉儿长胖了,很伤心,不肯出门。毛尔冬很担心花眉儿,于是想了个主意:自己也长得胖胖的,然后和花眉儿一起出去玩,一起变瘦。两个快乐的好朋友在草地上像大绒球一样滚啊滚,咕噜噜,咕噜噜。

毛尔冬奇怪的主意让我们感动,因为我们看到了一颗纯真、善良的心灵。

2. 稚拙美

稚拙美是独属于幼儿的美。幼儿对世界了解甚少,他们经验有限。幼儿以自己的思维方式面对世界并作出判断,因此难免产生矛盾和错位。将幼儿特有的种种思维、行为、心理等真切地表现在作品中，稚拙美就产生了。这是一种原始的、质朴的、在成人看来往往悖于常情常理，然而却异常明净、透彻的美。稚拙美是生命之初本真的美，虽然"稚"与"拙"，却绝不"呆"与"笨"。

幼儿文学作品的稚拙美既表现在内容上，也表现在形式上。从内容上说，幼儿文学作品中的稚拙美主要表现为幼儿心理和幼儿生活中的形态与情态。例如，在美国作家阿诺德·洛贝尔的《青蛙和蟾蜍好朋友》中，蟾蜍想讲个故事为生病的青蛙解闷儿，为了想出一个有趣的故事，他又倒立，又给自己头上泼水，又去撞墙，结果把自己折腾病了，最后青蛙只好从床上爬起来给蟾蜍讲故事。

稚拙美也表现在形式上。从广义上说，幼儿文学作品中的语言、文字、组合、叙述方式等的变化，都可以产生一种稚拙美。例如，在作家安武林的童话《熊爸爸的钥匙找到了》中，主人公熊爸爸总是丢三落四，他总是不知道把钥匙丢在什么地方了。他配有八把钥匙，可还是丢了七把，最后还剩一把了，他亲着最后一把钥匙说："宝贝，你不能再丢了。你丢了，我会很伤心很伤心的。"最后熊孩子向熊爸爸建议："爸爸，你以后把钥匙挂在脖子上，像我一样，这样就不会丢了。"之后熊爸爸真的就这样做了。别人笑话他像个小学生的时候，熊爸爸为自己解释说："我是熊孩子的学生，是小学生的学生。"熊爸爸孩子式的语言表述方式，塑造了一个憨态可掬的爸爸形象，进而也产生了稚拙美。

（三）浅语的艺术

"浅语的艺术"是我国台湾儿童文学学者林良提出的。儿童文学作品的特点之一是运用儿童所熟悉的真实的语言来写。浅语是听得懂、看得懂的浅显语言。然而浅语并不浅，因为浅语也是需要文学技巧的。"运用'浅语'来写作，并不是一件简单的事。"[①] "能作'浅语'，是儿童文学作家值得自豪的本领，并不是一个该受轻视的缺点。主要的理由是，这种本领是吃尽苦头培养

---

① 林良.浅语的艺术[M].福州：福建少年儿童出版社，2017：21.

起来的。"[1]

朱自强认为，儿童文学具有"朴素性"的特质，即自然（大巧若拙、浑然天成），但是不是无为；本色（质地形色站得住脚），但是不苍白；简约（洞悉事物的本质），但是不空洞；单纯，但是不简单；率真（如《皇帝的新装》里的那个孩子），但是不幼稚。朱自强认为儿童文学这一"朴素"文学拥有的是高超的艺术境界。这里所言的"朴素"与林良先生的"浅语的艺术"所指是一致的。

浅语的艺术是幼儿文学独有的艺术表达形式。成人常有"以艰深文其浅陋"的弊病，说话或作文，常为了显示自己知识的渊博而故意把问题说得很深奥、很复杂、很玄乎，让人看不懂。其实，用艰涩、专业的语言表达并不难，深入浅出才是最为不易的。

林良的幼儿诗《雨》就是浅语艺术的代表。

你在天井里赌气，
把盆盆桶桶
桶桶盆盆
敲得很响。

短短的小诗，看起来语言浅显、普通，可是当你读出声时，你就会听见调皮、活泼的雨点在盆盆桶桶上跳来跳去发出的清脆的声音，犹如欢快的乐曲。

我国台湾儿童诗作家林焕彰的幼儿诗《花和蝴蝶》很好地运用了浅语的艺术，将看似简单的语句只是调换了一下先后顺序，就让读者置身于花和蝴蝶交织的缤纷世界里，分不清哪是蝴蝶，哪是花，仿佛真的感到花是蝴蝶，蝴蝶是花。

花是不会飞的
蝴蝶，蝴蝶是
会飞的花。

蝴蝶是会飞的
花，花是
不会飞的蝴蝶。

花是蝴蝶，
蝴蝶也是花。

---

[1] 林良.浅语的艺术［M］.福州：福建少年儿童出版社，2017：22.

柯岩的作品《鱼儿的妈妈》也是如此，短短四句话，却道出了幼儿与大自然天然的亲密感情，以及万事万物皆有生命和灵性的纯真的幼儿情怀。

天黑啦，天黑啦！
钓鱼的，回家吧！
你的妈妈在等你；
鱼儿的妈妈在等它……

正如林良所言：在"文学的世界里"，"浅语"往往竟是"动人"的条件之一。

理论与实践操作

选择1～2篇幼儿文学作品（体裁不限）仔细阅读，分析作品中体现了哪些幼儿文学独特的趣味。先进行小组讨论，然后以小论文形式呈现。

拓展学习书目

［1］金波.幼儿的启蒙文学：金波幼儿文学评论集［M］.南宁：接力出版社，2005.

［2］卢梭.爱弥儿［M］.方卿，编译.北京：北京出版社，2008.

［3］刘晓东.儿童精神哲学［M］.南京：南京师范大学出版社，2003.

［4］佩里·诺德曼，梅维丝·雷默.儿童文学的乐趣：第3版［M］.陈中美，译.上海：少年儿童出版社，2008.

［5］孙莉莉.在幼儿园，和孩子一起阅读［M］.北京：中国轻工业出版社，2023.

关于这一节，请留下你的建议吧，谢谢！

第三节　幼儿园的文学活动

本节导读

幼儿文学最主要的服务对象是幼儿。如果幼儿教师能将幼儿文学的教学活动与幼儿的需求结合起来，势必使幼儿文学的教学活动事半功倍。

小组探讨

幼儿文学理论与幼儿园的文学活动之间有什么关系？举例说明。

幼儿文学对于幼儿的成长起着极为重要的作用，所以，幼儿教师不仅会在语言领域专门设置文学活动，同时，也会把文学活动运用在幼儿园一日生活的各个环节。

幼儿语言教育与幼儿文学的关系

一、幼儿园语言领域的文学活动

（一）幼儿园语言领域文学活动的内涵

幼儿园语言领域的文学活动是以幼儿文学作品为基本教育内容而设计组织的一种语言教育活动类型。这类活动往往围绕一个具体的文学作品展开一系列相关的活动，通过创设幼儿学习、运用叙事性语言的情境，帮助幼儿理解文学作品所展示的丰富、有趣的生活，体会语言艺术的美，为幼儿提供全面的语言学习机会。

（二）幼儿园语言领域文学活动的目的

幼儿文学作品因其本身含载了丰富的信息，所以对幼儿成长具有多方面的促进作用。我们这里虽然从语言教育的角度探讨文学活动对幼儿语言发展所起的作用，但并不否认幼儿文学作品从文学角度对幼儿发展起到的促进作用。希望大家在学习过程中，能将两者结合起来思考。

在发展幼儿的语言方面，有的研究者明确指出，成人促进幼儿语言发展的基本方式有两种：第一，提供丰富多样的口头语言和书面语言的样本；第二，为幼儿创设各种使用语言的机会。语言文学作品正是这样的书面语言样本，幼儿园在运用这些语言艺术的结晶时，常常将其与幼儿园语言教育的基本目标联系在一起。幼儿园语言领域文学活动的目的主要包括以下几个方面。

1. 向幼儿展示成熟的语言，提高幼儿对语言多样性的认识

故事、诗歌或其他的幼儿语言文学作品，为学习说话的幼儿提供了成熟的语言样本，这些样本可以供幼儿模仿、记忆，并创造性地运用到生活的其他场合。

2. 扩展幼儿的词汇量，培养他们自觉获取语言材料的能力

学习词汇，就是在获得某一个或一组事物概念的基础上，将这些概念与相应的语言形式对应和固定下来。例如，幼儿最初见到杯子，知道这样一个物体叫作"杯子"，以后再见到相同的物体他会说"beizi"，这样便把"杯子"这个词纳入他的词汇库之中。幼儿学习的文学作品是由各种词汇组合起来的语言艺术作品。参加语言领域的文学活动，是扩展幼儿词汇量、培养幼儿自觉获取语言材料的重要途径。

3. 培养幼儿善于倾听的技能

在幼儿语言的发展过程中，乐于听并善于倾听是幼儿运用语言进行交流的重要方面。幼儿教师在日常的教学和活动设计中，应当注重培养幼儿倾听的技能。语言领域的文学活动是与幼儿的倾听紧密联系在一起的，它给幼儿提供了有意识的、评析性的、欣赏性的倾听机会，并能在实践中培养幼儿的倾听技能。

4. 提高幼儿灵活并富有创造性地运用语言的能力

幼儿的语言发展既非纯粹天赋遗传，也非仅靠后天的机械模仿，幼儿是在与人和环境的互动过程中习得语言并提升语言运用能力的。幼儿园语言领域的文学活动有助于提高幼儿灵活并富有创造性地运用语言的能力。

（三）幼儿园语言领域文学活动的分类

幼儿园语言领域的文学活动可分为两种类型：文学欣赏活动和文学创作活动。

1. 文学欣赏活动

文学欣赏活动往往从一个具体的文学作品入手，围绕这个作品展开一系列欣赏活动，帮助幼儿理解、感受和体会文学作品所描绘的丰富且有趣的生活，使幼儿体会语言艺术的

美，为幼儿提供全面的语言学习机会。

文学欣赏活动的组织特点：一是围绕文学作品开展活动；二是给幼儿提供多种与文学作品相互作用的途径。

（1）围绕文学作品开展活动

幼儿园语言领域文学活动的突出特征之一，就是从文学作品入手，围绕文学作品开展活动。因此，幼儿教师应该首先确保自己能够准确分析和理解幼儿文学作品。之所以这样提出来，是因为有些幼儿教师往往容易从成人角度切入去理解幼儿文学作品，较难从幼儿视角看待幼儿文学作品，导致对作品的分析和理解有偏差。

例如，对阿根廷作家伊索尔的绘本《小狗的生活》，如果从成人视角来看，大家多半会认为小狗和小男孩太调皮，让妈妈生气，从而借此教育幼儿要听话。但是，如果从幼儿视角来看，不难发现，小男孩和克拉维斯这条小狗快乐地度过了一下午，他们在雨里打滚，在车子后面追着叫，等等，一系列的行为都令他们那么欢乐。故事的最后，小男孩被妈妈批评了，但是在充满生命自信和热情的奔突与冲撞的情节中，童年将不断地犯错，孩子们却也从不惧怕接受错误的洗礼。这使得很多时候，这些勇敢的犯错行为也成为童年生命力的一种象征。这种欢乐其实代表了一种生命力。

在《小狗的生活》里面，我们能够感受到孩子想当一条小狗的愿望，这在成人看来可能是不可思议的，但是在孩子看来，小狗是他最好的朋友，那他就愿意像小狗一样生活，为什么不可以呢？对于孩子来说，这是非常正常的逻辑。这就是幼儿的思维、幼儿的逻辑。其实我们在荒诞中才能遇见真实的幼儿。

若幼儿教师对文本的理解出现偏差，活动设计就可能会出现问题。所以，幼儿教师能站在幼儿视角理解作品至关重要。

（2）给幼儿提供多种与文学作品相互作用的途径

在幼儿园语言领域的文学活动中，幼儿学习的内容是具体的文学作品。如我们所知，文学作品是语言艺术的结晶，每一个具体的儿歌或故事都含有丰富而独特的语言信息。这些语言信息表

征着幼儿已知及未知的人、事、物等概念，综合呈现幼儿所需要和渴望了解的社会生活现象。文学活动中，幼儿所面临的活动对象有着形象生动、信息丰富的特点，而幼儿在活动中与活动对象交互的首要任务就是理解、感受和体验文学作品。引导幼儿理解、感受和体验文学作品的具体方式主要有以下几种。

① 创设氛围，吸引幼儿进入情境

幼儿在文学活动中，需要借助直观的具体形象（如玩具、图片、影视图像）以及其他与作品内容相关的实物，借助成人的形体语言（如手势、表情），甚至借助音响效果、背景音乐、简单道具和人物活动构成的相关情境（即情境表演）来欣赏文学作品。幼儿教师应尽量使文学活动变抽象为具体，变枯燥为有趣，变单一靠听觉或视觉感知为多种感觉器官参与感知。例如，《流动的画》这篇作品描述了海轮在大海上航行，人们站在海轮上看见眼前的场景在不断变化，就像一幅流动的画。在带领幼儿欣赏这篇作品时，幼儿教师站在幼儿的最前方面对幼儿，双腿半蹲开始摇晃身体，一会儿工夫幼儿的注意力就集中在幼儿教师的身上。幼儿教师开口说："大家小心一点，现在海上的风浪特别大，我们在甲板上要注意安全！我也要坐下来了。"于是幼儿和幼儿教师完全沉浸在大海的场景里。在这样的场景里幼儿教师能带着幼儿欣赏到作品中所描述的所有内容。甚至当活动结束时，幼儿都意犹未尽。

② 角色扮演，加深幼儿对作品的理解

在文学活动中，幼儿教师可以给幼儿创造再现或部分再现作品中人物或情节的机会和发挥想象力和创造力的天地，从而帮助幼儿深入理解作品中人物的心理特点和故事情节的发展变化。当幼儿扮演作品中的某一角色，置身于与作品背景相仿的环境中时，他们不但可以获得对作品真切而深刻的感受，而且还可以培养自信心，发展记忆力、想象力、创造力、语言表现能力和表演能力等。例如，幼儿教师在组织中班幼儿参加诗歌《一片红树叶》的文学活动时，让幼儿在感受诗歌意境的基础上，还可以请两名幼儿分别扮演红树叶和老橡树爷爷，通过角色扮演和对话，幼儿更容易产生共鸣，从而深深体会离别之情，懂得要处处为他人着想。幼儿在角色中体验、理解作品的内涵时，他们不再是消极的听众，而成为积极的参与者，他们全身心地投入，享受这一过程的同时，心理也得到最大的满足。

③ 引导幼儿以不同方式与文学作品互动

幼儿的发展是他们自己与外界环境相互作用的过程，幼儿的语言发展也是通过幼儿与外界环境中各种语言和非语言信息交互作用逐步实现的。在幼儿园的文学活动中，幼儿教师应当着重引导幼儿积极与文学作品互动，以不同方式与文学作品互动，在这一过程中使幼儿得到更好的发展。

用活动的形式来组织幼儿文学作品教学，意味着幼儿可以在动手、动嘴、动眼、动耳、动脑等各种学习过程中获得亲身经验。仍以组织《流动的画》文学活动为例，幼儿欣赏了优美的散文之后，幼儿教师可以让他们将自己看到的画面画出来，画完后再来说一说自己看到流动的画面的美好感觉。这样，幼儿通过不同的与文学作品互动的方式，便可获得多种学习语言及非语言信息的经验。于是，动作表征、形象表征和概念表征三个方面的活动可以促使幼儿更有兴趣、更积极主动地投入学习过程中，也可以更好地帮助幼儿掌握学习内容，同时为幼儿提供更为广泛的发展机会。

2. 文学创造活动

文学创造活动，就是自外向内的文学再加工过程中的表达活动和自内向外的文学创作实践活动。文学创作活动是建立在文学欣赏活动基础之上的。当然，幼儿理解感受了幼儿文学作品之后，往往会把自己对作品的理解通过生动形象的复述和感情充沛的朗诵方式表达出来，这也是一种文学创造活动。但使用频率更高的文学创作活动的形式是创编。

幼儿文学创编大致分为以下三类。

（1）扩编

扩编是指通过想象和联想对原作品的某些部分进行扩充。在有组织的扩编活动中，成人往往通过提问来激发幼儿的想象和联想。例如，在以《一片红树叶》为素材组织文学活动时，幼儿教师提问："如果你是那片红树叶，你还会跟橡树爷爷说些什么呢？"这样的问题就能激发幼儿设身处地地去体验和感受小树叶对橡树爷爷的担心和关爱，激发他们的想象，从而引导他们创作出更为精彩的诗歌片段。

（2）仿编

仿编是指幼儿在欣赏文学作品、理解文学作品内容及构成的基础上，调动自己的个人经验进行扩展想象，仿照原作品的框架或者某一个段落，编出类似的文学作品或段落的过程。仿编对发展幼儿的想象力和创造力大有裨益。在组织幼儿欣赏完《一片红树叶》之后，幼儿教师也可以组织幼儿参与仿编活动。

（3）续编

如果文学作品的结尾是开放性的，在幼儿了解文学作品的基础上，幼儿教师就可以组织幼儿对作品开展续编活动。例如，《一本会咬人的书》讲述了一只鳄鱼闯进一本书里，吃掉了一些文字，当它想出去时，却发现无法出去，最后它把书咬了一个洞钻了出去的故事。以这个故事为基础，幼儿教师可以引导幼儿想象鳄鱼钻出去之后会遇到什么事情，最后它又会钻进哪一本书里去，等等。然后，可以让幼儿把自己的想法画出来，接着再根据自己的画讲述出来。幼儿教师可以将幼儿的讲述记录下来，最后让他们运用"说演故事"的方式表演出来。这样不但有助于幼儿更深入地理解作品，还能使幼儿获得满满的成就感，甚至文学创作的萌芽就从这里生发了。

二、幼儿园一日生活各环节的文学活动

幼儿园一日生活各环节的文学活动就更灵活了。例如，饭前手指谣、午睡故事、洗手儿歌等，在所有等待环节幼儿教师都可以用幼儿文学作品来组织幼儿开展相关活动。这里我们列举一些幼儿园文学活动生活化的具体做法。

（1）午餐前的"表演会"。午餐前，幼儿教师可利用等餐时间鼓励幼儿将自己熟悉并理解的小诗、小散文、小故事等有表情地朗诵或背诵给大家听。

（2）午睡的散文倾听时间。利用幼儿睡前具有倾听记忆的特点，幼儿教师可以为幼儿创设特定的文学陶冶倾听情境，让幼儿听着舒缓、优美的配乐作品朗读录音入眠，使幼儿不由自主地被吸引，在反复的感知体验、想象中熟记作品，并能惟妙惟肖地模仿文学作品中的语气、音调等。

（3）图书角阅读活动。幼儿在自由活动时间、进餐后、起床后等都可能去图书角阅读图书。幼儿教师可以有选择性地往图书角放各种适合幼儿阅读的图书，便于他们自由拿取、翻阅。图书角的图书要定期更换，从而为幼儿亲近文学作品创设良好的氛围。如果幼儿能时不时地坐在图书角安静地翻看图书，有时还三三两两地在一起讲述自己的心得，那么他们的阅读兴趣就会越来越浓厚。

（4）小舞台。有条件的幼儿园可以为幼儿设置一个小舞台，根据文学作品的内容，在小舞台里为幼儿提供相应的服饰、头饰、道具（如各式各样的中国结、小草帽、风筝、生日蛋糕盒子、照相纸、电话等）。让幼儿自由选择感兴趣的道具来装扮自己，体验角色扮演所带来的乐趣。

（5）将日常生活与文学作品相融合。幼儿园应紧紧把握"生活即教育"的原则，围绕文学作品的三大主题——自然之美、爱的主题、人生话题，来组织和引导幼儿多积累一些感性的体验。例如,在秋季,可以组织幼儿参加秋游活动,带着他们欣赏秋天的自然景色,引导他们积累对季节特征的认知,感受秋天大自然的美丽。在此过程中,可以把《秋天的风》《落叶和树》等作品融入活动中。再如,在游戏时,可以将文学作品融入游戏中,如将《丢手绢》《矮矮的鸭子》《羊,兔》等融入游戏中。此外,在幼儿午睡起床时可引导他们念《扣眼和纽扣》,在他们上下楼梯时可引导他们念《不会头碰头》,在他们午餐时可以让他们听听《大老虎》……将文学作品融入幼儿的日常生活,他们觉得是那么真实、那么易懂、那么好玩。

喜欢文学作品是幼儿的一种天性,他们对童话、故事和儿歌充满浓厚的兴趣。然而,念一首儿歌或听一个故事对幼儿来说并不是简单的学习,文学作品对幼儿的发展所产生的潜移默化的作用有着远远超过我们已有认识的意义。

幼儿园文学活动案例

一、儿歌欣赏活动

活动设计:重庆市新村幼教集团工商分园。

活动班级:小班。

活动目标:

(1)在游戏中感受儿歌带来的快乐,培养对文学作品的兴趣。

(2)产生用普通话大声、有节奏地朗诵儿歌的兴趣。

(3)能用动作表现感知儿歌中的叠音词——歪歪、拍拍、晒晒、仲仲、吃吃。

活动准备:

(1)物质准备:场地(一片青菜地)、与幼儿人数相等的小鸭头饰、一个鸭妈妈头饰。

(2)经验准备:初步了解小鸭子的特点。

活动重点:幼儿产生用普通话大声、有节奏地朗诵儿歌的兴趣。

活动难点:幼儿能用动作表现感知儿歌中的叠音词——歪

歪、拍拍、晒晒、伸伸、吃吃。

活动过程：

（一）开始部分：进入情境

1. 情景导入

教师学鸭叫，引幼儿进入角色。

师："嘎嘎，（鸭妈妈）我的鸭宝宝们在哪里呢？"（幼："在这里。"）

师："鸭宝宝，今天的太阳真好，妈妈带你们去晒太阳，好吗？我们小鸭子排好队伍，做一群神气的小鸭子。"

2. 感知儿歌

教师与幼儿一起矮矮、歪歪地学小鸭子走路，大家一起拍拍翅膀，晒晒太阳。（教师帮助幼儿体验小鸭子与妈妈一起游戏时高兴的情绪。）这时"鸭妈妈"一时高兴念起了儿歌。鸭妈妈念第二遍时如果有"小鸭子"跟念，就抓住契机，为理解儿歌内容做铺垫。

师："宝贝们，你们也喜欢念这首儿歌呀，那就跟妈妈一起念起来吧！"

师："宝贝们，你们看，那边有一片菜地，跟妈妈一起去吃青菜好吗？"

师："鸭宝宝，你们看，这里有一条小河，要过了这条小河才能到达菜地，和妈妈一起蹚水过去吧，蹚水的时候要注意安全哟。"（教师带幼儿快节奏地念儿歌。）

（二）基本部分：感受儿歌

1. 感受儿歌的趣味

过了小河，上岸了，"鸭妈妈"就用慢节奏念儿歌，并带着"小鸭子们"到菜地吃青菜。

师："宝贝们，天快黑了，跟妈妈高高兴兴地回家吧。"

"鸭妈妈"带着"小鸭子们"念着儿歌回家去了。

2. 体味儿歌的情感

师："宝贝们，你们喜欢这首儿歌吗？你们觉得这首儿歌哪里最好玩呢？"

师："宝贝们，刚才妈妈念的这首儿歌你们知道是谁教妈妈的吗？是鸭婆婆教我的。鸭婆婆很喜欢这首儿歌，无论是白天还是夜晚，她都会念这首儿歌。今天，宝贝们睡觉的时候，妈妈也轻轻给你们念这首儿歌。"（"鸭妈妈"随摇篮曲的曲调给"小鸭子们"完整地念了两遍儿歌，声音慢慢减弱。）

3. 指导儿歌表演

师:"宝贝们,天亮了,跟妈妈一起去锻炼锻炼吧。我们一起来做做鸭子操,好不好?"(教师带领幼儿结合儿歌做两遍早操,第一遍进行完整夸张的表演,第二遍强调儿歌中的动词"歪歪""拍拍""伸伸""吃吃"。)

师:"宝贝们做了早操,跟妈妈去吃吃早餐吧。"(教师带领幼儿念着儿歌去吃青菜。)

(三)结束部分:表演儿歌

1. 激发表演欲望

师:(电话铃响,引起幼儿注意)"宝贝们,电话来了,我们一起来听听是谁打来的电话吧。"(教师与打电话的人表演对话。)

师:"刚刚妈妈接到家里打来的电话,说有客人来了,要我们赶快回家接待客人。"(教师带领幼儿念着儿歌回家。)

师:"宝贝们,你们看,来了这么多客人,我们先来给客人打声招呼吧!我们一起来表演鸭子操给客人们看,表示我们对客人的欢迎,好吗?"(幼儿集体表演鸭子操。)

2. 结束欣赏活动

师:"客人们,你们觉得宝贝们表现得好吗?"

师:"今天宝贝们表现得真棒!我的宝宝们也玩累了哦,身上出了很多汗,现在妈妈带你们出去游泳,好吗?"(教师带幼儿整齐地念着儿歌退场。)

点评:

《矮矮的鸭子》这首儿歌语言简明、短小活泼、韵律响亮。儿歌运用拟人、夸张等表现手法,刻画了妙趣横生的鸭子形象,适合小班幼儿的年龄特点,很容易被幼儿接受。

小班幼儿对情景游戏很感兴趣,在本次活动中,教师抓住幼儿这一主要特点,采用情景游戏的方法组织活动,让幼儿在玩中学,在学中玩,真正实现了有教无痕。

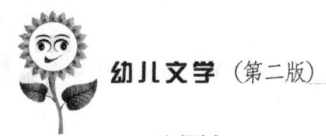

附原文:

矮矮的鸭子
作者 谢武彰

一排鸭子,个子矮矮,走起路来,屁股歪歪。

翅膀拍拍,太阳晒晒,伸伸脖子,吃吃青菜。

一排鸭子,个子矮矮,走起路来,屁股歪歪。

二、幼儿散文欣赏活动

活动设计: 重庆市新桥医院幼儿园。

活动班级: 大班。

活动目标:

(1)理解美文内容,体验、感受落叶与树之间的情谊,有感情地朗诵美文。

(2)用指偶分角色扮演"落叶"和"树",并大胆地进行表演。

(3)培养合作表演能力。

活动准备:

(1)秋天的图片两张:①树和黄黄的树叶;②树叶飘落。

(2)指偶:树和落叶,每个幼儿一对。

(3)背景音乐。

活动过程:

(一)谈话引入,了解落叶与树的关系,感受落叶与树的友谊

教师带幼儿一起欣赏PPT图片。

(1)教师用PPT展示秋天的图片,并请幼儿观察图片。

师:"这是什么季节的树呢?为什么?"

幼:"秋天,因为叶子黄了,枯萎了。"

师:"对!是秋天,树叶变枯了,变黄了,快要脱落了。"

(2)教师朗诵:"枯黄的叶子,随风悠悠地离开了枝头,飘落在地上。"

师:"落叶会飘落到哪儿去呢?会变成什么样呢?"(帮助幼儿理解落叶的作用。)"落叶和大树要分开了,猜猜他们会向对方说些什么呢?"(幼儿自由发言,帮助幼儿理解落叶与树的友谊。)

（二）理解欣赏美文，学习朗诵美文

师："他们究竟会向对方说些什么呢？请小朋友们认真仔细地听一听。"

1. 完整欣赏美文（配背景音乐）

师："树对落叶说了什么？落叶又对树说了些什么呢？你们心里有什么样的感受呢？"

师："你觉得落叶和树是好朋友吗？为什么？"

2. 学习朗诵美文

（1）跟诵一遍。

（2）出示指偶，再次欣赏。

（3）幼儿用指偶分别扮演落叶和树，学习有感情地朗诵美文。

（三）分角色表演美文

（1）师幼互动分角色表演朗诵。（教师扮演大树，幼儿扮演落叶。）

（2）男女幼儿互动分角色表演朗诵。（男生扮演大树，女生扮演落叶。）

（3）幼儿两两互动分角色表演朗诵。（幼儿自主商量各自扮演的角色。）

（四）结束：把这篇美文朗诵给教室外面的大树和落叶听

点评：

《落叶和树》这篇美文主要通过"落叶"和"树"的对话让幼儿感受他们之间的关系和友情，"我们永远是好朋友"是美文传递的中心思想。活动设计中，教师运用了多种方式来调动幼儿的学习兴趣。例如，为了让幼儿有更直观的体验，教师应用"落叶"和"树"的指偶，激发和提高幼儿学习这篇美文的兴趣。在活动过程中，教师还运用了谈话、音乐伴奏下的朗读，以及幼儿动作表演等方式，让幼儿更好地理解落叶与大树的关系，感受落叶和大树分别时的情绪体验，让幼儿充分感受和体验好朋友之间那种依依不舍的情感。

该活动设计还体现了文学活动注重文学性的特点。教师通过引导幼儿循序渐进地学习幼儿文学作品，让幼儿感受美、体验美、享受美，让这种美的熏陶在幼儿的脑海中留下印记，潜移默化地影响幼儿的心灵。

附原文：

落叶和树

作者　洪敬业

秋天，树叶变枯了，变黄了，快要脱落了。

枯黄的叶子，随风悠悠地离开了枝头，飘落在地上。

树对落叶说："老弟，咱们快要分手了，谢谢你替我出了那么多的力。"

"不用谢。"落叶慢慢地说，"我们还会在一起的。我将要被雨水融化，钻进泥土，化为养料，继续滋润你的根部，让你来年长出更多更绿的叶子。"

"是啊！"树说开了，"你为我无私地奉献出一切，没有你，哪来明年一个充满生机的全新的我呢？我们永远是好朋友。"

三、童话欣赏活动

活动设计： 重庆市万州区天福幼儿园。

活动班级： 小班。

活动目标：

（1）了解故事内容，掌握故事情节及角色对话。

（2）能用语言、动作、表情展现小羊聪明又勇敢的角色形象。

（3）在情景表演中感受集体表演的乐趣。

活动准备： 狼和小羊图片、故事录音。

活动过程：

（一）创设情境，教师出示狼和小羊的图片，引导幼儿想象故事情节，为幼儿了解文本情节做准备。

问题引导：大灰狼要吃小羊，小羊该怎么办呢？如果你是小羊，会想到哪些办法呢？

小结引导：小朋友想了这么多的办法，让小羊躲过了危险，你们真聪明！不知道我们故事中的小羊有没有这么聪明，让我们一起来欣赏故事《聪明的小羊》吧。

（二）播放录音，欣赏故事内容，通过熟悉角色对话，掌握文本的情节，为故事情景表演做准备。

1. 欣赏故事，了解内容

问题引导：小羊想出了什么办法逃出来的？

2. 熟悉角色对话，掌握文本情节

问题引导：

（1）小羊想出了吃东西的办法，它是怎么说的？狼是什么表现？用语言、动作、表情表现出来。

（2）小羊假装肚子痛，它当时是怎么说的？狼是什么表现？用语言、动作、表情表现出来。

小结引导：小羊在危险面前临危不惧，从容地想办法救出了自己，真是一只聪明又可爱的小羊。狼自以为自己聪明，结果却让小羊逃走了，真是一只又蠢又笨的狼。

（三）情景表演

以教师扮演老狼为引，引导幼儿自发扮演聪明的小羊，进入情境表演。通过角色表演，让幼儿充分感知小羊聪明又勇敢的角色形象，同时在情景表演中感受集体表演的乐趣。

（1）教师扮演狼，幼儿扮演小羊，感受小羊聪明、勇敢的形象。

（2）教师扮演小羊，幼儿扮演狼，让幼儿在教师扮演的小羊角色中感受不一样的角色形象。

（3）幼儿两两结组，自选角色完成情景表演，感知各具特色的小羊形象，同时感受和小伙伴一起表演的快乐。

（四）自由结束

点评：

这是一篇小班下期的童话故事，可怜的小羊被凶恶的狼抓住了，这只聪明的小羊却在危险面前临危不惧，从容地想办法，最终从狼手里逃了出来。小羊的聪明反衬出狼的愚蠢，看到这样的故事内容和角色形象，真是让人忍俊不禁。

这个活动的文本是幼儿喜欢的，活动设计也符合幼儿的兴趣点。一是狼和小羊的角色形象是幼儿熟悉的，符合幼儿的年龄特点，幼儿有很多这方面的经验（看过喜羊羊和灰太狼的故事以及其他很多有关狼和羊的故事），所以幼儿喜欢并有信心进行表演；二是故事情节简单好掌握，内容符合幼儿同情弱者的心理；三是角色对话有趣，幼儿愿意去表演；四是和小伙伴一起表演出各种形象的小羊非常有趣，幼儿觉得很快乐。

所以，幼儿教师在文学作品的选择上要注重已有经验、年龄特征、难度适中、有趣味性等，即要首先考虑激发幼儿参与活动的兴趣。

附原文：

聪明的小羊

作者　雨雨

狼在雪地里抓住了小羊。狼好高兴，准备把小羊带回家好好吃一顿。

小羊见路上都是积雪，没办法逃走，只好跟着狼走。走到半路，小羊停下来对狼说："狼大哥，我肚子好饿，想吃点东西。"

狼想，吃吧吃吧，反正你也逃不了，就同意了。

小羊走到路边的野果树前，嘴巴不停地动着——其实，小羊一点都没吃。

小羊回到狼面前，对狼说："真好吃，真好吃。"狼总算把小羊带到了自己的家门口。

狼想，现在该我说"真好吃"了。这时，小羊突然大叫了起来："哎哟，哎哟。我肚子痛死了，野果子有毒。狼大哥，我受不了啦，求求你，快把我吃掉吧！"

狼听了，心里"咯噔"一下：好险，幸亏我没吃小羊。狼得意地对小羊说："什么，让我吃你？让我也肚子痛？哼，我没那么笨！"狼说罢走进自己的房间，"砰"地关上了门。

聪明的小羊高高兴兴地回家啦。

四、诗歌欣赏活动

活动设计：重庆市万州区天福幼儿园。

活动班级：小班。

作品分析：

看到"爸爸的脸像电视广告"让我大吃一惊，真有想象力，爸爸的脸怎么和电视广告联系上了呢？仔细一读，文本说的是爸爸的表情像电视广告一样变来变去的，一会阴，一会晴，每个孩子都希望爸爸永远为自己绽放笑容，异想天开地想用遥控器把爸爸的表情定在笑眯眯的状态。作品的表面是神奇的结合：爸爸的脸——电视广告——遥控器——笑脸频道，本质里又透露出孩子需要父爱，希望爸爸多些宽容、多些鼓励，同时提醒大家思考：要怎样才能真正让爸爸的脸定在笑眯眯的频道，遥控器能不能真正定住一个人的心情。不得不佩服作者想象力丰富，这篇作品充满童趣，令读者爱不释手。

活动目标：

（1）通过表情游戏，懂得不同表情对应的不同心情和可能的事情。

（2）能把自己想到的大胆用语言和动作表现出来。

（3）感受文本的趣味，知道怎样获得爸爸更多的爱。

活动准备： 一段幼儿感兴趣的有广告插播的节目、遥控器、一幅包含不同表情的图片、课件。

活动过程：

（一）出示表情图片，通过学表情让幼儿了解不同表情对应的不同心情和可能的事情

1. 初学表情

引导语：你看到了什么表情？学一学。

2. 再学表情

引导语：你觉得这是什么表情？他为什么会有这样的表情？学一学。

小结：不同的事情会让人产生不同的心情，表现在脸上就会有不同的表情，我们在家应该多做让爸爸妈妈开心的事情，让家人常常心情愉快从而露出开心的表情。

（二）播放课件，欣赏图文并茂的诗歌，了解诗歌的内容，初步感受文本的趣味

（1）带领幼儿欣赏完图文并茂的诗歌，再通过提问引导幼儿熟悉诗歌的内容。

引导语：爸爸的脸像什么？作者想用什么把爸爸的脸定在什么地方？

（2）组织幼儿玩用遥控器定表情的游戏，感受诗歌的趣味。

（三）通过看电视让幼儿初步了解广告的基本特征（短、变化快、插播在其他节目中），以及遥控器的妙用

（1）看节目，感受电视广告的"烦和变化快"以及遥控器的

妙用。

引导语：你对节目中插播电视广告有什么感觉？你想怎么做？

（2）游戏——玩遥控器，把节目定在自己喜欢的频道，引导幼儿进一步理解诗歌的内容。

（四）通过讨论"我喜欢的爸爸"让幼儿大胆说出自己心中爸爸的样子，以及自己准备怎样让爸爸一直保持自己喜欢的样子，让活动得以升华，达到让幼儿知道怎样获得爸爸更多爱的目的

1. 讨论：我喜欢的爸爸

引导幼儿大胆说出自己喜欢的爸爸的样子，并用动作和表情表现出来。

2. 思考：怎样让爸爸一直笑眯眯的？

引导幼儿大胆说出自己的办法，商讨可行性，并进行现场表演。

小结：要想让爸爸一直对自己笑眯眯的，就要做让爸爸开心的事，做爸爸的乖宝宝。

（五）延伸——让家人都笑眯眯的办法

引导：怎样让家人都笑眯眯？你会怎样做？回去试试你的办法是不是有效吧。

点评：

活动通过表情游戏的导入让幼儿懂得了不同表情体现不同心情，初步理解了怎样的事情会导致产生相应的表情，对表情—心情—事情之间的关系有了初步的了解，幼儿很感兴趣，导入效果不错。接着，通过看电视和玩遥控器使幼儿了解什么是广告（在最喜欢的节目中插播不喜欢的节目，不断更换新的广告）和遥控器（可以更换节目，可以把节目定在自己喜欢的频道）。因为一直用游戏的方式组织活动，所以幼儿的兴趣不减，都知道广告变来变去，同时可以用遥控器定住自己喜欢的节目频道。接下来用讨论的方式让幼儿畅所欲言——最喜欢爸爸什么样的表情。最后，抛出一个问题让幼儿自己想办法——怎样可以让爸爸一直都对自己笑？因为欣赏过文本，有少部分幼儿说"用遥控器定住"，大部分幼儿结合自己的已有经验能说出"做让爸爸开心的事，做爸爸的乖宝宝"的答案。看来前面的表情游戏起到了很好的铺垫作用，不用教师怎么费神，幼儿就自己想到了。幼儿想办法的同时，让他们每想出一种办法就表演一下，看能否得到想要的表情。幼儿在游戏中感受到了文本的趣味，也感受到了和小伙伴一起玩耍的乐趣，同时也明白了今后和爸爸应该如何相处。

附原文：

爸爸的脸

作者 刘盛云

爸爸的脸是电视广告，

变来变去，真让人烦恼，

要是我有遥控器，

就让你停在笑眯眯的频道。

五、文学创造活动

活动设计：重庆市沙坪坝区树人幼儿园。

活动班级：大班。

活动目标：

（1）对诗歌及仿编诗歌感兴趣。

（2）会看图文结合的诗歌并大声地朗诵。

（3）大胆想象并进行诗歌仿编。

活动准备：

（1）认识一些生活中常用的文字和符号。

（2）有阅读图夹文作品的经验。

（3）教师准备一封"树叶信"，信封里装一片有三个洞的树叶。

（4）诗歌"写信"的图夹文大图一张，小图若干张（与幼儿人数相等）。

（5）幼儿"写信"用的笔和纸。

活动过程：

（一）猜想活动

教师出示一封"树叶信"，引起幼儿的兴趣，教师鼓励幼儿大胆猜想。

师："你们能看懂这封信写的是什么吗？"

（二）诗歌欣赏并朗诵

（1）教师朗诵诗歌《写信》，朗诵前要求幼儿认真倾听并设置了以下问题：在诗歌里，你听到了什么？小虫和蚂蚁是怎样写信的？说说他们在信中表达的意思。

（2）教师出示《写信》的图夹文大图，接着再次朗诵诗歌，边朗诵边用手指向相应的文字和图画。

师："听了这首诗，你想到了什么？"

（3）幼儿看图朗诵，教师给每个幼儿一张图夹文的小图。

① 幼儿边看边指边朗诵。

② 幼儿大声朗诵给其他小朋友听。

（三）仿编诗歌

师："如果你是小虫或蚂蚁，或者是其他的小动物，你会怎样写信？请你把它写出来，再念给小朋友听。"（鼓励幼儿大胆尝试仿编诗歌，可采用图夹文的形式创作"写信"。）

点评：

文学作品的有趣，极大地引发了幼儿的兴趣。该活动环节设计清晰，层层推进，且符合幼儿的学习特点。活动过程有教师的引导，也有幼儿思考、想象和充分表达的空间，因此，闪现出许多创造的火花。

附原文：

写信

作者　方素珍

小虫写信给蚂蚁／他在落叶上／咬了三个洞／表示我想你

蚂蚁收到信／也在落叶上／咬了三个洞／表示看不懂

小虫看不明白蚂蚁的意思／蚂蚁不知道小虫的想念／怎么办呢？

第二章

幼儿文学发展篇

第一节 西方幼儿文学发展史

本节导读

西方的幼儿文学历史悠久，佳作不断，在整个世界幼儿文学发展史中发挥着举足轻重的作用。一部部西方的幼儿文学经典作品伴随着一代代不同国籍、不同肤色的幼儿成长，为幼儿精神的发展奠定了坚实的底色。本节将西方幼儿文学的发展分为五个阶段进行较为详细的勾勒和梳理，以使大家对西方幼儿文学的发展有较全面的认识和理解。

小组探讨

1. 你最喜欢下文所提到的哪一部幼儿文学作品？为什么？

2. 为何说"如果有人五岁还没有倾听过安徒生童话，那么他的童年少了一段温馨"？

一、孕育期

这一时期的作品大抵有以下两类。

（一）流传于民间的口头文学

民间口头文学是幼儿文学最初的萌芽。世界幼儿文学可以追溯到人类文学源头之一的希腊神话。这些充满奇妙想象的神话传说中有不少是适合幼儿的年龄特征的。

这些民间口头文学往往设置有很多精彩悬念，常通过魔法、宝物等使故事神奇、荒诞、惊险、刺激，符合幼儿的欣赏水平。这些民间口头文学往往扬善抑恶，能够唤起幼儿的正义感。此外，这些民间口头文学大团圆的结局更与幼儿的心理喜好、欣赏水平相契合，所以幼儿特别乐于接受。

例如，印度的《五卷书》被称作"世界儿童文学史上第一部童话书"，它是最早、影响最大的一部寓言、童话、故事集。该书大约成书于公元2—6世纪，收有83个故事和一个楔子。其序言讲了一个故事：一个国王有三个愚蠢的儿子，他要求大臣们设法使他的儿子们聪明起来，但大臣们都毫无办法。后来他请来了一个婆罗门，婆罗门就编写了这部作为"统治论"的《五卷书》，并把这本书当教材教他的儿子们，结果把国王的三个儿子教得聪明起来了。这个故事恰好说明当时成人要教育好孩子，需要有儿童文学。

再如，古希腊民间口头流传的《伊索寓言》，它大都以简短的动物故事来说明道理、观点或道德教训。里面的故事生动形象、想象丰富、文字凝练、饱含哲理，同时融艺术性和思想性为一体，其中，《农夫和蛇》《狐狸和葡萄》《狼和小羊》《龟兔赛跑》《乌鸦喝水》《牧童和狼》《农夫和他的孩子们》《蚊子和狮子》《公鸡和宝石》《北风和太阳》不仅成为家喻户晓的故事，也成了孩子们喜爱的传统文学经典。

又如，阿拉伯民间故事《一千零一夜》（又名《天方夜谭》），高尔基称之为民间口头文学的一座灿烂丰碑。它包括神话传说、寓言、童话和各种描写爱情、冒险及动物生活的故事。在这本书中，作者展开了想象的翅膀，神灯、魔戒、飞毯、会飞的木马、海岛一般大的鱼、能够隐身的头巾、可以驱使神魔的手杖、能够看到任何遥远目标的千里眼，这些都是劳动人民智慧的结晶，表达了人们征服自然、改造社会、战胜邪恶势力和追求美好生活的愿望，整个作品把幻想和现实生活奇妙地结合起来，引人入胜。其中许多篇章，如《辛伯达航海旅行的故事》《阿里巴巴和四十大盗》等吸引了一代又一代儿童，至今仍是畅销的儿童文学读物。

（二）成人文学中符合儿童审美趣味的作品

这类作品多为儿童生活故事、成人冒险经历或动物故事，因此常常被小读者选中，列为自己的精神食粮。例如，16世纪法国作家拉伯雷的《巨人传》，17世纪西班牙著名人文主义作家塞万提斯的小说《堂吉诃德》，17世纪英国作家班扬的《天路历程》

等，都颇受孩子们喜爱。

二、萌芽期（14—17世纪）

儿童文学发展史的研究者一般认为，在儿童的独立人格被确认、儿童作为独立的人被认知之前，没有真正的儿童文学这个独立的种类，而儿童文学的萌芽期应该是在14—17世纪。这个时期，人文主义者主张"以人为本"，他们对封建主义和神权进行挑战，宣扬人性、人道和人权。在肯定人的同时，人文主义者意识到，儿童是有别于成人的独立的群体，应该尊重儿童的人权，注重儿童的人格，发展儿童的独立性，激发儿童的创造力。

1658年，捷克教育家扬·阿·夸美纽斯出版了第一本幼儿百科知识大全《世界图解》，这是世界史上第一本幼儿绘本。《世界图解》是一本知识性的书，以图为主，离文学尚有不小的距离。但这本书编得相当精心，编者也能够体察幼儿的心理，图画浅显易懂且富有趣味，文字短小明白，用诗体分行排列。这本书的出版对西方教科书和幼儿读物的影响一直很大，并渐渐引发了西方真正的幼儿文学的产生。它本身虽不属于文学，但编者对幼儿的那种态度，隐藏在知识性画面和文字背后的那种文学性，以及它虽属于实用的教科书却独具可欣赏性，应该说它已具有幼儿文学的特质了。这本书与幼儿的欣赏水平契合，体现了作者对幼儿的关注和尊重，对后世的幼儿文学作品有很大影响。

1693年，英国教育家和哲学家约翰·洛克出版了《教育漫话》，书中明确指出发展幼儿文学的重要性，并向压制幼儿健康的清教主义提出了挑战。作者认为幼儿应该有快乐的童年，成人应该让他们读一些像《伊索寓言》《列那狐的故事》这样轻松幽默的好书，并认为幼儿的求知欲是从好奇开始的，教材要尽量有趣，成人可以通过幼儿感兴趣的故事、游戏来对他们进行教育。这种见解对社会进一步发现幼儿、尊重幼儿起到了有力的推动作用，也为幼儿文学的出现开辟了道路。

17世纪后期，法国的寓言诗作家让·德·拉封丹是儿童十分喜欢的作家。他的《拉封丹寓言》把希腊、罗马、东方的民间故事和自己的观察、想象融会在一起，用民间语言把寓言写得生动、别致、情趣盎然、有声有色。在当时缺少幼儿文学读物的情况下，父母和教师把它作为幼儿读物读给幼小的孩子们听，而这样的作品也间接成为幼儿文学作品。

1697年，法国著名作家夏尔·贝洛采录、整理和加工了在欧洲流传很广的民间故事，出版了童话集《鹅妈妈的故事》，这部作品主要包括《林中睡美人》《小红帽》《穿靴子的猫》《仙女》《灰姑娘》等11篇。这本书被誉为"开儿童文学的新纪元""儿童文学的独立日"，是儿童文学也是幼儿文学诞生的标志。它的诞生有两个意义："一方面它的优美的童话意境、清新的叙述文体在当时以及后来产生了广泛的世界性影响，为相继效仿的童话创作提供了成功的范例；另一方面，它确定无疑地证明了来自民间口头文学的、以独立的儿童文学姿态现身的童话是幼儿文学，是一种适宜于向幼小儿童口述的纯朴活泼、情趣天然的文体。"[1]《鹅妈妈的故事》不仅是法国幼儿的爱物，也是全世界孩子们耳熟能详的佳作。因此，它对世界幼儿文学的产生具有不可估量的价值。

三、发展期（18世纪）

随着时代的进步和生产力的发展，欧洲出现了比较富裕的中产阶级。他们对儿童的教育和培养较为关注，经济上也有条件为孩子们购买书籍。同时，为了适应资本主义生产的发展和科学化的文明劳动，普及教育的任务被提到了社会的议事日程。这样，专门为教育儿童而创作的儿童文学就应运而生了。

儿童文学从18世纪开始形成一股独立的支流，不少作家考虑到儿童的特点，纷纷自觉地为儿童创作文学作品。1762年，卢梭出版了《爱弥儿》，表达了他顺应儿童本性的主张，提出了"回到自然"的口号。他的儿童观、教育观对儿童文学的产生起到了推动作用。

被公认为儿童文学出版事业开山鼻祖的则是英国的约翰·纽伯瑞，他在这一时期开创了儿童文学的出版事业。他出版的绘本深受幼儿的喜爱，也成了幼儿文学的主要组成部分。当时，民间文学《一千零一夜》和一些探险、航海的故事在英国广为流传，深受孩子们欢迎。这些小册子被教会认为隐藏着道德的危险，但是孩子们仍然悄悄地从沿街叫卖的书贩手中购买这些吸引人的小册子。纽伯瑞从中敏锐地觉察到孩子们对书籍的强烈渴求和需要，于是1744年他在伦敦创建了世界上最早的儿童图书出版社"圣经与太阳社"，积极出版精美的儿童图书。他为孩子们出版了200多种图书，其中有自己创作的，也有别人创作的。他使一直

---

[1] 黄云生.人之初文学解[M].上海：少年儿童出版社，1997：38.

被贵族子弟垄断的图书,在一般民众的孩子中得到了普及,而且他出版的绘本广受幼儿欢迎,也成了家长引导幼儿阅读的最好书籍。他出版的《精装袖珍书》被看作英国幼儿文学的真正开端。

因为他巨大的贡献,美国儿童文学图书奖以纽伯瑞的名字命名。该奖从1922年开始颁发,是世界上最早、最重要的儿童文学奖。

18世纪后期,还有一部作品在各国儿童中广泛流传,即《敏豪生奇游记》。该书内容原为德国民间故事,后由德国的两位作家埃·拉斯伯和戈·毕尔格再创作而成。敏豪生是该作品中的吹牛家,他吹的牛非常荒诞离奇,例如,猎手竟能在没有火石时利用眼睛里爆出的"火星"去点燃猎枪的火药,敏豪生能骑着半截马奔跑杀敌,海上船队能从一条大鱼肚里闯出来,等等。这部作品的丰富内容和所表现出的超凡的想象力,以及令人惊叹的诙谐和幽默征服了无数的读者,被高尔基誉为源于人民口头创作的"最伟大的书面文学作品"。

四、成熟期(19世纪)

19世纪,随着欧洲各国封建制度的崩溃和资本主义制度的建立与巩固,社会生产力和科学技术迅速发展,儿童教育思想和文学想象力大解放,世界幼儿文学得到快速发展。这一时期浪漫主义思潮的兴起使文学想象力得到空前发展。浪漫主义文学所表现出的特征是:对大自然有极大的兴趣,自然界被神化了,如仙女、小精灵和狐仙等成为文学作品的主角,草木虫鱼、飞禽走兽频繁地被人格化。这些想象特征给儿童文学,特别是幼儿文学中的童话带来了巨大的影响。

在这一时期,幼儿文学崛起并得到空前发展,其中专为幼儿创作或者适宜幼儿欣赏的优秀文学作品数量大大增加。这个时期涌现出为数众多的世界一流的幼儿文学作家,许多闻名世界的文学巨匠也为孩子们献出了珍品。这一时期不仅幼儿文学作品如雨后春笋般成批涌现,而且具有世界影响、流传久远的优秀作品充实了世界幼儿文学的宝库。世界幼儿文学的发展进入了成熟时期。

德国的格林兄弟(雅各布·格林和威廉·格林)于1812年出版了《儿童与家庭童话集》,对世界儿童文学的发展产生了深刻的影响。1819年作品再版时格林兄弟作了修订,使其更加符合幼儿阅读的需要。再版时作品名为《格林童话》,是包括《白雪公主》《灰姑娘》《青蛙王子》《不莱梅镇的音乐家》等200多个童话在内的童话集。这部作品被译成140多种文字,在世界各国广泛传播,深受成人和儿童的欢迎,是幼儿文学的主要组成部分。

丹麦的汉斯·克里斯汀·安徒生是19世纪第一个赢得世界声誉的丹麦作家,他所创造的文学童话在艺术上达到了世界高峰。在儿童文学史上,大家一致尊奉他为现代童话的杰出奠基人。他一生创作了168篇童话,几乎每个国家都有安徒生童话的译本。为了纪念他,国际上还设立了被称为"小诺贝尔文学奖"的国际安徒生奖,专门奖励那些在儿童文学界作出巨大贡献的人。

安徒生的童话分为两大类:一是改编自民间文学的童话,二是自己创作的纯艺术童话。改编自民间文学的童话有从民间童话中汲取营养再创造的,如《皇帝的新装》《小克劳斯和大克劳斯》《豌豆上的公主》《野天鹅》《打火匣》《牧猪人》《笨汉汉斯》《老头子做事总不会错》《幸运的套鞋》等;也有从民间童话中取一颗童话种子,然后把它写成一个与童话原型完全不同的故事的,如《白雪皇后》;还有从民间谚语、谜语中延伸出来的,如《天国花园》《鹳鸟》《接骨木树妈妈》等。安徒生的童话中艺术成就最高的是他创作的纯艺术童话,如《海的女儿》《丑小鸭》《夜莺》《坚定的锡兵》《卖火柴的小女孩》等,这些作品中都洋溢着对弱小者的同情,对真善美的追求,以及人道主义情怀和人性的光辉。

意大利卡洛·科洛迪的长篇童话《木偶奇遇记》虽然是一部地道的教育童话,但是它突破了教育童话训导的模式,没有停留在苦口婆心的说教层面,而是通过木头孩子匹诺曹的种种奇遇,如长驴耳朵、鼻子变长等,然后慢慢悔悟,改正缺点,最终成为一个真正的孩子的经历,让孩子们在奇妙的想象,欢快热闹、诙谐幽默的气氛中领悟到作者的教育意图。

俄国文学巨匠列夫·托尔斯泰也创作、编写了大量儿童读物,他在《农民读物附刊》中发表儿童故事,先后编为《启蒙读本》《新启蒙读本》和四卷本的《俄罗斯读物》,其中在中国广为流传的有《李子核》《狼和山羊》《狗和自己的影子》等作品。1859—1875年,他专门为低幼儿童创作了370余篇短小故事。当他回忆起这段创作经历时,说那些幼儿故事和寓言是在他大量写成的故事作品中筛选出来的，每则故事都加工、修改、润色达十来次，它们在他的作品中所占的地位是高于其他作品的。

英国的刘易斯·卡洛尔是一位数学家。《爱丽丝漫游奇境记》是他兴之所至，给友人的女儿爱丽丝所讲的故事，该作品于 1865 年正式出版。这部童话以神奇的幻想、风趣的幽默、盎然的诗情突破了西欧传统儿童文学道德说教的刻板模式。卡洛尔后来又写了一部姐妹篇——《爱丽丝镜中奇遇记》，与《爱丽丝漫游奇境记》一起风行于世。

英国的奥斯卡·王尔德于 1888 年出版了他的第一部童话集《快乐王子及其他故事》(包括《快乐王子》《夜莺与玫瑰》《自私的巨人》《忠实的朋友》和《神奇的火箭》)，这本书立刻轰动一时。1891 年 12 月，他的另一部童话集——《石榴之屋》问世，该作品共收有四部童话：《少年国王》《小公主的生日》《渔夫和他的灵魂》和《星孩》。这些童话以诗意的笔调向人们展示了作者对人生、对灵魂的深刻叩问，值得细细品读。

另外，19 世纪末彩色印刷技术不断进步，绘本的出版首先在欧洲发展起来。英国的毕翠克丝·波特于 1902 年出版了风靡世界的《彼得兔的故事》。作品中的小兔子自讨苦吃、顽皮、不听话，反映了儿童内心的需求和情感，该书出版后立刻受到小朋友的喜爱。该书堪称图画故事书创作的里程碑。绘本的出版丰富了幼儿文学的种类，由于能满足尚未识字的幼儿的需求，因此绘本一经出现就广受欢迎。

这一时期的作品艺术形式趋于丰富，有寓言、小说、诗歌、童话、绘本等，童话有长篇、短篇等形式；艺术表现手法也逐渐成熟，情节曲折，引人入胜，打破了传统的三段式、三兄弟式结构；艺术风格趋于多样化。其中具有革命意义的是《爱丽丝漫游奇境记》，其艺术形态及内在的文化意蕴大大有别于传统童话，欧美世界将之称为幻想作品，在充满训诫、崇尚机械教育的时代，儿童破天荒地不再被视作成人，而是具有了独特的人格与智慧。

五、多元期（20 世纪以来）

儿童文学的真正成熟是在 20 世纪，这时的幼儿文学被认为是儿童文学中最有儿童文学特色的部分。20 世纪初，幼儿文学作品是温情、甜蜜的，它淡化、美化儿童性格中的阴暗面，展示纯真的心灵、快乐的童年，远离纷扰的世界。英语世界的童话形象多是幼儿接受的形象：永恒童年象征的彼得·潘，快乐、淘气、乐于助人的小熊维尼·普，米老鼠和唐老鸭，以及古怪、善良、神通广大的玛丽·波平斯阿姨。

英国剧作家、小说家詹姆斯·马修·巴利的《彼得·潘》是巴利最著名的一部童话剧。该剧 1904 年 12 月 27 日在伦敦公演后，引起巨大轰动，从此伦敦每年这一天都会上演此剧。

英国作家艾伦·亚历山大·米尔恩的主要童话作品是《小熊维尼·普》。这部作品共分两部，原是作者为他儿子小罗宾写的，主角是小罗宾的一只玩具小熊。故事讲述的是小熊及其小伙伴们在森林里的生活、交往以及追捕"猎物"、"北极"探险、智胜洪水等种种奇遇。看上去有点傻的小熊实际上在关键时刻却很机智，而且能够想出解决问题的好主意。该作品故事生动，笔调幽默，富有浓厚的生活气息。

英国作家帕梅拉·林登·特拉弗斯为儿童创作的主要作品是6本以玛丽·波平斯阿姨为主角的童话，其中有《随风而来的玛丽·波平斯阿姨》《玛丽·波平斯阿姨回来了》《厨娘玛丽·波平斯》。

美国作家E.B.怀特于20世纪四五十年代出版了《小老鼠斯图亚特》和《夏洛的网》两部童话。其中最受欢迎的就是《夏洛的网》，该作品在1953年获得美国纽伯瑞儿童文学奖银奖，拥有20多种文字的译本。

第二次世界大战以后幼儿文学空前繁荣，很多卓有成就的成人文学家开始加入幼儿文学的创作行列，优秀幼儿文学作品从原本集中的英、美、意扩展到世界范围，如瑞典作家阿斯特丽德·林格伦创作童话80多种，小说和其他作品100多种。其代表作有《长袜子皮皮》《小飞人卡尔松》和《米欧，我的米欧》。1957年她获得瑞典"高级文学标准作家"国家奖，1958年获国际安徒生奖，1971年获瑞典文学院"金质大奖章"。

芬兰的托夫·杨森创作了"木民系列"，他于1945年以童话集《姆咪特洛尔和大洪水》闻名，1966年被授予国际安徒生奖。《魔法师的帽子》是杨森最出色的童话作品，也是颇受幼儿欢迎的作品。该作品讲述了魔法师丢了一顶帽子，这顶帽子被木民山谷的小木民矮子精捡来，无论什么东西到了帽子里都会变成另一种东西，变成什么呢？谁也预料不到，这就引起了一连串有趣的事情……作者以生活在自由天地里的矮子精"木民"为主人公，创作了一系列的童话，主要有《姆咪特洛尔和大洪水》《彗

星来到姆咪山谷》《魔法师的帽子》《精灵帽》《姆咪爸爸回忆录》《危险的夏天》《神奇的冬天》《爸爸和大海》《十一月的姆咪山谷》,以及短篇童话集《看不见的孩子》,其中流传最广的是《魔法师的帽子》。

挪威的托比扬·埃格纳的作品很多适宜幼儿阅读。他的童话名作是《豆蔻镇的居民和强盗》,他的其他童话作品还有《枞树林中历险记》《城里来了一帮吹鼓手》《小鸭游大城》。

值得一提的是,随着彩色印刷技术的进步和"为儿童创作"意识的增强,20 世纪三四十年代,在欧美诸国以精美插图为特色的幼儿读物显示了强大的生命力,美国 20 世纪 30 年代曾出现过一个儿童读物出版的爆炸期,被称作"黄金 30 年代"。这期间诞生了一批绘本经典作品。例如,美国作家罗伯特·麦克洛斯基的《让路给小鸭子》是一篇不朽的世界幼儿童话经典,于 1942 年获得了凯迪克大奖,他的另一部作品《莎莎摘浆果》也获得了凯迪克大奖。美国画家苏斯博士的早期童话《巴塞洛缪·库宾斯的 500 顶帽子》被认为是"真正新颖的视觉创作",他的《戴高帽的猫》创下了当时畅销书纪录的新高,他的《大象孵蛋》也非常受欢迎。美国作家 V. L. 伯顿的《小房子》也是这个时期的作品。美国作家莫里斯·桑达克的《野兽出没的地方》是其童话艺术顶峰作品,该作品获得了凯迪克大奖。法国的让·德·布吕诺夫在自己的图画故事书中创作了家喻户晓的小象巴巴尔的形象。法国的汤米·温格尔创作了《三个强盗》等绘本,1988 年获得了国际安徒生奖。

20 世纪五六十年代,欧美的绘本被译介到日本,很快日本形成一股绘本热,日本之后也在绘本领域达到了世界一流水平。在日本和欧美一些国家,幼儿文学成为整个儿童文学的重点。

20 世纪后半期,欧美有的国家已经把幼儿文学作为整个儿童文学的重点来强调。幼儿文学已经兴盛到可以相对独立的程度。幼儿文学是文、图、色彩、音响和玩乐并茂的文学,这样的文学特别要求精、慎、细、巧,因此特别难创作。科技迅速发展,开发智力成为社会的需要,儿童教育尤其是学前教育受到重视,幼儿文学进一步成为人们重视的对象。现代哲学、心理学对幼儿文学创作产生了深远的影响,这充分体现了现代儿童观对幼儿的爱和庇护。

20 世纪的幼儿文学开始呈现出以下特色:一是狂放的幻想与现实生活逐渐融合。传统童话的幻想一般是远古、异域或者仙境等,现实与幻想是截然分开的。而 20 世纪的童话打破了现实与幻想之间的壁垒,尤其是阿斯特丽德·林格伦的童话,根本分不清现实与幻想，是艺术荒诞性和生活真实性的合理扭结。例如，《长袜子皮皮》中皮皮的超大力气随时随地产生，以至于她周围的伙伴早就习以为常。这种不受理性、逻辑制约，以及对现实的无视恰恰符合幼儿的心理特点。二是高度重视游戏、娱乐的作用。从某种意义上来说，20 世纪的童话已成为孩子们最快活的游戏，那些深受孩子们喜爱的童话形象之所以成功，最根本的原因就是他们充分体现了幼儿世界中无边无际的快乐。例如，美国阿诺德·洛贝尔的低幼童话《青蛙和蟾蜍》，该作品于 1970 年获得美国纽伯瑞儿童文学奖等多项奖，它以青蛙和蟾蜍为主人公，将他们描述得如同两个孩子一般纯真可爱。再如，意大利姜尼·罗大里的《电话里的故事》，该作品也包含着快乐的游戏因子。

十月革命后苏联儿童文学体系建立，其中包括高尔基的童话、马雅可夫斯基的儿童诗、阿·托尔斯泰的童话、伊林的科学文艺和比安基的科学童话等。苏联儿童文学理论体系坚持儿童文学的共产主义教育方向，主张文学作品应适应儿童的年龄特征，强调儿童文学的教育作用必须通过"巨大的艺术感染力"来实现，以及用艺术的力量去"撬动少年儿童心理上的巨石"。该体系还张扬现实主义的创作道路，力主帮助少年儿童树立正确的生活理想。这些儿童文学思想也深深影响了中国幼儿文学的发展。与此同时，苏联的儿童文学作品也不忽略艺术性，并且充满趣味，贴近幼儿生活。高尔基就竭力主张给孩子们的读物应该是生动有趣的，不能都是教训式的，也不能都是有明显倾向的；它必须以形象的语言来叙述，必须是艺术性的东西。他认为用枯燥乏味的语言向儿童说话就会使他们心中产生苦闷感，也容易使他们对说教的主题本身产生厌恶。因此，在高尔基的影响下，马雅可夫斯基的儿童诗、马尔夏克的幼儿诗《笨耗子的故事》、托克玛科娃的幼儿诗《鱼儿睡在哪里》、苏霍姆林斯基的童话《大和小》、奥谢耶娃的幼儿故事《蓝色的树叶》和《让弟弟也哭哭鼻子》等，都成为幼儿文学中经久不衰的作品。

除此之外,在20世纪幼儿文学发展史中,还有以下作家作品经常被提到。

英国

肯尼斯·格雷厄姆,他的《柳林风声》是适合围坐在暖暖的火炉边,大家一起听的故事。当在雪地里冷得直打哆嗦的鼹鼠和水鼠终于进到獾先生舒适的家,当癞蛤蟆先生跳上令他心驰神往的那辆豪华汽车,"轰隆"一声发动引擎,扬长而去的那一刻,我们听着故事的眼睛都会迸发出光芒,几乎想立刻跳进那个童话世界。《柳林风声》带给了读者柳林中萦绕的友谊与温情。

依列娜·法吉恩,她把自选的童话故事集命名为《小书房》,并因这部作品1955年荣获英国卡内基文学奖,1958年又获美国刘易斯·卡洛尔书架奖。她在1956年荣获国际安徒生奖,她创作的《国王的女儿哭着要月亮》深受孩子们的喜爱。

德国

奥斯利特·普雷斯勒,他于1963年和1972年两度荣获德国政府设立的少年儿童文学奖。给他带来巨大声誉的是他的三部著名童话:《小水妖》《小女巫》和《大盗贼》。

雅诺什,他出版了150多本作品,其中的许多作品成为家喻户晓的儿童小说或绘本,他本人也成为当今德国最有名的专业作家和插画家。他的《噢,美丽的巴拿马》深受幼儿喜爱。这部作品写的是小熊和小老虎旅游的故事,他们听说巴拿马是一座美丽的城市,跟天堂一样美,所以他们萌生了前往巴拿马的念头。他们出发了,结果是原来他们自己的家就是美丽的巴拿马。

瑞士

约克·舒比格,他的绘本《当世界年纪还小的时候》取材于圣经故事,是简单而清新的幼儿童话。

法国

阿纳托尔·法朗士,1921年,他获得诺贝尔文学奖。法朗士曾下功夫研究过神魔故事及其源流问题,他认为必须维护和发展孩子们的幻想,童话《蜜蜂公主》是他专门为儿童创作的极为成功的作品。

马塞尔·埃梅,《会搔耳朵的猫》《小矮人》《七里靴》是他的童话代表作,他的童话被《大英百科全书·儿童文学》评价为"奇迹般的童话"。

意大利

姜尼·罗大里,从20世纪40年代他就开始写童谣和童话故事,一生写出大量儿童作品,成为世界儿童文学泰斗。1970年,他被授予国际安徒生奖。他1950年发表了第一部中篇童话《洋葱头历险记》,之后他又陆续创作了《蓝箭号列车历险记》《小茉莉在撒谎人居住的王国》(《假话国历险记》)《电话里的故事》，另外他还著有中短篇童话《电视机里的吉普先生》《天上掉下大蛋糕》等。

伊塔洛·卡尔维诺，他的主要作品有《一个分成两半的子爵》《阿根廷蚂蚁》《不存在的骑士》等。他的作品独具一格。他擅长用童话的方式来写小说，所以他的小说也可以说是童话。卡尔维诺走遍意大利，用两年时间编写出一部《意大利童话》，这部《意大利童话》可以和安徒生、格林兄弟的童话媲美。

瑞典

塞尔玛·拉格洛芙，她于1909年获得了诺贝尔文学奖，是第一位获得诺贝尔文学奖的瑞典女作家。当年诺贝尔文学奖的授奖词曾评价她的《尼尔斯骑鹅旅行记》：作品中特有一种高贵的理想主义、丰富的想象力、平易而优美的风格。在瑞典，现在有一项最重要的儿童文学奖就是用尼尔斯的名字命名的。

保加利亚

埃林·彼林，从1909年开始，在近40年的时间里，他为儿童写了许多书，有童话、寓言和短篇小说。《扬·比比扬历险记》是其主要作品。《扬·比比扬历险记》讲述了一个顽劣的、不听教导的男孩，在小魔鬼阿嘘的诱惑下干了许多坏事，最后还被换掉了脑袋，被骗入魔鬼王国。在魔鬼王国，他的智慧和善良慢慢苏醒了，最终他战胜了恶魔米里莱莱，冲出了魔鬼王国并找到了自己的脑袋，成为一个好孩子。

比利时

莫里斯·梅特林克，他是象征派戏剧的代表作家。1911年获得诺贝尔文学奖。他的《青鸟》剧本于1908年发表，该作品采用童话剧的形式表达他的哲学思想，多少年来一直盛演不衰，受到不同年龄观众的欢迎。剧中写樵夫的两个孩子在圣诞节前夕，梦见仙女请他们为她病重的女儿去寻找象征幸福的青鸟。这对兄妹用一块有魔法的宝石招来了面包、糖、狗、猫等精灵，在光神的引导下走遍记忆之乡、夜之宫、树林、幸福之宫、未来之国，历尽千辛万苦，青鸟得而复失。梦醒以后，女邻居为生病

的女儿来讨要圣诞节礼物。兄妹俩决定把心爱的鸽子送给她的女儿，不料鸽子一下子变成了青鸟。

捷克

聂姆佐娃，她的小说《外祖母》被誉为"捷克文学的一颗明珠"，同样，她的童话也深受读者喜爱。她的《三株金苹果树》是10卷本的《斯洛伐克童话和故事》中最为著名的一篇作品。

约瑟夫·拉达，他是著名的插图画家，为捷克讽刺作家哈谢克的《好兵帅克》画了非常有特色的插图。他的童话作品代表作有《聪明的小狐狸》和《淘气的故事》。此外，拉达还创作了《我的字母》《妖怪与水鬼的故事》《小猫凯什的故事》，他还主编过儿童刊物《小花朵》。由于他把毕生精力都献给了艺术事业，1974年，捷克政府授予他"人民艺术家"的光荣称号。

俄苏

尼古拉·尼古拉耶维奇·诺索夫，他写有短篇小说40多部，中篇小说5部，为孩子们写过短篇小说集《笃笃笃！》《快乐的小家庭》等。他最重要的作品就是以全不知为主人公的童话三部曲——《全不知游绿城》《全不知游太阳城》《全不知游月球》，这三部作品都曾荣获苏联克鲁普斯卡娅奖。

阿尔卡蒂·彼得洛维奇·盖达尔，他为幼儿写的《丘克和盖克》是其最完美的作品之一，另外他有影响的作品还有《铁木儿和他的队伍》《鼓手的命运》《军事秘密》《蓝杯》等。

维塔利·比安基，他的大自然文学作品很受欢迎，他为孩子们创作了300多篇作品，向孩子们展示了动物的生活，解释了动物的特性和特点以及与周围环境的关系，开拓了孩子们的视野。他的童话比较适合幼儿，如《小老鼠比克》分外受到幼儿的喜爱。

安德烈·乌萨乔夫，他创作动画剧10部左右，有影响的作品主要有《母牛的儿子依凡》《聪明小狗索尼娅》《老熊看牙》《小绿人的故事》等。

美国

莱曼·弗兰克·鲍姆，他先创作了《鹅爸爸的书》，获得了成功。第二年，他就写出了《绿野仙踪》(原名《奥兹国的魔术师》)，这部作品在美国少年儿童中引起了轰动，之后还被改编为舞台剧，20世纪30年代末，又被拍成电影。鲍姆应读者的要求，以他虚拟的"奥兹国"为背景，写了一系列童话，如《奥兹国的地方》《去奥兹国的路》《奥兹国的翡翠城》《奥兹国的铁皮人》《奥兹国的饿老虎》等。

休·洛夫廷，他1920年出版了《杜立德医生的故事》(中文译作《杜立德医生的冒险故事》)，立即获得成功。此后直到1927年，他又写了一系列以杜立德医生为主角的书，如《杜立德医生的马戏团》《杜立德医生的花园》《杜立德医生的动物园》等，一共写了 12 部。他的《杜立德医生航海记》获得美国纽伯瑞儿童文学奖。这个系列最后一本叫《杜立德医生与神秘湖》，在他去世后才出版。

乔治·塞尔登，他写了不少儿童文学作品，其中《蟋蟀奇遇记》(《时代广场的蟋蟀》) 是 20 世纪全球 50 本最佳童书之一，曾获美国纽伯瑞儿童文学奖。

弗朗西丝·霍奇森·伯内特，她于 1886 年创作了小说《小少爷方特罗伊》，这本书当时非常畅销，也让伯内特成为当时最富有的流行作家之一。此书和她 1905 年出版的《小公主》都曾被改编成话剧。1939 年，电影《小公主》由当时红极一时的演员秀兰·邓波儿主演。她 1911 年出版的《秘密花园》在英国和美国都很畅销，并且成为她最著名、最成功的作品。

20 世纪，幼儿文学引起了社会普遍的重视和关注。印刷条件日新月异，使以幼儿为主要对象的绘本的发展蓬勃兴旺。人们对幼儿的关注度进一步提高，人们也开始从不同角度去关心幼儿文学：家长着眼于早期阅读的启智作用；教育工作者重视它在培养道德品行方面的作用；儿童文学家从美学角度去探讨其艺术特征；政治、社会活动家则注重其提高年幼一代素质的功效；出版人、图书工作者、书商也各从自己的角度关心幼儿文学。然而，人们有一个共识：儿童是未来世界的主宰，决不能轻视文学在他们成长过程中留下的印痕，应利用文学形式引导他们健康成长，这是关系国家和民族未来命运的大事。

因为人们从不同的角度关心着儿童文学，所以各种儿童文学机构逐渐设立起来，有关工作、活动也不断开展起来，全国性、地区性甚至跨地区的组织也应运而生，而这又极为有力地促进了世界儿童文学以及幼儿文学的进一步繁荣。例如，1954 年，国际儿童读物联盟在苏黎世设立了以童话大师安徒生的名字命名的国际性儿童文学奖——国际安徒生奖，该奖每两年评选一次。这是 20 世纪儿童文学发展的一座重要的里程碑。另外，还有为了纪念 19 世纪英国绘本画家鲁道夫·凯迪克而以他的名字命名的凯迪克大奖，以及英国图书馆协会于 1955 年为儿童绘本创立的格林威大奖等。

拓展学习书目

［1］朱自强．儿童文学概论［M］．北京：高等教育出版社，2009．
［2］方卫平．儿童文学教程［M］．2 版．上海：复旦大学出版社，2023．

关于这一节，请留下你的建议吧，谢谢！

第二节 拉丁美洲和日本幼儿文学发展史

本节导读

亚洲、非洲和拉丁美洲的幼儿文学是世界幼儿文学重要的组成部分,然而鲜有书籍介绍这些区域的幼儿文学成就。本节将介绍拉丁美洲和日本幼儿文学的发展状况。

小组探讨

1. 谈谈你对阅读过的拉丁美洲幼儿文学作品的感受。你认为影响一个国家幼儿文学发展的因素有哪些?
2. 日本幼儿文学发展是否开启了一条亚非拉幼儿文学发展的道路?为什么?

一、拉丁美洲幼儿文学发展史

拉丁美洲的幼儿文学以现实主义为主要风格,在小说、诗歌和童话等方面取得了巨大成就。

在小说方面,拉丁美洲的儿童故事洋溢着浓烈的儿童情趣,尤其善于营造儿童与动物之间的脉脉温情。例如,哥伦比亚享有国际声誉的作家爱德华多·阿里亚斯·苏阿雷斯的《我与瓜迪安》,写的就是一个流浪儿和小狗瓜迪安患难与共的深厚感情。巴拿马当代知名作家马利奥·奥古斯托的《甜蜜的圣诞节之夜》可与安徒生的《卖火柴的小女孩》相媲美,写的是一个小孤儿圣诞夜在狗的陪伴下产生心酸的幻想的故事。智利作家阿尔曼托·基西高里所写的令人啼笑皆非又心酸落泪的故事《洛洛贝贝和狗评选馆》,讲述的是一个穷人家的男孩子假扮成狗到"狗评选馆"去参加评选的离奇遭遇。委内瑞拉作家阿曼多·何塞·塞凯拉和古巴作家埃尼特·比安在1979年第20届"美洲之家"文学奖的评选活动中分别以作品《防止人们走邪道》和《胡安·扬多》获得了少年儿童文学奖。秘鲁女作家卡洛塔·努妮丝,因儿童小说创作取得杰出成就而获得西班牙"少年儿童小说奖",她的代表作《镜中的小姑娘》是一部想象力极为丰富的优秀作品。

在诗歌方面,拉丁美洲的儿童诗歌较为发达,如哥伦比亚的诗人拉·波姆达为儿童写了很多好诗,算是拉丁美洲的"头号儿童诗人"。一些在成人文学领域获得国际声誉的诗人也投身儿童诗歌创作。如智利女诗人加夫列拉·米斯特拉尔,这位曾获得诺贝尔文学奖的女性在她的一些诗篇中唱出了纯洁的儿童心声,评论界很多人认为其作品的文学价值高于英国作家斯蒂文森的《一个孩子的诗园》。古巴诗人尼古拉斯·纪廉的《唱给安的列斯群岛孩子的歌》《摇篮歌》等是献给低幼儿童的不朽名篇。智利诗人巴勃罗·聂鲁达也曾写过一些适合孩子诵读的诗歌作品。

在童话方面,拉丁美洲也实力不俗。其中最有代表性的作家当属蒙泰罗·洛巴托,他以现实和幻想糅合的方式来讲述童话,如广受孩子们喜爱的《黄啄木鸟勋章》和《纳西塔西亚婶婶的童话》,他的作品汇集了不同地方的各种各样的民间童话,为童话创作提供了一个成功的范例。另外,秘鲁作家阿·巴尔玛的《印第安民间故事集》、卡·巴尔玛的《秘鲁传奇》,以及乌拉圭作家奥拉西奥·基罗加的《南部热带森林的童话》等都具有较大的影响。

第二次世界大战后,玻利维亚作家奥斯卡·阿尔法罗通过他的短篇童话取得了与乌拉圭作家奥拉西奥·基罗加相近的文学地位和成就。他的童话以南美洲大自然风物为背景,题材广泛、构思巧妙、意蕴深刻,融入了作家对丛林的丰富知识和对孩子们的理解与热爱,他的代表作有《火鸟》《航海家小青蛙》《鱼首领》《英雄小山羊》《泥羊驼》等。

尽管在幼儿文学作家、专门的幼儿文学读物出版机构以及幼儿文学研究机构的数量上,拉丁美洲都不如欧美的许多国家,但20世纪后半期以来,拉丁美洲的幼儿文学取得了较大发展,成为世界幼儿文学重要的组成部分。

1974年10月,国际儿童读物联盟大会在巴西的海港城市里约热内卢召开,会议讨论了儿童图书在陶冶儿童品德情操方面的作用，当时拉丁美洲各国约有 300 人参会。1982 年，巴西女作家莉吉亚·布咏迦·努内斯荣获了国际安徒生奖。

二、日本幼儿文学发展史

1. 第二次世界大战前日本幼儿文学发展概况

真正意义上的日本幼儿文学始于 19 世纪末译介《伊索寓言》和《鲁滨逊漂流记》，到 20 世纪 20 年代前后，日本才真正开始认识并接受西方的现代幼儿文学观。

1918 年日本儿童文学作家铃木三重吉因主办了一个发表儿童文学作品的刊物《红鸟》而引起轰动。之后此类刊物如雨后春笋般大量出现，而这也造就了一大批优秀的幼儿文学作家和作品，如小川未明和他的《红蜡烛和人鱼姑娘》《野蔷薇》，滨田广介和他的《灰椋鸟的梦》，宫泽贤治和他的《银河铁道之夜》等，开启了日本幼儿文学的花季。可惜好景不长，由于受政治和侵略扩张宣传的干扰，日本幼儿文学刚刚焕发出的勃勃生机在第二次世界大战中陷入了停滞状态，可读的仅有在夹缝中生存的少量幼儿文学作品，如坪田让治的《风中的孩子》、新美南吉的《小狐狸阿权》等。

2. 第二次世界大战后日本幼儿文学的发展

第二次世界大战后，日本的幼儿文学在对战前幼儿文学批判的基础上逐渐复苏。首先挑起争论的是鸟越信、古田足日、渡边茂男、石井桃子等理论家，他们以广受幼儿欢迎的欧美幼儿文学创作为参照，批判第二次世界大战前童话的诗性品格与幼儿读者的阅读兴趣不能对应，认为小川未明等先辈作家的童话缺乏日常性、社会性语言，认为之前的日本幼儿文学没有把"生动有趣、明白易懂"作为创作的目标之一，因而有悖于儿童文学正是受到孩子的欢迎才具有意义的常理。此外，由于受到西方文化的影响，日本开始引进大量的绘本，许多幼儿文学作家以及艺术家开始积极投身于绘本创作。被称为"日本绘本之父"的松居直，无论从理论上还是实践上都对日本绘本的创作起到了巨大的推动作用。他的理论著作有《什么叫绘本》《看绘本的眼睛》《绘本时代》《到绘本的森林中去散步》《幸福的种子》等，他的绘本作品有《桃太郎》《木匠和鬼六》《信号灯眨眼睛》等。之后日本出现了五味太郎、宫西达也、中江嘉男等一批享有国际声誉的绘本作家。

一批年轻的幼儿文学作家，如长崎源之助、前川康男、乾富子、大石真等人开始以现实主义手法，用童话和小说等方式反映战争给孩子们带来的伤害，从而批判战争的罪恶。另外，一些幼儿文学圈外的作家创作的幼儿文学作品也取得了较大的成就和影响，如石井桃子的《阿信坐在彩云上》《山上的孩子》《三月娃娃日》《侬弄的小花子》等作品就深受孩子们的喜爱。其中,《阿信坐在彩云上》塑造了一个健康、聪明、快活、淳朴、勤奋又善良的阿信形象,这部作品也因为阿信的这一形象被认为是第二次世界大战后日本幼儿文学起步的标志性作品。竹山道雄的《缅甸的竖琴》被认为是一部质量很高的从人性深处谴责日本侵略战争的作品。善于描写母爱和自己童年生活的壶井荣的《二十四只眼睛》因其平凡而又深刻的内容和温暖情感的表现而震撼了读者的心灵,引起了巨大反响。

20世纪60年代前后,日本迎来了幼儿文学发展的第二个春天,产生了大量的优秀作品,也奠定了日本幼儿文学的国际影响力。

古田足日,他的《鼹鼠原野的伙伴们》在日本儿童文学界享有盛誉,长期被推荐为小学生读物。乾富子是一位深受西欧童话影响的幼儿文学作家。她在1954—1958年发表的长篇童话《长长的长长的企鹅的故事》中初次展露了童话创作的才华,之后又发表了《树阴下那家的小矮人们》《来自天空的歌声》《北极莫希佳、咪希佳》《小矮人奇遇记》等。她的童话以动物喻人,讲述动物在与困难的斗争中茁壮成长,以此来培育孩子的良好品格。她也因她的作品和她对幼儿文学领域的贡献而获得了国际安徒生奖、日本国内安徒生奖、日本野间儿童文学奖等多个奖项。

松谷美代子,她是一位成绩卓著的童话作家。1947年,年仅21岁的她创作出版了《变为贝壳的孩子》,该作品在1951年获得了儿童文学新秀奖。1960年她出版了《龙子太郎》并凭该作品获得讲谈社儿童文学新人奖,次年她又获得产经儿童出版文化大奖。1980年她因写出了童话《两个意达》而获得为国际儿童年而设立的特别安徒生奖。松谷美代子因多次获得国际性奖项而受到世人的瞩目,是日本少数饮誉世界的童话作家之一。

佐藤晓,她在1959年因长篇童话《神秘的小小国》而成名,该作品也曾获得多个奖项,被誉为20世纪50年代的划时代童话。她的《狐狸三吉》《豆粒大的小狗》《婴儿大王》《外婆的飞机》等也是较为优秀的童话作品。

中川李枝子，她的幼儿童话是日本童话中最具世界性的部分。1962年她出版的《不不园》以其幽默和童趣获得了国内外的一致好评，被认为是低幼童话的东方典范。这部作品由7个相对独立的小故事组成，以小男孩闹闹相贯穿。该童话最大的特点在于把孩子们的现实日常生活和幻想世界相对接，用幻想来写真实生活，在真实生活中融入幻想。故事想象大胆奇特，语言幽默富有童趣，真实地再现了幼儿丰富的心灵世界。此外，她还创作了《桃花色的长颈鹿》《小胆大侦探》等童话故事，这些作品也受到了孩子们的欢迎。同时，她创作的幼儿绘本《古利和古拉》也深受孩子们的欢迎，被日本绘本之父松居直选为"最受儿童欢迎的50本绘本"之一。

佐野洋子，她是一位出生于中国北京的日本童话女作家。她的《活了100万次的猫》是一部超越了年龄和时代的杰作，第一次把她自己创造的艺术震撼传送给了全世界，把生死以及真爱这种深刻的话题生动地展示出来。故事以一只虎斑猫为主人公，讲述了这只漂亮的虎斑猫曾经活过100万次，在100万次死的时候有100万个人为它流下了眼泪，但它自己一点也不觉得悲伤，因为这些人，其中包括国王、水手、魔术师、小偷、老太太，还有小女孩等，他们爱的永远是自己，却让虎斑猫来承受这种无爱。对虎斑猫来说，100万次的生命其实是100万次的被玩弄，当然虎斑猫也没真正爱过100万人中的任何一个。直到它成为一只独来独往的野猫，一只属于自己的猫，遇到了一只白猫并与白猫因为爱情生活在一起，它才体会到了真爱。白猫死后，虎斑猫也死了，而且流下了很多眼泪，这次死亡也真正终结了它的生命。它再也没有活过来。这个童话想告诉人们，虎斑猫真正地爱过才算真正地活过，真正地活过才会无憾地死去。此外，佐野洋子的《五岁奶奶去钓鱼》也获得了读者的一致认可。

五味太郎，他出生于东京，曾经荣获多项国际大奖。他是一位多产又富有创意的作者及画家，他的作品都是自己写作，自己画插画，自己设计版面。虽然五味太郎30岁才加入创作绘本的行列，但是他的创作力丰沛，于短短20多年间，他就创作出230多本绘本作品，这可谓是世界儿童绘本界的奇迹。他的每本绘本都充满了创意、趣味和幽默感，题材包罗万象，色彩鲜艳明亮，令每个刚接触绘本的幼儿都爱不释手。他的代表作有《鳄鱼怕怕，牙医怕怕》《从窗外送来的礼物》《黄色的……是蝴蝶！》等，这些作品都构思精巧、童趣无限。

宫西达也，他是日本当代最为活跃的绘本作家之一，毕业于日本大学艺术学部美术专业的他，从自己的童年生活和四个孩子的成长中获得灵感，创作了许多趣味盎然而又构思奇特的绘本故事。他创作的《今天运气怎么这么好》获讲谈社出版文化奖绘本奖，

《爸爸是赛文奥特曼》《你看起来好像很好吃》均获剑渊绘本乡绘本奖大奖。宫西达也不仅致力于绘本创作，而且对绘本进行了大量的宣传和推广。他来过中国多次，在中国拥有大量的"粉丝"。

中江嘉男、上野纪子是一对夫妻搭档，也都毕业于日本大学艺术学部美术专业。中江嘉男致力于故事的情节构思，妻子上野纪子则致力于图画的设计。两人都曾多次获奖。他们的代表作是两人合作的"鼠小弟系列"，深受孩子们的喜爱。

此外，第二次世界大战后的日本在幼儿动画方面也展示了较强的实力。日本的动漫产业非常发达，其产品远销世界各地，深受各国儿童的欢迎。其中，著名的动画影视制作大师宫崎骏堪称日本动漫产业的领军人物。

宫崎骏，他毕业于日本东京学习院大学，1963年进入东映动画公司，1985年与高畑勋等共同创立吉卜力工作室。宫崎骏因多部优秀的动漫作品而在全球动画界享有无可替代的地位。2001年由他执导并参编的动画《千与千寻》获得了第75届奥斯卡最佳长片动画奖。宫崎骏的动画片是能够和迪士尼、梦工厂共分天下的一支重要的东方力量。宫崎骏的每部作品，题材虽然不同，但却都能将梦想、环保、人生、生存这些令人反思的问题，融合其中。他这份执着，不单令全球人与他产生共鸣，更受到全世界的重视。其代表作还有《天空之城》《哈尔的移动城堡》等。

总而言之，日本的幼儿文学比较发达，在整个国际舞台上扮演着重要的角色，尤其是动漫产业和绘本创作在国际上享有很高的声誉。

理论与实践操作

1. 阅读一些亚非拉幼儿文学作家的作品，谈谈感受。
2. 制约亚非拉幼儿文学发展的因素有哪些？

拓展学习书目

［1］若泽·毛罗·德瓦斯康塞洛斯.我亲爱的甜橙树［M］.蔚玲，译.北京：天天出版社，2010.

［2］中江嘉男（文），上野纪子（图）.可爱的鼠小弟系列［M］.赵静，文纪子，译.海口：南海出版公司，2009.

第三节 中国幼儿文学发展史

本节导读

我国的幼儿文学虽然起步晚，但发展较快，所取得的成就也较大、较全面。在短短一百余年的时间里，我国在幼儿诗歌、童话、戏剧、散文等各方面都获得了长足的发展，在世界幼儿文学发展之林中扮演着越来越重要的角色。本节以历史发展为线索，对我国的幼儿文学进行了梳理。

小组探讨

1. 日本幼儿文学的发展对我国幼儿文学发展有什么启示？
2. 当前我国幼儿文学的发展存在哪些问题？未来的发展方向有哪些？

一、发轫草创期

20世纪前我国尚无完全意义上的儿童文学，更不要说幼儿文学了。这是因为在封建宗法制的社会中，泱泱中华只知皇权，不知有人权，而儿童又是人权最为孱弱的群体。作为成人的附庸，他们受制于道统体系中所有的权威。我国有着丰富、瑰丽的民间文化，如《后羿射日》《女娲补天》《精卫填海》《嫦娥奔月》等传说，中国古籍中最早出现具有童话特点的作品并不比西方晚。魏晋南北朝的志怪小说、唐人笔记小说中记载下来的民间童话，比贝洛童话早出近千年，可是这些文学形式没有产生像贝洛童话那样深远的影响。早在1593年我国便出现了第一部儿歌专集《演小儿语》。该作品为明代吕坤所编，其中的儿歌作品极浅、极明、极俗，讹字从其讹，方言仍用方言，但让人感到舒适和放松并有所警悟。

我国古代的神话传说以其奇妙的幻想和趣味，以其对大自然奥秘的烂漫荒诞解释而叩击儿童心灵，无一不具有为幼儿喜闻乐见的性质。所以我国古代的不少民间传说和神话，虽不是专为幼儿所创作，但却为幼儿所喜爱，从而成为幼儿文学之萌芽。

二、初步兴盛期

五四时期是我国幼儿文学的初步兴盛期。我国学者彭斯远认为当时整个中国的儿童文学具有明显和突出的幼儿文学面貌，这为此后幼儿文学的正式产生奠定了基础。

例如，被朱自清辑录于《中国新文学大系：诗集》中的两首小诗，一首是周作人的《儿歌》，一首是胡适的《湖上》。

儿歌

小孩儿，你为什么哭？
你要泥人吗？
你要布老虎吗？
也不要泥人儿，
也不要布老虎。
对面杨柳树上的三只黑老鸹，
哇儿，哇儿地飞去了。

湖上

水上一个萤火，
水里一个萤火，
平排着，
轻轻地，
打我们的船边飞过。
他们俩儿越飞越近，
渐渐地并作了一个。

这两首小诗无论思想、意境还是语言，都具有浅显、明朗和易懂的幼儿诗歌的特点。同时，20世纪初郑振铎的《春游》《小猫》、叶圣陶的《蝴蝶歌》、汪静之的《疑问》、康白情的《和平的春里》等短诗，都是供幼儿吟咏的典型的幼儿诗。

除了韵文，散文体的童话、寓言和故事，也是呈现在幼儿阅

读视野里的宠物。1909年孙毓修用白话出版了《童话》丛书,这部作品可以说是古今中外儿童文学读物之大成。此外,叶圣陶创作的第一批童话、黎锦晖的童话歌舞剧和《小朋友》杂志,都适合幼儿阅读和欣赏。

梁启超对中国儿童文学的启蒙也有极大的影响,他比较关注文学同"童孺"的关系,曾创作过好多供小学生咏唱的儿童歌谣,此外,他认真推进《学堂乐歌》,使之成为20世纪初我国儿童精神表现的重大现象和特征之一。但同时,他的主张也具有鲜明的政治功利色彩,他倡导文学"开启民智""疗救国民根性"的功能。我国的儿童文学从这一时期起就被注入"社会功能"和"政治目的",奠定了"工具性"的基础。

朱自强认为中国儿童文学的母体是西方儿童文学,西方儿童文学是在五四时期正式进入中国的,这一时期的儿童文学明显以译介为主要特点。沈雁冰主编的《小说月报》和王蕴章主编的《妇女杂志》都以不同方式翻译、刊登安徒生、格林兄弟、王尔德、梅特林克、托尔斯泰等作家的儿童文学作品。鲁迅、周作人兄弟二人在留学日本期间开始译介西方儿童文学,郑振铎、穆木天、赵景深、顾均正、赵元任、严既澄、徐调孚、陈伯吹等人也都做了大量译介工作。著名语言学家赵元任1922年译介了风靡欧美的《爱丽丝漫游奇境记》。1928年,另一部著名童话《木偶奇遇记》也被翻译成中文。1922年,中国现代儿童文学史上最有影响的两份刊物——《儿童世界》和《小朋友》创刊。其中,《儿童世界》几乎每期都登载外国童话和寓言,主编郑振铎亲自撰文介绍《印度寓言》《莱辛寓言》《列那狐的故事》等作品。在译介的作品中,安徒生的童话引起人们的极大兴趣。1925年,安徒生诞生120周年及逝世50周年,大型刊物《小说月报》整整两期刊出"安徒生号"。郑振铎称安徒生是世界上最伟大的童话作家,称其童话是儿童最好的读物,并认为他的伟大就在于他以他的童心和诗才开辟了一个童话的天地,给文学一个新的式样。很多作家受到安徒生的影响很大,如严文井读了安徒生的《夜莺》等童话后深受触动,说:"安徒生给我很大的震动,他的书引起我对美和纯文学的兴趣。"

除翻译作品外,一些作家着手创作了一批文学精品,如沈从文于1928年出版了我国第一部长篇童话《阿丽思中国游记》,陈伯吹于1931年起开始创作《阿丽思小姐》。这一时期最大的收获还有张天翼创作的童话。20世纪30年代初,张天翼发表了《大林和小林》和《秃秃大王》,作品从儿童的生活经验出发,用巧妙的艺术手法展开故事,荒诞怪异,充满游戏性。冰心的《寄小读者》从20世纪20年代到1947年就发行了36版。在我国香港,黄庆云主编的半月刊《新儿童》创刊,黄庆云还出版了《庆云童话集》《庆云儿童故事集》等。

在理论研究方面,著名学者李叔同对儿童歌咏、儿童艺术和戏剧的审美形态进行了开拓性的研究。郭沫若1921年1月发表的《儿童文学之管见》是在当时文艺界引起过重要影响的儿童文学理论文章。赵景深在这一时期先后出版了《童话概要》《童话论集》《童话学ABC》《〈儿童文学小论〉参考资料》《童话评论》等论著，对我国的儿童文学理论研究作出了开创性的贡献。

20世纪三四十年代的中国可谓"遍体鳞伤"，既有国内战争又有外敌入侵，这种背景下需要的是能够直接反映现实问题的文学作品。以张天翼、陈伯吹、严文井、金近、贺宜、郭风等为代表的儿童文学作家创作了一批与当时的统治阶级对抗，以及与中国的出路和革命联系在一起的作品，其中，儿童剧、报告文学和小说等容易体现现实意义的作品居多，而童话、散文等浪漫性、抒情性文体相对来说比较少。

三、高度繁荣期

1949年中华人民共和国成立，结束了多年的战乱生活，人们充满了对未来的信心和希望。中国幼儿文学与年轻的共和国一样，洋溢着一股蓬勃向上的生机。黄云生认为，处于上升时期的政治氛围使作家们很自然地形成了丰富的想象，而这一特征又与儿童文学本身所具有的浪漫主义气质相契合。于是新的思想、新的表现对象、新的创作力量，创造了新的主题、新的题材、新的人物形象。

这一时期幼儿文学的作品数量和质量都有很大的发展，并且强烈地吸引着小读者。

例如，柯岩于1955年创作的《儿童诗三首》——《小弟和小猫》《我的小竹竿》《坐火车》在《人民文学》发表后，立即赢得广大幼儿的喜爱并为幼儿文学界所瞩目。柯岩继而发表的"'小兵'的故事"系列更在幼儿诗坛引起轰动效应。柯岩20世纪50年代的创作，大多是幼儿故事诗，这些诗作的主要特色是荡漾着动人心弦的幼儿情趣。还有任大霖的《蟋蟀》、张天翼的《宝葫芦的秘密》和童话剧《大灰狼》、陈伯吹的《一只想飞的猫》、贺宜的《小公鸡历险记》、金近的《小鸭子学游泳》、包蕾

的《小金鱼拔牙齿》、葛翠琳的《野葡萄》、洪汛涛的《神笔马良》等,这些作品描绘了一个个生动活泼的艺术形象,这些作品都散发出耀眼的光彩,深深地吸引着广大幼儿读者。

20世纪50年代后,苏联儿童文学对我国幼儿文学的影响巨大而深广。我国外国儿童文学研究专家韦苇认为,论及外国儿童文学对中国儿童文学影响之深广,是没有第二个国家可与苏联匹比的。其中,高尔基的《儿童文学主题论》不仅对我国当时的幼儿文学的创作有着指导意义,同时还对我国此后幼儿文学的研究产生了积极的影响。在苏联儿童文学理论的直接和间接影响下,我国幼儿文学的研究初步形成了强调社会主义教育方向性和儿童审美心理的年龄特征的基本特点。尤其值得一提的是孙幼军,他是我国第一个获得国际安徒生奖提名的作家。1961年他出版了《小布头奇遇记》,该作品意趣盎然,有极高的文学声誉。

四、美学回归期

王泉根等学者认为,新时期我国幼儿文学作家的创作从一开始就反思社会、反思人生、反思我国儿童的生存状态。他们的创作实践曾经历了"三个回归":第一个回归是回归文学,他们认为"教育儿童的文学"脱离了文学的本质;第二个回归是回归儿童、回归儿童本位;第三个回归就是回归作家的艺术个性。

这期间,中国幼儿文学展现出多姿多彩的风貌,这主要体现在下述三个方面。

一是幼儿文学报刊不断创办。这一时期幼儿杂志和幼教杂志在全国遍地开花,与幼儿园教育密切相关的《幼儿教育》《学前教育》等专业杂志,以及《婴儿画报》《幼儿画报》《幼儿智力世界》等文学杂志适应家长和小读者的要求,开始大量刊登优秀的文学作品,这客观上刺激了文学创作的发展,并带动了幼儿文学理论研究的发展。全国不少报纸还定期或不定期地开辟幼儿文学专栏,对繁荣创作、推荐新人起了很大作用。

二是幼儿文学作家、理论研究队伍不断壮大。文坛中一大批创作经验丰富的老作家仍然不断地向孩子们奉献着新作。其中最为活跃的有任溶溶、鲁兵、圣野、张继楼、金近、张秋生、方轶群、金波、樊发稼、叶永烈等。同时,我国幼儿文苑一向把新人培养视为自己的职责,20世纪80年代成长起来的幼儿文学作家,如郑渊洁、冰波、周锐、郑春华、高洪波、谭小乔、杜虹、王一梅等在幼儿文学创作方面作出了杰出贡献;而以蒋风、韦苇、黄云生、王泉根、方卫平等学者为代表的儿童文学理论工作者也共同开创了幼儿文学研究的新局面。

三是幼儿文学作品大量出版发行。有了充足数量的高素质作家,幼儿文学作品的量和质才能得到确切的保证。个人作品集有郑春华的幼儿生活故事"大头儿子和小头爸爸"系列、谢华的《岩石上的小蝌蚪》、李华的《会飞的蘑菇》等。幼儿文学丛书有少年儿童出版社出版的由鲁兵主编的"365夜"等丛书；安徽少年儿童出版社推出的"中国著名作家幼儿文学作品丛书"，其中包括陈伯吹、贺宜、严文井、金近、包蕾、柯岩、鲁兵、葛翠琳等人的作品；明天出版社出版的"中国幼儿文学家丛书"，其中包括孙幼军、张秋生、郑春华、冰波、李少白和武玉桂等作家的作品。在汇编作品中，有两套丛书特别值得一提：一部是中国出版工作者协会（现中国出版协会）幼儿读物研究会编辑的《中国幼儿文学集成（1919—1989）》（由重庆出版社出版）；另一部是张美妮和巢扬主编的《中国新时期幼儿文学大系》（由未来出版社出版）。这两套书的发行在记载保存我国现当代幼儿文学的珍贵史料方面具有不可磨灭的价值。同时，在翻译界，20世纪八九十年代译介西方儿童文学再一次形成热潮，这时期翻译的作品数量之多、门类之广、对我国幼儿文学影响之深，远胜于五四前后第一次译介热潮。例如，1982年任溶溶翻译的《长袜子皮皮》在上海《新民晚报》上连载，大受幼儿欢迎。

20世纪90年代之后，作家是在市场经济、传媒多样化的环境中成长的，这正是我国改革开放的年代，更具青春滋润的灵气，更富先锋张力的姿态。这一时期的创作更多地走向儿童内心世界，追求表现风格的多样化，追求鲜明的艺术个性。幼儿文学的文学性、儿童性进一步得以彰显，例如，郑春华的"大头儿子和小头爸爸"系列和汤素兰"笨狼"系列等作品，摆脱了以往"主题先行"、一味凸显"思想性"的窠臼，充满意趣，为幼儿文学创作带来清新的气息，与幼儿教育界进一步明确文学教育回归"文学性"的主旨相吻合。与此同时，幼儿读物出版界内部有了很大的变化，明确了"儿童本位"的理念，开始与幼儿教育界、幼儿家长等密切接触。同时，美国、日本等国家的一些出版公司逐渐以各种形式进入我国，短时间内我们就引进了大量优秀的幼儿读物。

目前，我国幼儿文学虽然取得了较大的成绩，但是幼儿文学给人的感觉有时似乎仍是糊弄孩子的文学"小儿科"，终究不成什么气候。虽然现状不容乐观，但我们不应丧失努力的信心。全社会要真正加强对幼儿文学的认识,一方面,不要过分强调其"工具性",而要真正挖掘其文学性和艺术性;另一方面,应不断提升幼儿文学创作的思想和美学内涵,不断拓展幼儿文学的艺术空间,这也应该是我国幼儿文学创作的一个重要努力方向。

拓展学习书目

[1] 樊发稼. 樊发稼三十年儿童文学评论选[M]. 上海:少年儿童出版社,2010.

[2] 蒋风. 中国儿童文学发展史[M]. 上海:少年儿童出版社,2007.

[3] 刘绪源. 中国儿童文学史略[M]. 上海:复旦大学出版社,2020.

[4] 杜传坤. 20世纪中国幼儿文学史论[M]. 北京:北京大学出版社,2020.

关于这一节，请留下你的建议吧，谢谢！

第三章 幼儿文学文体篇

第一节 幼儿诗歌

> **本节导读**
>
> 通过本节的学习,在理论方面,应掌握儿歌和幼儿诗的概念,理解儿歌和幼儿诗的艺术特征,了解儿歌和幼儿诗的主要类型;在实践方面,应培养和提高对幼儿诗歌的阅读鉴赏能力和创作素养。

> **小组探讨**
>
> 还记得小时候听过或念过的童谣吗?试举例说明它们为什么能一代代流传下来。

一、儿歌

(一)儿歌概说

1. 儿歌的概念

儿歌也称"童谣",是一种适合幼儿听赏诵唱的歌谣,是幼儿最早接触的文学样式,是幼儿文学最古老、最基本的体裁形式之一。

在幼儿文学中,作为一种口头文学样式,儿歌最具有人之初文学的意义。儿歌生长于民间文学的土壤,合辙押韵,有明显的实用性和游戏性。从呱呱坠地开始,幼儿就与儿歌相依相伴,可以说,有孩子,就有儿歌。聆听着轻快悦耳的儿歌,吟唱着朗朗上口的儿歌,孩子们度过了纯真美好的幼年时光,如下面这首儿歌:

月光走,我也走,我跟月光提花篓,一提提到园门口。摘把苋菜摘把葱,摘些茄子满篓红,摘把韭菜塞篓角,摘个葫芦毛茸茸。

这首江西儿歌描绘了一个小孩子在月夜以月为灯,提篓到菜园摘菜的情景,表达了月下劳动的喜悦之情。

作为人一生中最早接触的文学样式,儿歌对开启婴幼儿的心智,陶冶他们的性情,训练他们的语言有着重要的作用。我国著名儿童文学作家、理论家高洪波曾这样说过:"用儿歌的音韵、节奏来营养的童年,注定是幸福的童年。"因为儿歌给了孩子幼小的心灵最初的美的熏陶和爱的滋润,如王承华的《小乌龟》:

小乌龟,
没礼貌,
我想和它说句话,
它却缩头又缩脑。

再如成再耕的《山羊》:

胡子一大把,
天天喊"妈妈"。
样子像老头,
声音像娃娃。
我们不学你,
大了要耍嗲。

这两首儿歌都采用了拟人的手法,将幼儿熟悉的小动物幻化为人的形象,符合幼儿想象力丰富的特点。其短小活泼的形式、幽默晓畅的语言,既能打动幼儿纯洁的童心,又能使他们在极富幼儿情趣的审美氛围中感受到生活的真善美,体悟到儿歌独特的艺术魅力。

由此可见,作为幼儿文学不可或缺的一种文学样式,儿歌应该符合幼儿特有的心理需求和欣赏趣味,应该从幼儿的角度出发,反映他们对外在世界的认识,既富有幼儿情趣,又具有民歌艺术风格。黄庆云曾说:"很难设想,一个没有唱过儿歌的孩子能快乐地成长起来。"优秀的儿歌宛如天籁之音,滋润着幼儿稚嫩的心田,在他们心中播下至真、至善、至美的种子,伴随着他们快乐地成长,就像明代学者吕坤在《演小儿语》的序中所说"童时习之,可以终身体认"。

2. 儿歌的发展历史

我国的儿歌有着悠久的历史，它起源于民间，是劳动人民用以表达自己思想感情和情感倾向的一种口头创作，口耳相授、代代相传。如秦始皇时期的一首童谣"阿房，阿房，亡始皇"，用凝练简洁、晓畅易懂的语言倾泻出了民众鲜明的情感指向。在当时，这类歌谣还没有一个统一的称谓，人们常常将之称为"童谣""孺子歌""小儿语""小儿谣""童儿歌"等，一般指传唱于儿童之口的没有乐谱的歌谣。

关于儿歌的最早记载可追溯到两千多年以前的作品，如《国语》《左传》《战国策》等古代典籍。《国语·晋语》（韦昭注）中说："童，童子。徒歌曰语。"不过由上古流传下来的童谣并未真正立足于并为幼儿这一特有群体而书写，歌谣中也未真正体现出幼儿特有的童真与童趣，它们更多地是为政治服务的工具，为政治而吟诵，且多以预示祸福吉凶的谶语的形式出现。直到明代，文学家杨慎对童谣作出了进一步的诠释，在《丹铅总录》卷二五中，他认为："徒歌者，谓不用丝竹相和也……童子歌曰童谣，以其出自胸臆，不由人教也。"杨慎突出强调了童谣自身的创作规律，他所编辑整理的《古今风谣》便收录了不少凝聚着幼儿审美内蕴的生动有趣的童谣，如"牵郎郎，拽弟弟，打破碗儿便作地"。质朴平易的语言、舒缓有致的节奏足以令小读者感受到童年的快乐时光。杨慎的努力使以前难登大雅之堂的童谣逐渐为人们所关注。

16世纪末，明代学者吕坤编辑的《演小儿语》问世，这是我国最早的一部儿歌专集。全书在收集河北、河南、陕西、山西等地民间童谣的基础上创作整理而成，共有儿歌46首。此后文人整理编撰的童谣集日益增多。19世纪中叶，清代郑旭旦编的《天籁集》、悟痴生编的《广天籁集》以及清末意大利驻中国使馆官员韦大利编的《北京儿歌》等相继问世。这些人对儿歌的收集整理工作为现代儿歌的发展奠定了良好的基础。其中，郑旭旦把儿歌称作"天地之妙文"，肯定了儿歌的价值。

五四时期儿歌的重要性日渐为人们所认识。1918年2月，北京大学专门设立了歌谣征集处，1920年冬，歌谣征集处更名为歌谣研究会。1922年该研究会创办《歌谣周刊》，工作人员开始着手对儿歌进行较深入的研究，我国的现代儿歌也由此发端。在这一时期，由于许多醉心于儿歌创作的人们多使用"儿歌"这一称谓，于是"儿歌"这一概念得以普及并沿用至今。陶行知便是当时的儿歌创作能手，他写了一首《手脑相长歌》。这首儿歌易诵易记，在当时广为流传的《手脑相长歌》内容如下：

人生两个宝，
双手与大脑；

用脑不用手，
快要被打倒；
用手不用脑，
饭也吃不饱；
手脑都会用，
才算是开天辟地的大好佬！

1949年中华人民共和国成立以后，儿歌的创作园地更加馥郁芬芳，涌现出了许多挚爱儿歌、热心于儿歌创作的作家和大量的儿歌作品。但在"文化大革命"十年文化浩劫中，儿歌创作渐入低谷，即使还存有部分儿歌创作，多数也已不再是真正意义上为幼儿而书写，也不再具备儿歌的基本艺术特色。

"文化大革命"结束后，新时期以来，儿歌再次焕发出勃勃生机。新创作的儿歌、编辑整理的儿歌集大量涌现，研究儿歌的理论文章也层出不穷，这些都显示出了儿歌在当代发展的巨大潜力，亦在一定程度上显现出了儿歌创作发展的繁荣局面。

1999年，联合国教科文组织将每年的3月21日定为世界儿歌日。21世纪伊始，北京大学教授、著名学者陈平原就曾预言儿歌将在21世纪重新回到文学的主体地位。我们将看到，儿歌作为一种激发想象力和表现才情的最本真的文学样式，会散发出钻石般的璀璨的光芒。

（二）儿歌的特征

儿歌属于诗歌范畴，具有诗歌的一般属性，同时，因其接受对象的年龄特点，儿歌也具有自身的特征。儿歌以低幼儿童为主要接受对象，内容贴近低幼儿童的生活，表达上符合低幼儿童的语言特点和审美情趣，一般采用口语化韵语来叙事表意。具体来说，儿歌主要有以下特征。

1. 儿歌具有童趣美

童趣，包含着天真的孩童对这个世界质朴的热爱、率真的好奇，儿歌所表现的正是幼儿那颗童心对人、对物、对自然的感受，是发自幼儿内心的情感。童趣美是儿歌吸引幼儿由生活走向审美的桥梁，如樊发稼的《小蘑菇》：

小蘑菇，

你真傻！

太阳，

没晒，

大雨，

没下，

你老撑着小伞，

干啥？

在天真的幼儿眼中，蘑菇跟自己一样，是一个小孩子。不过，幼儿觉得这个孩子有点儿一根筋，老是撑着一把小伞，让幼儿看着着急。于是，幼儿好意地去跟蘑菇对话，自然地抒发内心的感受：老撑着一把伞多累呀，蘑菇，真傻！

蚂蚁是幼儿最熟悉的玩伴之一，那么，在幼儿眼中，小小的蚂蚁到底是什么样的呢？让我们来看看李文雁的《小蚂蚁》：

小蚂蚁，

小蚂蚁，

见面碰碰小触须。

你碰我，

我碰你，

报告一个好消息：

排队走，

一、二、一，

大家去抬一粒米。

幼儿眼中的小蚂蚁，仿佛就是一群小士兵，整整齐齐列队而行，原来是去完成一个"大"任务。细致的观察、天真的想象、活泼的情景，构成了幼儿世界中的"真情趣"。

我们再来看看鲁兵的《小刺猬理发》：

小刺猬，

去理发，

嚓嚓嚓，

嚓嚓嚓，

理完头发瞧瞧他，

不是小刺猬，

是个小娃娃。

短短的几句，描绘了一个小朋友的形象，这个小朋友平时不讲卫生，不爱理发，把自己搞得蓬头垢面的，就像一个小刺猬。儿歌善意地批评了小朋友的不良生活习惯，让他们在笑声中接受教育，充满了机智、趣味和幽默感，让我们深深感受到了儿歌的童趣美。

儿歌，就是这样单纯、直观、具体、形象、活泼又生动，洋溢着浓浓的儿童情趣，没有童趣的儿歌是没有生命力的。

2. 儿歌具有音乐美

儿歌主要是供幼童吟唱的，或者是成人吟唱给孩子们听的，表现出很强的口头文学特征，所以，儿歌是一种听觉艺术，具有韵文的艺术特征。儿歌大多篇幅短小，却朗朗上口、轻快和谐，具有强烈的节奏感和音韵美。现代心理学研究表明，婴幼儿对音乐的敏感几乎是先天的、本能的。儿歌的音乐感、和谐美，能带给幼儿美的熏陶，给予他们愉悦的体验。

儿歌的音乐美主要体现在韵律和节奏上。

作为韵文文学作品，儿歌在语言形式上的特点是必须要押韵，也就是说儿歌中若干句子最后一个字的韵母应相同或相近，以使作品读起来朗朗上口、韵律和谐。常见的押韵形式主要有四种：一是连韵，也就是句句押韵，一韵到底；二是隔行押韵，一般是一、二、四句押韵，这与唐诗绝句的押韵位置差不多（绝句要求二、四句押韵）；三是几行一转韵，一般用于篇幅相对较长的儿歌，转韵要自然和谐；四是用相同的一个字结尾，如字头歌，每句都用"子""头""儿"等字收尾。在韵脚的选择上，儿歌一般以开口韵居多，因为开口韵气流通畅、声音响亮悠长，方便低幼儿童吟诵，而且开口韵的韵脚较多，选择余地较大。

节奏是儿歌的灵魂。所谓节奏，就是每个音组有一定规律，音步统一而协调。使用有规律的句式是使儿歌产生节奏感的重要方法，另外，押韵和重叠句式的运用也可以加强儿歌的节奏感。一般而言，三字句为两个音步，五字句为三个音步，七字句为四个音步，如郑春华的《睡午觉》：

枕头放放平，　　　×× ×× ×

花被盖盖好。　　　×× ×× ×

小枕头，　　　　　× ××

小花被，　　　　　× ××

跟我一起睡午觉，　×× ×× × ××

看谁先睡着。　　　×× × ××

儿歌的节奏是明快自然的，看似随意，然而又符合节律，丝毫不加雕饰，朗读时如珠落玉盘，清亮悦耳，明快跳跃。让我们来看看下面这首传统儿歌《摇摇船》：

摇摇摇，

摇摇摇，

一摇摇到外婆桥，

外婆叫我好宝宝。

糖一包，

果一包，

还有饼儿还有糕，

吃了糕饼上学校。

这首儿歌明白如话、节奏明快、音韵流畅，韵脚落点自然，节律是"三七言"的自然转化，朗读起来轻快跳跃、错落有致。

句式的变化也是增强儿歌节奏感的有效手段。儿歌的句式非常富于变化，三言、五言、七言居多，也可以是一言、二言、三言、四言，直至七言等更多变化。尽管儿歌可以由杂言句式组成，但必须在统一中求变通，不可因变通而破坏统一的格局，否则就会影响儿歌音乐的美感。让我们来看看任溶溶的儿歌《我给小鸡取名字》：

一、二、三、四、五、六、七，

妈妈买了七只鸡，

我给小鸡取名字。

小一、
　小二、
　　小三、
　　　小四、
　　　　小五、
　　　　　小六，
　　　　　　小七。
它们一下都走散，
一只东来一只西，
于是再也认不出，
谁是
小七、
　小六、
　　小五、
　　　小四、
　　　　小三、
　　　　　小二，
　　　　　　小一。

这首儿歌童趣盎然、清新活泼，特别是在节奏上不拘泥于形式，音韵变化自然，简洁明快且灵活多变，不仅读起来朗朗上口，看起来也生动活泼，仿佛一群淘气好动的小鸡跃然纸上。

为了加强音乐美的效果，儿歌中还经常采用双声叠韵词、叠词和摹声词，如英国著名诗人里弗茨的《巴喳——巴喳》：

穿上大皮靴在林子里走，
巴喳——巴喳！
"笃笃"听见这声音，
就一下躲到了树枝间。
"吱吱"一下窜上了松树，
"蹦蹦"一下钻进了密林。
"叽叽"嘟一下飞进绿叶中，

"沙沙"哧一下溜进了黑洞。
全都悄没声儿地蹲在看不见的地方，
目不转睛地看着"巴喳——巴喳"越走越远。

这是一首构思别致、非常有名的儿歌。在这首儿歌中，诗人巧妙地勾画了一幅森林安详的气氛被人类打扰后动物们紧张不安的场景，没有半个字的说教，却让人体会到人与自然、人与动物之间的和谐是那么可贵，从而让人认识到人类应该尊重动物、尊重自然界中每一个生命。这首儿歌借助有趣的象声词和形象的动词把不同动物的表现描绘得淋漓尽致，极富音乐美。有一群声音躲起来了——"笃笃""吱吱""蹦蹦""叽叽""沙沙"，这群声音是谁啊？他们怎么躲的啊？躲起来之后怎样了呀……谜语般的表现形式对激发幼儿的思维很有帮助。

儿歌是诗，更是歌，它给天真无邪的孩童以知识的陶冶和美的感受；儿歌是文字，更是天籁，是"风行水上，自然成文"，是"花散月前，无心起舞"。

3. 儿歌具有游戏性

儿歌最早就是从游戏中发展起来的，有着很明显的游戏成分。喜爱游戏是幼儿的天性。鲁迅曾经说过："游戏是儿童最正当的行为。"幼儿的生活中，游戏占了相当大的比重。在众多的传统儿歌中，如游戏歌、问答歌、数数歌、颠倒歌、连锁调、绕口令等，无不充满浓厚的游戏精神。儿歌的游戏性使它成为最适宜开展亲子活动的文体。在和幼儿玩游戏时，配合游戏一边玩一边念唱儿歌，可以锻炼幼儿的语言和思维能力。还记得小时候外婆教我们玩推磨的游戏吗？坐在小靠背木椅上，外婆面对面地握住我们的一双小手，拉过来，推过去，念念有词重复着推磨的童谣：

推磨摇磨，
推个粑粑吃不够，
推粑粑，请嘎嘎，
嘎嘎不吃酸粑粑；推汤圆儿，请幺姨，
幺姨不吃酸汤圆儿；推豆腐，请舅母，
舅母不吃酸豆腐……

在富于变化的音乐节奏中，幼儿不仅获得了语言的快感，还进行了身体的训练。一般形式的儿歌也非常注重动作性，让幼儿在边游戏边诵读中寻找快感和乐趣，在不经意间得到了思维和语言的训练。因此，歌戏互补是儿歌的一个重要特征，如邓国英的《洗脚》：

小脚丫，胖脚丫，
脚盆里，划呀划，
扑哧扑哧打水花，
好像两只小白鸭。

这首儿歌，游戏性极强，幼儿小胖脚的活泼可爱跃然纸上。幼儿往往一边朗读儿歌，一边兴奋地摆动着小脚丫，在洗脚时，也不忘把自己的小脚变成"小白鸭"，戏水玩乐，好不愉快。

再如滕毓旭的《黄豆荚》：

黄豆荚，
真可爱，
里面住满豆乖乖。
秋天到，
房门开，
豆乖乖嘎嘣跳出来。
排着队，
一二一，
走进农民大口袋。

这首儿歌的游戏性也很明显，动词"住""开""跳""排""走"很具体直观，具有可操作性。故朗读儿歌时，十分讲究动态的设计，即使是描述静态的事物（黄豆荚），也在拟人化中赋予它游戏的动感。

（三）儿歌的分类

儿歌目前尚无统一的分类标准。

有研究者根据吟唱主体的不同，将儿歌分为"母歌"和"儿戏"，前者指婴幼儿尚在襁褓之中时长者为他们吟唱的摇篮曲，后者指幼儿嬉戏时念唱的歌谣。

从创作者的角度，可以将儿歌分为民间儿歌和创作儿歌两大类。

从形式上,可以将儿歌分为三言、五言、七言、杂言以及流传甚广的传统形式儿歌。

从内容上,可以将儿歌分为德育儿歌、生活儿歌、知识儿歌、谐趣儿歌、游戏儿歌等。

(四)我国儿歌的传统艺术形式

我国的儿歌经过几千年的历史传承,形成了一些深受幼儿喜爱的特殊的传统艺术形式,这些传统艺术形式至今仍为儿歌作家所借鉴。我国儿歌的传统艺术形式主要有以下几种。

1. 摇篮曲

摇篮曲又称摇篮歌、催眠曲,古称抚儿歌,是母亲或其他成人在看护婴幼儿、哄婴幼儿睡觉时深情吟诵的短小歌谣,是人出生后最早接触的文学样式。睡眠是婴幼儿重要的生活内容,母亲哄孩子入睡时吟唱摇篮曲,可以使孩子在妈妈的歌声中感受到温柔的母爱,在恬静的气氛中安然入睡,母爱是摇篮曲的主旋律。摇篮曲情感温柔、韵律和谐、节奏舒缓,对幼儿的作用在声不在义,适合低声轻吟,能使幼儿神经舒缓、放松,从而渐入梦乡。

摇篮曲一般表达的是长辈对晚辈的抚慰和对他们未来前途的期望与祝福。摇篮曲有民间流传的,也有作家创作的。民间流传的摇篮曲数量较多,具有较强的民族风格和地域色彩,大多比较简单,如四川民间流传的摇篮曲《觉觉喽》:

啊哦……

啊哦……

乖乖哟……

觉觉哟……

狗不咬哟……

猫不叫哟……

乖乖睡觉觉喽……

这首摇篮曲语言非常简单,没有明确的意义,只是一些和谐的词语的连缀和重复,是吟唱者的即兴创作,但音韵轻柔悦耳,节奏舒缓和谐。我们可以想象一下:夜深了,妈妈把小宝宝轻轻地揽入怀中,微微摇动宝宝的身子,甜美深情地哼唱着这首摇篮曲,宝宝在妈妈温柔的吟唱中定会慢慢地进入甜美的梦乡。

作家创作的摇篮曲一般有明确文学内容的歌词,讲求艺术技巧,如陈伯吹的《摇篮曲》：

风不吹，浪不高，
小小船儿轻轻摇，
小宝宝啊要睡觉；

风不吹，树不摇，
小鸟不飞也不叫，
小宝宝啊快睡觉；

风不吹，云不飘，
蓝蓝的天空静悄悄，
小宝宝啊，
好好睡一觉。

这首摇篮曲分三个小节，总体上渲染出一种静谧的氛围，但又有层次变化，风越来越小，夜越来越静，宝宝正渐渐地安然入睡，曲中流溢着柔柔的母爱，甜美而温馨。

我们再来看看黄庆云这首著名的《摇篮曲》：

蓝天是摇篮，
摇着星宝宝，
白云轻轻飘，
星宝宝睡着了。

大海是摇篮，
摇着鱼宝宝，
浪花轻轻翻，
鱼宝宝睡着了。

花园是摇篮，
摇着花宝宝，
风儿轻轻吹，
花宝宝睡着了。

妈妈的手是摇篮，
摇着小宝宝，
歌儿轻轻唱，
宝宝睡着了。

作者运用比喻和拟人的手法，为我们描绘了"蓝天""大海""花园"和"妈妈的手"四幅温馨浪漫的画面，意境深邃而优美。整首摇篮曲一韵到底、音韵柔和、节奏舒缓，温存的母爱就在徐徐地吟唱中传递出来，给孩子最初的情感滋养和语言熏陶。

2. 游戏歌

游戏歌是指配合游戏动作而吟唱的歌谣。游戏是幼儿最喜欢的活动方式，在游戏中朗诵儿歌，可以增强游戏的娱乐性和幼儿的愉悦感，同时也可使游戏轻松易行，儿歌中的踢毽歌、跳绳歌、拍手歌等就是游戏歌，如四川民间童谣《斗虫虫》：

斗虫虫，
咬手手，
虫虫虫虫——飞！

在幼儿园里幼儿教师也常常用游戏歌来组织幼儿开展游戏活动，如《狼，老狼，几点钟？》，这首流传甚广的游戏歌是幼儿园开展集体反应跑游戏活动时伴唱的重要内容。

由于游戏歌的内容往往与游戏动作相协调，因此显得生动活泼，深受幼儿喜爱。许多作家也创作了不少游戏歌，如张继楼的《做手影》：

兔来了，狼来了，
螃蟹爬上墙来了，
电灯一关都跑了，
电灯一开都来了。

孩子们在玩手影游戏时可以一边吟唱这首儿歌，一边以手形完成各种有趣的动作。同时，人们也可以按这首儿歌的节奏增加手影动作，丰富儿歌内容。

有些作家在创作游戏歌时还吸取了传统民谣的一些元素，如李培美的《翻绳谣》：

翻，翻，翻翻绳儿，
翻的花样真逗人儿。

你翻一个大鸡爪,

我翻面条一根根儿。

你翻一张小渔网,

我翻一个洗澡盆儿。

翻呀翻,翻翻绳儿,

赛赛宝宝的巧手。

翻呀翻,翻翻绳儿,

乐呀乐得笑出了声儿。

手指谣也是一种游戏歌。手指谣是一种把儿歌与手指游戏相结合的游戏儿歌,主要面向 0—6 岁的幼儿。除了具有一般儿歌的作用之外,手指谣还可以训练幼儿手指动作的协调性,如《小手拍拍》:

小手小手拍拍拍,(双手做拍手动作)

小手小手伸出来。(双手张开,两臂前伸)

小手小手拍拍拍,(双手做拍手动作)

小手小手举起来。(双手张开,两臂上举)

小手小手拍拍拍,(双手做拍手动作)

小手小手转起来。(双手握拳,双臂屈肘,在胸前做内外绕环)

小手小手拍拍拍,(双手做拍手动作)

小手小手藏起来。(双手放在背后)

科学研究表明,对婴幼儿来说,运动能力与大脑发育水平呈正相关,尤其是婴儿,而手指谣有助于训练他们双手的灵活性与协调能力,对他们精细动作的发展非常有利。例如,前面谈到的《斗虫虫》,妈妈可以一边念儿歌,一边握住婴幼儿的双手,两手食指相点,念到"飞"的时候,把两只小手分开。这样能帮助婴幼儿锻炼手指的灵活性,培养他们精细运动的能力,刺激大脑发育。所以,现在手指谣不仅广泛用于幼儿园的活动教学,还成为早期教育中亲子活动的基本内容。大多数父母都会一些手指谣,有些人还改编创作了一些手指谣。这些创编的手指谣，一般取材于幼儿的日常生活，内容浅显，语言流畅，节奏明快，韵律和谐，配合相应的手部动作，不但能使幼儿的心性得到陶冶，使他们双手的灵活性和协调性得到锻炼，还能使他们的大脑得到综合全面的训练，能有效地提高他们的学习能力和智力发展水平。同时，手指谣还给家长提供了一个与孩子一起边念、边听、边玩、边做的亲子活动机会，让孩子在充满亲情的良好环境中享受文学带来的乐趣。此外，儿歌的游戏性也为手指谣的改编提供了可能。

3. 数数歌

数数歌是培养幼儿对数的初步认识的儿歌。这种儿歌把数数与文学巧妙结合，既能帮助幼儿掌握简单的数的概念，又能训练幼儿的抽象思维能力，是对幼儿进行形象化的数学启蒙教育的素材。

有的数数歌把抽象的数字形象化，有助于激发幼儿对数的兴趣，如郭明志的《数数歌》：

"1"像铅笔细长条，
"2"像小鸭水上漂。
"3"像耳朵听声音，
"4"像小旗随风摇。
"5"像秤钩来称菜，
"6"像豆芽咧嘴笑。
"7"像镰刀割青草，
"8"像麻花拧一遭。
"9"像勺子能吃饭，
"0"像鸡蛋做蛋糕。

有的数数歌利用数序的变化来组织内容，增加了儿歌的趣味性，如金近的《数字歌》：

一二三，
爬上山。
四五六，
翻跟头，
七八九，
拍皮球。

伸出两只手，

十个手指头。

还有的数数歌加入了简单的计算，使数数与运算融为一体，形成竞赛式的游戏效果，如童谣《蛤蟆下水》：

一只蛤蟆一张嘴，

两只眼睛四条腿，

扑通一声跳下水；

两只蛤蟆两张嘴，

四只眼睛八条腿，

扑通扑通跳下水；

……

这样的儿歌不仅能锻炼幼儿数数的能力，而且要求幼儿根据蛤蟆的数目计算出蛤蟆的嘴、眼、腿的数目，无疑对提高幼儿的计算能力也有一定作用。这种有一定难度的数数歌，往往还能激发较大幼儿的思维积极性，培养他们的思维能力。

在传统的数数歌中，《七个阿姨来摘果》堪称经典之作，内容如下：

一二三四五六七，

七六五四三二一，

七个阿姨来摘果，

七个花篮手中提，

七个果子摆七样：

苹果、桃儿、石榴、柿子、李子、栗子、梨。

这首儿歌中提到的东西都是幼儿生活中经常见到的物品，形象非常鲜明；数数中有顺数有倒数，节奏感很强；结尾的时候果子的名称突然由双音节变成单音节，戛然而止，体现了儿歌的音律之美。

4. 问答歌

问答歌又称对歌,还有的人称之为问答调、盘歌。它通过设问和作答的形式,引导幼儿去观察周围的事物,启发幼儿思考,从而引导幼儿认识相关事物或明白相应道理。问答歌句式简单,形式活泼。有的问答歌采用一问一答的形式,如《谁会跑?》:

谁会跑?

马会跑。

马儿怎样跑?

四脚离地身不摇。

谁会飞?

鸟会飞。

鸟儿怎样飞?

张开翅膀满天飞。

谁会爬?

虫会爬,

虫儿怎样爬?

许多脚儿向前爬。

谁会游?

鱼会游。

鱼儿怎样游?

摇摇尾巴点点头。

有的问答歌采用分段问答(连问连答)的形式,如陈西又的《叫声歌》:

什么"汪汪"能看家?

什么"喔喔"清早啼?

什么"喵喵"抓老鼠?

什么"哞哞"会耕地?

小狗"汪汪"能看家。

公鸡"喔喔"清早啼。

小猫"喵喵"抓老鼠。

老牛"哞哞"会耕地。

还有的问答歌把问答一直延续下去，多问多答，直到问不出或答不出为止。幼儿教师在组织幼儿进行集体游戏时也经常采用问答歌的形式，如："嗨！嗨！我的火车要开了／开到哪里去？／开到××（地名）去。"在你问我答间，幼儿的思维和想象力得到激发，他们增长了知识，扩展了眼界，语言能力也得到了训练。

5. 连锁调

连锁调也称连锁歌、连珠体儿歌、衔尾式儿歌，是用顶针的修辞手法来组织内容的儿歌。这类儿歌往往"随韵接合，义不相贯"，将上一句末尾的字或词作为下一句的开头，或者前后句随韵黏合，逐句相连，类似接口令的方式，环环相扣，一气呵成。这类儿歌，上下句连锁相扣，连得有趣，深得幼儿喜爱。连锁调在让幼儿获得音乐的快感的同时，又具有语言训练、思维能力培养的功能。传统的连锁调一般没有明确的意思，但节奏鲜明、音韵铿锵、顺口易记。而作家创作的连锁调则讲究内容的表达，往往也更注重内容和形式的统一，如金波的《野牵牛》：

野牵牛，爬高楼；

高楼高，爬树梢；

树梢长，爬东墙；

东墙滑，爬篱笆；

篱笆细，不敢爬，

躺在地上吹喇叭：

滴滴答！滴滴答！

野牵牛花想往高处爬，先选择了高楼，可高楼太高了，爬不上去，于是去爬树梢，树梢又太长了，那就爬东墙吧，可东墙太滑了，怎么办呢？爬篱笆？不行，篱笆太细，它可不敢爬，干脆不爬了，躺在地上吹喇叭玩吧。作者借用传统连锁调的形式，把野牵牛花的形象活脱脱地展现了出来，既生动有趣，又易诵易记。

6. 绕口令

绕口令又称拗口令，属于儿歌中重点练习发音正音的游戏性儿歌。绕口令往往用读音相近或容易读错的字词连缀在一起组成语音拗口的儿歌，是训练幼儿语言和思维的一种儿歌。绕口令除了要求口齿清晰、念得准确无误外，还着重对难点字音进行区别性训练，但它在文学性上往往要求不高。幼儿语言发展的阶段不同，适合的绕口令的难度也不一样。幼儿在朗读绕口令的过程中，一方面，得到了语言与思维方面的训练；另一方面，顺畅的朗读会带给他们极大的成就感和满足感，有利于培养他们的自信心和进取心。《四和十》就是一首经典的绕口令，内容如下：

四和十，十和四，

十四和四十，

四十和十四。

说好四和十得靠舌头和牙齿。

谁说四十是"细席"，

他的舌头没用力；

谁说十四是"适时"，

他的舌头没伸直。

认真学，常练习，

十四、四十、四十四。

7. 颠倒歌

颠倒歌又称错了歌、古怪歌、滑稽歌、倒唱歌，它将自然和社会中正常的关系和常态的特点有意识地加以趣味性颠倒，使幼儿在体验不合理的事物特性中感受到荒诞的情趣，除有助于幼儿认识相关事物和道理之外，还能丰富幼儿的想象力，培养幼儿的幽默感，是集益智和逗乐于一体的儿歌形式，如《稀奇歌》：

一稀奇，南瓜肚里唱京戏；

二稀奇，三岁孩子生胡须；

三稀奇，猴子骑小鸡；

四稀奇，小鱼岸上玩把戏；

五稀奇，小猪穿红衣；

六稀奇，黄狗孵小鸡。

颠倒歌通过反常规的描写，可训练幼儿辨别事物的能力，它幽默诙谐，轻松愉快，迎合了幼儿活泼好奇的天性。

8. 谜语歌

谜语歌以儿歌的形式构成谜语，包括谜面（喻体）、谜目和谜底（本体）三部分。谜面部分描绘现象和事物本质的特征，包含着巧妙的悬念，可锻炼幼儿的推理、判断和联想能力，它浅显有趣、易诵易记，是对幼儿的智力测验。谜语歌一般以幼儿所熟悉、了解的现象或事物为对象，在特点描述上注重概括和形象、显和隐的合理处理，语言既浅显、生动、准确，又能避免歧义，往往能达到知识性、文学性和趣味性的完美统一。如这首谜底为"荷花"的谜语歌：

一个小姑娘，
生在水中央，
身穿粉红衫，
坐在绿船上。
（打一植物）

9. 字头歌

字头歌每句的最后一个字都相同，常见的有"子""头""儿""了"等。结尾用"子"字就称为"子字歌"，用"头"字就称为"头字歌"。这种儿歌语言亲切有趣，一韵到底，容易记忆，便于流传，深受幼儿的喜爱，如《小兔子开铺子》：

小兔子，开铺子，
一张小桌子，两把小椅子，
三根小绳子，四只小匣子，
五管小笛子，六条小棍子，
七个小盘子，八颗小豆子，
九本小册子，十双小筷子。

(五)儿歌经典作品推介

1. 刘饶民的《摇篮》

天蓝蓝,

海蓝蓝,

小小船儿当摇篮。

海是家,

浪做伴,

白帆带我到处玩。

刘饶民,山东莱西人,是我国20世纪50年代儿童诗歌作家。作品集有《天上星连星》《海边孩子爱唱歌》《儿歌一百首》等,其中《大海的歌》在第二次全国少年儿童文艺创作评奖活动中获二等奖。在作品中,他对海滨风情的描绘令人难以忘怀。

《摇篮》这首儿歌以朴实精练的文字、有趣生动的形象和富有诗意的想象,为幼儿精心编织了一个美丽新奇的摇篮。蓝蓝的天、蓝蓝的海、小小的船儿、飘动的白帆,令幼儿在如诗如画的境界中感受生活的美好与惬意。凭借寥寥数语,作者已将无边无际、奔腾不息的大海幻化为温馨静谧的家园,呈现于幼儿眼前的是一个充溢着幼儿情趣的令人无限向往的快乐天地。

匀称的句式、悦耳的旋律、优美的意境、令人生发无限遐想的空间……这一切都被作者有机统一在了这首儿歌中。

2. 米哈伊尔·尤里耶维奇·莱蒙托夫的《摇篮曲》

睡吧,

我可爱的小宝宝,

睡吧,

睡吧,

月儿静悄悄,

把你摇篮儿照。

我给你讲故事,

给你唱歌谣,

你闭上小眼快睡觉。

睡吧,

睡吧!

米哈伊尔·尤里耶维奇·莱蒙托夫是俄国诗人，上中学时开始写诗，留给世人的作品有约 400 首诗歌，其中绝大多数诗歌是在诗人去世后发表的，代表作有《帆》《剑》《祖国》等。

《摇篮曲》这首儿歌音韵和谐优美，场景描绘细腻。在一个温馨的夜晚，月光静静地照着小小的摇篮，妈妈有节奏地轻轻晃动着摇篮，用低低的语调给宝宝讲故事、唱歌谣，哄宝宝睡觉。在这种被称作"母歌"的哼唱中，小宝宝从优美的音调和旋律中感受到深深的母爱，亲子关系被加深，同时，这也潜移默化地培养了小宝宝信任、关爱的性格情操。

3.任溶溶的《一首唱不完的歌》

吃了大西瓜，
瓜子种地下。
瓜子长出芽，
瓜藤满地爬，
藤上开出花，
结出大西瓜。
吃了大西瓜，
种子种地下。
……

任溶溶，广东省鹤山人，著名儿童文学作家、文学翻译家，主要作品有《没头脑和不高兴》《一个天才的杂技演员》《你们说我爸爸是干什么的》等。其中，《你们说我爸爸是干什么的》在第二次全国少年儿童文艺创作评奖活动中获一等奖。

《一首唱不完的歌》是一首趣味性很强的游戏儿歌。它讲述了现实生活中吃完西瓜、留下瓜子、种到地下、瓜子发芽、抽藤开花、花儿谢掉后又结出大西瓜的司空见惯的现象，用简洁形象的语言、悦耳和谐的节奏，让幼儿在瓜儿不断、歌永远也唱不完中体会到游戏的乐趣和儿歌回环往复的音韵美，同时让他们初步感悟到生活中某些事物的生而又死、死而又生，循环往复的道理。

4. 谢武彰的《矮矮的鸭子》

一排鸭子，个子矮矮。

走起路来，屁股歪歪。

翅膀拍拍，太阳晒晒。

伸长脖子，吃吃青菜。

一排鸭子，个子矮矮。

走起路来，屁股歪歪。

谢武彰是我国台湾地区著名儿童文学作家，创作了许多优秀的幼儿诗歌作品。他的儿歌集获得过台湾文学的最高奖。《矮矮的鸭子》是其中的代表作品之一。

《矮矮的鸭子》这首儿歌用简洁的语言描绘了一群小鸭子的形象：矮矮的个子，歪着屁股走路，喜欢群体活动，爱晒太阳，爱吃青菜。小鸭子是孩子们都很熟悉的动物，容易理解和模仿。这首儿歌的音韵非常和谐，节奏感很强，读起来朗朗上口，声音的回环反复能给幼儿的听觉带来愉悦感。另外，这首儿歌的动作性很强，捕捉到了童心童趣。

5. 张继楼的《翻跟斗》

小妞妞，

围兜兜，

兜兜里头装豆豆，

吃了豆豆翻跟斗。

左边翻个六，

漏了九颗豆；

右边翻个九，

漏了六颗豆。

问你翻了几个大跟斗？

再问漏了几颗小豆豆？

张继楼，江苏宜兴人，著名儿童文学作家。他先后出版了《夏天到来虫虫飞》《种子坐飞机》等作品，编选了《晚安故事365》《中国当代儿童诗歌选》等23种单行本。其中，他创作的儿歌《一张图画占垛墙》1980年在第二次全国少年儿童文艺创作评奖活动中获得三等奖。

《翻跟斗》是一首集游戏性、趣味性、知识性于一体的儿歌。从小妞妞围兜兜开始，到小妞妞装豆豆、翻跟斗……浓郁的生活气息、自然真切的情意荡漾在整首儿歌中。作者以诙谐活泼的文笔、平实浅显的语言刻画了一个稚气顽皮、憨态可掬的孩童形象，让幼儿在感受现实生活的童真乐趣与盎然的游戏兴味的同时，又学习辨识了容易混淆的两个数字，作者的精心设计可谓独具匠心。

6.张秋生的《半半歌》

有个小孩叫半半，

起床已经七点半，

鞋子穿一半，

脸儿洗一半，

早饭吃一半，

课本拿一半，

上学路上半半跑，

光着一只小脚板。

张秋生，儿童文学家，曾任《儿童时代》杂志编辑，后调上海少年报社（现上海教育报刊总社）任副总编辑、总编辑，并兼任《童话报》主编。他出版有儿童诗集《"啄木鸟"小队》《校园里的蔷薇花》《燃烧吧，篝火》《三个胡大刚的故事》《爱美的孩子》，童话诗集《小猴学本领》《小粗心奇遇》《天上来的百兽王》，童话集《小松鼠和他的伙伴们》《小巴掌童话百篇》《丫形树上的初级女巫》《鸡蛋·鸭蛋·老鼠蛋》《来自桦树林的蒙面盗》《狮子和老做不醒的梦》《强盗、精灵和巫婆的故事》等，先后获陈伯吹儿童文学奖（现更名为陈伯吹国际儿童文学奖）、全国优秀儿童文学奖、宋庆龄儿童文学奖等。

《半半歌》这首儿歌构思非常精巧，描绘了一个丢三落四的小朋友——半半的形象，幼儿读后会觉得这个半半非常好笑，做事总是做一半。转念一想，他们心里可能就会打鼓：咦，这个小孩子怎么那么熟悉，那不就是我吗？这首儿歌语言明白如话而又充满韵律和节奏，让幼儿从笑声中明白早上起床要抓紧时间，行动要快，不要等家长催促，要学会收拾检查自己的书包，自己的事情自己做。

7. 金波的《蝴蝶飞》

追、追，
蝴蝶飞。
飞远啦，
不见啦，
飞过竹篱笆。

金波，我国儿童文学诗坛成就卓越且独具艺术个性的诗人，1992年曾被提名为国际安徒生奖候选人。

追蝴蝶是幼儿最喜欢的游戏之一，可追着追着，蝴蝶却不见了，见到的是一朵由蝴蝶变成的花。《蝴蝶飞》这首儿歌中丰富的想象、新奇的构思，为我们勾勒出一幅孩子追蝴蝶、蝴蝶变成花的美丽画面，在哪是蝴蝶、哪是花的画面中，迎面而来的分明是一个荡漾着灿烂笑靥的充满童真稚气的孩子。这首儿歌透过诗意的文字叙述，让读者充分领略到作者那一双善于发现美的眼睛是如何敏锐地捕捉到生活的美好瞬间的。儿歌中质朴流畅的语言、明快自然的节奏、生动鲜明的形象，昭示出的是作者那颗深怀幼儿情结的心灵。

8. 圣野的《好孩子》

张家有个小胖子，
自己穿衣穿袜子，
还给妹妹梳辫子。
李家有个小柱子，
天天起来叠被子，
打水扫地擦桌子。
王家有个小妮子，
找了钉子找锤子，
修好课桌修椅子。
周家有个小豆子，
拾到一个皮夹子，
还给后院大婶子。

小胖子，小柱子，

小妮子，小豆子，

他们都是好孩子。

圣野，浙江省东阳县（现东阳市）人，著名儿童文学作家，主要作品集有《春娃娃》《爱唱歌的鸟》《啄木鸟》《竹林奇遇》《圣野诗选》《奶奶故事多》等。其中《春娃娃》在第二次全国少年儿童文艺创作评奖活动中获得二等奖。

《好孩子》是一首以"子"字为句尾的一韵到底的字头歌。这首儿歌以朴实平凡的生活场景、趣味盎然的形式、铿锵悦耳的韵律、整齐对称的句式展示了孩子纯真善良的心灵，给幼儿以美好的情感陶冶，使他们在反复吟诵儿歌时，要做像"小胖子""小柱子""小妮子""小豆子"那样的好孩子的心思油然而生。

9. 郑春华的《吃饼干》

饼干圆圆，

圆圆饼干，

用手掰开，

变成小船。

你吃一半，

我吃一半，

啊呜一口，

小船真甜。

郑春华，浙江省淳安县人，中国作家协会会员，曾去过农场，当过保育员。她1980年开始儿童文学创作，1981年调入少年儿童出版社当编辑，出版有儿童诗集《甜甜的托儿所》《小豆芽芽》《圆圆和圈圈》，中篇小说《紫罗兰幼儿园》，童话集《郑春华童话》等。其代表作"大头儿子和小头爸爸"系列已成为中国优秀原创儿童文学最典型的代表作品之一，由它改编的同名动画片风靡全国，深受孩子们喜爱。

郑春华认为，儿童文学不能是单纯的说教，而要回归儿童，

童心是最宝贵的,应当精心呵护;儿童文学的作者首先要进入儿童思维,以平等、平和的心态为孩子们写作,让他们感到快乐。在《吃饼干》这首儿歌中,作者抓住幼儿喜欢游戏的特点,把半块饼干比作小小的船,把幼儿吃饼干的过程变成游戏的过程。"啊呜一口,小船真甜"写得生动传神。儿歌中,原来饼干是一只好吃的小船,趣味十足,可谓浸透了浓浓的童真稚趣。这是一首甜甜的儿歌,融形象、动作、声音、味道、趣味于一体,成人听了也会神往那甜甜的童年生活。

10. 陈家华的《大皮鞋》

小弟弟,
真好笑,
爸爸的大皮鞋脚上套。
皮鞋大,
脚板小,
走起路来像姥姥。

这首儿歌没有艺术夸张,完全采用的是白描手法,但作者十分讲究人物形象的动态设计,游戏性很强,从而使小弟弟充满滑稽和憨态的形象跃然纸上,很有幼儿情趣。

11. 北京童谣《一个毽儿踢两半儿》

一个毽儿踢两半儿,
打花鼓儿,绕花线儿,
里踢,外拐,八仙,过海,
九十九,一百。

毽子是北京民间娱乐的用具,又称鸡毛毽儿。打花鼓是一种由男女二人表演的民间杂耍,男的打锣,女的打鼓,相互配合,边打边舞,春节期间在小胡同中表演打花鼓很吸引人。绕花线儿是儿童的一种娱乐方式,两个小孩将一根彩色线绳绕在手指上,可以变幻出各种花样。这首儿歌充满了北京的地域特色,节奏鲜明,动作感强,读来朗朗上口,有助于培养幼儿对母语的语感。唱着这样的儿歌长大的孩子,对故乡的情感一定会和他们的童年回忆交织在一起,伴随他们的一生。

12. 柯岩的《坐火车》

小板凳，摆一排，
小朋友们坐上来，
这是火车跑得快，
我当司机把车开。
（轰隆隆隆，轰隆隆隆，呜！呜！）

抱洋娃娃的靠窗坐，
牵小熊的往后挪，
皮球积木都摆好，
大家坐稳就开车。
（轰隆隆隆，轰隆隆隆，呜！呜！）

穿大山，过大河，
火车跑遍全中国，
大站小站我都停，
注意，到站下车别下错。
（轰隆隆隆，轰隆隆隆，呜！呜！）

唉呀呀，怎么啦，
你们一个也不下？
收票啦，下去吧，
让别人上车坐会儿吧。
（轰隆隆隆，轰隆隆隆，呜！呜！）

柯岩，原名冯恺，生于郑州。孩提时代，她即从母亲口述的故事中接触了民间文学。稍长，她又读到了众多的中外儿童文学名著。其中鲜明的是非善恶观念、孩子纯真而温馨的情谊、神奇美丽的境界都使她神往。1949年后她在中国儿童艺术剧院从事专业创作数年，曾长时间深入孩子的生活中，积累了丰富的创作素材。

这是一首活泼新颖的游戏儿歌，歌戏互补，富于情趣，很多幼儿喜欢伴着游戏诵唱。整首儿歌包括四小节，表现了孩子们把小板凳摆成排玩开火车游戏的全过程，其中既有"抱洋娃娃的

靠窗坐，／牵小熊的往后挪，／皮球积木都摆好，／大家坐稳就开车"这种饱含童趣的真情实景描绘，又有"穿大山，过大河，／火车跑遍全中国"这样开阔想象境界的渲染，而最后"收票啦，下去吧，／让别人上车坐会儿吧"，则是在引导孩子们玩游戏时要友爱、谦让。这首儿歌节奏感极强，仿佛伴着车轮的轰鸣，而且每节结束之时都有"轰隆隆隆，轰隆隆隆，呜！呜！"的摹声句，更增添了游戏的兴味。整首儿歌韵脚整齐，音节铿锵，有声有色，可谓是游戏儿歌的典范之作。

13. 河南童谣《小槐树》

小槐树，

结樱桃，

杨柳树上结辣椒，

吹着鼓，

打着号，

抬着大车拉着轿。

苍蝇踢死驴，

蚂蚁踩塌桥。

木头沉了底，

石头水中漂。

小鸡叼个饿老雕，

小老鼠拉个大狸猫。

你说好笑不好笑？

这是一首非常具有代表性的颠倒歌，以新奇的构思、大胆的夸张、幽默的风格吸引了一代又一代孩子。儿歌中所描写的均是我们生活中极其熟悉的事物，这些事物以颠倒的形式出现，非常有趣，适合幼儿好奇的天性。

14. 樊发稼的《答算题》

一二三四五六七，

七个孩子答算题。

七张白纸桌上摆，

七只小手握铅笔。

七双眼睛闪闪亮，

七颗心儿一样细。
七份答卷交老师,
七张小脸笑眯眯。
几个小孩答对了?
一二三四五六七。

樊发稼,上海人,诗人、文学评论家,中国社会科学院文学研究所研究员、研究生院文学系教授,中国作家协会第五、第六届全国委员会委员。

《答算题》这首儿歌在提高幼儿认识数的能力的同时,也对幼儿进行了语言训练,让幼儿对物量词与相关事物合理搭配的用法有了初步认识。作者还为这首数数歌建构了一个小小的情节,有滋有味地描绘了以七个认真细致肯动脑筋的孩子为中心的答算题的活动场面,而在"一二三四五六七"的数数声中,我们似乎可以听出老师对孩子们的欣赏喜爱之情,感觉到十足的美学韵味。

15. 上海童谣《拍手谣》

你拍一,我拍一,天天早起练身体;
你拍二,我拍二,天天要带手绢儿;
你拍三,我拍三,洗澡以后换衬衫;
你拍四,我拍四,消灭苍蝇和蚊子;
你拍五,我拍五,有痰不要随便吐;
你拍六,我拍六,瓜皮果壳别乱丢;
你拍七,我拍七,吃饭细嚼别着急;
你拍八,我拍八,勤剪指甲常刷牙;
你拍九,我拍九,吃饭以前要洗手;
你拍十,我拍十,脏的东西不能吃,
不——能——吃。

这首《拍手谣》是幼儿做拍手游戏时念诵的一首儿歌。《拍手谣》版本很多,因地域不同,歌谣的内容也略有差异。幼儿的智慧就在他们的手指尖上,手巧则心灵。这首《拍手谣》朗朗上口,幼儿一边念诵儿歌,一边活动手指,手口并用,既活动了大脑,促进了精细动作的发展,又在说说玩玩中知道了生活中要讲卫生,起到了寓教于乐的作用。这首传统儿歌至今依然传唱不衰,足见其独特的艺术魅力。

二、幼儿诗

(一)幼儿诗概说

1. 幼儿诗的概念

幼儿诗是指为幼儿创作的,适合幼儿听赏诵读的自由体诗。

首先,幼儿诗是为幼儿创作的,符合幼儿的心理特点和审美特点;其次,幼儿诗要适合幼儿听赏诵读,往往会运用最富于感情、最凝练、有韵律、分行的语言来表情达意;最后,幼儿诗是自由体诗歌,押韵的要求不是很严格。

由于幼儿识字量不多,因此幼儿诗和儿歌一样具有听觉文学的特点,同样体现出口语化和音乐美。另外,有一些幼儿诗是幼儿为抒发感情而自己创作的。我国古代就有这样的诗,被称为"神童诗",如唐代诗人骆宾王七岁时写的《咏鹅》:"鹅,鹅,鹅,曲项向天歌。白毛浮绿水,红掌拨清波。"这首小诗描绘了鹅的外形特征、游水时美丽的样子和轻盈的动作,表达了作者对鹅的喜爱之情。

2. 幼儿诗的历史发展

在我国的历史长河中,适于幼儿诵读的诗不多,历代文人有意识地为幼儿写诗更是少有。但在一些文人的诗集中偶尔也会出现几首适合幼儿诵读的诗,如李白的《静夜思》、孟浩然的《春晓》、白居易的《赋得古原草送别》、李绅的《悯农》等。不过,从严格意义上讲,这些只是适合幼儿诵读的诗歌,不是自觉意义上的幼儿诗。

我国诗人最早较有意识地为幼儿创作诗歌是在辛亥革命前夕。当时,维新派人物黄遵宪、梁启超等人发起了"诗界革命",因此那时曾出现了为儿童创作的诗歌,如梁启超的《新少年歌》、李叔同的《送别》等。黄遵宪的《幼稚园上学歌》发表于梁启超主编的《新小说》第三号,开创了幼儿诗的先河。全诗一共十节,在"上学去,莫迟迟""上学去,莫徜徉""上学去,莫蹉跎""上学去,莫贪懒""上学去,莫游惰""上学去,莫停留"的旋律中,描绘出一幅幅情真意切、求真求善、进取向上的幼儿生活图景。以下是其中的第一节:

春风来,

花满枝,

儿手牵娘衣。

今儿断乳儿不啼，

娘去买枣梨，

待儿读书归。

上学去，莫迟迟！

新文化运动开创了我国第一个幼儿诗歌创作的繁荣期。这个时期人们赋予了诗歌新的内容和形式，"诗无定句，句无定言"，用通俗白话文写作的自由体新诗把我国诗歌带入了一个新的时代，也为我国儿童诗歌（包括幼儿诗歌）的新生和发展开拓了广阔的前景。胡适、刘半农、冰心、刘大白、朱自清、鲁迅、叶圣陶、俞平伯、李大钊、郭沫若、郑振铎等众多名家都执笔写过儿童诗歌和幼儿诗歌。20世纪30年代，教育家陶行知坚持"为大众写！为小孩写！"的主张，写了一些幼儿诗。现代幼儿诗是现代作家专门为幼儿创作的诗歌，语言浅白、韵律自由，在当时正蓬勃兴起的儿童文学中独树一帜，如刘大白的《两个老鼠抬了一个梦》：

那老鼠刚抬了梦跑，蓦地来了一头猫，

那老鼠吓了一跳，这梦就跌得粉碎的没处找。

哦，我知道了！

我做过的梦，都上哪儿去了！

原来都被猫儿吓跑了，跌碎得没处找了！

20世纪40年代中期，郭风的《木偶戏》共收录了11首幼儿诗，这些幼儿诗是郭风形成自己独特风格的一个起点，也是我国幼儿诗走向成熟的标志。郭风善于在平凡的生活中，用儿童的眼光去观察自然界中那些有生命的东西。如他在《豌豆三姐妹》中对豌豆的描写，豌豆那么普通，但在他的笔下，却呈现出奇异的美：

小小的豌豆，睡在绿水晶般的豆荚里。

那豆荚里面，铺着很柔软的天鹅绒。

它的四周繁饰着许多绿叶。

我们的小豌豆，不知道睡在那里多久了。

在这首诗中,诗人凭借自己敏锐的感受力,并融合自己的感情,把常见的豌豆描写得那么美,那么有童趣,又那么富有诗情画意,好似一幅水彩画,也好似一个童话,闪耀着一抹迷人的光彩。

中华人民共和国成立以后,20世纪50年代是幼儿诗的第二个繁荣期,这期间涌现出以柯岩、袁鹰、圣野、鲁兵、田地、刘饶民、张继楼、任溶溶、金波为代表的一大批在幼儿诗创作中卓有成就的诗人。

20世纪80年代,我国儿童诗创作的势头相当喜人,幼儿诗也不例外。这时期不仅幼儿诗创作硕果累累,评论和理论研究也空前活跃。这一时期出现了鲁兵、圣野、柯岩、刘饶民、樊发稼、金波、张继楼、蒲华清、高洪波、郑春华、傅天琳等老、中、青三代儿童诗诗人,他们以不同的生活经验和人生思考,以及对幼儿世界的观察,表达出幼儿诗丰富多彩的精神内涵,使我国幼儿诗创作进入第三个繁荣期。

圣野创作出版了《竹林奇遇》《神奇的窗子》《春娃娃》等诗集。柯岩创作了许多别具一格的儿童题画诗。金波善于用孩子们无懈可击的眼睛去观察周围的世界,以他们纯真的心灵去感受多彩的生活,著有儿童诗集《会飞的花朵》。樊发稼也创作了飞扬着时代和生活动人情韵的优秀儿童诗集《苗苗的故事》等。高洪波以劲健的姿态进入儿童诗诗坛,他的《鹅鹅鹅》用清新的语言喊出了新一代的心声,表现了新时期儿童心理的嬗变。

这一时期,我国台湾地区的林焕彰、谢武彰、薛林等诗人的儿童诗也开始传入大陆并引起关注。

这一时期,编辑出版界也为儿童诗歌的蓬勃发展提供了强大的助推力。上海的《小朋友》《儿童时代》《巨人》和北京的《儿童文学》《东方少年》等都发表了许多优秀的幼儿诗。

20世纪80年代中后期,我国儿童诗的创作呈现繁荣局面:北京有以金波、高洪波、樊发稼为主的诗人群,上海有圣野、鲁兵、任溶溶领头的诗人群,重庆有以张继楼、蒲华清、钟代华等为主的诗人群。

20世纪90年代至今,我国儿童诗经历了一个重要的发展期,这一时期我国步入了经济转型期,文化的转型也随之而来,儿童诗也受到一些影响。著名儿童诗人金波曾感叹:进入新时期以来,儿童诗创作曾经呈现过一派繁荣景象,涌现了一批年轻的诗人,每年都有新的诗集出版。后来,儿童诗创作渐趋式微。在幼儿文学的体裁中,幼儿诗也渐渐地处于边缘的位置。

但是幼儿诗的总体发展态势还是令人鼓舞的。其中,谭旭东是我国新生代幼儿诗实力派诗人代表,他的幼儿诗创作成绩卓著,著有低幼诗集《母亲与孩子的歌》。

幼儿诗是"听觉"的文学，幼儿通过倾听去体会这个世界的丰富多彩。让幼儿从小亲近诗歌，对幼儿的"精神成长"很有意义。作为幼儿文学的一种重要体裁，幼儿诗可以让幼儿熟悉并亲近母语，感受情感的诗意表达，培养丰富的想象力。文学评论家别林斯基曾这样说过："让诗歌像音乐一样，不经过头脑，而直接通过孩子们的心灵来打动孩子们。"幼儿对于诗歌不但敏感，而且善感。等他们长大后，那些优秀的作品会留存在他们的记忆深处，影响他们的一生。

3. 幼儿诗与儿歌的区别

幼儿诗和儿歌都属于诗歌艺术，但在我国幼儿文学中，它们是两种不同的文体。我国学者韦苇认为，幼儿诗有着与儿歌不同的艺术空间，诗讲究意境和韵味，它在文学品类中是最能直接作用于人的心灵和情感的一个文种；诗是要"品"才能心领神会的，品而所得的情韵和意蕴会在读者心头萦绕，唱儿歌可以有口无心，吟诗则必须全身心积极投入；诗是不可替代的，缺了它，人的审美修养中就缺了一种必要的元素，而一个精神健全的人是不可以不拥有这种元素的。樊发稼认为儿歌是闪光的语言的珍珠，而幼儿诗则能在更深的一个层次上，以诗的感情、诗的形象、诗的意境、诗的语言来启迪孩子们的心智，开阔他们的情感领域，拓展他们的思维空间。

本书认为，幼儿诗与儿歌的区别主要体现在以下几个方面。

在读者方面，幼儿诗以幼儿园中班和大班的幼儿为主要读者对象，重在陶冶幼儿的性情、情感和培养幼儿的气质；儿歌则以婴儿和幼儿园小班、中班的幼儿为主要对象，重在体现情趣和实现一定的听觉效果。

在题材和篇幅方面，幼儿诗的题材广阔，内容丰富深厚，篇幅可长可短不受限制，部分叙事幼儿诗的篇幅较长，结构也较复杂；儿歌则多取材于日常生活，内容单纯浅近，具有口头文学的特质，篇幅往往比较短小，结构比较简单。

在艺术表现方面，幼儿诗可以自由地运用多种多样的艺术手法，注重情感的抒发、思想内涵的锤炼、意境的营造和表达的含

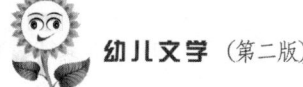

蓄，重艺术性；儿歌则常常以叙述、白描、说明等方式表述事物或现象，单纯而浅易，偏重于展示，追求生动、幽默、机智的谐趣，重实用性。

在韵律方面，幼儿诗是自由体诗，"诗无定句，句无定言"，节奏、韵律比较灵活自由，句式长短不一，其音乐性体现于诗意中，适合听赏诵读；儿歌又称"半格律诗"，句式一般比较工整，往往比较讲求节奏韵律，注重表现形式上的音乐性，适宜用于歌唱游戏。

在语言运用方面，幼儿诗的语言具有一定的书面语色彩；儿歌的语言则十分口语化。

不过，幼儿诗与儿歌的区别是相对的。同为适合幼儿接受的诗歌文体，二者之间的界限并不鲜明，文体间的渗透和融合不可避免，诗化的儿歌和歌化的幼儿诗都屡见不鲜，特别是幼儿诗中有一部分歌谣体作品，它们与儿歌的界限并非泾渭分明。下面我们以儿歌《雨点》和幼儿诗《小雨点》来作一个比较，看看儿歌和幼儿诗的不同表现。这两首作品都适合年纪比较小的幼儿，也都运用拟人化的手法塑造了小雨点的形象。我们先来看看儿歌《雨点》：

小雨点，
爱干净，
马路洗得亮晶晶。

儿歌《雨点》使用口语化的语言，节奏鲜明又押韵，音乐感强，读来朗朗上口，顺口易记，"听觉文学"的特质很鲜明；但内容比较简单，像"爱干净"这种用语把主题表现得清楚直接，无须幼儿进行过多思考，一听就明白。

我们再来看看幼儿诗《小雨点》：

小雨点，
你真勇敢！
从那么高的天上跳下来，
一点儿也不疼吗？

幼儿诗《小雨点》采用自由体诗的形式，重视情感的表现，用浅近直白又规范的语言表达了幼儿对雨点的关怀之情，引起读者思考和联想，就像小孩子在对着雨点发问，稚嫩的童心跃然纸上，读来令人动容。

（二）幼儿诗的特征

南宋严羽在《沧浪诗话》中说："诗者，吟咏性情也。"这句话说明诗是抒情的艺术，创作主体着重展示自我的内心世界及他们对自然、社会以及人生的心灵感受，抒情述志是诗的突出特征。幼儿诗是"诗"，因此应具有所有诗歌类作品的共同特点，即诗的情韵情致、诗的意象和诗的韵味。同时，幼儿诗又是"幼儿的"，因此应考虑接受对象的特点，站在幼儿的立场，抒写幼儿的情感，彰显幼儿的情趣，为幼儿所认可、欢迎和喜爱。具体来说，幼儿诗具有以下六个主要特征。

1. 情感抒发率真自然

幼儿诗抒发的是年幼稚童率真自然的情思。刚步入人世的幼儿，其情感质朴而不浮华，真挚而不造作，自然而无虚饰。幼儿诗的创作者多为成人，为了更好地拨动接受主体的心弦，使幼儿乐于接受并迅速引发他们的共鸣，作者往往从幼儿的视角去表现幼儿对世界的直觉认识，如谢武彰的《乖楼梯》：

我牵着弟弟
　　到百货公司买东西
　　　　弟弟第一次上电扶梯
　　　　　　他悄悄地跟我说：

这里的楼梯都好乖啊
　　肯自己走路
　　　　不像我们家里的
　　　　　　动都不动，太懒了！

成人作者只有以童心去观察、思考生活，细致探索、体味幼儿的内心世界，捕捉他们心灵的火花，才可能真实地揭示幼儿的心境。

当然，这并不是说在幼儿诗创作中，成人作者的自我意识和主观感受必须全然隐退，不留些许痕迹。事实上，一些名篇佳作都透露出创作者独特的情感体验，表现出创作者鲜明的个性。这是因为作者在创作时，或调动自己孩提时代的经历体验，或深入体察幼儿的思绪情感，从而达到与幼儿的心灵沟通的效果。众多以第一人称"我"入诗的作品抒发的感情,往往是成人作者的感受与幼儿情思的糅合,它们水乳相融、浑然一体,如林焕彰的《拖地板》:

> 帮妈妈洗地板,
> 是我们最高兴的时候;
> 姐姐洒水,
> 我在洒过水的地板上玩儿,
> 像在沙滩上走过来走过去,
> 留下很多脚印,
> 像留下很多鱼。
> 然后,我很起劲地拖地板;
> 从头到尾,
> 像捕鱼一样,
> 一网打尽。

拖地板本来是件很平凡、很普通的事情,但在幼儿的眼中却是如此有趣。顽皮的孩子在姐姐洒过水的地板上玩,他觉得地板上留下的脚印就像鱼一样,这是个很有意思的比喻,但更有意思的是诗歌的后面几句,作者把这个比喻蔓延开去,加以丰富,使其成为具有幻想性的情节,收到了奇特的效果。这首幼儿诗语言平白浅显,但内容却不简单,其中孕育着对生活的热爱与思考。这样的诗幼儿怎么会不喜欢呢?这才是有生命力的幼儿诗。

2. 形象鲜明,充满动感

基于幼儿的心理特征和审美趣味,幼儿诗的形象往往鲜明生动,富有动感。这是因为幼儿天性好动,他们对活动、行动着的事物最感兴趣,他们自身的情感也是流动起伏的。所以,优秀的诗人总是从幼儿感到亲近的生活中捕捉那些可以入诗的形象,作动态的描写,使之成为有强烈动感的形象。从这个意义上来说,幼儿诗就是"动"的诗,如鲁兵的幼儿诗《春天》:

> 春雷给柳树说话了,
> 说着说着,
> 小柳树呀,醒了。
>
> 春雨给柳树洗澡了,
> 洗着洗着,

小柳枝哟，软了。

春风给柳树梳头了，
梳着梳着，
小柳梢啊，绿了。

春燕给柳树捉迷藏了，
藏着藏着，
小柳絮儿，飞了。

春天陪柳树旅行去了，
走着走着，
泥土里的种子，动了……

在这首幼儿诗中，诗人巧妙地运用拟人手法，将春雷、春雨、春风、春燕、春天人格化，"说、洗、梳、藏、走、醒了、软了、绿了、飞了、动了"等一系列动词用得生动妥帖。这首幼儿诗表现出柳树在春天的变化，描绘出一幅幅富有动感的画面，展示出春回大地、万物复苏、生机勃勃的真切景象，给人一种流动的美感。

再如谢武彰的《春天》：

风跑得直喘气，
向大家报告好消息：
春天来了，春天来了。

花朵站在枝头上，
看不见春天，
就踮起脚尖，急着找，
春天在哪里？
花，不知道自己就是春天！

通过这首幼儿诗，作者给我们描绘了一个别样的春天。这里有个急性子的"风哥哥"，说完"春天来了"的消息后就喘着粗气跑了，急得"花妹妹"踮着脚尖到处找。傻乎乎的"花妹妹"

不知道自己的绽放就是春天到来的讯息。作者用侧面表现的方式,描绘了稚拙的童心,欢快、有趣,且颇具幽默风格。

以上两位诗人都用拟人的手法和动态的描绘描写春天,表达春天来了的主题。面对同一个对象——春天,在以上两首诗中,作者用了不同的视角去观察,用了不同的语言去表现,呈现出不同的效果。读这样的好诗,有助于幼儿从小学会用诗意的眼光观察自然、看待生活。

3. 想象天真奇妙

富于想象是诗歌的显著特征,可以说诗人最重要的才能就是运用想象。别林斯基认为,在诗中,想象是主要的活动力量,创造过程只有通过想象才能够完成。想象对幼儿诗则更为重要,幼儿处于想象力旺盛时期,诗歌的想象能激发幼儿的思考,启迪幼儿的潜在思维能力,让童心插上想象的翅膀自由翱翔。

幼儿的想象以再造想象为主,其内容虽较为简单,却带有鲜明的夸张性和幻想性,因此,幼儿诗多采用夸张、比喻、拟人等表现手法,如任溶溶的《强强穿衣裳》的前后两节:

早晨七点多钟,
强强起了床,
看了半天的书,
他才穿衣裳。
……
他再拿只袜子,
刚刚要穿上,
可是妈妈说道:
"脱掉衣裳,快上床!"

诗中,强强做事拖拖拉拉,一身衣服竟然从早穿到晚也没穿好。极度夸张的想象使这首诗具有了浓浓的喜剧色彩,能产生极强的感染力,并启发幼儿思考。

再如英国诗人斯蒂文森的《冬天》中的以下几句:

冬天的太阳,赖着不起床,
冰冷冷的红脸蛋,一副困倦的模样。
只闪耀一两个小时,然后,

像一只血红的橘子，沉入西方。
……
冷风火辣辣刺我的脸儿，
撒我一鼻子冰冻胡椒粉。
……
树木、房屋、山岗和湖泊
全冻成生日蛋糕一整块。

在一个体弱多病的小孩儿眼中，冬天究竟是什么样的呢？诗人用比喻和拟人的手法表达了孩子对冬天的感受：冬天的太阳很懒，喜欢赖床，不喜欢工作，才闪耀一两个小时就像"血红的橘子"下山了，红红的却不耀眼；冬天的风吹在脸上可难受了，火辣辣的，像被撒了一鼻子冰冻胡椒粉；冬天，户外的一切都变了，成了一块生日蛋糕，还是奶油的。这是多么奇妙的想象呀，怪不得人们把斯蒂文森的童诗集喻为幻想家的诗园。

幼儿生活面不广，接触最多的是亲人，因此亲情就成了幼儿诗反映的重要内容。给情感插上想象的翅膀会给幼儿带来别样的审美体验。例如，林焕彰的《妹妹的红雨鞋》取材于幼儿的日常生活，充满生活气息，很有童趣，内容如下：

妹妹的红雨鞋，
是新买的。
下雨天，
她最喜欢穿着
到屋外去游戏，
我喜欢躲在屋子里，
隔着玻璃窗看它们
游来游去，
像鱼缸里的一对
红金鱼。

躲在屋子里的小哥哥，傻傻地趴在窗台上看着稚气可爱的小妹妹穿着红雨鞋在雨中快活地嬉戏。透过玻璃窗，在蒙蒙雨丝中，红雨鞋来回游动，就像红金鱼在鱼缸中快乐地游来游去。在诗的末尾，诗人用一个别出心裁的比喻，不但写出了"妹妹"的活泼，而且使整首诗充溢着动感。诗意的表达离不开想象，神奇的想象，能在最平凡的生活现象中创造出童话的境界。林焕彰说希望小朋友用想象来读他的诗，假如每个小朋友都能拥有一对想象的翅膀，那么他们就会进入一个充满魅力的诗意境界，那些原本平淡无奇的生活场景便会变得神奇、美丽！

4. 构思巧妙有趣

幼儿诗的构思往往非常巧妙、别致，同时，还充满幼儿的情趣。这具体体现在以下几方面。

（1）以机巧别致的构思取胜

幼儿诗一般以机巧别致的构思取胜，如鲁兵的《下巴上的洞洞》：

从前，有个奇怪的娃娃，
娃娃，有个奇怪的下巴，
下巴，有个奇怪的洞洞，
洞洞，谁知道它有多大。
瞧他，一边饭往嘴里划，
一边饭从那洞洞往下撒。
如果，饭桌是土地，
如果，饭粒会发芽，
那么，一天三餐饭，
他呀，餐餐种庄稼。
可惜，啥也没有种出来，
只是，粮食白白被糟蹋。
你们，听了这笑话，
都要，摸一摸下巴。
要是，也有个洞洞，
那就，赶快塞住它。

这首诗将自然口语化的新诗句与传统连珠体儿歌的句式糅合为一体，诗意一步步开拓，主题渐次显现。在这首诗中，诗人用夸张的手法寓批评与善意的讥刺于揶揄之中，使孩子们读来妙趣横生，在笑声中受到教育。

再如林焕彰的《童话（二）》：

爸爸，天黑黑
要下雨了，
雨的脚很长，
它会踩到我们的，
我们赶快跑！

这首诗借一个天真无邪的幼儿的口吻来写，想象是幼儿的，语言是幼儿的，生活也是幼儿的，但奇妙的是，经过诗人这样的组合和真切的表现，这首幼儿诗显示出一种无法言说的童真般的有趣与美好。

（2）注重营造富于幼儿情趣的优美意境

幼儿诗往往都非常注重营造富于幼儿情趣的优美意境，如郭风的《蝴蝶·豌豆花》：

一只蝴蝶从竹篱外飞进来，
豌豆花问蝴蝶道：
"你是一朵飞起来的花吗？"

全诗只有三句话，就把诗人自己内心的"意"融合于情境中，活脱脱地传达给了读者。诗人化身为幼儿，用幼儿的眼光来观察事物，自然而然地用幼儿的口吻来展现幼儿的天真和稚气，达到了一种主客观世界的融合，创造了一种独特的审美情趣。

又如林焕彰的《蜻蜓》：

蜻蜓轻轻，蜻蜓点水，
蜻蜓轻轻地，轻轻地点着池塘的水。

池塘的水清清，池塘的水静静，
池塘的水呆呆地，呆呆地看着蜻蜓。

蜻蜓轻轻，蜻蜓点水，
蜻蜓轻轻地，轻轻地点着池塘的水。

清清的池塘，静静的池塘，

呆呆的池塘，笑了笑了，

池塘里的水，一圈又一圈，

一圈又一圈，吓着了蜻蜓，

吓着了的蜻蜓，它的脸儿，只有两颗

凸凸的大眼睛。

诗人运用了回环往复的诗行设计，由静写到动，营造了一个清幽宁静的氛围，把蜻蜓点出的水波比作池塘的笑靥，又以"受惊"来解释蜻蜓的一对大眼睛，比喻和拟人都用得十分独到。这首诗没有严格的格律，却有着漂亮的形式美感，使音乐形象和视觉形象相统一，产生了视觉和听觉两方面的审美效果，特别适合幼儿朗读。

（3）在诗中设置情节

有情节的诗歌能增添诗的具体性和可感性，使幼儿易于把握，从而轻捷地进入诗中。

诗通常不写故事，因为诗的特质是抒情。但幼儿诗却要照顾读者的欣赏特点，在情节的展开中，往往会让读者体会到故事背后的"情"。因此，"情由事显"就成了幼儿诗的特点之一。如南斯拉夫女诗人布兰科·乔皮奇特的《病人在几层》：

著名的亚娜医生，

家里的电话响个不停。

"喂！喂！亚娜大夫，

有个客人，嗓子得了急病。"

"客人，什么客人？

是外国人吗？"

"对对，一点不错，

是刚从非洲来的！"

"我马上就去，

快告诉我：什么地方？在几层？"

"几层？嗯嗯……

他病得很厉害，可能是二层或三层。"

亚娜大夫觉得奇怪，

"什么什么，到底是几层？"

"对不起，大夫，

我实在说不清。
我们这儿是动物园,
一个长颈鹿突然嗓子疼,
他站在大楼旁边,
疼处可能在二层或三层。"

诗中亚娜医生接到求诊电话,却弄不清病人在哪层楼住,原来病人是从非洲来的长颈鹿,它站在动物园的大楼旁,嗓子痛处可能在二层或三层。读这首诗时,幼儿跟随生动有趣的情节,会自然而然地进入诗中,并自然而然地受到作品的感染。

再如我国台湾地区幼儿文学作家方素珍的《不说话》:

他们吵完架
好像变成了哑巴
空气很静
5、4、3、2、开麦拉!
全家人开始表演
不说话的剧情片

镜头首先对着爸爸:
他找不到袜子
抓一抓头
皱一皱眉
向我丢来
一个问号
我摇摇头
指指妈妈

镜头转向妈妈:
一张结冰的脸
用嘴指指卧室
爸爸又抓抓头
我还是摇摇头

镜头又转向妈妈：

她走进卧室

她走出卧室

提着一双

没有温暖的袜子

爸爸对着镜头傻笑：

谢谢谢谢谢谢

又是抓一抓头

妈妈忍不住了

我也忍不住了

哈哈哈哈哈哈

剧情结束了

哇！不说话的电影

真是憋死人了

这首《不说话》，没有写吵架的原因，也没写吵架的经过，只写了吵完架的气氛和人们的表情。"变成了哑巴""空气很静"，把这气氛比喻成"不说话的剧情片"，这都是诗的写法：凝练、精微。在描绘人物的表情上，诗中几次写到"镜头"的移动，几次写到爸爸的"抓一抓头"，用反复的手法把爸爸的窘态活灵活现地表现了出来。诗的结尾写道：爸爸"又是抓一抓头 / 妈妈忍不住了 / 我也忍不住了 / 哈哈哈哈哈哈"，"默片"变成"有声片"了。这首诗借助"不说话的剧情片"，表现的却是大家内心世界的情感的涌动。

5. 语言浅而有味儿

我国台湾地区著名诗人林良在《浅语的艺术》一书中提出，给孩子写作要用浅浅的文字，再加上文学技巧的处理。诗是什么呢？诗就是用语言把"我们所感觉到的东西"写出来或说出来。因此，给孩子写的诗就是用经过文学技巧处理过的浅浅的文字把感受到的东西写出来。概括地说，这经过文学技巧处理过的浅浅的文字就是"浅而有味儿"的文字，即表面看起来语言浅近平白，却"话中有诗"，蕴含丰富的意味，如林良的代表诗作《沙发》：

人家都说，
我的模样好像表示
"请坐请坐"。
其实不是，
这是一种
"让我抱抱你"的
姿势。

这首诗选取了一个普普通通的对象——家家都有的沙发，用了浅近平白的语言，让沙发说话。字面用语极浅，幼儿都能听懂，但内涵却很丰富。诗人采用了一个很独特的视角，人们都觉得沙发发出的是客套的邀请"请坐请坐"，可沙发自己却说：不是这样的，我是在敞开怀抱，想要热情地拥抱你。短短的三十几个字，不但让幼儿感受到了语言表达的神奇，还让他们感受到了人性的真诚和热情。这首诗语言干净简洁，却拥有直抵心灵深处的温度和力度。举重若轻，这就是浅语的艺术魅力。

被方卫平称为"珍贵的童诗作家"的林焕彰就是一个"浅语的艺术"的践行者，他自称是"语言的贫户"。他解释说：我所谓的"语言的贫户"，意指我写诗所使用的文字不多，字字都是"浅白的"口语化的日常用语，没有繁复、艰深的语汇；不过，我有自觉地在努力透过自我对创作理念的坚持，让浅白的文字也能做到丰富现代诗学以及现代的儿童文学。读林焕彰的幼儿诗，我们对此会有真切的感受，如他的《小猫走路没有声音》：

小猫走路没有声音，
小猫穿的鞋子是
妈妈用最好的皮做的。

小猫走路没有声音，
小猫知道它的鞋子是
妈妈用最好的皮做的。

小猫走路没有声音，

小猫知道它的鞋子是

妈妈用最好的皮做的,

小猫爱惜它的鞋子。

小猫走路没有声音,

小猫知道它的鞋子是

妈妈用最好的皮做的,

小猫爱惜它的鞋子,

小猫走路就轻轻地轻轻地。

小猫走路没有声音,

小猫知道它的鞋子是

妈妈用最好的皮子做的,

小猫爱惜它的鞋子,

小猫走路就轻轻地轻轻地,

没有声音。

小猫的妈妈用最好的皮子为小猫做了一双鞋子,小猫爱惜它的鞋子,走路轻轻地轻轻地,不发出声音。诗歌把小猫和妈妈之间的那份真切的爱渲染得淋漓尽致,这首诗就像小猫在走路时的"自言自语",是啊,小猫走路没有声音,是因为太爱惜鞋子,太珍惜妈妈的爱了。诗人有意采用了重叠语式,借鉴了音乐上变奏曲式的艺术手法,反复咏唱"小猫走路没有声音"的原因,随着诗歌每一小节内容的复述和增添,小猫对妈妈的爱也越来越鲜明。也就是说,每一次诗行的增加,也是诗歌情感浓度的增加,而这渐次增强的情感又始终被规束在小猫轻轻的脚步声里。阅读全诗,我们也会忍不住为小猫和妈妈之间这份"爱惜"的深情而屏息凝神。在这首形式、语言都十分素朴的诗歌里,有一种令人震颤的情感力量,在一下一下地撞击着我们的心灵。它是从诗人心中流出来的,对于自然、对于世界、对于生命的真挚深情。

6. 节奏明朗和谐

诗歌讲究节奏韵律之美。美学家朱光潜认为,情感的最直接的表现是声音节奏,而文学意义反在其次,文学意义所不能表现的情调常可以用声音节奏表现出来。幼儿诗主要念给幼儿听赏,供他们诵读,往往更注重节奏的明朗、音韵的和谐,追求声情并茂。金波认为,幼儿诗歌是一种听觉艺术,它虽然也和其他文学作品一样印在纸面上,但它的服务对

象常常并非"读者"而是"听众",他们不但对声音敏感,而且要求声音要悦耳,这就是诗的音乐性,如鲁兵的《小猪奴尼》:

妈妈挺生气,
来追奴尼。
奴尼真顽皮,
逃东逃西,
扑通——
掉进泥坑里。
泥坑里面,
尽是烂泥,
奴尼又翻跟头又打滚,
玩了半天才爬起。
一摇一摆回家去,
吓得妈妈打了个大喷嚏。

在这首诗中,我们能感受到诗人所创造的旋律美,简洁有力的短句创造出一种明快的乐感,而明快的节奏也有助于表现小猪奴尼的顽皮和可爱。在作品中,主人公奴尼自始至终被赶来赶去,处于不停的运动中。

再如张国南的诗歌《春天是这样来的》:

叮咚叮咚,
小溪试了试清脆的嗓子,
啊,春天是唱着歌来的!

忽啦忽啦,
树枝弯弯柔软的腰,
啊,春天是跳着舞来的!

哗剥哗剥,
春笋在泥土里快乐地拔节,
啊,春天是放着鞭炮来的!

几个象声词的运用把我们带到了欢乐而活泼的春天里,诗中,春天是唱着歌、跳着舞、放着鞭炮自己向我们跑来的。诗人抓住春天有代表性的景物——小溪、树枝、春笋的特点,让春意扑面而来:叮咚作响的小溪是在为春天唱歌试嗓子;忽啦摆动的树枝是春天在跳舞呢;春笋成长的声音哔剥哔剥的,就像放鞭炮一样。整首诗洋溢着欢快的气氛。

再如王宜振的《两个呼噜噜》:

小猫睡得香,

小猫睡得熟,

小猫喜欢打呼噜,

呼噜噜,呼噜噜……

爸爸睡得香,

爸爸睡得熟,

爸爸喜欢打呼噜,

呼噜噜,呼噜噜……

两个呼噜噜,

穿成一串糖葫芦,

两个呼噜噜,

吓跑两只小老鼠。

这首诗描绘了爸爸和小猫一起打呼噜的有趣的生活场景。爸爸睡觉打呼噜是再平常不过的事情了,可在作者笔下却充满了情趣和诗意。这呼噜声好响呀,整个空气中都充满了呼噜声,还可以穿成一串糖葫芦,把老鼠给吓跑了。作者准确地捕捉到了幼儿的情绪和感觉,用口语化且优美的诗句精确地捕捉童心、把握童心、表现童心,象声词的运用和句末的押韵增强了这首诗的音乐感,给我们带来了独特的朗读体验,让我们体会到诗歌语言的精妙,感受到诗歌传递出的轻松愉快的家庭氛围,喜悦而又温馨。

(三)幼儿诗的分类

根据不同的标准,幼儿诗可分为不同的类型。根据文学创作的手法,幼儿诗可分为抒情诗和叙事诗;根据语言形式,幼儿诗可分为自由体诗和格律诗,亦称韵诗和无韵诗。这里,我们把幼儿诗分为幼儿叙事诗、幼儿抒情诗、幼儿题画诗、幼儿讽刺诗、幼儿寓言诗、幼儿散文诗、幼儿科学诗几种类型。

1. 幼儿叙事诗

幼儿叙事诗是一种通过写人记事抒发情感的诗歌。叙事诗大多依靠情节或人物串缀展开,但故事情节不一定完整,情节结构允许有较大的跳动。我国诗人郭小川认为:奇、美、情三个要素,都是好的叙事诗所需要的,"奇"是指叙事诗中要有巧妙的情节安排;"美"是指诗歌要用精粹的语言、生动的形象构成优美的意境;"情"是指诗歌要抒发饱满的情感,具有盎然的情趣。幼儿一般比较喜欢读有人物和有情节的叙事诗。幼儿叙事诗一般又分为写实类叙事诗和非写实类叙事诗。

(1)写实类叙事诗

写实类叙事诗大多以幼儿的日常生活或游戏场景为题材,通过具体的叙事和描摹突出要表达的情感。任溶溶的《爸爸的老师》、柯岩的《帽子的秘密》《眼镜惹出了什么事》《小弟和小猫》《姐姐的本子》《妈妈下班回到家》"'小兵'的故事"系列,以及金近的《天目山上好猎手》等都是叙事诗中的代表作。下面我们来看一下柯岩的《小弟和小猫》:

> 我家有个小弟弟,
> 聪明又淘气,
> 每天爬高又爬低,
> 满头满脸都是泥。
> 妈妈叫他来洗脸,
> 装没听见他就跑;
> 爸爸拿镜子把他照,
> 他闭上眼睛格格地笑。
> 姐姐抱来个小花猫,
> 拍拍爪子舔舔毛,
> 两眼一眯"妙,妙,妙,
> 谁跟我玩,谁把我抱?"
> 弟弟伸出小黑手,
> 小猫连忙往后跳,

胡子一撅头一摇,

"不妙不妙!太脏太脏我不要!"

姐姐听见哈哈笑,

爸爸妈妈皱眉毛,

小弟听了真害臊:

"妈!妈!快给我洗个澡!"

这首诗通过对小弟弟不讲卫生,不仅大人不喜欢,甚至连小猫都不愿和他玩的情节描述,形象生动地突出了要讲卫生的主题。诗里的小弟弟和小猫的形象生动活泼、顽皮可爱。尤其是最后的部分,生活中寻常的场景,经过作者充满童心的想象和加工,变得富有趣味。人格化的小猫不爱和脏孩子玩耍,这奇妙的一笔,使要孩子讲卫生的规劝显得幽默、温婉,让幼小的心灵乐于接受,无怪那"满头满脸都是泥"的顽皮小弟立刻呼唤:"妈!妈!快给我洗个澡!"

(2)非写实类叙事诗

非写实类叙事诗幻想性强,具有童话特质,也称童话诗。童话诗是指以诗的形式叙说富于幻想夸张色彩的童话(或传说)故事的作品,是童话艺术与诗歌形式的巧妙结合,既有诗歌语言的凝练与音乐美,又有童话中拟人化的角色形象和有趣、完善的幻想情节。童话诗的故事情节相对完整,有的取材于民间童话和民间传说,有的在现实生活基础上展开幻想,其中的人物多为拟人形象,是颇受幼儿欢迎的文学样式。郭风的《童话》、马尔夏克的《笨耗子的故事》,以及鲁兵的《小山羊和小老虎》《老虎外婆》《小老鼠变大老虎》《雪狮子》《聪明的乌龟》《小猪奴尼》等都是优秀的幼儿童话诗。下面我们来看看鲁兵的《小猪奴尼》:

有只小猪,

叫作奴尼。

妈妈说:"奴尼,奴尼,

你多脏呀!快来洗一洗。"

奴尼说:"妈妈,妈妈,

我不洗,我不要洗。"

妈妈挺生气,

来追奴尼。

奴尼真顽皮,

逃东逃西，
扑通——
掉进泥坑里。
泥坑里面，
尽是烂泥，
奴尼又翻跟头又打滚，
玩了半天才爬起。
一摇一摆回家去，
吓得妈妈打了个大喷嚏。
"啊——欠，你是谁，
我不认得你。"
"妈妈，妈妈，
我是奴尼，我是奴尼。"
"不是，不是，
你不是奴尼。"
"是的，是的。
我真的是奴尼。"
"出去，出去！"
妈妈发了脾气。
"你再不出去，
我可不饶你。
扫把扫你，畚箕畚你，
当作垃圾倒了你。"
……

奴尼在烂泥中打滚后回家去，竟"吓得妈妈打了个大喷嚏"，用打喷嚏形容猪妈妈的惊讶，恐怕很难找出比这更能使幼儿乐于接受的表述方式了。作者还用夸张的手法描写猪妈妈追打奴尼，十分富有喜剧效果："你再不出去，／我可不饶你。／扫把扫你，畚箕畚你，／当作垃圾倒了你。"

在鲁兵的另一首童话诗《过生日》中，奴尼请小象、小猴、小羊、小牛来参加生日宴会，当大家正要吃分好的蛋糕时，闯进

来一位不速之客——无亲无友、孤苦伶仃、"一年没洗澡"、"三天没吃饱"的小黑猫。奴尼慷慨地把自己的蛋糕送给小黑猫吃,可是:

大家笑着吃蛋糕,

奴尼瞪着眼睛瞧,

瞧着,瞧着,

哇地哭起来,

他没蛋糕吃,

他没吃蛋糕。

只有对幼儿进行过细心观察和研究的人,才能如此传神地描画出幼儿这种发生在瞬间的心理转换过程。这一节由于用艺术的手段惟妙惟肖地再现了幼儿感情容易外露、控制力差、易冲动、易变化的特点,因而具有了浓郁的幼儿情趣。

幼儿叙事诗往往回避"叙"情节复杂、人物众多之"事",常常是把若干故事片段连缀成篇。诗中较少直抒胸臆,而是于具体的摹状叙写中流露诗人的感情。

2. 幼儿抒情诗

抒情诗是指作者以主人公的口吻,直接抒发感情的诗歌。相对于叙事诗,它不注重情节的完整,而侧重于直接抒发对某种生活现象的感受或由某一自然景物引起的情思联想,或者直接吐露自身的某种情绪、愿望和希冀。鲁兵《春天》、高洪波《我喜欢你,狐狸》《鹅鹅鹅》和杨唤的《家》等都是幼儿喜爱的抒情诗。幼儿抒情诗一般又可分为以下三类。

(1)叙事抒情类

叙事抒情,即借事抒情。叙事抒情类诗以抒情为主,叙事为辅,叙事情节一般不那么完整,如《妹妹的红雨鞋》《妈妈,请您给我》《妈妈的话》《妈妈的心》等。我们来看看林焕彰的《妈妈的心》:

妈妈的心,像我的影子

总是跟着我。

早晨,我去上学

在教室里念书的时候,

她就躲在我的耳朵里,

悄悄地说:要认真读书哦。

我在外面游戏的时候,

她就跑出来，
有时，在我面前
有时，在我背后
有时，在我左右
总是悄悄地说：
小心，小心，不要跌倒哦！

妈妈的心，妈妈的爱，无处不在，这首诗巧妙地用"妈妈的心，像我的影子"，把妈妈的关爱具象化，读来令人动容。妈妈的心，妈妈的爱，点点关怀，孩子们会永记在心。

（2）以景抒情类

以景抒情，即借景抒情。以景抒情类诗一般抒发由自然景物引发的情感或联想，如赵天仪的《风》、林焕彰的《日出》等。我们来看看林焕彰的《日出》：

早晨，
太阳是一个娃娃，
一睡醒就不停地
踢着蓝被子，
很久很久，
才慢慢慢慢地
露出一个
圆圆胖胖的
脸儿。

这首诗以幼儿的视角来观察日出，感受这一自然现象，抒发了幼儿对这一自然现象的独特感受。它把太阳拟人化，赋予太阳自己的个性和行径：那个慢慢出山的太阳竟然是个醒来后不肯起床，踢着蓝被子，久久才把脸儿露出来的懒孩子！这让读者一下子就感受到了太阳的调皮。自然现象被作者这么一写，显得新鲜别致、清新优美、无比有趣起来。幼儿诗的魅力就在于此吧！

（3）直接抒情类

直接抒情，即诗人在作品中直接吐露自己的某种情绪、愿望和希冀。高洪波的《我喜欢你，狐狸》和林焕彰的《飞，只是想飞而已》就属这一类。我们来看看林焕彰的《飞，只是想飞而已》：

飞，只是想飞而已
想飞，就感觉是
飞了起来

我们，冉冉上升
我们，不要翅膀
我们想飞
就飞了起来，而且是
高高兴兴地
飞了起来

这里的飞确实只是意念中的飞，但我们仿佛看到了一群欢呼雀跃的孩子在摇摆着手臂，如同一群无忧无虑的鸟儿在天际飞翔一样。这首诗传达了孩子们心中无尽的幻想，表现了他们自得其乐的心性：只要是源自内心的快乐，那么到处都可以成为天堂。

3. 幼儿题画诗

幼儿题画诗是一种为适合幼儿欣赏的图画或照片题写的诗，其特点是诗情与画意有机融合，内容源于画面，但又不囿于画面。幼儿题画诗继承了我国古代题画诗的传统，又具有自身的特点。适合幼儿欣赏的图画本身就是富于幼儿情趣的、诉诸视觉的有形意象，诗人往往将画面的内容作为诗情的引发点，抒写幼儿的意绪或自己经过童心映照的情思与感受。至于是采用叙事的方法还是抒情的方法，则是根据具体内容来决定的。与古代的题画诗不同，幼儿题画诗离开画面也具有独立的欣赏价值。

幼儿题画诗对幼儿有特殊的作用。它是视觉与听觉的结合，能够激发幼儿更丰富的想象，使他们得到更充分的审美享受。1981年出版的《童话诗情集》是新中国成立以来的第一本幼儿诗画集专集，是柯岩为小朋友卜镝的画题写的。另外，柯岩的《初雪》《小长颈鹿和妈妈》等、黎焕颐的《蒲公英》、金波的《小星星》等都是优秀的幼儿题画诗。

柯岩的题画诗堪称题画诗中的典范。她的题画诗是画意与诗情的有机融合，她能敏锐地把握住画面富于个性的特征或细节，从中打开一扇幼儿心灵之窗，袒露出幼儿对生活的理解和感受、幼儿的愿望与追求，创造出奇妙的艺术境界，展现出幼儿纯净美好的气质和天真无邪的心灵。这些诗作源于画面，又不囿于画面，诗人似乎从儿童的心态中重新发现了自己，以画面上的内容为诗情的引发点，抒写自己经过童心映照的思想和感受。这种从儿童出发又超越儿童主体个性的心灵表现，既对画意作了进一步的概括与升华，又创造出新的优美意境。

　　在柯岩的题画诗中，不乏幼儿可以听赏诵读的作品。例如，她的《月亮，月亮，你告诉我》，诗人写幼儿因为听到"电视里说：／日本小朋友／和我们长得差不多"，而向月亮发出诘问："每天你升起来的时候，／是先照他，是先照我，／还是同时照着我们两个？／你每天这样照来照去，／会不会把我们搞错？！／月亮，月亮，你告诉我！"表达的是只有天真烂漫的幼童才有的奇想。又如柯岩的《鱼儿的妈妈》：

天黑啦，
天黑啦！
钓鱼的，
回家吧！
你的妈妈
在等你；
鱼儿的妈妈
在等它……

　　诗人在简洁、浅近的诗句中蕴蓄了深切的感情，两个"等"字，道出钓鱼者的妈妈和鱼儿的妈妈对孩儿平安归来的盼望。诗歌写的是幼儿眼中的大千世界，是他们心灵中对小动物的怜惜，更是诗人这位长者对生活、对幼者的挚爱与真情。

　　柯岩的题画诗语言朴素、简练，舒畅犹如行云流水，富于音乐的旋律感，同时又富有儿童情趣。它们的出现，意味着儿童诗的创作又开拓了另一个新的艺术境界，如她的《海的女儿》：

我原来以为大海
全是碧蓝碧蓝的颜色，
可安徒生爷爷告诉我：
海的女儿那灰色的寂寞……

几千年了,海的女儿,
你还在岩石上哭么?
让我把人间的颜色都倒进海里,
带给你我们的歌和欢乐……

又如她的《春天的消息》:

不要,不要跑得那么急,
你,多心的小狐狸!
没有狮子,也没有老虎,
有的只是我,是我呀——
轻轻的雪,细细的雨,
给你送来了,送来了
春天的消息……

还有一种特殊类型的题画诗,同时具有题画诗、绘本或插图的一些特点,但又与这三者不完全相同。如《谷利和古拉的12个月之歌》,诗歌是中川李枝子创作的,图画是由她的妹妹山胁百合子描绘的。这首诗与一般的题画诗不同,一般的题画诗都是先有画,后有诗,而这部作品是先有诗,后有画。中川李枝子先创作了诗歌,共12小节,山胁百合子再根据诗歌内容,每一小节画一幅画,诗画结合得很好。有些人把它当绘本,其实它与绘本也有区别。离开了文字,读者对画面的理解会有较大的差异,画面的连续性是绘本很重要的特征,而这个作品的画面相对独立。相对于插图,这部作品中图画反映的内容则要丰富得多。

4. 幼儿讽刺诗

幼儿讽刺诗是用比喻和夸张等手法对幼儿生活中某些不良现象进行提示和批评,引导幼儿对照自省的幽默诙谐的幼儿诗。这种诗或直写幼儿的错误行为及后果,或巧指他们的一两种毛病缺点,或有意夸张叙写他们某种不良习惯及可笑的结局,使幼儿在微笑中看到自己,受到启发,引起警觉。例如,任溶溶的《强强穿衣裳》就是一首讽刺诗,它以极度的夸张,描绘了强强穿衣服动作之慢:从早上一起床就开始穿衣服,一直穿到了晚上,讽刺嘲笑了某些幼儿边做事边玩耍的不良习惯。

幼儿讽刺诗与一般讽刺诗有明显的区别。幼儿讽刺诗中讽刺的对象是幼儿,所以大都是善意的、委婉温和的讽刺。而一般讽刺诗大都辛辣尖刻,有的甚至没有回旋的余地。

5. 幼儿寓言诗

幼儿寓言诗又称诗体寓言，它以蕴含发人深省的鲜明寓意（哲理或教训）为主要特征，是以寓言的形式来叙事的诗，如高洪波的《列车上的苍蝇》、张秋生的《会拉关系的蜗牛》等。

6. 幼儿散文诗

幼儿散文诗是一种介于诗歌和散文之间，兼具诗与散文两种艺术之美的文学样式。它具有诗的意境和散文的形式。它偏重于抒情，但较之抒情诗更灵活自由；它分段不分行，不要求有严格的韵律，但比一般散文更注重节奏。优美的幼儿散文诗会有悠远的意境，像一首悠扬的歌，例如，郭风的《我们来唱白云、银河……》就是一组精美的幼儿散文诗。印度诗人泰戈尔也写过不少优秀的适合幼儿听赏的散文诗，如《金色花》《纸船》《花的学校》《当我送你彩色玩具的时候》等。

7. 幼儿科学诗

幼儿科学诗是指用诗歌形式所写的科学文艺作品，它以表现科学精神、科学现象、科学规律等为主要特征。高士其的《太阳的工作》、李松波的《为黄鼠狼辩》、范建国的《太阳光的妹妹》等都是幼儿科学诗佳作。

随着时代的发展和技术的进步，新的创作形式也会不断涌现，而这又会推动幼儿文学理论的发展，因此我们不能用一成不变的眼光来看待幼儿诗歌的分类理论。

（四）幼儿诗经典作品推介

1. 林武宪的《阳光》和《鞋》

我们先来看看他的《阳光》。

阳光，在窗上爬着，
阳光，在花上笑着，
阳光，在溪上流着，
阳光，在妈妈的眼里亮着。

林武宪，我国台湾地区儿童文学作家，长期从事教师工作

并致力于童诗创作,其作品在台湾地区多次获奖,部分作品被选入台湾中小学教材及美洲汉语教材。

《阳光》这首诗编织了一组精心组织又浑然天成的意象,可感、可思、可咀嚼,尤其是最后一句,"阳光,在妈妈的眼里亮着",流动着的阳光和洋溢着的母爱互相辉映,使抽象的情感可触、可感。这种能让天真的幼儿心领神会的深意,是由一组简洁明快的词汇与一个重复四次的句式构成的。

我们再来看看他的《鞋》。

我回家,把鞋脱下,
姐姐回家,把鞋脱下,
哥哥、爸爸回家,
也都把鞋脱下。

大大小小的鞋,
是一家人,
依偎在一起,
说着一天的见闻。

大大小小的鞋,
就像大大小小的船,
回到安静的港湾,
享受家的温暖。

这首小诗以普通得不能再普通的鞋为写作对象,描述的也是一种平常得不能再平常的生活现象——家里的每个人回到家都脱下自己的鞋,可是,诗人却用新奇的构思让这首小诗显得形象鲜明、韵味无穷。大大小小的鞋是家里的一个个成员,摆放在一起的鞋就好像依偎在一起的一家人;大大小小的鞋像一艘艘船,经历了风雨,回到了港湾。那一双双紧紧相依偎的鞋,代表的是亲密,诉说的是亲情。整首诗字里行间都流泻出温暖与幸福,让每一个读者都能感受到家的美好。

2. 汤锐的《等我也长了胡子》

等我也长了胡子,
我就是一个爸爸,

我会有一个小小的儿子,
他就像我现在这么大。

我要跟他一起去探险,
看小蜘蛛怎样织网,
看小蚂蚁怎样搬家。
我一定不打着他的屁股喊:
"喂,别往地上爬!"

我要给他讲最有趣的故事,
告诉他大公鸡为什么不会下蛋,
告诉他小蝌蚪为什么不像妈妈。
我一定不对他吹胡子瞪眼:
"去去!我忙着哪!"

我要带他去动物园,
先教大狗熊敬个礼,
再教小八哥说句话。
我一定不老是骗他说:
"等等,下次再去吧!"

哎呀,我真想真想
快点长出胡子,
到时候,不骗你,
一定做个这样的爸爸。

汤锐,四川巴县(今重庆市巴南区)人。1984年毕业于浙江师范大学中文系,1980年开始发表作品,历任中国少年儿童出版社编辑、北京师范大学中文系教师、朝花少年儿童出版社副总编辑、连环画出版社总编辑。

诗歌中的爸爸真是让人喜欢。他能陪着孩子一起去探险,他还喜欢给孩子讲故事和带孩子出去玩儿。这个爸爸呀,不爱打孩子,对孩子很体贴,还说话算话,从不哄骗孩子。这首诗通过一个孩子的口说出了孩子心中的世界,而且大人们肯定不会反对。

幼儿文学的内容是本性纯真的,真正的幼儿文学首先是幼儿能理解和接受的文学。

3. 陈尚信的《鼻子吃蛋糕》

这块蛋糕,
我舍不得吃它,
要等爸爸妈妈一起尝。
我让鼻子先尝一点儿,
反正小鼻子只会闻闻,
不会吃下。

这首诗所表现的稚拙令人叫绝,作者深谙幼儿心理,把"我"写得异常可爱,"我"的一切行为,完全符合幼儿的年龄特点,读之,令人忍俊不禁。可见,幼儿诗的作者总是俯下身来观察幼儿的行为,并将所观察到的融合在作品中,使作品充满了稚拙美。

4. 林焕彰的《鸽子学飞》

鸽子学飞,
鸽子鸽子喜欢飞。
鸽子学飞,
鸽子鸽子喜欢绕着圈圈飞

鸽子鸽子喜欢飞,
鸽子的家住在屋顶上,
鸽子鸽子喜欢绕着自己的家,
飞飞飞,飞飞飞……

林焕彰,我国台湾省宜兰县人,20世纪60年代初开始发表作品,曾任《布谷鸟儿童诗学季刊》总编辑,亚洲儿童文学学会台北分会会长,创办了《儿童文学家》等刊物。出版有《牧云初集》《斑鸠与陷阱》《童年的梦》《小河有一首诗》《妹妹的红雨鞋》等作品。曾获台湾中山文艺创作奖、中兴文艺奖和陈伯吹儿童文学奖、冰心儿童文学新作奖等。《林焕彰儿童诗选》1991年由安徽少年儿童出版社出版。

在诗人的笔下,组成一首诗的文字可以变得如此服帖,又如此不同寻常、韵味十足。词语、句型的不断重复非但没有减损诗的韵味,反而生动地传达出了鸽子盘旋学飞的动作感觉,其间还夹着一份家的安详和温暖。

5. 圣野的《放船》

你在
小河的上游
放了一只
让蚂蚁公主乘坐的小船
我准备在
小河的下游
开个盛大的欢迎会

圣野，浙江省东阳人，1945年考入浙江大学，1947年参加《中国儿童时报》的编辑工作。20世纪40年代末出版过诗集《啄木鸟》《列车》和《小灯笼》。1957年起主编《小朋友》杂志，此后长期从事编辑工作，业余创作了大量儿童诗和其他样式的儿童文学作品。出版有《欢迎小雨点》《和太阳比一比》《奶奶故事多》《春娃娃》《竹林奇遇》等40多本儿童诗集。他的一些诗作曾多次被译成外文传至国外。

《放船》这样一首小诗恍若随口造就，却包含了无数的想象和热爱。圣野是一个童心无限的诗人，他的诗作中始终洋溢着满满的童心童趣，就是如此简单的只言片语，却把一个只有幼儿才能深入的世界展现在我们眼前，那随水流而下的小船里载着蚂蚁公主，而"我"在下游正在为她准备一个盛大的欢迎会，这是怎样天真的梦境啊！

6. 蒲华清的《我和爸爸》

爸爸下班回家，
我抱着他的腿往上爬。
爸爸像棵大树，
我像一株牵牛花。

蒲华清，重庆人，做过小学教师、编辑等工作。著有儿童诗集《校园朗诵诗》《注音童诗一百首》，童话诗集《美丽的小仙女》，儿歌集《红雨伞》，幼儿短诗集《天上的洒水车》《春天的

朗诵诗》，幼儿故事集《可怜的小花狗》等。

就只是一个"爬"的动作，却把一个顽童的形象尽显无遗，可见就是类似这样的简单动作，在儿童的眼中却是乐趣无穷的。这首诗是"微言显趣"的典型。

7. 常福生的《猫头鹰》

睁一只眼

——放哨，

闭一只眼，

——睡觉。

我要是猫头鹰

——该有多妙！

一只眼睁着

——看电视，

一只眼闭着

——睡觉。

常福生，笔名符笙，生于上海，担任小学教师数十年。1959年开始发表作品，1990—2008年在少年儿童出版社《娃娃画报》《儿童诗》编辑部工作。2006年加入中国作家协会。著有儿童诗集《会走路的蘑菇》《飞过大上海的龙》《春天的礼花》《有孩子的地方》，童话集《好斗的小公鸡》等，主编《新编经典儿歌大全》等。他创作的童话《机器妈妈》获《北京日报》1986年全国童话征文三等奖，儿童诗《牙齿亮晶晶》获2004年全国儿童诗征文三等奖，《有孩子的地方》获第22届陈伯吹儿童文学奖优秀奖。

这个想象自己如果是猫头鹰的想法唯有幼儿才会有吧，这么奇妙的想象，这么可爱的念头，把一个孩子既想看电视，又想睡觉的"贪心"表现得淋漓尽致。诗人如此巧妙的意象链接不知道出了多少孩子的心声。

8. 杨唤的《家》

树叶是小毛虫的摇篮，

花朵是蝴蝶的眠床，

歌唱的鸟儿谁都有一个舒适的巢。

辛勤的蚂蚁和蜜蜂都住着漂亮的大宿舍，

螃蟹和小鱼的家在蓝色的小河里，

绿色无际的原野是蚱蜢和蜻蜓的家园。
可怜的风没有家，
跑东跑西也找不到一个地方休息。
漂流的云没有家，
天一阴就急得不住地流眼泪。
小弟弟和小妹妹最幸福哪！
生下来就有爸爸妈妈给准备好了家，
在家里安安稳稳地长大。

杨唤，原名杨森，我国台湾地区现代派诗人之一，1950 年开始写儿童诗，成为台湾现代儿童诗的先驱。他出版有诗集《风景》《杨唤诗集》《水果们的晚会》等。1988 年，台湾一些著名儿童文学家发起成立"杨唤儿童文学奖"，以奖励海峡两岸卓有成就的儿童文学作家，该奖每年颁发一次。

家是人们成长的摇篮，家是世上最美的港湾。有家的感觉是幸福的、温馨的。杨唤的这一首《家》就是颂扬家的重要性的优美诗歌。诗歌开篇运用了比喻和拟人的写作手法，先依次展现了小毛虫、蝴蝶、鸟、蚂蚁、蜜蜂、螃蟹、小鱼、蚱蜢和蜻蜓这一些自然界中的小生命，它们都有自己温暖、和美的家。接下来又说风和云没有家，它们找不到休息的地方。相比之下，真是可怜之至。它们只能"跑东跑西""急得不住地流眼泪"。通过对比手法的运用，诗作在结尾部分指出了最幸福的是小弟弟和小妹妹，因为他们"生下来就有爸爸妈妈给准备好了家，在家里安安稳稳地长大"。既然如此，小弟弟和小妹妹就应该懂得感恩，这首诗也寄寓了诗人对家的无比挚爱之情。

9. 罗伯特·路易斯·斯蒂文森的《我的影子》

我有一个小小的影子，进进出出跟着我，
我可不大知道他到底有什么用场，
他呀，从头到脚都非常非常的像我，
我跳上床去，倒看见他比我先蹦上床。
他怎样长成的呢？嗨，那才叫好玩——

全不像真正的孩子那样，慢慢地长大；
有时候他长得那么高，像皮球，一蹦蹿上天，
有时候他缩得那么小，我完全看不到他。

孩子应该怎样游戏，他可是完全不知道，
他呀，只知道捉弄我，跟我开玩笑，
他老是紧紧地跟着我，真像个胆小鬼，你瞧：
我像他跟牢我那样去跟牢保姆可多害臊！
一天早上，非常早，太阳还没有起身，
我起来看到露珠在金凤花儿上闪耀；
可是我那懒惰的小影子，真贪睡，还不醒，
他在我身后，在家里的床上，呼呼地睡觉。

罗伯特·路易斯·斯蒂文森，英国作家，生于爱丁堡的建筑工程师家庭，当过律师，大学时期就开始写作。著名的作品有小说《金银岛》等，他是19世纪末新浪漫主义文学的代表。

《我的影子》这首诗节选自斯蒂文森的《一个孩子的诗园》，这本儿童诗歌集被誉为儿童学习语言的"最优美的启蒙教材"。《不列颠百科全书》对斯蒂文森这本儿童诗歌集给予了高度评价：在英国文学中，这些儿童诗是无与伦比的。时至今日，这本诗集仍是世界儿童文学经典名作。

影子，在幼儿心中是有趣而神秘的，是幼儿喜欢的伙伴。在阳光下追逐同伴和自己的影子一直都是幼儿乐此不疲的游戏。但是，幼儿是否认真观察过自己的影子？是否思考过影子和自己的关系呢？这首诗通过对影子的描绘来描述人物行为，生动地讲述了影子和人的关系，启发幼儿观察日常生活中司空见惯的现象。作者在捕捉童年的情绪和感觉时，既表现出异乎寻常的准确性，又带有浓郁的儿童情趣。

10. 鲁兵的《小山羊和小老虎》（作品略）

鲁兵，浙江省金华人，原名严光化，笔名鲁兵、严冰儿。他1946年在浙江大学学习期间开始儿童文学创作，曾发表过诗歌、童话、散文、小说、剧本等多种体裁的作品。从20世纪50年代开始，鲁兵在从事儿童文学编辑工作的同时，继续为孩子们写作，此时，他创作的重点转移到幼儿文学方面，"打入娃娃阵，长做黑头公"成为他从此献身幼儿文学事业的追求与写照。20世纪五六十年代，他写的作品有儿歌《太阳公公起得早》（八首）、《唱的是山歌》、《大力士》、《我有一个好妈妈》，童话诗《王小小》《两只小鸭捉鱼去》《老虎外婆》等。"文化大革命"中，鲁兵被迫搁笔。"文化大革命"后，他的创作激情迸发，出版了《好乖乖》《鲁兵童话诗选》《顶顶小人》《老虎的弟弟》《鲁兵作品选》等。他还主编了受到全国幼儿欢迎的"365夜"系列书籍，出版了儿童文学理论著作《教育儿童的文学》。

几十年来，鲁兵不但大力倡导为幼儿写作，而且身体力行，他曾说："幼儿文学不可能产生什么皇皇巨著，可是它担负着滋养上亿孩子的任务。我是把它当作一件了不起的事业来做的，诚恐诚惶的是未能做好，愧对孩子们。"

儿歌和童话诗是鲁兵最得心应手的体裁，童话诗则全面地显示了鲁兵的文学功底和美学追求。鲁兵对童话诗的掌握到了纯熟的程度，他借鉴外国童话诗和我国古代叙事诗，创作的作品深浅适度，使诗的美质借助于童话的美丽幻想扎根于幼儿心田，于潜移默化中提高幼儿的文学素质，锻炼幼儿的语言能力。

《小山羊和小老虎》是鲁兵的代表作之一，从这篇作品中我们可以看出他的童话诗幼儿化的追求。在这首诗中，鲁兵根据故事情节进展的需要和抒发感情的需要，不断调整布局，变换句式，更改韵脚，使诗始终处于流动变化之中，呈现出五彩斑斓之色，给人以曲径回廊、移步换景、美不胜收之感。《小山羊和小老虎》采用一节一韵或几节一韵的方式，通过变换韵脚来显示情节的发展变化和情感的变化，在听觉上给人一种活泼跳跃的感觉，显示出多种声音交替的回环美。作者的押韵技巧运用得十分熟练，在他的童话诗中，一韵到底的占多数，就是像《小老鼠变大老虎》这样一百多行的长诗也一韵到底，且押得十分自然，没有因韵害意。金波在《论鲁兵的童话诗》中说：当我们通过听觉来感受他的童话诗的时候，那直接的、迅捷的、强烈的艺术效果就像音乐一样直抵我们的心灵，似乎用不着更多的思辨就能感受到情节的变化和感情的起伏。

11. 柯岩的"'小兵'的故事"系列（作品略）

柯岩在20世纪50年代的创作大多是幼儿叙事诗，这些诗作的主要特色是荡漾着动人心弦的幼儿情趣。她极善于从幼儿的生

活和游戏中采撷那些富有戏剧性的片段,融以慧巧的诗心、活泼的想象,织成兴味盎然的故事。在她的诗行中,不见静态的摹状,也少有场面的铺陈,而多是人物富有特征性的行动,从中透视美好的意绪与情思,并传递着诗人对于幼儿的循循善诱。发表于1956年的"'小兵'的故事"系列作品充分体现了这些特色。该系列由《帽子的秘密》《两个"将军"》《"军医"和"护士"》组成。《帽子的秘密》写的是低龄儿童玩打仗当海军游戏的故事。它开篇即设下悬念:妈妈送给哥哥一顶帽子的帽檐老是掉下来,弟弟奉命去侦察,结果被捉去当了"俘虏",可也因此参加了哥哥他们的"海军部队",反过来对妈妈保守秘密了。《两个"将军"》写两个模仿解放军、作风却截然不同的"将军",一个勇敢威风,不时下令"向妹妹进攻"或"向弟弟冲锋",一个不但打仗"打得勇敢漂亮",也懂得保护弟弟妹妹这些"老百姓"。《"军医"和"护士"》描写了孩子们渴望"当兵"的故事。这三首主题和题材都相近的诗篇,之所以受到小读者的喜爱,是因为其中贴近幼儿生活的情节、典型而又逼真的行动和对话、稚气十足的冲突,以及那种对于军队生活的热盼和向往,都是孩子们熟悉甚至体验过的,自然极易引起他们的共鸣,激发他们欢乐的情绪并使他们获得审美的满足。

12. 樊发稼的《小妹妹的诗》

樊发稼中学时代就酷爱文学并开始向报刊投稿。他的《雪花姐姐》《春雨的悄悄话》《苗苗的故事》《春天的小诗》《花,一簇簇开了》《小娃娃的歌》《布谷鸟》《腊梅花》《大树和蘑菇》《花儿的诗》《蒲公英》等幼儿诗集在当代儿童诗坛都引起了相当好的反响,其中,《小娃娃的歌》获得了首届全国优秀儿童文学奖,《春雨的悄悄话》获得了首届全国优秀少儿读物奖。

他的《小妹妹的诗》是20世纪80年代后期创作的较为成功的幼儿小诗。诗人对浓烈的抒情色彩的追求似乎淡化,但对语言的童稚化、儿童视角和儿童思维更加重视,诗的内容如下:

> 树林里的小鸟,
> 都是些用功的孩子。
> 每天清早,
> 就起来念书。
> 满树的树叶子,
> 是他们绿色的书页。

对可爱的"小鸟"的想象,反映了诗人对幼儿诗本质的更准确的把握。

在《大力士》中，诗人将"大海"比作"大力士"，可能只有幼儿才会有这种奇异的想象。

谁的力气最大？
我说是海。
你瞧，这么大的轮船。
他轻轻松松驮走了。

以下是《风筝》，其中"苗苗"的话是发自幼儿内心的言语，它无遮无拦，没有任何矫饰。

春天来了，蓝天上
飘飞着一只只彩色的风筝。
苗苗对妈妈说：
"我要是一只风筝，
那就好了！爸爸要打我的时候，
你就把我放到天上去，他就打不着我了！"

樊发稼的幼儿诗创作基本上遵循他自己一贯坚持的"幼儿文学是爱的文学"的主张。他在幼儿诗中充分地调动起自己的创作技巧，发挥自己的创作才能，努力教孩子们"懂得爱、学会爱"，当然也教孩子们学会辨识真伪、美丑，从而不断充实完善自己，使自己的人格与心灵走向完美。可以说，"爱"——诗人对孩子的爱，对祖国的爱，是他开启幼儿心灵世界的一把金钥匙。

13. 高洪波的儿童诗

高洪波在中国当代儿童诗坛是一位创作数量与质量都很高的诗人。20世纪80年代以来，他先后出版讨《鹅鹅鹅》《鸽子树的传说》《懒的辩护》等几部儿童诗集，在中国作家协会主办的第一届、第三届全国优秀儿童文学奖评选中获奖，其诗集《鸽子树的传说》还获得了中宣部组织的精神文明建设"五个一工程"奖。

高洪波的儿童诗的最大特点是善于触摸现代孩子的心灵，并用本真的孩子的话语和孩子的思维去表现现代儿童对自我、生活、社会乃至世界与人类的独特关注与反应。他的幼儿诗的语言是对童心的反映，也是幼儿生活和现代观念的表现。

《鹅鹅鹅》是高洪波较早的一首儿童诗。从这首诗中可以看出诗人对于传统儿童话语的反拨和对于儿童本真心态的披露，以下是诗的部分内容：

真的，我不愿当什么"神童"，
更不想靠"白鹅"啄来糖果。
如果妈妈带我去趟动物园，
那才是我最大的快乐！

从他的作品《笑》中也可看出诗人对于儿童诗语言的自觉探索，以下是诗的部分内容：

可是我知道，
你们怕变小，
变小了，
要考试、做作业、背课文，
有那么多的烦恼。
所以，你们不愿笑！
我想不笑，
可又做不到。
有烦恼，也要笑，
因此，我总长不高。

这首儿童诗语言平易、朴实、口语化，非常贴近孩子们的心理。

在《懒的辩护》《我喜欢你，狐狸》等诗中，高洪波儿童诗的语言的思想含蕴和信息容量更是让人惊奇，《懒的辩护》部分内容如下：

我最不愿洗碗，
妈妈说我手懒；
我顶害怕珠算，
爸爸说我心懒。
可是他们不明白，
懒，是一切发明之源。

为了当上发明家，
我才故意这般懒！

在传统的儿童诗话语里，"懒"是一个贬义词，是大人们对孩子们指责甚至痛骂的最好理由。可高洪波却在"懒"字上发掘出了儿童心灵深处最闪光的点，也发掘出了儿童诗的真正含义。

以下是《我喜欢你，狐狸》的部分内容：

我崇拜你，狐狸，
你的狡猾是机智。
你的欺骗是才气。
不管大人怎么说，
我，喜欢你。

对狐狸的"狡猾"和"欺骗"的赞美与认同，看似完全违背了常理，但这种与大人们心中的道德与审美原则完全相悖的儿童思维，却让人们发现了现代儿童的心理嬗变。当代儿童再也不是在传统的教鞭下被斥责着成长的一代人了，当代儿童对于独立意识的护卫是前所未有的坚定。如果儿童诗的创作还采用"说教式""训诫式"的语腔语调的话，必然会沦为儿童所唾弃的语言垃圾。

高洪波的儿童诗还有一种令人捧腹的"趣"——快乐、幽默、风趣的语言将当代儿童的喜怒哀乐和他们全新的精神世界行云流水般表现出来。高洪波说过："从某种意义上说，我的诗也是一种宣泄，为孩子的苦恼，也为自己的困惑。"在他眼中，儿童文学应是快乐的文学。他将这种主张贯穿到他的创作之中，用自己的诗句向孩子们输送快乐。他认为每一个人、每一个儿童文学工作者如果忘记和忽略了这一点，简直就是极大的失职。不难发现，高洪波的儿童诗创作之所以极力追求一种快乐的语言艺术，源于他强烈的责任心，他为人真诚，他深深地理解当代儿童，真正地尊重当代儿童的人格精神，并不遗余力地将儿童的天真无邪、喜怒哀乐、孤独寂寞，甚至是他们的蛮不讲理

都写进了诗行，如他的《种眼泪的孩子》：

我觉得，

我是一朵云，

一朵会流泪的云。

当然，谁也不知道，

我哭的时候，心里却在暗暗发笑。

再如他的《都江堰的二郎神》：

都江堰的二郎神，

你是凡人，也是英雄。

像齐天大圣一样，

屹立在我的心中。

只有尊重儿童，发现他们的内心，才能将儿童诗的"快乐"基因，培养成真正的诗美品格。从高洪波以上这些诗行里，我们不难找到这种真正源于儿童的快乐的语言信息。

从《自夸的老鼠》《小老虎的问路》《公鸡的本领》《小兔子穿钉鞋》《乌龟和刺猬》等童话诗中，我们可以找到高洪波儿童诗语言的另一种质地，即"启智语言"对教化语言的完全取代，信息知识语言对传统音韵语言的取代。诗人几乎完全摒弃了儿童诗中那种狭义的甚至带着某种"自私"与"霸道"的成人对于孩子的关爱话语，而采取了一种全新的儿童构想和儿童独白的话语。正是因为他对语言张力与含蕴的极度重视，才使得他的儿童诗卓然独立于新时期的儿童诗坛。

14. 钟代华的儿童诗

钟代华自20世纪80年代起就开始在儿童诗园地里摸索，他相信自己有能力在儿童诗这个园地里栽出一片绿荫。初始时，尽管身处乡村，生活环境不尽如人意，但他坚持默默地耕耘，以自己独特的艺术感悟和对诗歌的追求引起读者和诗评家的关注。

20世纪90年代，三十而立的他终于捧出了自己收获的可喜成果。他的抒情诗集《微笑》、儿童诗集《纸船》和《让我们远行》等相继出版。他还陆续获得了重庆市文学奖、陈伯吹儿童文学奖、"小天使"铜像奖以及上海《少年文艺》的四届好作品奖。他的创作成绩真正受到了诗坛的关注，一些著名儿童文学理论家也开始将他纳入自己研究的对象之中。应该说，钟代华之所以能在儿童诗坛脱颖而出，是有一些外在的环境因素的。大西南儿童文学特别是川渝儿童文学在当代中国一向与上海的和北京的儿童文学呈"三足鼎立"之势，在川渝地区，一生致力于儿童诗创作的有张继楼这位德高望重的诗人。他善于发现年轻人并鼓励他们不断成长，川渝地区在20世纪八九十年代涌现出一大批儿童诗坛实力作家，都得益于他的精心栽培，钟代华也不例外。

《纸船》是钟代华的儿童诗处女诗集，这部诗集首先引起了张继楼的关注，他热情作序并予以很高的评价，彭斯远也热情撰序，将其誉为"全方位表现孩提"的文本。这部诗集共分四辑，前两辑《纸船》和《小蛐蛐儿的故事》多是幼儿诗、儿歌和适合小学低年级学生阅读的诗。这些诗大多是诗人初涉儿童诗园的"稚嫩"之作，但这些诗对儿童生活的多方面折射，对儿童想象世界的感悟却是相当准确的。可以说，正是这小小的"纸船"将钟代华渡向了儿童诗歌的码头。其中，《鸟的天堂》中乡村儿童对于山外世界的眺望与渴盼让人难以忘怀，其内容如下：

站着 坐着 趴着 躺着
看小鸟飞向太阳下的云朵
再眺望远方远方哟
远方到底有些什么

这首诗中的几个动词对于突出形象的作用让人叹服，而末尾的一个疑问又让人深思。《荡秋千》一诗与《童年》一诗在立意与构思上颇有异曲同工之妙。儿童的幻想空间在"飞呀，飞呀／真想长上翅膀飞上蓝天"的诗句中日渐扩大。《纸船》意象新奇，意境清美。月儿、沙滩、小船、帆构筑了一个朦胧的夜景，但也让人看到了朦胧的色调里闪烁出的一份烂漫、天真与向往。这种立体的儿童诗像棱镜片一样能将童年生活体验折射出五彩缤纷的光芒。在《帆》《水手之歌》《海的故事》这三首诗中，当我们的思绪在帆、水手、海、海风、礁石、港湾、浪花、美人鱼、暴风等中穿越时，更加惊讶于诗人对儿童内心世界的开拓，儿童的内心就是一片大海，诗人善于用最能展现大海风姿的物象来表现大海丰富的内涵。

《小蛐蛐儿的故事》一辑中的小诗没有上述的诗那么抒情，

但这些聚焦于云朵、雪花、落叶、小石人、森林里的鸟儿、小动物、风等大自然之物的诗作把儿童亲近大自然的形象勾画得淋漓尽致。儿童天生就喜欢大自然，也许未经污染的大自然与童心是同质同构的吧。儿童一走进山野，听到鸟儿的歌唱和溪流的叮咚，看到蝴蝶在飞舞，他们的好奇心就会被充分调动起来。儿童的快乐在大自然里是无边的，钟代华的儿童诗就极力地表现了这一点。但诗人也没有忽视大自然作为孩子们心中最美好的部分，已逐渐被人类破坏与污染。诗人敏感地注意到了孩子们心中过早地经受了一种磨难——他们已品尝到了大自然被污染的苦果，当受伤的鸟儿飞过孩子们的眼前，或当因树木被砍伐而导致天空"生气"时，孩子们"伤心地哭了"，他们开始谴责那些无知的短视的行为。

钟代华作为儿童诗诗人，在表现儿童的生活与心灵时不忘为儿童的生活指路，不忘培养儿童美好健康的心灵，因为这是儿童诗诗人的责任。

理论与实践操作

1. 任意选择一些儿歌，试着把这些儿歌改编成手指谣。
2. 幼儿诗的解析与朗诵。

要求：以小组为单位对作品进行分析、理解，在此基础上演绎作品。

方式：

（1）每组陈述本组对作品的分析和演绎设计；

（2）集体朗诵幼儿诗。

拓展学习书目

[1] 米尔恩，等. 童诗精选 [M]. 任溶溶，等译. 武汉：湖北少年儿童出版社，2012.

[2] 谢尔·希尔弗斯坦. 阁楼上的光 [M]. 叶硕，译. 海口：南海出版公司，2006.

[3] 谢尔·希尔弗斯坦. 向上跌了一跤 [M]. 叶硕，译. 海口：南海出版公司，2010.

[4] 李姗姗. 太阳小时候是个男孩 [M]. 合肥：安徽少年儿童出版社，2019.

[5] 李姗姗. 月亮小时候是个女孩 [M]. 合肥：安徽少年儿童出版社，2019.

关于这一节,请留下你的建议吧,谢谢!

第二节 幼儿故事

本节导读

本节分别从概说、特点、类型和经典作品推介几个方面介绍了幼儿神话传说故事、幼儿童话故事和幼儿生活故事。

小组探讨

1. 你认为把幼儿童话故事放在幼儿故事中探讨是否合适？为什么？
2. 中西方幼儿神话传说故事的差异说明了什么？这种差异又决定了什么？
3. 幼儿童话故事的未来发展方向在哪里？
4. 传统经典的幼儿童话故事需要改编吗？
5. 衡量一篇幼儿生活故事是否优秀的最关键因素是什么？

一、幼儿神话传说故事

（一）幼儿神话传说故事概说

所谓神话，高尔基在《苏联的文学》一书中曾这样定义："一般说来，神话乃自然现象，是对自然的斗争以及社会生活在广大的艺术概括中的反映。"① 从这个定义中我们不难看出，神话并不是因为幼儿的需求而产生的，神话源于早期人类在与自然斗争的过程中逐渐形成的天真、幼稚的观念。当时人们无法解释大自然中发生的各种自然现象，如风、雨、雷、电等强大的力量，太阳、月亮等的运行，霓、虹、云、霞等的绚丽变幻，于是以想象的方式赋予这些自然现象神奇的魔力，形成了万物有灵的观念，神话便由此产生。原始人所创造的神话中丰富奇幻的想象、蓬勃朝气的生命力以及对自然万物葆有的惊奇崇拜感无不与幼儿同质，所以，这些不是为幼儿准备的"精神食粮"也非常受幼儿欢迎和喜爱。正

---

① 高尔基.苏联的文学[M].上海：新文艺出版社，1953：8.

如周作人在1913年发表的《童话略论》一文中所说："童话者（即神话故事），原人之文学，亦即儿童之文学，以个体发生与系统发生同序，故二者感情趣味略相同。"① 借助人类学理论，周作人认为原始人作为整个人类的童年期与每个幼儿正处于个体的童年期在本质上是同序和一致的。同时，周作人进一步指出，如果把这些神话故事讲述给幼儿听，是"顺应自然，助长发达，使各期之儿童得保其自然之本相，按程而进，正蒙养之最要义也"。② 周作人对神话故事促进幼儿健康成长给予了大力肯定与称赞。

神话几乎是各民族原始先民所共同经历过的最早的文学创作形式。原始社会的生产力水平十分低下，面对难以捉摸和控制的自然界，人们不由自主地会产生出一种神秘和敬畏的感情，并由此幻想出世界上存在着种种自然的神灵和魔力，自然在一定程度上被神化了。"神话"一词在古希腊语中的意思是传说、故事、叙述，是人类在生产力极其低下的情况下，用幻想对自然和社会形式的一种加工和改造。它是人类借助想象来征服自然、支配自然并把握自然的工具。因此，神话故事就是人类对自然的形象化的解释和想象，其内容大多涉及创造世界的神话、由自然现象演变而成的神话和人们用自身所形成的各种社会关系和习俗来想象未知的世界的神话。神话故事中的人物大多是虚构出来的，具有超现实性。

传说相对于神话来说产生较晚。很多民间传说是从神话演变而来的，因此两者关系密切，有着许多相同的特征，如都以幻想为主、故事性强，都反映了早期人类的价值观念，等等。传说的内容范围广泛，所涉及的形式也多样，大多是人物传奇、奇闻异事等，在民间以口头形式流传，通常有一定的事实根据和来源。

神话传说是一个民族文化的象征，不同民族拥有不同的神话传说体系，它是一个民族的集体记忆，凝聚着各个民族基本的世界观和价值观。

---

① 周作人. 周作人论儿童文学[M]. 北京：海豚出版社，2012: 28.

② 同上。

西方的神话传说故事大约起源于公元前 12 世纪至公元前 8 世纪，以古希腊文化和罗马文化为代表。故事内容主要包括神的产生、神的谱系、神的活动和神的创造。代表作品是希腊神话。这些神话故事情节完整曲折、起伏跌宕、扣人心弦，让孩子们十分着迷，如宙斯和伊俄的故事、普罗米修斯的故事、俄狄浦斯王的故事、三个金苹果的故事等。而由传说中的奴隶荷马写成的《荷马史诗》则是一部关于古希腊各城邦和特洛伊之间发生的战争的一次神话想象。故事中的人物分为三种：第一种是神，他们和凡人在外形和性格上毫无差异，但他们拥有无上的神力和不死之身。第二种是人神结合所产生的半人半神，他们和凡人在外形和性格上毫无差异，但他们拥有超越凡人的能力。例如，史诗的主人公阿喀琉斯就是一位战无不胜、攻无不克的人间"战神"，而海伦是宙斯和人间一女子所生，所以拥有了绝世无双的美貌。但他们无法像真正的神一样拥有不死之身，他们和凡人一样必须经历生老病死的痛苦。第三种是凡人。

中国古代的神话传说散见于《山海经》《诗经》《庄子》《楚辞》《淮南子》《吕氏春秋》《穆天子传》《孟子》《墨子》《韩非子》《列女传》等书中，有盘古开天地和女娲造人补天的创世神话，有大禹治水、后羿射日、夸父逐日、精卫填海、仓颉造字、燧人氏钻木取火、后稷尝百草等英雄人物神话，也有八仙过海、嫦娥奔月、牛郎织女、柳毅传书、鲁班学艺、老鼠嫁女等民间传说故事。这些神话传说故事一方面反映了人类与自然作斗争的情况，如大禹治水、精卫填海等，另一方面也反映了早期人类的人生价值体系，如鲁班学艺、老鼠嫁女等。这些神话传说故事在内容上往往以己观物、以己感物，常常因具体、形象、生动的故事情节为孩子们所津津乐道。

（二）幼儿神话传说故事的特点

1. 幼儿神话传说故事多采用虚构的手法

幼儿神话传说故事中的人物、情节、环境大多是想象虚构出来的。例如，《西游记》这个故事的原型是玄奘到印度取经，《封神演义》的故事原型是周朝取代商朝。这些在历史上都有文献记载，但经过多年的民间流传后，故事的内容发生了很大的变化，演变成了神魔妖道的神话传说故事。故事中的大部分角色是想象虚构出来的，如《西游记》中的孙悟空、猪八戒、沙僧以及路途中所遇到的妖魔鬼怪等都是虚构出来的，《封神演义》中神机妙算的姜子牙、助纣为虐的申公豹、善使乾坤圈和风火轮的哪吒等也都是虚构出来的。这些角色形象大多是扁平的，性格单一，符合幼儿的接受心理和特点。

2. 幼儿神话传说故事一般更追求情节的曲折离奇

幼儿神话传说故事大多不追求华丽的语言，但讲究故事情节的建构，而故事情节也正是其吸引人的关键所在。所以，怎样构造出动人的、扣人心弦的情节就成为幼儿神话传说故事内在的必然追求，如大家熟知的民间故事《牛郎织女》《长发妹》等无不以曲折离奇的故事情节取胜。尽管幼儿神话传说故事追求情节的曲折离奇，但情节的模式化痕迹较重，常有的模式有继母虐待型、三兄弟或者三姐妹比较型、战胜困难型等。情节的结构常以遇到危险或者遭遇不幸—战胜看似不可战胜的困难—获得幸福或解决危险这一结构来安排，且故事多以大圆满而告终，这也反映了老百姓的美好愿望。

3. 幼儿神话传说故事常采用对比式的叙述方式

为了更好地凸显"恶有恶报，善有善报。不是不报，时候未到"这种民间道德观念，幼儿神话传说故事常采用对比式的叙述方式来展开故事的叙述，即设置完全相同的人物遭遇，而通过不同角色的不同做法来实现不同的结局，从而传递民间所认可的善良温和、勤劳能干、勇敢坚毅、安贫乐道等美好品质和道德要求。例如，在《会说话的鸡蛋》中，善良美丽的女主人公布兰契和好吃懒做的姐姐先后都遇到了一个神奇的老婆婆，她们都从老婆婆那里得到了一个神奇的蛋，但由于两姐妹的性格不同，所以结局也完全相反。妹妹布兰契打开鸡蛋获得了许多黄金和钻石，而姐姐打开鸡蛋则出现了许多毒蛇。

4. 幼儿神话传说故事的题材非常广泛

幼儿神话传说故事的题材非常广泛，往往通过许多神魔妖怪、各种自然现象、形色各异的人等，把早期人们外在的耳目官能所感受的东西、内在的心理悸动所激发的情感和愿望用故事的形式展现出来，全方位地反映了早期人类对万事万物的理解以及早期社会所形成的道德伦理观念。

（三）幼儿神话传说故事的类型

根据不同的标准，幼儿神话传说故事可分为不同的类型。根据篇幅，幼儿神话传说故事有长篇、中篇和短篇之分。根据角色的特点和形式，幼儿神话传说故事则有以人为主和以物或自然现象为主之分。根据题材，幼儿神话传说故事有创世神话传说故

事、自然神话传说故事和社会神话传说故事之分。

创世神话传说故事主要从世界的来源的角度来虚构故事，如中国的《盘古开天地》《女娲补天》以及西方的上帝造人等故事，反映了不同民族对人类来源的想象。自然神话传说故事则对各种自然现象作了各种各样的想象。例如，在西方神话谱系中，掌管雷电的是整个神谱中最高的神——宙斯，而太阳则是由宙斯的儿子太阳神阿波罗每天早上拉着马车送出来，晚上又送回去的。在中国神话故事中，月亮上面住着嫦娥，雷电分别由雷公和电母掌控，是否要下雨由龙王掌管。这些都反映了人类早期对自然现象的敬畏和理解。社会神话传说故事则是人类早期生活和社会关系的写照，真实地反映了人类早期所形成的伦理道德观念以及所具有的人生观和价值观，一般包括各部落之间的争斗、英雄人物故事等，如希腊神话中的《普罗米修斯》、中国神话里的《精卫填海》等。

（四）幼儿神话传说故事经典作品推介

1.《盘古开天辟地》

故事梗概：很久很久以前，地球处于混沌状态，就像一个大鸡蛋，蛋清和蛋黄混为一体。而就在这个大鸡蛋中，诞生了第一个人类个体——盘古。据说他在鸡蛋中整整酣睡了一万八千年，醒来后发现四周一片漆黑。于是他打破了这个蛋壳，那些轻盈清澈的像蛋清的东西不断上升变成了天空，凝重浑浊的类似蛋黄的东西逐渐下沉变成了大地，从此天地分开。而后，盘古担心天地再次合拢，就用手撑住天，用脚踏住地，于是黑暗浑浊的世界不复存在。

天地是怎样形成的？人是怎样来的？这些问题直到今天仍然被无数人追问。在人类早期，对于天地产生的过程人们则通过优美的神话故事来展现，这既表现出了先民们奇特丰富的想象，又为我们提供了一份可口生动的精神大餐。

2.《羿射九日》

故事梗概：传说东方天帝帝俊有十个孩子，他们都是天上的太阳。本来帝俊规定他们中每天只能有一个出现在天空，可是这十个孩子都很调皮，十分难以管教。一天，他们居然同时出现在天空，顿时，大地干涸，万物枯萎，地上的老百姓苦不堪言。于是帝俊召见后羿，请他去管教这十个孩子。后羿本想吓唬一下他们，可他们毫不收敛，依然同时炙烤大地。于是后羿拿出了弓箭，一口气射掉了九个太阳，剩下那一个，害怕极了，再也不敢调皮，只好每天规规矩矩地按时出现。而后羿也成为人们心中的英雄。

英雄总是在人们需要的时候出现，他们的强大、他们的气概总是被人们津津乐道。神话中的英雄一般是早期人类在面对无法解决的自然灾难的时候幻化出的人物，这就与幼儿天马行空的想象不谋而合，所以神话中的英雄故事总是让幼儿百听不厌。

3.《爱金子的国王》

故事梗概：从前，有一个国王爱财如命，尤其喜欢金子。有一天，西伦努斯来到这个国家，国王就恳请他赐予自己财富。西伦努斯就赋予了他点金术——只要国王的身体碰到哪里，哪里就会变成金子。国王高兴极了。当他端起饭碗准备吃饭的时候，碗变成了金的，他一碰碗里的汤，汤凝成了金块，他抓起面包，面包变成了金疙瘩，他什么也没吃到。他最心爱的女儿靠近他，竟然变成了金人。国王后悔极了，他请求西伦努斯收回点金术。最后酒神答应了他，国王从此再也不喜欢金子了。

民间故事总是包含着老百姓的智慧，爱财是很多人的通病，但民间的智慧则告诉我们：一块金子其实抵不过一口饭菜。而这种智慧并未用直接说教的方式来传递，而是通过优美动人、想象奇特的故事内容来呈现的，这有助于孩子们在潜移默化中建构正确的价值观和人生观。

4.《老鼠嫁女》

故事梗概：老鼠爸爸的女儿长大了，他想为她寻找一个最强大的丈夫。可谁最强大呢？鼠妈妈觉得太阳最神气，于是鼠爸爸就去问太阳，太阳说："我不是最强大的，乌云一来我就被遮住了。"鼠爸爸去问乌云，乌云说："我不是最强大的，风一来我就被吹跑了。"鼠爸爸去问风，风说："我不是最强大的，墙一来我就吹不过去了。"于是鼠爸爸去问墙，墙说："我不是最强大的，老鼠可以在我身上打洞。"鼠爸爸想，老鼠比墙厉害，那谁又比老鼠厉害呢？是猫，呜呜啦啦，老鼠爸爸敲锣打鼓地把女儿嫁给了猫。结果，他的女儿却被猫一口吃掉了。

俗话说无巧不成书，这则故事最大的特点就是情节的巧妙设置。异想天开的鼠爸爸最终把女儿嫁给了死对头猫咪。看似荒诞离奇、匪夷所思，实则合情合理又意味深长。这就是民间故事展现的一种智慧，一种用诙谐幽默写就的智慧。

5.《长发妹》

故事梗概：从前有个美丽的女孩，她有一头又长又黑的头发，人们都叫她长发妹。长发妹很勤劳，有一天她上山去扯草，发现石壁上有一个萝卜。长发妹就爬到石壁上拔出了萝卜，只见一股清泉从长萝卜的地方冒出来。她居住的地方时常缺水，现在她却发现了这股清泉，长发妹开心极了。当她正打算下山把这个好消息告诉大家时，山神出现了，山神不让长发妹把这个消息告诉别人，否则就会杀掉她。长发妹只好保守这个秘密。可善良的她，看见大家因为缺水过着非常艰苦的生活，她又于心不忍了。最后，她几经心理斗争，终于向周围人说出了这个秘密。愤怒的山神知道后抓走了长发妹，要将长发妹永远挂在悬崖上，以示惩罚。一位聪明又好心的村民想了一个办法，他仿照长发妹的模样雕了一个石头人，把石头人挂在了悬崖上。山神分辨不出，以为是真正的长发妹接受了惩罚，从此相安无事。长发妹也得救了。

善良一直是民间文化最为看重的品德之一。长发妹的善举成就了她的美名，也让我们对这个小姑娘肃然起敬。而村民的智慧最终解救了长发妹，也凸显了民间对朴素而又简单的伦理道德观念的认识，即好人有好报，恶人有恶报。

6.《会说话的鸡蛋》

故事梗概：从前，有一个叫布兰契的女孩，她善良又勤劳。可她的继母和继母的女儿总是欺负她。有一天，她被继母赶出了家门。正当布兰契不知所措时，有一个老婆婆出现，带走了布兰契，老婆婆再三告诫布兰契，无论看到什么都不要笑。布兰契在路上看到两只胳膊打架，两个脑袋争吵，她很惊讶，但她没笑，因为她牢记着老婆婆的话。后来，她们来到了老婆婆的家里，老婆婆居然取下自己的脑袋来梳洗，布兰契依旧没有笑。第二天早上，老婆婆让布兰契到鸡窝里去拿蛋，其中有一个蛋竟然开口说："拿我，拿我！"布兰契拿走了会说话的蛋。布兰契回到家里后，那个神奇的蛋居然变出了很多金子、钻石等值钱的东西。继母和她的女儿嫉妒极了。于是继母也打发她的女儿出门，结果也碰见了这个老婆婆。一路上，继母的女儿笑个不停。最后，她拿回来的蛋居然变出了很多毒蛇、蜥蜴，可怕极了。

对比法是民间故事常常采用的叙述方式，作者往往通过设置在完全相同的情景下不同的人的不同结局来构造情节，把是非善恶、孰对孰错彰显出来，让人一目了然。

二、幼儿童话故事

（一）幼儿童话故事概说

1. 童话是儿童文学独有的一种文学样式

童话是植根于现实生活，具有浓厚幻想色彩并洋溢着浓郁的游戏精神的非写实性的故事。童话中比较浅显、简短，适合幼儿听赏的作品就是幼儿童话。幼儿童话是幼儿文学中数量最多、最受幼儿欢迎的文学样式，它渗透着作家的审美理想，又顺应了幼儿的审美心理，在幼儿文学中举足轻重。幼儿童话与一般童话没有质的区别，是童话的重要组成部分，一部童话史同时也是一部幼儿童话史。

2. 神话、传说和民间童话

神话和传说都属于民间文学，都带有幻想色彩，起源于民间口头创作。

神话产生得最早。鲁迅在《中国小说史略》里说："昔者初民，见天地万物，变异不常，其诸现象，又出于人力所能以上，则自造众说以解释之：凡所解释，今谓之神话。"神话是虚构的故事，重在对宇宙、生命的产生以及种种自然现象进行解释和说明，主人公大抵是神、魔、仙、妖等。《盘古开天辟地》《女娲补天》《后羿射日》等是我国古代著名的神话。

随着神话愈传愈人化，就进入了传说阶段。传说与神话之间并无明显的界限。欧洲人就曾称传说为"英雄的神话"，如荷马著名的史诗《伊利亚特》和《奥德赛》。传说中的人物多为有奇才异能的英雄或有名的人物，传说的内容偏重于歌颂这些英雄和著名人物的智慧和力量，以及他们对人类的贡献，如有关神农尝百草、大禹治水、神医扁鹊、华佗的传说等。传说往往有一定的历史事实根据。

神话、传说是民间童话的主要来源，它们为民间童话提供了原始材料，但民间童话更有人情味。欧洲有三部民间童话非常具有代表性，分别是法国的《列那狐的故事》、德国的《敏豪生奇游记》和法国的《鹅妈妈的故事》。在亚洲，伊拉克作家穆格法根据印度最古老的童话故事集《五卷书》创作而成《卡里来和笛木乃》，这部作品使他成为开世界童话文学先河的第一人。《十兄弟》《蛇郎》《田螺姑娘》《狼外婆》等是中国民间童话的代表。

3. 从民间童话到文学童话

随着社会的发展，一些作家被民间童话所吸引和影响，他们对民间童话加以搜集、整理，并进行艺术加工，这样，作为文学样式的童话就产生了。之后，作家们由加工改写民间童话逐渐发展为独立创作童话。这时，童话终于成为一种独具特色的文学体裁。

较早对民间童话进行改写的是法国的贝洛。他根据当时流传于欧洲的民间童话改写出了《小红帽》《睡美人》《灰姑娘》等八篇童话和三篇童话诗。这些经过艺术加工的童话受到了孩子们的欢迎。19世纪，德国著名语言学者格林兄弟致力于民间童话的搜集整理工作，出版了包含200多篇童话的《儿童与家庭童话集》（三卷本），这对之后童话的研究和发展有着深刻和广泛的影响。

世界童话大师安徒生最初的童话创作也取材于民间童话，如《打火匣》《豌豆上的公主》等。他后来的"新童话"，如《丑小鸭》《卖火柴的小女孩》《海的女儿》《母亲的故事》等则完全是自己独立创作的。安徒生为文学童话创作奠定了基础，他的创作道路正体现了民间童话发展到文学童话这一过程。

4. 世界童话的发展

（1）19世纪的童话

19世纪，伴随着浪漫主义思潮的兴起，童话这种文学形式逐渐成熟并迅速普及。不少作家开始从事童话创作，这一时期出现了许多优秀的童话作品，如英国查理·金斯莱的《水孩子》、刘易斯·卡洛尔的《爱丽丝漫游奇境记》、王尔德的《快乐王子》；德国威廉·豪夫的《豪夫童话》；丹麦安徒生的《安徒生童话》；意大利科洛迪的《木偶奇遇记》；美国鲍姆的《绿野仙踪》；比利时梅特林克的《青鸟》等。这些中的大多数都是以低幼儿童为读者对象的，是优秀的幼儿童话作品。

（2）20世纪以来的童话

20世纪初到第二次世界大战前，现代童话逐渐走向成熟，出现了大批童话作家，他们创作出大批成功的童话形象，如巴里的《彼得·潘》的小飞侠，洛夫廷的《杜立德医生》

中的"好心大夫"杜立德，米尔恩的《小熊维尼·普》中的调皮可爱的玩具熊维尼普，特拉弗斯的《玛丽·波平斯》中的精灵古怪的玛丽阿姨。20世纪以来有代表性的童话作品还有：怀特的《夏洛的网》《吹小号的天鹅》《精灵鼠小弟》，这几部作品所传递的温情爱意让人感动；以及美国洛贝尔的《青蛙和蟾蜍》、法国圣埃克苏佩里的《小王子》、意大利罗大里的《洋葱头历险记》、瑞典拉格洛芙的《尼尔斯骑鹅旅行记》、林格伦的《长袜子皮皮》、挪威埃格纳的《豆蔻镇的居民和强盗》、日本中川李枝子的《不不园》等。尤其是林格伦，她将童话的艺术空间大大地扩展了，制造出童话的陌生化效果。

5. 我国现代童话的发展

"童话"一词于清代末年开始流行于我国，据说是从日本引进的，原指家庭、幼儿园和学校里成人给儿童所讲的故事。1909年商务印书馆曾出版孙毓修主编的白话《童话》丛书，这标志着我国儿童文学的觉醒。

（1）我国现代童话的出现

我国的童话创作始于五四运动前后，叶圣陶的《稻草人》是我国最早的现代童话集，是我国现代童话创作的开端。但是，由于其"为人生"的创作目的，该作品缺乏游戏性，不是很适合幼儿阅读。标志着我国现代童话的成熟的作品是张天翼的童话。张天翼于1932年创作的童话《大林和小林》第一次大规模地、成功地在童话中运用了游戏性原则，颇具娱乐意味。《大林和小林》和1933年出版的《秃秃大王》一起代表着我国童话自主创作的巨大进步。可以说，张天翼的创作是继叶圣陶童话创作后我国童话创作的又一个里程碑。

（2）20世纪30年代的童话创作

20世纪30年代我国现代童话的代表作有陈伯吹的《阿丽思小姐》、钟望阳的《草儿的梦》、巴金的《长生塔》、董纯才的《狐狸夫妇历险记》等。

（3）20世纪40年代的童话创作

20世纪40年代我国童话创作领域出现了一批新人，以贺宜、严文井、金近、方轶群等为代表。这一时期影响较大的作品有包蕾的《雪夜梦》、严文井的《丁丁的一次奇怪的旅行》等。

（4）中华人民共和国成立初期的童话创作

中华人民共和国成立初期，我国的童话创作进入了一个新的时期。这一时期的代表作有洪汛涛的《神笔马良》、葛翠琳的《野葡萄》、张天翼的《宝葫芦的秘密》、严文井的《"下次开船"港》、金近的《狐狸打猎人》、任溶溶的《没头脑和不高兴》、包蕾的《小熊请客》、方轶群的《萝卜回来了》、彭文席的《小马过河》、孙幼军的《小布头奇遇记》、何公超的《想走遍全世界的驴子》等。这一时期的童话作品的思想教育倾向较鲜明。

（5）新时期以来的童话创作

进入新时期以后，游戏精神开始受到童话作家的关注，低幼童话得到很大的发展。除了鲁兵（《写童话的爷爷和看童话的耗子》）、孙幼军（《怪老头儿》）等老作家外，大批年轻作家以崭新的姿态进入文坛，童话领域有了热闹派童话和抒情派童话之分。郑渊洁、赵冰波、周锐、彭懿、王一梅、汤素兰等给幼儿童话带来了勃勃生机，他们试图把儿童文学从功利性教育中剥离出来，追求儿童文学的本质——文学的审美内涵。在这种观念的带动下，幽默生动、个性张扬的童话作品成了这个时期创作的主流。

20世纪90年代之后，部分幼儿童话作家转向其他体裁的创作，周锐、汤素兰、张秋生、杨红樱等成了幼儿童话创作的领军人物。在进一步张扬游戏精神的同时，奇幻文学为幼儿文学的幻想开拓了新的空间，有人甚至认为这是继民间童话、文学童话后又出现的一个童话发展的新阶段，有人将之称为大幻想文学阶段，也有人将之称为大融合阶段。这一时期，幼儿童话已不再是一种孤立的文体，而在充分吸收了诗歌、散文、生活故事等文体特点的基础上进行融合，在亦真亦幻中为我们打开了幻想大门。从内容来看，童话已跳出古典童话的王子与公主模式，加强了对生命和自然的关注，具有了深刻的人文内涵。随着时代的发展，幼儿童话将会得到更迅速的发展，并将在幼儿教育中发挥越来越重要的作用。

（二）幼儿童话故事的特点

童话是幼儿文学里面一种最为重要的体裁，也是最能切合和反映幼儿心理特点并培养幼儿审美情趣的一种文学体裁。与其他文学体裁相比，幼儿童话故事具有以下几个特点。

1. 充满瑰丽奇幻的想象

想象几乎是童话的另一个代名词，童话离不开想象。想象是童话的生命，富于想象是童话最基本的特征。离开了想象，童话将不再存在。在童话里，想象几乎无处不在。

文学理论一般认为叙述文包括背景、人物和情节三个方面。从这三个方面来看，童话都离不开想象。

首先，叙述的背景（即环境）主要包括时间和地点。童话的时间总是模糊的。很多童话的开头都是"在很久很久以前""有一天""从前"等。这些词的运用实际上就为后面童话故事的虚构提供了一个更为广阔的空间。因为没有提供一个具体的年代，所以就可以不受任何具体年代人们生活水平、社会风俗等的影响，从而实现对任何具体时间段的超越，当然也就为后面天马行空的想象提供了舞台。另外，童话的地点往往也是模糊的，童话中大部分地点是类概念。例如，瑞典著名儿童文学作家林格伦在她的名作《长袜子皮皮》的开头这样写道："在一座小镇的郊外有一座东倒西歪的院子，院子里有一幢破旧的房子，房子里住着长袜子皮皮。"什么样的小镇？小镇在哪个地方？童话里没有交代。小镇就成为一个虚指的地点。这就使得故事的展开不会受到很大的限制。

其次，一部优秀的童话作品必将塑造一些鲜明的童话人物形象。童话里的人物大多是非人类的形象，但它们可以像人一样思考、说话和行动。它们往往可以说除了外形，拥有人的所有特点。例如，中国童话大家孙幼军在他的代表作品《小布头奇遇记》里就讲述了一个玩具娃娃的故事。胆小、调皮、可爱，这都是孩子身上的特点，却在一个玩具身上体现出来。

根据不同的内容，童话人物形象还可以分成三个类别。一是超人体形象。这类人物形象往往拥有常人无法拥有的特异能力。究竟什么样的能力？跟常人有什么不同呢？这就靠作家充分发挥自己的想象了。故这类形象包含了很多想象的成分。例如，在安徒生的童话名篇《海的女儿》中，巫婆能把美人鱼的鳍变成人腿，也能把人腿变成美人鱼的鳍（只要美人鱼答应把尖刀刺进王子的心窝），而这种能力是常人无法拥有的。事实上，这种能力本身就代表了作者丰富的想象。二是拟人体形象，即非人类的事物拥有人类的能力。这是童话最常见的现象。在童话里，那些花花草草、猫狗兔猴等往往可以自如地、像人一样地说话、行动。正如别林斯基说的那样："假如在作品中，花草猫狗等不会说话，那么孩子是不会感兴趣的。"例如，广为流传的龟兔赛跑的故事中的那些动物、西方文学经典《列那狐的故事》中的动物、法国作家圣埃克苏佩里的名作《小王子》里那只可爱的狐狸，这些动物在作家笔下拥有了人的言行和思维（当然主要是对孩子的模仿）。显然，这种类型的人物形象也饱含着作家丰富的想象力。三是常人体形象，即作品中的人物不管在外形方面还是能力方面，都与现实生活中的一般人没有什么区别。最典型的例子就是安徒生的《皇帝的新装》中的那个酷爱漂亮衣服的皇帝，以及《卖火柴的小女孩》中那个在圣诞节的晚上冻死的小女孩。尽管这些形象与现实生活中的人很贴近，但他们仍然是作家经过提炼和想象创造出来的，因此同样充满了幻想的色彩。

最后，情节是构成故事的主体。所以，从某种程度上来说，情节构造得好与否，是决定一个童话故事成功与否的关键。回顾童话的发展历程我们可以看出，童话的情节也在不停地发展变化着。古典童话的基本情节是王子和公主的故事。这种情节构造重点在主人公的遭遇上，即他们需要经历千难万险才会获得最终的幸福。千难万险在童话里往往表现为巫婆的咒语、他人的毒害、怪物的劫持等。这些都与现实生活相去甚远。离现实生活越遥远，当然也就离幻想世界越近，所以古典童话的情节无处不体现出想象的魅力。而现代童话的情节模式不再是远离孩子生活的王子和公主的浪漫爱情故事，而是基于孩子们的真实生活的创作。现代童话更加遵循孩子作为未成年人所特有的心理和思维特征。现代童话主要从奇遇的角度来构建情节，主人公往往是现实生活中最普通的一个孩子，但在故事中却经历了现实中无法遭遇的经历。例如，在孙幼军的《怪老头儿》中，一个叫赵新新的男孩子，在汽车上遇到了一个能看懂他心思的怪老头，这个怪老头可以让鸟儿飞到赵新新的肚子里去吃虫子，可以像折叠纸块一样把房子折叠起来……赵新新是我们生活中一个常见的小孩形象，他贪玩、天真、善良、纯洁，喜欢逃课和撒点小谎，但他却遇到了这样一个具有童心和特异能力的老头，从而演绎出了一系列令人啼笑皆非的故事。这些故事正是作者发挥奇妙的想象力创造出来的，与现实生活有很大的差距。

从以上的分析可以看出，童话是一种以想象为基础的文学体裁，离开了想象，童话就不存在了。但在认识和理解童话中的想象时，我们还得处理以下两对矛盾。

一是现实和想象的矛盾。

我们说童话离不开想象，但并不意味着童话中的想象就天马行空，毫无规则可循。世上没有无本之木，也没有无源之水，想象也需要根基。童话中的想象常常源于现实。事实上，童话往往是对现实生活的折射，只不过非常的曲折委婉而已。童话中的想象一般代表作家对现实生活的一种理解，但这种理解一般不直接反映到作品中，而是通过对现实生活的变形、夸张、扭曲等方式来表达的。在大家熟悉的《皇帝的新装》中，作者这样形容一个酷爱新衣的昏君："每当有人问起皇帝的时候，人们总是回答：他在更衣室呢。"历史上肯定有不理朝政、不爱子民、喜欢享乐的皇帝，但有没有每时每刻都在换衣服的皇帝呢？显然不可能有。由此可见，这是作者根据现实生活中"昏君"这一形象进行的创造性夸张，当然这一夸张就把童话的想象特征表现出来了。总之，童话中的想象在表面上不管离现实有多么遥远，但其精神实质始终是根植于现实生活的。

二是物性原则与艺术原则的矛盾。

物性原则，即作为一种事物，必须有这种事物本身的特点。比如兔子的特点是善于奔跑和凿洞，狼的特点是以肉为食，鱼的特点是离不开水，鸟的特点是能飞……物性原则要求作者在创作的时候遵循事物之所以为此物而非彼物的基本特点。但在童话创作中，作家往往把动植物当作人来写，即通过拟人手法，使它们拥有某些人类的能力和特点。这种艺术性的创作极有可能与物性原则发生矛盾。怎样来调和这种矛盾呢？这就要求作家要在不违背物性原则的前提下进行艺术创作。比如，鱼只能在水里游，就不能说鱼在陆地上跑得飞快；兔子喜欢吃草，不能说它改吃肉了；狼喜欢吃肉，不能说狼吃草了；鸟用翅膀飞，不能说鸟用翅膀游泳了……但在展开故事情节时，可以说它们都能像人一样对话，一样需要温情和关爱，一样有小性子、小缺点，等等。

2. 运用多种艺术表现手法

童话中往往会运用多种艺术表现手法，最常用的艺术表现手法有以下几种。

（1）拟人

拟人就是把非人类的事物当作人来写，这是童话里最常采用的一种艺术表现手法。童话采用这样的修辞方式是跟幼儿的思维发展相关联的。瑞士心理学家皮亚杰在他的理论著作《儿童的语

言与思维》中提到：儿童的思维分为四个阶段，其中2—7岁的儿童处于前运算阶段，也就是说这个时期儿童的思维以直觉为主，他们对外界的认识呈现出"自我中心主义"的特点，即他们常常用自己的感觉和思维来辐射和观照外界的任何事物，当然也包括非人类的一切存在物。这就是一种泛灵论思想，所以在儿童的眼中，万事万物与人一样，它们与人没有区别。儿童的这一思维特点为童话大量采用拟人手法提供了潜在的接受基础和存在的理由。例如，美国著名童话作家E.B.怀特的名篇《夏洛的网》讲述的是关于动物的感人故事。蜘蛛夏洛为了挽救朋友小猪威尔伯的生命，一次次给它在网上用丝织字，直到最后衰竭而死。威尔伯为了报答夏洛的情谊，悉心照顾夏洛临死前产的卵，最后夏洛的孩子们健康出生了。威尔伯的可爱憨厚、夏洛的坚韧勤劳都给读者留下了很深的印象。它们跟人一样思考问题和说话，跟人一样友爱互助。但是，拟人的运用得遵循物性原则。在《夏洛的网》中，夏洛作为蜘蛛会结网，所以能在网上织字，威尔伯是一头小猪，所以贪吃贪睡，害怕被主人宰掉。

（2）夸张

夸张是想象力的一种表现，是对事物的形象、特征、作用等进行有意识的、艺术的夸大或缩小，目的是凸显事物的特点，从而增强作品的艺术效果。夸张是文学体裁里经常采用的一种表现手法。童话作为一种特殊的文学体裁，对夸张的运用更加大胆和奇特。众所周知，童话往往会营造一个亦真亦幻的想象世界。自然，在这个世界里出现的一切都可以顺理成章地与真实情况存在差距。所以与其他文体相比，童话可以更为大胆地在超越常理和成规的基础上使用夸张的手法。

夸张分为两种，一种是夸大。比如，在意大利童话作家科洛迪的代表作品《木偶奇遇记》中。木偶匹诺曹因为说假话，鼻子越来越长，最后鼻子长到了屋外，长到了森林里，还引起森林里的一场讨论。另外一种是缩小。比如，在瑞典作家拉格洛芙曾获得诺贝尔文学奖的长篇童话《尼尔斯骑鹅旅行记》里，主人公尼尔斯正因为变成小拇指那么小，才能骑到鹅背上游历了整个欧洲。作家通过运用夸张的手法，可以使童话的情节更为离奇有趣，同时也可以增强童话的幽默感。

（3）对比

对比就是把相反的两个事物或者相反的两个情节拿来作比较。对比也是童话里常用的修辞手法。童话中的对比，一般表现在情节的对比上。这种对比可分为横向对比和纵向对比。横向对比就是将某一事物与同一时间段的其他事物相比较。这样的例子很多，比如，在张天翼的《大林和小林》中，作者就是把大林和小林失散后的遭遇进行了对比，大林被一个富商收养，整天好吃懒做，最后守着一堆金子活活饿死。小林却和同伴们一起与专吃小孩的四四格作斗争，最后越来越勇敢，获得了大家的尊敬。作者通过这样的情节对比，想告诉读者儿童具体应该养成哪些品格。纵向对比，通常是将一种事物在不同时间段上的情况进行比较，从而表现其变化发展状况。王尔德的童话集《快乐王子及其他故事》里有一篇童话《自私的巨人》就是以这样的纵向对比来构建情节的。巨人的花园里开满了花，许多孩子跑到巨人的花园里玩耍，巨人很自私，撵走了孩子们，从此巨人的花园里不再有花开。孤单的巨人守着冬天那般凋零衰败的花园寂寞地生活着，直到有一天，一些孩子偷偷爬进巨人的花园里玩耍，巨人花园里的树木才又开始发芽开花。这次巨人打开了花园的大门，孩子们蜂拥而至，花园里从此又开满了鲜花。巨人的花园经历了由开花——不开花——再开花这样的比较，这就是一种纵向对比。

（4）象征

象征是借助具体可感的形象和情节把一些抽象的思想和感情等表现出来的一种表现手法。童话的主人公有时是一些小动物，但童话并不是为写小动物才写小动物的。一般情况下，作者只是想借用这些动物形象来阐发一个道理和隐射其他的东西。比如，叶圣陶的《稻草人》是借稻草人的眼睛来痛斥社会的黑暗和不公。象征手法的运用可以增加童话的内涵和深度。在美国著名作家雅诺什的名篇《噢，美丽的巴拿马》中，小老虎和小熊本来在自己的家乡过得很快乐，但有一天听别的动物说起了巴拿马的美丽后，两个小家伙决定去寻找美丽的巴拿马。它们走了很久很久，终于有一天听到树上的小鸟说已经到了巴拿马了，然后它们这才发现巴拿马就是自己的家乡。这个童话很简单，但却有极强的象征意义，即自己拥有的往往就是最好的。童话故事采用象征的手法后往往能提高童话的诗意和深度。

（5）变形

变形即对事物本身的特点和外形进行改变。变形体现的是一种更大胆自由的想象。例如，在安徒生的童话《野天鹅》中，十一个王子由于中了魔法，全部变成了天鹅；在《格林童话》

的《美女与野兽》中,野兽其实是一个英俊善良的王子。这样的例子不胜枚举。童话可以借助童话的逻辑,在某种程度上打破常规限制,运用变形的方式,游走于风马牛不相及的事物之间,从而构造离奇的故事情节。

3. 结构模式多样

俄国理论家普罗普在《民间故事形态学》一书中对童话故事的情节安排进行了功能性分析,认为童话一般具有以下几个结构模式。

(1) 三段式

三段式是童话中最为常见的结构模式,即把性质相同而具体内容相异的三个或者三个以上的事件连贯起来。《白雪公主》多次以不同的形式被王后毒害就是一个典型的例子。这样的同中有异、异中有同、情节结构模式反复出现非但不显得单调,反而增加了一咏三叹、回环重沓的韵味。当然这也与童话的起源相关,与幼儿用"听"这样的方式来接受童话有关。童话起源于民间,是最早的以围炉夜话的方式开展的家庭式的文学启蒙。在这样温情和甜蜜的气氛中,家长(常常以女性居多)就开始了最初的童话创作。为了便于童话故事的创作和讲授,也为了在讲述中能加深孩子对童话的理解和记忆,所以往往会特别强调情节的集中和反复。于是,三段式的结构模式就成了最好的选择。

(2) 反复式

反复式也称循环式,是以一个情节为起点,进而创造一连串基本相同的情节的一种结构模式。这种结构模式往往能产生一种好像在情理之中而又像在意料之外的结局,令人回味无穷。最典型的代表作品是方轶群的《萝卜回来了》。在此故事中,兔子把萝卜送给了朋友小猴,小猴又把萝卜送给了朋友小鹿……最后,萝卜转了一圈,又回到了兔子的手里,而每个动物把萝卜送给朋友时的想法都是一模一样。这种有意识的重复增添了童话的韵味,使得作品饱满丰润而又趣味盎然。

(3) 对比式

对比式即通过设置相反的遭遇来构造故事情节。这种结构模式一般都含有较为浓厚和鲜明的道德判断。比如,在《阿里巴巴》中,阿里巴巴和他的哥哥都到过强盗的山洞,都窃取过强盗的财宝,但阿里巴巴不贪财,所以侥幸逃脱,而他的哥哥因贪婪最终被强盗害死。这样的情节设置其实意在告诉我们做人不要贪财。

(三) 幼儿童话故事的类型

根据不同的分类标准,可以把幼儿童话故事分为不同的类型。

1. 根据形成和发展过程进行分类

根据形成和发展过程,可以将幼儿童话故事分为民间童话、创作童话(这两种童话可以合称为古典童话),以及现代的大幻想童话(也称现代童话)。

(1)民间童话

民间童话是脱胎于民间文学,由大众共同创作,经过大家口口相传流传下来的童话故事,具有集体性、口头性、变异性和传承性等特点。民间童话的人物塑造、情节构造等都有类型化的倾向。民间童话中最为重要的代表是《格林童话》。

(2)创作童话

创作童话也称文学童话或艺术童话,是由作家个人独创,具有较为强烈的文学审美性的作品。一般而言,创作童话以书面语作为表达载体,以凸显作家个人写作特色和审美理想为主要目的。创作童话中主要的代表是安徒生写的童话。

(3)大幻想童话

大幻想童话是童话发展的不可逆转的趋势,也是现代新童话的主流。大幻想童话紧密结合现实生活,让想象游走于现实和幻想之间,因此既具有生活故事的特点,又具有童话的特点。比如,中川李枝子的《不不园》、J.K.罗琳的"哈利·波特"系列等,都融合了多种体裁,大大拓展了童话的写作空间。

2. 根据体裁进行分类

根据体裁,可以将幼儿童话分为幼儿童话故事、幼儿童话诗、幼儿童话戏剧等。

3. 根据篇幅长短进行分类

根据篇幅长短,可以将幼儿童话分为长篇幼儿童话、中篇幼儿童话和短篇幼儿童话。

4. 根据主题表达角度进行分类

根据主题表达角度,可以将幼儿童话分为严肃型幼儿童话和轻松型幼儿童话。

(四)幼儿童话故事经典作品推介

1. 阿诺德·洛贝尔的"青蛙和蟾蜍"系列

阿诺德·洛贝尔是美国当代最尊重儿童智慧的作家,他去世之前在《纽约时报》登了一则启事,大意是:如果你想念我,请不要设立什么基金会、奖学金、纪念碑之类的,请你看我的书,因为我就在里面。他的作品除了具有温馨、充满童趣等特点之外,还将传统被认为只有经过高层次思考才能接触的哲学论题,如勇气、意志力、友谊的本质、恐惧、智慧等,用幼儿能理解的方式表达出来。在他的《游泳》《工作表》《春天到了》《花园》中,故事总是围绕着青蛙和蟾蜍两个好朋友来展开。在《游泳》中,蟾蜍认为自己穿泳衣的样子很滑稽,所以让动物们都躲开。但没想到的是,动物们因为很久没看过滑稽的东西反而都聚拢来观看。蟾蜍为了不让大家看到自己滑稽的样子,只好躲在水里不起来,而动物们也铁了心等在岸边。就这样僵持了很久,最后蟾蜍又冷又饿,只好从水中出来,在大家的哈哈大笑中回家了。在《工作表》中,蟾蜍把一天的安排都写在一张纸上,完成一项就划掉一项,而当写着日程安排的那张纸被风吹跑时,蟾蜍却因那张纸上没写着要追回那张纸而任由它被风吹走却不去追,这种单纯有趣的逻辑让人忍俊不禁,在大笑过后回过头来品味蟾蜍的这种逻辑,又会让人觉得幼儿的奇思妙想是多么简单透明又有趣,其幽默已达到一种浑然天成的境界。

《游泳》故事梗概:一只青蛙和一只蟾蜍是好朋友。他们整天在一起玩耍。有一天,他们打算去游泳。可蟾蜍却说:"青蛙,我要穿泳衣了,你闭上眼睛不许偷看。""为什么?"青蛙不解。"因为我穿上泳衣很滑稽。"蟾蜍说。于是,青蛙闭上了眼睛。他们在河里游得很开心,整整游了一下午。要上岸的时候,蟾蜍又让青蛙闭上眼睛。可这时一只乌龟游了过来。蟾蜍让青蛙把乌龟赶走,乌龟奇怪地问:"为什么?"青蛙只好如实回答:"因为蟾蜍觉得他穿上泳衣的样子有点滑稽。""滑稽?我好久没看见过滑稽的东西了,我要看看。"乌龟一听说蟾蜍的样子很滑稽反而不走了。就这样,几只蜥蜴、一条蛇、两只蜻蜓……许许多多的动物都兴冲冲地赶来要看看蟾蜍滑稽的样子。蟾蜍只好继续躲在水里。动物们见蟾蜍不起来,他们也静静地、耐心地等着。最后,蟾蜍实在是受不了,因为他太冷了。他只好湿答答地从水中游上来,大家终于看见蟾蜍穿泳衣的样子,纷纷大笑起来。"蟾蜍的泳衣……哈哈……好滑稽……"大家纷纷笑着。"我就说我的泳衣很滑稽嘛。"蟾蜍嘟囔着。

游泳本来是一件很简单的事情,然而在作者笔下却妙趣横生。原因在于作者善于讲故事。该故事以蟾蜍穿泳衣很滑稽为核心内容,围绕着该内容,实现了情节的逆转,即蟾蜍和青蛙原本想让动物们回避，避免看到蟾蜍滑稽的样子，反而引起了动物们的好奇，大家都留下来等着看蟾蜍滑稽的样子。作者通过这种方式塑造出一群生动可爱的动物角色，幽默诙谐也在情节的逆转中得以自然而然地实现。

2. 新美南吉的童话《去年的树》《小狐狸买手套》《小狐狸阿权》等

新美南吉，日本著名儿童文学作家。他创作了很多儿童文学作品，但他的作品大多是在他去世后出版的。主要作品有《毛毯和钵之子》《爷爷和玻璃罩煤油灯》《新美南吉全集》《校定新美南吉全集》等。新美南吉的儿童文学作品非常强调故事性、起承转合和曲折有致。他认为：作者应该想到童话的读者是谁。既然读者是小孩，而不是文学青年，那么，童话就应努力回归到故事性上。第二次世界大战后出现的日本儿童文学新派作家大都把新美南吉看作最值得推崇的前辈作家之一。他的童话大多带有淡淡的伤感，但故事仍然以温馨动人为主。《去年的树》讲述了一只小鸟和一棵树的故事。小鸟每天在一棵大树上唱歌，冬天要来临了，小鸟在飞走之前答应来年再为大树歌唱，然而当第二年春天小鸟飞回来的时候却发现大树已被伐木工人砍掉。为了兑现诺言，小鸟四处寻找大树，不管大树被运到工厂做成火柴，还是被卖到小山村被一个小姑娘点燃，小鸟一直没有放弃。最后小鸟在由大树制成的火柴点燃的油灯旁唱起了动听的歌曲，兑现了自己的诺言。这种对诺言和爱的坚守成为打动人心的巨大力量。狐狸系列中的代表作《小狐狸阿权》，这个故事同样是一个悲剧。

《小狐狸阿权》故事梗概：有个男孩，名字叫兵十，他的母亲生了重病，临死前想要吃鳗鱼。于是，兵十就想尽办法抓到了一条鳗鱼。可淘气的狐狸阿权不明就里，趁兵十不注意，把鳗鱼放了，结果兵十的母亲到死也没能吃到鳗鱼，兵十恨死了阿权。阿权得知真相后，也后悔不已。为了弥补自己的过错，阿权偷走了别人家的沙丁鱼送给兵十，结果反而让人以为是兵

十偷走了沙丁鱼,害兵十被人痛打了一顿。阿权更为内疚。他摘了许多栗子,采了许多大蘑菇放到兵十家门口。有一天,他又拿了许多东西来送给兵十,兵十一打开门,看见了阿权,他以为阿权又是来捣乱的,一气之下拿出猎枪向阿权开了一枪,阿权倒在了血泊之中,这时兵十才发现阿权紧紧抱着送给他的栗子和蘑菇,终于明白最近家门口不明原因出现的东西都是阿权送的。兵十追悔莫及,可阿权已经死在了兵十的怀中。

这是一个读后温暖得让人想掉泪的故事。善良淘气的小狐狸阿权因为恶作剧使小男孩兵十的妈妈在临死前想吃鱼的愿望落空,得知真相后它后悔万分,为了赎罪,每天坚持给可怜的兵十送栗子和蘑菇,然而不知真相的兵十以为阿权又来捣乱,于是枪响了,而阿权也倒在了血泊中。故事在几次三番的误会中开展,也使得情节跌宕起伏,错落有致,让人为善良的兵十和阿权唏嘘不已和扼腕长叹。

3. 王一梅的《王一梅经典童话集》

作为我国新生代童话创作的主力军,王一梅以细腻的笔触、充满童趣的奇思妙想赢得了广大小读者的喜爱。她的名篇《胡萝卜先生的胡子》《书本里的蚂蚁》《蔷薇别墅的老鼠》《大狼托克打电话》等获得了大家的好评。

《胡萝卜先生的胡子》讲述了胡萝卜先生早上漏刮了一根胡子,而这根胡子帮助了放风筝的小孩,也帮助了正在发愁的鸟妈妈晾好了小鸟的尿片,还帮助了胡萝卜先生自己完好无损地捡起了眼镜。故事妙趣横生,在充分结合幼儿自身的生活经验的基础上开展想象,既便于幼儿理解,又符合幼儿的身心发展特点和思维发展规律。

《书本里的蚂蚁》以一个小女孩随手掐了一朵野花夹在书本里为开头,引出了故事的主角,即躲在花朵里的一只蚂蚁,当然它也被夹在了书里。想象就从这里开始生发出来。夹在书里的蚂蚁开始在书里散步,它一下子从第1页跑到了第10页,又从第10页跑到了25页。蚂蚁的四处走动引起了书本里的字的好奇,因为小女孩已经很久没翻阅这本书了,它们很寂寞。当然作为书里的字,它们从来也没想过寂寞的时候可以出来散散步。于是在这只蚂蚁的启发下,书里的字开始随意串门。所以当小女孩无意间又拿起这本书的时候,她发现这是一个她从来没读过的故事。第二天她又忍不住翻开这本书,发现故事又发生了变化。这是一本永远都读不完、永远都在变化的神奇的书。因为这本书里的字学会了串门。按照常理,蚂蚁被夹在书本里肯定死了,当然如果像这样想象,故事就没有出彩的地方了。恰恰是在这里,作者展开了奇妙的想象:蚂蚁反而在书本里找到了乐趣——每天可以到不同的页码上居住和散步。而蚂蚁和字又有相同的地方,都是小小的,黑黑的,蚂蚁的随意走动也打破了字的拘束和寂寞,它们用互相串门走动的方式打发着单调的生活。

而这跟幼儿自身好动的天性不谋而合，因此这种想象也符合幼儿的认知，当然会受到幼儿的喜爱。

　　王一梅不仅写了许多欢快的故事，也写了不少悲伤但很感人的故事，如《蔷薇别墅的老鼠》。故事讲述了一直单身的老小姐蔷薇有一栋很大的别墅，她曾经在别墅里收养过许多流浪或受伤的人和动物。有一只老鼠叫作班米——因为喜欢搬别人的米而得名，它拖着一口破烂的行李箱来投靠蔷薇小姐，蔷薇小姐答应让它留下来。留下来的班米每天躲在地窖里喝酒。在一次醉得不省人事的时候它看到蔷薇小姐正在为它哭泣——原来蔷薇小姐以为它已经醉死了。从来没得到过关爱的班米心灵受到了震动，它不再喝酒，而是每天陪伴着孤独的蔷薇小姐。一天，有只黑猫来到了蔷薇小姐的家，请求蔷薇小姐留下它。但蔷薇小姐已经留下了一只老鼠，谁都知道老鼠和猫是天敌，怎么可能再留下一只猫呢？后来黑猫受伤了，善良的蔷薇小姐为它细心地包扎伤口。为了不让蔷薇小姐为难，班米拿起行李箱决心离开。之后，流浪了很久的班米决心回到蔷薇小姐那里去看看，却只看到黑猫在一棵蔷薇树下哭泣，尽管蔷薇花开得分外娇艳，但蔷薇小姐却永远地离去了。整个故事都充满了淡淡的哀伤。蔷薇小姐的孤单和善良让人感动，而流浪的班米和黑猫原本都有着诸多缺点却被蔷薇小姐一点一点地感化并作出改变，这让人感受到爱的力量是多么伟大。

　　《大狼托克打电话》故事梗概：冬天来了，大狼托克家新安装了电话，但电话号码不连贯，一点也不好记，是13749。托克没有接到过任何一个电话。他决定给别人打电话。他先给大熊打电话，大熊的号码很好记，是77888。电话铃声响了很久，里面才传来大熊睡意蒙眬的声音。大熊说他好饿，没说几句话大熊就又睡着了。托克答应第二天去给大熊送汉堡。托克又拿起了电话，这次他打给了鸟妈妈，鸟妈妈的电话号码是22822。电话响起来了，鸟妈妈啰啰唆唆地说着家常，还说她的孩子太冷了，需要厚被子。托克决定把自己那床轻盈又温暖的蒲公英被子送给鸟

妈妈。后来他又打电话给榕树公公，榕树公公的电话号码是23232。接到电话后榕树公公说自己很寂寞，想找人聊天，托克答应第二天去陪他聊天。最后，托克又把电话打给了小雪人，小雪人的电话号码是56665。电话里小雪人说她想要一个滑板。第二天，托克就带着汉堡、被子、滑板去了森林。他发现，原来，大熊、鸟妈妈都住在那棵寂寞的榕树上，他把汉堡放在了大熊的树洞口，把被子送给了树顶上的鸟妈妈，把滑板送给了小雪人，还陪榕树公公聊了很久很久。后来，小雪人滑着滑板也来到榕树旁。太阳出来了，小雪人开始融化，他让托克来年冬天再给她打电话。

托克是一只善良热心而又耐不住寂寞的狼。在孤单的冬天它拨响了大熊、鸟妈妈、榕树以及雪人的电话，并一一满足了它们的需求。故事温情脉脉，但也生动幽默，形象贴切、诙谐鲜明地刻画出了冬眠的大熊、啰唆的鸟妈妈等角色的特点，使这些角色既具有现实性，又具有独特的个性。

4. 汤素兰的"笨狼"系列

"笨狼"系列是我国当代著名童话作家汤素兰的代表作。故事以笨狼的遭遇为线索，塑造了一只看似呆笨，实则善良单纯、稚拙可爱的狼的形象。尽管是一个长篇童话故事，但它每一章的内容都可以作为一个独立的故事来看，也就是说它其实是一部由很多个独立但又有内在联系的小故事组成的，如《把家弄丢了》《晾尾巴》《半小时爸爸》等。

《晾尾巴》故事梗概：笨狼在雨后的森林里玩耍，地上到处都是水坑，他把浑身弄得脏脏的。于是笨狼来到溪水边洗起来。洗干净后，笨狼觉得大尾巴湿漉漉的，一点也不舒服。他想，要是把尾巴取下来，搭在树枝上晾干就好了。后来他被做体操的小蚂蚁和举办音乐会的萤火虫吸引，一不留神发现已是深夜了，他这才又想起晾在树枝上的尾巴，可却找不到了。笨狼着急了，大家纷纷为他想办法。聪明兔找到了爷爷的旧尾巴，可笨狼觉得太短了；蜥蜴也拿出了去年压断的旧尾巴，可笨狼觉得太小了。正在这个时候，他有了主意，他挖了一个大坑，准备好了肥料，连快速生长剂也拿来了。正当他准备坐在大坑里，等着尾巴像萝卜一样长出来的时候，眼尖的蜥蜴发现笨狼的尾巴好端端地在他的屁股上呢。原来，笨狼只是想要晾尾巴，可却没有这样去做。他一下子又高兴起来了。

由于大部分作品把狼塑造为凶狠狡诈、贪婪虚伪的形象，因此狼在一般人心目中是邪恶的象征和代表。然而作家汤素兰却用她的笨狼系列故事颠覆了人们对狼的认识。故事中这只狼调皮而又不乏单纯善良，憨笨而又不失创造力，这个角色身上汇集了成人对幼儿性格的种种想象：憨态可掬、傻气十足、调皮可爱、惹祸不断，但同时又善良仗义、乐于助人、笑料不断。孩子们在哈哈大笑的同时似乎也看到了自己的身影。

三、幼儿生活故事

（一）幼儿生活故事概说

1. 幼儿生活故事的概念

幼儿生活故事是指以现实中的幼儿为主要角色，以他们的日常生活和活动为题材的故事。它是幼儿故事中最常见的体裁，数量最多，所占比重也最大，是幼儿故事的主体。

对幼儿的生活和时代作审美反映与艺术概括的幼儿文学，主要采取生活本身的、抒情的和假定的三种形式。幼儿生活故事采取的主要是"生活本身"的形式，它直接表现幼儿的现实生活，是幼儿日常生活的艺术再现。它与主要采取抒情形式的幼儿诗歌和主要采取假定形式的幼儿童话一起，形成了幼儿文学的三角，这个三角是幼儿文学的三大基石之一。

2. 幼儿生活故事的发展

（1）幼儿生活故事的"源头活水"——民间生活故事

从幼儿生活故事文体上的故事性、内容上的现实性和语言上的讲述性来看，它本质上与人民口头创作和流传的、现实生活色彩较浓的民间生活故事相通。

民间生活故事的幻想成分很少或根本没有，所以民间生活故事又称"写实故事"或"世俗故事"，但其形态比幻想故事复杂。这类故事的主人公在他的日常生活空间中大多会遇到几个难题，却总是能通过意外的转折收获一个理想的结果，或吟诗作对，或智设关卡，或以其人之道还治其人之身。它以千姿百态的情节和鲜明的形象引人入胜，引人击节称快，如长工斗财主的故事、巧媳妇的故事、大力士的故事、聪明人的故事、朋友的故事，等等。故事中人物从容不迫的即景生智、不露声色的指桑骂槐、故作庄严的调侃嘲弄和信手拈来的想象才能等，因为都来自实际生活，所以既令人惊奇又让人信服。

例如，民间生活故事《聪明的法弟玛》讲述了美丽聪明的小姑娘法弟玛智斗老巫婆，不仅让自己和五个小朋友从巫婆设置的重重圈套中逃了出来，还利用巫婆咒语念出来的大鳄鱼帮助她们逃命并吃掉巫婆。鳄鱼吃了巫婆，嫌巫婆尽是骨头，后悔放过了五个本来到嘴边的美味。故事轻松、幽默又滑稽，体现了民间生活故事的喜剧风格。

现实性较强的生活故事与幻想因素较多的传奇故事和动物故事等其他民间故事密不可分，人物和动物都有传奇性。

幼儿的生活是天然的民间生活。因此，和各种民间故事水乳交融的民间生活故事，是幼儿生活故事的"源头活水"。

（2）幼儿生活故事发展的推力——作家创作的幼儿生活故事

随着社会的发展和人类的进步，民间文学已经不能满足人民日益增长的精神需要，作家创作文学应运而生。

作家之所以创作儿童文学，除了对儿童和人类未来社会的使命感以及对当下儿童的切实关注外，还在于作家与儿童生活和儿童文学之间那种神奇的"互引力"。

在生活中实现文化的价值是每个社会的人都力求达到的目标。追寻日常生活模式的形态和意义是社会发展的必然，也是作家创作幼儿生活故事的题中之义。

幼儿的日常生活是幼儿最基本的生存方式。而在幼儿的日常生活中存在着一种稳固的、不同时代都相通的人性。这种永恒的"生活之美"是社会和人类发展的根基。

在作家们的努力下，大俗而大雅的幼儿生活故事，也"化俗为文"，从民间文学走向了作家创作文学。

20世纪80年代以前，当儿童文学是幼年、童年和少年三个层次的文学集合体时，幼儿生活故事也在儿童小说和儿童故事中。例如，当代著名儿童文学作家呆向真1953年创作的《小胖和小松》，写假日里七岁的姐姐小胖领着四岁的弟弟小松逛公园走丢了的故事，是一篇表现幼儿生活的力作。蒋风主编的《中国当代儿童文学史》将其称为"小说"。又如，韦苇在《世界儿童文学史概述》里也将俄罗斯儿童文学作家尼古拉·诺索夫的《幻想家》视为"小说"。

20世纪80年代以后，幼儿文学得到独立发展，幼儿生活故事也从"寄身"走出。如鲁兵主编的《中国幼儿文学集成》认为《小胖和小松》是"故事"。又如，俄罗斯儿童文学作家瓦·奥谢叶娃的《蓝色的树叶》，先前被叫作儿童生活故事，之后都被叫作幼儿生活故事了。

由华东七省市及四川省幼儿园教师进修教材协编委员会编著的教材《幼儿文学》早在30多年前就指出：幼儿生活故事来自幼儿的生活，而幼儿又常常生活在自己的想象世界中。因此，已出现一种幼儿生活故事向童话靠拢的发展趋势，如《新雨衣》。

现状表明，幼儿生活故事真实反映幼儿生活还有很多的路要走。黄云生指出：传统的幼儿生活故事，总是用写实的手法来表现现实的幼儿生活，并以此作为与童话故事的区别。这一文体规范使得幼儿生活故事的创作画地为牢、作茧自缚。

幼儿对一般的幼儿生活故事缺乏热情。调查表明，幼儿园各年龄班幼儿最喜爱的故事体裁依次是：童话、神话、动物故事和科学故事。而对于生活故事、人物故事和纯知识说教型的故事，幼儿的态度往往较为冷淡。

生活故事往往受生活真实性局限，有的作者不敢大胆构思，加上对教育作用的片面理解，所以导致有的生活故事缺乏艺术魅力，情节不够曲折生动，有的说教多于趣味，这是应当注意的。

发展幼儿生活故事的确还任重道远。只有坚持不断地进行艺术创新，发挥其不可替代的作用，体现其独特的价值，从"画地为牢、作茧自缚"中走出，才能满足幼儿多方面的精神需求。

事物的复杂性决定了幼儿文学文体的丰富性。新时代新观念催生了幼儿生活故事，幼儿生活故事也一定能在创作者的努力下得到幼儿的认可，受到幼儿的喜爱。

（二）幼儿生活故事的特点

各类幼儿生活故事除了在体式上具有故事性和讲述性外，在内容上主要具有以下三方面的特点。

1. 现实性是幼儿生活故事的本质

幼儿生活故事与以幻想为根本特征的非写实的童话不同，它既没有拟人化的形象，也不出现超人的魔法，人物也不像童话中的人物那样可以不受客观限制，幼儿生活故事中的人物都是现实生活中客观存在着的。

优秀的幼儿生活故事作者善于依据幼儿的生理和心理特点，从幼儿的现实生活中取材，并根据幼儿对幼儿文学的欣赏特点，把幼儿现实的生活升华为有趣的生活故事。由于这些故事是从幼儿的现实生活中来的，因此它们对幼儿的成长极具现实启发性。例如，儿童文学作家胡木仁的幼儿生活故事《怕难为情的贝贝》就直接取材于幼儿的现实生活，讲一个害羞的小朋友在幼儿园活动中，因为难为情，不好意思举手，接连错过了唱歌和跳舞的机会。在又一次活动时，他勇敢地举起了小手，参加了活动，受到了鼓励，增强了自信。于是在以后的活动中，他都勇敢地先举手了。

在幼儿的现实生活中，总是发生着诸如此类的事情。幼儿听赏这样的故事，会自然地反观自己的生活，马上对号入座。幼儿生活故事就这样对幼儿的现实生活发挥作用了。因此，幼儿生活故事的现实主义精神是它独特的个性和生命所在。

2. 幼儿是幼儿生活故事的主体

幼儿生活故事以现实中的幼儿为故事的主要角色与被描写的主要对象，所以它是通过直接表现幼儿生活而对幼儿产生作用的。而幼儿童话却可以描写除幼儿外的对象；其他幼儿故事，如动物故事、人物故事、历史故事等，也都可以不以现实中的幼儿为故事的主体。

幼儿生活故事以幼儿为主体，是幼儿自己的故事，因此幼儿是幼儿生活故事的主体和代表。例如，儿童文学作家梅子涵为幼儿写的《东东西西打电话》就是表现幼儿童稚和童趣，也给幼儿带来游戏般轻松和快乐的故事。故事中的两个小朋友家里都安装了电话，于是他们迫不及待地跑出来，相约马上打电话。他们跑回家拿起电话，发现忘记问对方的电话号码了，于是他们奔出来，在路上碰到，问了对方的电话号码，奔回家就打电话。可是东东和西西听见的都是"嘟—嘟—嘟"，这样打了好久，全是"嘟—嘟—嘟"。他们想"怎么一直是嘟嘟嘟的"。忽然，他们明白了，这是忙音。于是他们都放下电话，想着让对方先打过来吧，然后就这样趴在桌上等着对方的电话。

故事在这样的等待中结束了。但听故事的幼儿对自己的"反刍"也许才刚刚开始。他们也许会马上甚至终身都陶醉在小伙伴间这样有趣的故事中，也许会像故事里的小主人公那样，急切地去感受、憧憬和期待美好又幸福的新生活。

在这样的故事中，幼儿看到的仿佛就是自己。这样的故事使幼儿倍感亲切，他们也就把它真正地当作自己的故事。幼儿在自己的故事大海中徜徉，咀嚼体味自己的生活，其乐无穷。

所以，幼儿生活故事在描写对象上不同于其他幼儿故事，它写幼儿，直接写幼儿，并且把现实中的幼儿作为故事的主角和主体来写。

3. 日常生活是幼儿生活故事的题材

幼儿生活故事与幼儿童话故事及其他幼儿故事的不同还表现在题材上。

幼儿童话故事和其他幼儿故事往往都不会像幼儿生活故事这样，把幼儿的日常生活作为题材，表现幼儿平时的各种活动和衣食住行等各方面的生活。

例如，儿童文学作家望安写的幼儿生活故事《今天我很忙》，采用第一人称，让幼儿讲述自己星期天在家的日常生活。早上，自己叠被。叠好被，陪奶奶去遛弯儿。中午，和家人一起包饺子。午睡起来，帮爸爸砸核桃。晚上，给奶奶铺好被子。小主人公的确很忙，而且忙的都是生活琐事。但这些寻常的家务活动却是幼儿生活中最基本的大事：学习自我服务，培养独立生活能力，树立独立生活信念；积极参与家务劳动，主动分担家务，为以后投身社会性劳动打下基础；爱老敬老。这是幼儿由享受亲情、反哺感恩走向爱祖国、爱人民、承担社会责任、推动人类进步的良好开端。

幼儿的世界狭小而有限，日常生活就是他们生活的基本内容。在幼儿的日常生活中，有他们无穷的乐趣和无限的好奇。幼儿日常生活的桩桩小事都蕴涵着他们成长的要义。幼儿生活故事以幼儿熟悉的日常生活为题材，被誉为幼儿自我教育的最直接的"生活教科书"。

（三）幼儿生活故事的类型

幼儿由于智力发展水平和生活环境的差异，他们在理解力、欣赏水平、性格气质等方面存在差别，不同的幼儿有着不同的审美志趣和审美感受力。为适应幼儿的不同需要，幼儿生活故事有多种类型。

从表现形式来看，幼儿生活故事可分为文学故事和图画故事；从创作者角度来看，幼儿生活故事可分为民间生活故事和创作生活故事；从内容来看，幼儿生活故事可分为家庭生活故事、幼儿园生活故事、游戏生活故事和旅游生活故事。

1. 家庭生活故事

家庭生活故事主要讲述幼儿在家庭日常生活中发生的事件，表现他们在最基本的生存空间里的生活。例如，肖定丽的《大脚丫爸爸》讲述的就是儿子和父亲家庭生活中的故事。

2. 幼儿园生活故事

幼儿园生活故事以幼儿在幼儿园的事件为描写对象，表现他们的学前生活。例如，宋雪蕾的《愚人节的化装舞会》讲述的是愚人节那天，小朋友们在幼儿园开化装舞会的快乐故事。

3. 游戏生活故事

游戏生活故事以幼儿的游戏活动为描写对象，表现他们所特有的日常活动。例如，卢颖的幼儿生活故事《开火车喽！》讲述了幼儿兴致勃勃地排凳子玩开火车游戏的故事。

4. 旅游生活故事

旅游生活故事以幼儿旅行游览中的事件为题材，表现他们和家人外出旅游的特别生活。例如，郑春华的《大头儿子在大海边》讲述了大头儿子和家人旅行生活中的趣事。

除上述几种主要类型外，常见的幼儿生活故事还有反映幼儿与动物亲密关系的故事和发生在幼儿与邻居、小伙伴、老师之间的故事。前者如刘丙钧的《妞妞和她的朋友》《妞妞和小鸟》，这两部作品讲述了幼儿与小狗、小乌龟和小鸟的故事；后者如李想的《比毛衣》讲述了小伙伴在一起玩的有趣故事，保冬妮的《甜甜的豆包儿》讲述了幼儿与邻居老奶奶的故事。

（四）幼儿生活故事经典作品推介

1. 郑春华和她的系列幼儿故事《大头儿子和小头爸爸》

郑春华，高中毕业后曾去农场务农，当过托儿所保育员。当保育员时，她觉得那是很适合自己的工作。"孩子们太可爱了，每天都能碰到许多有趣的事。"晚饭桌上，她总会不停地跟父母讲孩子们的故事。她的父亲是一位工人作家，他建议女儿把这些故事写下来。郑春华由此开始了创作之路。

郑春华 1980 年开始幼儿文学创作，发表了以幼儿生活为题材的中篇故事《小红点》及长篇故事《紫罗兰幼儿园》(《小红点》的续编)、幼儿系列故事"大头儿子和小头爸爸"（后来被改编为系列动画片）、儿童系列故事《一年级的马鸣加》、幼儿长篇故事《贝加的樱桃班》、幼儿系列故事《幼儿园的男老师》等。其中最有代表性的作品是《大头儿子和小头爸爸》。

《大头儿子和小头爸爸》这部系列幼儿生活故事讲述了由大头儿子、小头爸爸和围裙妈妈组成的一个普通三口之家的事情。在他们普通的生活里，孩子居首（大头），妈妈居中（身体圆胖），爸爸最末（小头）。他们总是花最多的时间相处在一起，小屋是他们最温暖的家，最温暖的家里充满着他们每个人的爱。大头儿子正是在这样的环境中健康快乐地成长着。故事展现了幼儿在家庭、公共场所以及幼儿园的生活情况。

例如，发生在公共场所的故事《花伞植物园》讲述了大头儿子和小头爸爸要去植物园，围裙妈妈让他们带上了自己的小花伞。下雨时，大头儿子用这朵"雨中花"给在一片光秃秃的泥土上长出的春天里的第一朵真正的雨中花遮雨。大头儿子想让大地上有更多的像花伞一样美丽的花儿，于是他与小头爸爸和围裙妈妈一起，用家里的纸盒子做了许许多多的鸟窝，然后将这些鸟窝挂到树上。小鸟住在他们替自己做的家园里，撒下了种子。于是原来那片只有一朵小花的泥地上开出了各种颜色的花，大头儿子实现了自己办植物园的愿望。

《一条香路》讲述了围裙妈妈去买菜时也买了香香的白兰花。回家后大头儿子让围裙妈妈与小头爸爸和自己一块儿玩捉迷藏，大头儿子闻着花香捉住了妈妈。大头儿子和小头爸爸外出，看见上盲校的盲童走路需要帮助，于是他去买了能四季开花、长大会散发出香味的树种，接着将树种种植在了盲校门前。半年以后，树上的花开了。看见盲童用鼻子顺着香味认路成功了，大头儿子又和小头爸爸去买来各种水果味的香料，做了头饰，教盲童用鼻子做游戏。

《两座小房子》是以家庭生活为主的故事。这个故事讲述了家里新买了电冰箱和洗衣机，大头儿子和小头爸爸就把装电冰箱和洗衣机的纸箱子做成了两个房间，分别取名为101和102，接着他们住在里面发生了各种妙趣横生的事情。

用两个纸箱造两座房子这种奇妙的想象既符合幼儿的特点，充满幼儿情趣，让人感受到了童心可掬的魅力，又引发了一连串

幽默诙谐的小冲突，着实让人佩服作者极富童心的想象力和创造力。读后，让人耳目一新而又仿佛感同身受。

《第一天上幼儿园》是以幼儿园生活为载体的故事。这个故事讲述了大头儿子上幼儿园了，小头爸爸特别不放心，他给大头儿子准备了手机，告诉大头儿子如果不想待在幼儿园了就赶紧给他打电话。大头儿子从幼儿园回来后却把手机还给了小头爸爸，并告诉小头爸爸幼儿园里好玩的东西多着呢。

《奇怪的园丁》讲述了有一天，大头儿子看见幼儿园的园丁在向他招手，大头儿子有点害怕，就告诉了幼儿园的老师，后来，他发现那个园丁竟是自己的小头爸爸。

《神奇的小镜子》讲述了大头儿子在幼儿园里发生的事情小头爸爸都知道，原来是因为他有一架望远镜，他还谎称自己有一个神奇的"小镜子"。后来"小镜子"被大头儿子发现了并被大头儿子带到了幼儿园，用这个"小镜子"，大头儿子也能看到小头爸爸在家里发生的事情啦。

大头儿子就这样在小头爸爸和围裙妈妈的精心呵护和温馨关照下，愉快地生活、快乐地成长着。

这部颇具影响力的幼儿生活故事大作，以幼儿现实生活为素材，经过作家精心提炼和构思，一个个充满童趣和想象的故事就诞生了。

《两座小房子》故事梗概：大头儿子家因为新买了大冰箱和洗衣机，所以有了两个纸箱子。大头儿子突发奇想，和小头爸爸一起把两个纸箱子做成了两座房子，并分别取名为101和102房间。吃晚饭的时候，围裙妈妈喊他们出来吃饭，可大头儿子和小头爸爸却不愿出来，围裙妈妈只好把饭端到两座房子里去。天黑了，两座房子里黑漆漆的，可大头儿子和小头爸爸还是不愿出来，围裙妈妈把蜡烛放进红辣椒里，为他们做了两个小红灯笼。到了睡觉时间，围裙妈妈铺好了床，可他们依然不愿意出来，于是围裙妈妈又拿了两条厚厚的毛毯分别给他们送进去。第二天，大头儿子和小头爸爸把房子建在了屋外，晚上刮大风，小头爸爸劝大头儿子回家，可大头儿子不愿意，后来又下起了雨，大头儿子和小头爸爸冷得直打哆嗦，这时一阵大风吹来，把两个纸箱子吹走了，房子没有了，大头儿子和小头爸爸只好冒雨跑回了家。

2. 奥谢耶娃和她的幼儿生活故事《三个小伙伴》

奥谢耶娃是苏联著名的儿童文学作家，她的诗、童话、幼儿小故事都收在这样一些作品集中：《红猫》《魔语》《我的朋友》《简单的事》《蓝色的树叶》。

奥谢耶娃的幼儿生活故事很受我国幼儿教育工作者和儿童文学家的重视，她的作品在我国流传最广的是幼儿生活故事《魔语》《好事情》《三个小伙伴》《蓝色的树叶》等。

奥谢耶娃的幼儿生活故事素材都来自幼儿的日常生活。她的作品讲究结构艺术，一般篇幅短小，情节简单，具有很强的动作感。例如，《三个小伙伴》讲述了三个孩子对丢失点心的朋友的不同表现：郭良关切地询问后，表示了同情；米沙关心丢失的原因，提出了避免以后发生类似问题的办法；沃罗佳什么也没有问，把自己的点心分了一半给丢失点心的小伙伴吃。故事通过一句话或一个动作就表现出幼儿对朋友的一种态度，作者对三种态度不加褒贬。这个小故事译成中文后一共不到200字，基本上全是对话，写得十分朴实、简洁，充分体现了奥谢耶娃的创作特色。

奥谢耶娃很善于从幼儿生活中捕捉幼儿成长中存在的问题，并通过故事来引导幼儿去认识问题的所在。《蓝色的树叶》就是这样一个启发幼儿自我教育的佳作。故事写的是卡佳有两支绿色的铅笔，莲娜一支也没有。莲娜对卡佳说："给我一支绿铅笔吧。"卡佳不乐意，于是莲娜画出了蓝色的树叶。故事中的卡佳知道珍惜自己的东西，可还不会设身处地体会求助者的心情，还不能热情地帮助别人。而莲娜的宽容、自尊和老师的提示，使卡佳对自己的舍不得感到害羞了。故事对儿童很有现实意义，在我国被改编并被选入小学语文教材。

在《好事情》中，尤拉小朋友一心想做惊天动地的大好事，却不知道发生在身边的需要他做的就是好事情。故事运用对比的方法和诗行般灵动的语句，诗意地表现了幼儿在生活中耽于幻想的天真幼稚。结尾的母子对话，画龙点睛，可以给幼儿深刻的启迪。

《魔语》通过生动的故事，对幼儿进行礼貌用语的教育。由于"请"是故事的关键词，因此该故事又名《一个有魔力的字》。故事饶有兴味地讲述了一个叫巴甫立克的小男孩，他不懂礼貌，还抱怨姐姐不肯给他颜料、奶奶不给他胡萝卜、哥哥不带他去划船。后来小男孩学会了讲礼貌，一切如愿以偿。这个故事影

响深远,我国后来出现的以《神奇的字》为题的儿童诗歌和故事,与它有异曲同工之妙。

三个小伙伴

奥谢耶娃

魏佳把点心丢了。上午休息的时候,小朋友们都去吃点心了,只有魏佳站在一旁。

郭良问她:"你怎么不吃呢?"

"我把点心丢了……"

"真糟糕!"郭良一边吃一大块白面包,一边说:"到吃午饭还有好长时间呢!"

米沙问:"你把点心丢在哪儿了?"

"我不知道。"魏佳小声地说,把脸转了过去。

米沙说:"你大概放在口袋里,不小心丢的。往后得放在书包里。"

可是沃罗佳什么也没有问,他走到魏佳跟前,把一块抹着奶油的面包掰成两半,拉着这个伙伴说:"你拿着吃吧!"

作者截取了生活中一个小片段,把三个幼儿在面对伙伴点心丢失这件事时的不同表现作了一个对比,既真实地还原了幼儿日常生活的原貌,又通过对比不动声色地表达了是非判断观念,让幼儿在故事这一"镜子"中反观自己的行为,从而实现了文学的启蒙和教化功能。

3. 列夫·托尔斯泰和他的幼儿生活故事《李子核》

列夫·托尔斯泰是俄国的批判现实主义作家,他的作品是欧洲批判现实主义文学高峰的标志。作为举世闻名的作家,托尔斯泰为后人留下了极丰硕的创作成果。《战争与和平》《安娜·卡列尼娜》和《复活》是他最重要的三部长篇小说。这些作品气势磅礴,场面广阔,人物众多,心理描写逼真、细腻,语言质朴洗练,在世界文学史上有巨大影响。托尔斯泰对儿童教育和儿童文学一贯十分重视。他曾在自己家乡为农民子弟办学校,亲自为孩子们编写课本,出版了《启蒙课本》《新启蒙课本》和《俄罗斯儿童读物》(1—4册)。他写下的600多篇儿童文学作品,语言规范、浅近,篇幅大多短小,故事生动有趣,寓意明显且富有教育意义。

对给孩子的东西,托尔斯泰力求优美、简洁和质朴,主要是明白易懂。托尔斯泰曾明确表示:要写一部纯净、优美的作品,要像整个古希腊文学和艺术那样,没有一点多余的东西。

他为孩子们创作的《李子核》就是这样的优秀作品。故事讲述了一个叫万尼亚的孩子，从没吃过李子，非常爱它，很想吃它，忍不住偷吃了它。先不敢承认，后来被吓得"不打自招"了。

故事采用幼儿视角，围绕幼儿生活中的一个小事件展开，在令人忍俊不禁的同时，生动地展现了一个对事物充满好奇，自控力不强，做了错事，内疚却矢口否认错误的天真幼稚、顽皮可爱的幼儿形象，寓意明显且富有教育意义。故事主要通过神情、动作和人物语言来刻画小主人公，符合幼儿的心理特征，对幼儿极有感染力。

故事尤为可贵之处还在于作家为幼儿勇于承认错误营造的良好的教育方式和宽松的人文环境。偷吃事小，关乎幼儿心灵纯洁事大。细心的母亲发现问题后，见微知著，和父亲"强强联合"。机智的父亲在孩子不承认错误时，先正面批评，接着用调侃的话诱导孩子"轻易"地道出了事情的"真相"。天真的孩子在家人的笑声里却哭了起来。故事到此戛然而止。受教育者知道了错误的严重性，教育者对如何塑造孩子人格也得到了启示。苏霍姆林斯基曾说："真正的教育智慧在于教师从不伤害学生的自尊心，而且会经常激发他做一个好学生的愿望。"这个故事丰富的人文内涵不仅给听故事的幼儿以教益，也给讲故事的成人以帮助。

托尔斯泰的幼儿生活故事多取材于农家孩子的日常生活，散发着浓郁的生活气息，对幼儿有自然的亲近感。他创作的故事结构简单、情节进展快、篇幅短小，故事的主题多融进生动的艺术形象和简洁明快的口语化语言之中，适于幼儿听赏，不愧为幼儿生活故事的经典之作。

李子核

列夫·托尔斯泰

有一天，妈妈买回了许多李子，她想吃过午饭后再分给孩子们吃。这些李子都放在盘子里。

万尼亚从来还没有吃过李子哩，所以他老把这些李子拿起来闻闻。他非常喜爱李子，很想吃。他老是围着李子转来转去。当房间里没有人的时候，他实在有些忍耐不住了，就抓上一个吃了。吃饭前,妈妈点了一下李子的数目,发现少了一个。她把这件事告诉了爸爸。

吃饭时,爸爸说:"喂,孩子们,你们哪一个吃了李子吗?"大伙儿答道:"没有。"

万尼亚的脸红得像龙虾,他也说:"没有,我没有吃。"

爸爸说道:"你们要是谁吃了李子,这可很不好,不是怕你们吃,怕的是李子里面有核,要是哪一个不会吃,把核也吞下去了,那他过一天就会死的。我怕的是这个。"

万尼亚一听,吓得脸色发白,说道:"不,我把核吐到窗子外面去啦。"

大家一听,哈哈大笑,而万尼亚却哭起来了。

贪吃、好奇是很多孩子的通病,万尼亚也不例外。在偷吃了李子后,他的父亲不是立即采取责骂和殴打的方式,而是以引导的方式巧妙地让万尼亚自己说了出来。被人识破了偷吃东西后,万尼亚哭了起来。故事生动形象而又惟妙惟肖地刻画了幼儿的心理活动。

4. 梅子涵和他的幼儿生活故事《东东西西打电话》

梅子涵,1949年出生,上海师范大学教授,中国作家协会会员,中国当代著名儿童文学作家。他在儿童文学创作和理论上均有较高的造诣,为儿童创作了几十部作品,如《女儿的故事》《戴小桥和他的哥们儿》等;他也著有多部理论著作,如《儿童小说叙事式论》等。幼儿生活故事虽然不是他创作的主要领域,但他以幽默的语体风格和敏锐的观察视角向我们展示了现实生活中幼儿有趣的故事,这是值得大家去探讨和学习的。

东东西西打电话
梅子涵

东东和西西同时从家里跑出来。东东是去找西西的,西西是去找东东的,他们在路上碰见了。

东东说:"西西,我告诉你,我家装电话了。"

西西说:"东东,我也告诉你,我家也装电话了。"

"我现在就给你打电话。"

"好!我也给你打电话。"

东东和西西跑回家,同时拿起了电话。咳!忘记问电话号码了!他们就奔出来,又在路上碰到了,你问我,我问你,"你家电话号码是多少?"然后又记着号码往家里奔去。

东东念叨着西西的号码,按着电话键,听见的是"嘟——嘟——嘟"的声音,没有听见西西问:"你是东东吗?"

西西也一样,听见的只是"嘟——嘟——嘟"的声音,没有听见东东问:"喂,你是西西吗?"他们打了好久,全是"嘟——嘟——嘟"。东东想:她家的电话怎么一直是嘟嘟嘟的?西西想:他家的电话怎么一直是嘟嘟嘟的?忽然,他们都明白了,这是忙音。

"西西在打给我,所以,我打过去要嘟嘟嘟了。"东东心里说。

"东东在打给我,所以,我打过去要嘟嘟嘟了。"西西心里说。

于是,他们又都聪明起来,谁也不先打了。东东想:让西西先打过来吧。西西想,让东东先打过来吧。他们就这样趴在桌上等着……

东东和西西两个小朋友家都安装了电话,于是都想第一时间告诉对方,也都想第一时间给对方打电话。当听到占线的声音后,他们又都等着对方打过来。作者故意设置了完全相同的语言和心理描写,运用"巧合法"和"误会法"巧妙地安排了故事情节,读后让人忍俊不禁,回味无穷。

5.安伟邦和他的幼儿生活故事《圈儿圈儿圈儿》

安伟邦,山东烟台人,1947年开始文学创作,1984年加入中国作家协会,曾任中国少年儿童出版社《中国儿童》编辑,河北少年儿童出版社社长、顾问。著有低幼故事《书包》《谁棒?》《4比0》等,译有童话集《大盗贼》《椋鸠十动物故事》《谁也看不见的阳台》等。

圈儿圈儿圈儿

安伟邦

大成爱看书,可是不爱写字,老师教他写字,他心里说:"我只要能看书就行了。"

一天,上语文课,老师要大家听写,大成一听着慌了,他拿着铅笔,手有点儿发抖,只听老师念道:

"啄木鸟,嘴儿硬,笃笃笃,捉害虫,大家叫它树医生。"

大成有好几个字写不出来，只好在纸上写道：

"○木鸟，○儿○，○○○，○害虫，大家叫它○医生。"

大成写完，就交给老师。

第二天，老师让他把自己写的念一念，他念道：

"圈儿木鸟，圈儿圈儿，圈儿圈儿圈儿，圈儿害虫，大家叫它圈儿医生。"

念着念着，同学哗的一声笑了。大成很难为情。

老师说："大成，你自己写的东西自己都看不懂，别人怎么看得懂呢？"

大成想："老师说得对呀！我应该好好学习。要是别人把字也画成圈儿，我到哪里去找书看呢？"

这是一则幽默风趣、充满童趣的故事，非常符合幼儿追求快乐的天性。大成念自己写的字，引起了同学们的哈哈大笑，也会逗得听这个故事的幼儿哈哈大笑。

理论与实践操作

1. 你认为中国的神话故事和古希腊神话故事有哪些不一样的地方？试举例说明。

2. 为什么说富有幻想是童话的根本特征？童话是如何实现幻想和现实的联系的？

3. 选择以下作业中的一个，以小组的形式共同讨论完成，并以小组的形式进行答辩。

（1）选择一则童话并写一篇评论文章。

（2）结合幼儿生活故事的特点分析"大头儿子和小头爸爸"系列为什么能获得孩子们的喜爱？

拓展学习书目

[1] 杨振文.迷人的笑声[M].长沙：湖南少年儿童出版社，1983.

[2] 张晶.中国名人成长故事[M].合肥：黄山书社，2010.

[3] 黄蓓佳.我要做好孩子[M].南京：江苏凤凰少年儿童出版社，2016.

[4] 孙幼军.小布头奇遇记[M].北京：北京教育出版社，2016.

[5] 杨红樱.杨红樱优美童话卷[M].北京：北京少年儿童出版社，2005.

[6] 韦苇.世界童话史[M].3版.上海：复旦大学出版社，2015.

[7] 彭斯远.叶君健评传[M].太原：希望出版社，2004.

[8] 米切尔·恩德.永远讲不完的童话[M].何珊，译.南昌：二十一世纪出版社，2021.

[9] 梅子涵.相信童话[M].上海：少年儿童出版社，2007.

［10］张秋生.小巴掌童话［M］.北京：北京日报出版社，2016.

［11］刘世洁，等.古希腊神话故事大全集［M］.北京：中国华侨出版社，2011.

［12］刘里远.一千零一夜（上，下）［M］.北京：中国少年儿童出版社，2006.

［13］蔡林兴.世界神话故事精选［M］.上海：上海人民美术出版社，1996.

［14］蔡静雯.世界民间故事精选［M］.上海：上海人民美术出版社，1996.

［15］方卫平.最佳幼儿文学读本：悄悄长大起来［M］.济南：明天出版社，2012.

［16］方卫平.最佳幼儿文学读本：有太阳的地方［M］.济南：明天出版社，2012.

［17］方卫平.最佳幼儿文学读本：会跳舞的歌［M］.济南：明天出版社，2012.

关于这一节，请留下你的建议吧，谢谢！

第三节　幼儿散文

本节导读

本节主要从幼儿散文概说、幼儿散文的特征、幼儿散文的分类，以及幼儿散文鉴赏与经典作品推介几个方面展开介绍，以帮助大家了解幼儿散文独特的审美品格，掌握幼儿散文的欣赏策略，并能引导幼儿感受幼儿散文带来的美的意趣。

小组探讨

1. 幼儿对于幼儿散文的喜爱程度如何？
2. 如何把握幼儿散文的特点与幼儿接受特点之间的关系？

一、幼儿散文概说

幼儿散文是指写给幼儿，适合幼儿阅读欣赏的篇幅短小、文情并茂的一类文章。幼儿散文一般包括记人、叙事、写景、状物、抒情、议论等几种类型。幼儿散文是幼儿文学园地里一朵独具特色的小花，它以语言简练、意境优美、想象丰富、修辞手法多样等特殊的艺术魅力，给幼儿以美的享受、艺术的熏陶和思想的启迪。

幼儿散文是传达幼儿生活情趣，适合幼儿审美需求和欣赏水平的文学样式。散文在我国虽然具有悠久的历史，但幼儿散文在我国起步较晚，直到五四运动爆发，适合幼儿听赏的散文才初露端倪。冰心1923—1926年为《晨报副刊》撰写的系列散文《寄小读者》开我国幼儿散文风气之先，从此幼儿散文在我国渐渐

枝繁叶茂。20世纪50年代末,我国的幼儿散文以冰心的《再寄小读者》系列散文为代表。冰心的《再寄小读者》在幼儿散文史上具有非常重要的地位。其他幼儿散文作品还有刘半农的《雨》、泰戈尔创作、郑振铎译的《纸船》等。之后的20来年里,幼儿散文因为诸多原因发展较为缓慢。直到中华人民共和国成立之后,幼儿散文才出现了几次创作高潮。20世纪50年代,幼儿散文界出现了一批作家,如郭风、圣野、袁鹰、徐青山、方轶群、黄衣青、碧野、张继楼等。20世纪80年代,伴随着改革开放的春风,幼儿散文迅速成长,成为儿童文学园地里一处独特的风景。幼儿散文作家队伍也日益扩大,除了老一辈作家徐青山、葛翠琳外,更多的作家加入了这一行列,如金波、望安、嵇鸿、胡木仁、吴然、夏辇生、张秋生、郑春华、张朝东等。随着社会的进步、发表园地的增加,以及学前教育越来越得到社会和家庭的重视等,表现形式灵活、自由的幼儿散文如雨后春笋般出现。新时期幼儿散文不仅在数量上超过以往的总和,而且题材广泛,形式多样,表现手法和语言表达灵活,更多地顾及了幼儿心理、幼儿情趣和幼儿的欣赏水平。全国陆续出版了一大批幼儿散文专集,如《中国新时期幼儿文学大系:散文卷》、《中国幼儿文学集成:诗·散文》、"中国幼儿文学作家散文丛书"等。

幼儿散文具有散文的特质,不仅可以丰富幼儿的知识,发展幼儿的想象力和思维能力,而且可以使幼儿的心灵和情感受到良好的熏陶。此外,幼儿散文能带给幼儿欢愉和美感,可以调动幼儿的情绪,使他们保持心理上的平衡与和谐,对幼儿产生潜移默化的感染力。

二、幼儿散文的特征

散文的一般特征是题材广阔、内容丰富、形式灵活、构思巧妙,有诗一般的语言与优美的意境。幼儿散文是散文的一种,自然具有散文的一般特征。幼儿散文是专门为幼儿创作的,所以在内容选择、意境营造、语言表达上都与一般散文有很大的区别,因此,幼儿散文又有自己的特征,表现出自己独特的审美品格。

(一)幼儿化与散文化

幼儿散文兼有幼儿化与散文化的特征。幼儿化是幼儿散文区别于其他散文的非常重要的一个特征。幼儿处在特殊的年龄阶段,生活经验相对缺乏,知识面窄,所以幼儿散文往往富于幼儿情趣,符合幼儿的年龄特征和欣赏水平。散文化则是幼儿散文区别于幼儿文学其他体裁的另一个重要特征。它既可以像诗歌那样抒情写意,而不必讲究音律节奏;又可以像童话、故事那样记人叙事,而不必拘泥于情节结构的完整。

我们来看一下韦其麟的散文《歌》：

我在唱歌。哥哥却问我，你唱什么呀？

问得真奇怪。我明明在唱歌，难道你听不见吗，哥哥？

哥哥笑我：这是什么歌呀，我从来没有听过。

这是我自己的歌。菠萝树有菠萝树的果子，荔枝树有荔枝树的果子，我也有自己的歌，难道一定要唱你唱过的歌吗？难道一定要和你唱一样的歌吗？哥哥。

哥哥笑我：这算什么歌呀，我一句也听不懂。

这是我自己的歌。有什么好笑的呢，树林里的小鸟唱的歌，山下小河唱的歌，我也一句听不懂，不是也很好听的么？

这篇散文是哥俩的对话，让人感受到的却是幼儿的独特视角，以及符合幼儿年龄特征的语言。歌，发自内心，不一定是别人唱过的，也不一定要让别人听懂。"我"唱着自己的歌，也唱出了"我"的自信和勇敢。这篇散文用富有幼儿情趣的语言和对话的方式将"幼儿化"和"散文化"完美融合。

(二) 童心与童趣

富有童心和童趣是幼儿散文的最大特征。幼儿散文不能像幼儿小说那样以人物形象来吸引人，也不能像幼儿故事那样以故事情节取胜。它靠传达一种情绪和意境来叩开幼儿读者的心扉。幼儿散文字里行间要有一颗跃动的童心和贯穿全篇的童趣，只有具备了这童心、童趣，才能与小读者进行情感交流。童心和童趣在幼儿散文中的体现一般有两种情形：一种情形是作者有意识地从幼儿的视角来写，作品表现的是幼儿独有的心理、情绪、思维方式和情感指向，如张朝东的幼儿散文《上学去》《您好》。这两篇作品都以幼儿的视角来观察世界，文笔细腻、感情丰富，有助于激发小读者观察生活的兴趣。另一种情形是作者对幼儿生活进行客观的描写，将幼儿所固有的童心与童趣表现出来，反映幼儿的好奇与思考、情感与追求，如张朝东的幼儿散文《下雨啦》《放风筝》等。

(三)灵活性与单纯性

幼儿散文的灵活性是指它在形式上自由活泼,在结构上灵活多变,在表现手法和语言运用上自由洒脱,具有散文"形散神聚"的特点,没有受音韵节奏的束缚和故事情节结构的限制。

幼儿散文的单纯性是指它语言清新明丽,意境优美,处处渗透着幼儿的情趣,处处带着稚拙的童心、童趣。幼儿散文语言清新明丽、浅显易懂,这是由幼儿的理解力所决定的。所以幼儿散文作家往往极力追求一种如山间溪水般清澈、纯净、跳脱的语言风格,使作品的语言显得十分流畅。如金波的幼儿散文《树真好》:

树真好。小鸟可以在树上筑巢,每天天一亮,小鸟就会唧唧喳喳地叫。

树真好。它能挡住大风,不许风沙吵吵闹闹,到处乱跑。

树真好。我家屋子里清清爽爽,阵阵风儿吹,满树花香往屋里飘。

树真好。我们全家在树阴下野餐,大家吃得很香,说说笑笑,热热闹闹。

树真好。天热了,树下铺着阴凉儿,我和我的小猫咪,躺在树下睡午觉。

树真好。如果有一只大狗来追我的小猫,小猫就爬到树上躲起来,气得大狗"汪汪"叫。

树真好。我做个秋千挂在树上,让我的布娃娃坐上去,摇呀摇。

树真好。夏天的夜晚静悄悄,只有树叶在一起唱歌谣。

树真好。树叶在秋风里飘呀飘,树下铺着树叶地毯,我们可以在上面滚来滚去,跑跑跳跳。

《树真好》是一篇富有童趣的幼儿散文。作者以幼儿的视角来观察树、感知树、赞美树。只有幼儿才会想到,树可以让猫躲藏,风起的时候,树叶会唱歌谣。树的种种好处,在幼儿看来都是那么接近生活,真实生动,而不是空洞的成人式的理解——对我们的环境起到很好的作用。这篇散文语言清新明丽,富有童心童趣,结构自由无拘,却始终没有离开过"树真好"这一主题。作品清新明丽的语言和灵活多变的结构二者紧密相扣,相得益彰。

(四)知识性和形象性

幼儿知识散文是幼儿散文中重要的一类,有丰富知识的幼儿散文才更能吸引幼儿。知识存在于幼儿散文广泛的题材和丰富的内容中。幼儿知识散文能让幼儿逐步扩大知识面,增强求知兴趣,提高认识能力。

幼儿获得知识的最佳方式是借助生动的艺术形象。优美、生动的艺术形象能给幼儿留下深刻的印象,激发他们的阅读热情。所以幼儿知识散文往往将知识性和形象性很好地融合在一起,尽可能生动形象地把五彩缤纷的大千世界展现在幼儿面前,扩大幼儿的眼界,激发幼儿认识世界的兴趣和热情。如金波的幼儿散文《春天的色彩》:

春雨,像春姑娘纺出的线,没完没了地下到地上,沙沙沙,沙沙沙……

一群小鸟在屋檐下躲雨,它们在争论一个有趣的问题:春雨到底是什么颜色的?

小白鸽说:"春雨是无色的。你们伸手接几滴瞧瞧吧。"

小燕子说:"不对,春雨是绿色的。你们瞧!春雨落在草地上,草地绿了!春雨淋在柳树上,柳枝儿绿了……"

麻雀说:"不不不!春雨是红色的。你们瞧!春雨洒在桃树上,桃花红了!春雨滴在杏树上,杏花红了……"

小黄莺说:"不对,不对,春雨是黄色的。不是吗?春雨落在油菜地里,油菜花黄了;春雨落在蒲公英上,蒲公英的花也黄了。……"

春雨听了大家的争论,下得更欢了,沙沙沙,沙沙沙……它好像在说:

"亲爱的小鸟们,你们的话都对,但都没说全面。我本身是无色的,但能给春天的大地带来万紫千红。"

这篇散文中绵绵的春雨、屋檐下叽叽喳喳的小鸟、万紫千红的大地,形象直观,主题突出,给幼儿以美的陶冶与享受,带幼儿了解春雨与植物生长的密切关系,让幼儿在获得知识的同时也对这些事物留下深刻的印象。

(五)诗情与画意

幼儿散文必须具有诗情和画意,这样才能吸引幼儿。一篇优美的幼儿散文,应该具有诗的品格,用诗情来展现情感。这样的散文意境优美、感情真挚、语言凝练,贴近幼儿生活,富于幼儿情趣,易于被幼儿接受。

同时,幼儿散文往往采用多种手法,或浓墨重彩,或淡笔轻描,着力表现事物的画意,再现美好的形象。作者可以浮想联翩、随意点染、任情穿插,时而叙,时而议,时而抒情,或将它们交融起来。如《夏夜音乐会》就是诗情和画意完美结合的典范,该作品不仅描绘了美妙的夏夜,而且把小动物快乐的生活描绘得有声有色。作者运用排比句,将热闹情景展开描写,将昆虫音乐会所显示的音韵节奏和内在旋律描绘得淋漓尽致。作家有意识地化常语为奇语,很好地表现了散文的诗情和画意。

（六）叙事性与写意性

散文具有叙事和写意的双重特点,虽然在不同的作品中各有侧重,但两者缺一不可。即使是以介绍知识为主要目的的幼儿知识散文,也离不开抒情写意;同样,即使是以童心自述为主的幼儿散文,也不能没有细节的穿插或对故事片段的叙写。幼儿散文一般以记叙真人真事、真情实景为内容,题材广博丰富,构思立意新颖独特,结构形式灵活多样,情感真挚,意境优美,叙事和写意的双重性质在幼儿散文中往往能得到和谐统一。我们来看看郭风的散文《初次的拜访》：

> 我们和土蜂们,
> 一起来拜访野菊的小屋。
> 我们的小主人,穿了绿色的便服,
> 站在门口欢迎,他的鞠躬多么稚气啊。
> 大家寒暄几句,马上脸红了,
> 土蜂便开始唱歌。
> 我们开始把袋子里的小书拿出来,
> 坐在地上,各人轮流朗读了一节。

这篇幼儿散文用较短的篇幅叙述了花和昆虫的故事,但没有展开叙写故事情节,只是描写了一个生动美妙的生活镜头,把幼儿的生活情趣描写了出来,体现了叙事和写意的完美结合。

三、幼儿散文的分类

根据内容、表达方式、表现手法的不同,幼儿散文一般可分为六种类型：幼儿叙事散文、幼儿抒情散文、幼儿写景散文、幼儿知识散文、幼儿童话散文和幼儿幻想散文。由于研究视角和分析的侧重点不同，有的学者还将抒情性特别强的幼儿散文称为"幼儿散文诗"。

（一）幼儿叙事散文

幼儿叙事散文往往用散文笔调描述生活中的一些人物、事件等，它侧重记录幼儿的生活，可以有完整的情节，也可以只写事件的片段。幼儿叙事散文的题材十分广泛，凡适合幼儿接受的生活情景皆可入题。我们来看一下望安的幼儿散文《小太阳》：

姥姥病刚好，我陪姥姥晒太阳，太阳暖洋洋。我给姥姥变魔术，一变变出个小橘子，圆圆的橘子红彤彤，就像一个小太阳。

我对姥姥说："来，姥姥、姥姥，我剥橘子咱俩吃，你一瓣，我一瓣，你一瓣，我一瓣。"

姥姥吃得甜蜜蜜，甜到心里暖洋洋。

橘子吃完了，我说："小太阳没有啦！"

姥姥搂着我，亲亲我的红脸蛋儿，对我说："你才是我的小太阳！"

这篇幼儿散文叙述的是一名幼儿陪伴刚刚病愈的姥姥晒太阳并分吃一个橘子的故事，虽然描写的只是生活中的一个小片段，但却把祖孙二人浓浓的亲情描写得淋漓尽致。

（二）幼儿抒情散文

幼儿抒情散文重在抒发幼儿对生活中人、事、景、物等的纯真美好的感情。幼儿抒情散文多用第一人称，即从幼儿的视角来创作，以实现抒发幼儿的生命体验和内心感受的目的。幼儿抒情散文在抒情时可以直接抒情，也可以间接抒情。前者通常融情于景，后者通常写景抒情。无论采用哪一种抒情方式，幼儿抒情散文都力图让幼儿感受到美的熏陶，激发他们对生活的热爱。我们来看一下《我的洗脸盆》这篇幼儿散文：

我的洗脸盆里，有鱼、有虾，还有一条条船哩……

我知道，他们可不是脸盆上的画，全是真的呢！

我天天拿一条毛巾，在盆里洗脸洗手，里面的水怎么也不会浑浊，总是碧清碧清的。

奇怪吗？我的洗脸盆就是老大老大的太湖呀。我的家，就住在太湖的渔船上。

这篇作品把盛产鱼虾的美丽太湖比喻成洗脸盆。文中"我"与"洗脸盆"亲密接触，字里行间透露出对家乡、对太湖的喜爱之情，以及对大自然的赞美之情。这篇幼儿抒情散文语言生动、比喻形象、意境优美，不仅能让幼儿了解关于湖的知识，还能带给幼儿美的享受。

（三）幼儿写景散文

幼儿写景散文是以少量的、深浅适度的景物描写为内容的幼儿散文，它侧重描绘优美的自然风景、四季变化及季节特征等，最常见的是风光游记。风光游记常通过旅游过程中的所见所闻来介绍知识，多以地理风光、乡土民俗等为内容，让幼儿从中受到美感熏陶。幼儿写景散文一般比较注重"知识性和形象性的融合"，既让幼儿从美景中学到知识，又让幼儿读懂散文中的形象。如郭风的低幼散文《初次的拜访》：

那小主人——小野菊，

穿着一件绿色的短衫和围着一条绿色的小短裙，

站在门口，和大家握手；便邀请大家走到屋内来。

作品中，作者怀着美妙的童心走进花朵、昆虫的世界，走进幼儿的世界，给幼儿带来清幽的芬芳和喜悦，作者对美丽景色的描摹，对小野菊等的比喻贴切形象，很容易被幼儿理解，可以说这是幼儿写景散文的典范。

望安的《夏天》也是一篇描写夏天景色的幼儿写景散文：

夏天的雨是金色的。不信，你看：

场院里，脱粒机扬洒着麦粒，千颗，万颗，连成金色的雨。

夏天的风是喷香的。不信，你闻：

村子里，家家户户磨了面，在蒸甜糕，飘出一阵阵香味。

夏天的路爱唱歌。不信，你听：

小路"吐吐吐"，大路"嘀嘀嘀"，拖拉机、大卡车，一辆接一辆，忙着去卖粮。

(四)幼儿知识散文

幼儿知识散文以向幼儿介绍知识为主要目的,是一种寓知识于形象描写之中的幼儿散文。幼儿知识散文一般篇幅短小、语言简洁明快、笔法灵活、行文自由多变。幼儿知识散文往往向幼儿讲述世界的奥秘,令他们眼界大开同时又乐趣无穷。幼儿知识散文写法灵活,不论是知识内容还是艺术传达,往往都能对幼儿产生巨大的吸引力。

我们知道幼儿对复杂多变的世界充满好奇,他们还很难从理性上去把握世界的本质规律,只能感受一些生活现象和实例。而幼儿知识散文能让幼儿逐步扩大知识面,增强求知兴趣,提高认识能力。我们来看一下郭风的幼儿知识散文《蒲公英》:

青草地上开着许多野花,
我最喜欢蒲公英。
蒲公英开着黄色的小花朵,
多么有趣的蒲公英。
花朵凋谢后,花托上能结出雪白的绒球。
田野的风吹着,
那雪白的绒毛在天空中飞扬起来,
比柳絮还要轻。
飞着飞着,
又像一朵朵雪花轻盈地降落下来。

作者在文中介绍了蒲公英的知识。质朴、清新、自然的语言给人以强烈的触动,文中处处充满幼儿的情趣和生活气息。

(五)幼儿童话散文

幼儿童话散文是童话与散文的结合,它往往借助童话的意境,借助想象与幻想,用散文的形式来描写拟人化了的童话形象。幼儿童话散文语言清新活泼,形象亲切可爱,很适合幼儿阅读。幼儿童话散文也可抒情,也可渗透各种知识,但它一般是有情节的,同时又比一般的童话故事的情节简单、平淡。幼儿童话散文中也有矛盾冲突，但其矛盾冲突相对于童话中的要简单得多。例如，《蒲公英的吻》是用第一人称写的幼儿童话散文，文中把小鹅拟人化为没有伙伴感到孤单的小朋友，把鹅妈妈拟人化为一位有知识的妈妈，她了解蒲公英的秘密。而蒲公英则能听懂小鹅许的愿——"蒲公英，蒲公英，请你带给我小伙伴……"当蒲公英听到小鹅的愿望，"噗——"地一下，蒲公英的绒毛变成了许多飞翔的小伞。幼儿欣赏完这篇童话散文后，会为小鹅找到了伙伴而高兴，会为一群头顶"花冠"的小鹅组成的美丽画面而感到愉悦。《蒲公英的吻》除了具备幼儿散文语言优美、意境清新、富有幼儿情趣等特点外，还渗透着浓郁的情感，抒发了小鹅渴望友谊的美好心愿。同时，这篇散文还巧妙地向幼儿介绍了有关"雨的形成"和"蒲公英"的知识，可以说是一篇精美的幼儿童话散文。

幼儿童话散文中的拟人化形象往往是孩童式的，容易激发幼儿的想象，符合幼儿启蒙时期的审美心理，在当代幼儿散文创作中较常被使用，也受到幼儿的欢迎。我们来看看安武林的《太阳公公生病了》：

太阳公公生病了。瞧，他原来红彤彤的脸，变得灰乎乎的，多难看。

小喜鹊把消息传给大家，啄木鸟医生连忙赶来了。

啄木鸟医生看了看说："太阳公公你感冒了，要盖上被子捂一捂。"

到哪儿找一床能盖住太阳公公的大被子呢？

风姑姑吹呀，吹呀，吹来好多好多云彩，厚厚的云彩盖住了太阳公公。

太阳公公在云彩里捂呀，捂呀，捂得汗水哗哗地流下来。

云散了，天晴了，太阳公公病好了，他的脸红彤彤的，放着明亮的光芒。

（六）幼儿幻想散文

幼儿幻想散文充满幻想色彩和抒情色彩，能激发幼儿无限的遐想，激发他们对世界的好奇心，如屠再华的幼儿散文《小小联欢会》：

萤火虫来了，没有灯，有了灯。

小青蛙来了，没有鼓，有了鼓。

汪汪狗来了，没有锣，有了锣。

哇！小小联欢会好热闹：青草铺台毯，蜘蛛张纱幕，螳螂忙着当监督。百灵鸟脆亮亮一报节目：蝴蝶跳起扇子舞，小鸭扭着迪斯科……

四、幼儿散文鉴赏与经典作品推介

（一）幼儿散文鉴赏

鉴赏幼儿散文的重点是把握其"形"与"神"的关系。鉴赏幼儿散文应注意以下几点。

第一，读散文要识得"文眼"。凡是构思精巧、富有意境或写得含蓄的散文，往往都安置有"文眼"。鉴赏幼儿散文时，要找出能揭示全篇旨趣和有画龙点睛妙用的"文眼"，以便领会作者写作的缘由与目的。"文眼"的设置因文而异，可以是一个字、一句话、一个细节、一缕情丝，甚至一景一物。

第二，读幼儿散文要抓住线索，理清作者的思路，准确把握文章的立意。结构是文章的骨架，线索是文章的脉络，二者是紧密联系的。抓住散文中的线索，便可对作品的思路了然于胸，这不仅有助于理解作者的写作意图，而且也是对作者谋篇布局本领的鉴赏，从而可以透过散文"形散"的表象抓住其传神的精髓，顺着作者的思路，分析作品的立意。

第三，要注意幼儿散文表现手法的特点，深入体会文章的内容。散文常常托物寄意，为了使读者具体感受到所寄寓的丰富内涵，作者常常对所写的事物作细致的描绘和精心的刻画，就是所谓的"形得而神自来焉"。读散文就要抓住"形"的特点，由"形"见"神"，深入体会作品的内容。

第四，要注意展开联想，领会文章的神韵。只有展开丰富的联想，才能由此及彼、由浅入深、由实到虚，才能体会文章的神韵，领会更深刻的道理。

第五，要品味幼儿散文的语言。好散文的语言往往凝练、优美，又自由灵活，接近口语。优美的散文有时更富有哲理、诗情、画意。

（二）幼儿散文经典作品推介

1. 郭风与儿童散文

郭风，原名郭嘉桂，福建莆田人，当过教师，历任福建省文联秘书长、副主席,福建省作家协会主席,中国作家协会第二、三届理事。他1938年开始发表作品。主要作品有童话诗集《木偶戏》《火柴盒的火车》;散文诗集、散文集《蒲公英和虹》《在植物园里》《你是普通的花》《鲜花的早晨》《早晨的钟声》《小小的履印》以及《郭风散文选集》《郭风儿童文学文集》等。郭风的文学作品还被译成俄文出版。童话集《红菇们的旅行》在第二次全国少年儿童文艺创作评奖活动中获二等奖。《孙悟空在我们村里》获第二届全国优秀儿童文学奖。郭风是中国现代和当代文学史上最具个人风格的散文作家之一。半个多世纪以来,他在儿童散文和散文诗的田园里孜孜耕耘,心无旁骛,艺术成就斐然。

著名作家、教育家黎烈文评价他的早期作品《木偶戏》等给中国新诗开拓了一个新境界。1949年后,郭风致力于散文诗的创作,迎来了创作生涯的第一个高潮,散文诗《蒲公英和虹》《叶笛集》等是他这个时期的代表性作品。对乡土风俗、地域文化精神的发掘与提炼,对故乡泥土和大自然之美的眷恋与赞美,是他20世纪五六十年代创作的主题。他的作品里充满了诸如果园、麦笛、小磨坊、山溪、灯火、小桥、干草堆、鸟巢、水文站、骤雨、蒲公英、白霜、村庄等平凡而朴素的乡土意象。他善于从中捕捉某种情绪和意趣,从而抒发自己最细腻、最真实的感受。在文体形式上,他创造性地把自由体新诗、散文、散文诗以及童话札记等糅合起来,形成了一种十分独特,既自由活泼又具章法的文体。这种文体既有自由体新诗的内在节奏和旋律,又有散文诗的简约形态和散淡韵致,间或也涂抹着童话的幻想色彩。清新、简约、隽永、恬淡、明朗,是郭风20世纪五六十年代儿童散文最明显的风格。

进入新时期以来,郭风在艺术道路上继续探索和实践,他的散文创作再次步入高潮。《鲜花的早晨》《早晨的钟声》《孙悟空在我们村里》等是他这个时期的标志性作品,与20世纪五六十年代的作品相比,郭风此时的作品更具儿童本位意识和问题自觉性。他在《孙悟空在我们村里》的序言中说过这样一段话:"我开始从事文学创作(包括为孩子们写作)以来,这数十年间,实际上都是认识自己、发现自己乃至扬弃自己的漫长的过程。或者,简约地说,在整个文学生活历程中,我逐渐明白了自己的文学气质。这所谓气质,一般看来是很复杂的、难以说清的。尽管如此,我逐渐明白自己较于能够从客观世界捕捉某种情绪、意趣,而不善于抓住情节;我逐渐明白自己较易于捕捉世界的善良部分、真纯部分,较能理解儿童,甚至喜欢把世界的某些事物注入儿童趣味和幻想等等。这使我在文学世界中容易接近散文,以及容易让散文童话化,或把童话这一文体予以散文化。"这段话有利于我们从作家个人气质角度去解读和欣赏他这个时期的作品。如果说,郭风20世纪五六十年代尚有不少作品仅仅止于对客观世界的表面描述,给人一种单纯的美感的话,那么，郭风在第二个创作高潮期所写的作品则进一步向内心走去，更注重用自己的心灵去感受花朵和土地的世界。这一时期，他的创作更趋向心灵化和意绪化，他的文本更趋向个性化和自由化，他的描述也更趋向意象化和写意化。出现在他笔下的《鲜花的早晨》《松坊村记事》《雏菊和蒲公英》以及其他花、树、鸟、兽等，都不再仅仅是一页页明朗和写实的"风景画"，而是一幅幅带着鲜明的地域色彩和强烈个性特征、偏重于儿童趣味和幻想色彩的"印象画"和"写意画"。他自觉而又自然地将儿童趣味和幻想注入大自然的物象和社会生活的细节之中，或者说他善于从自然物象中提炼和掘取能与自己的思想、情绪、感觉相吻合的东西，努力做到自然物象与"心象"的和谐统一，从而创造出一种特殊的、生动而有韵致的艺术美感。

儿童文学评论家孙建江对郭风的散文作过这样的评价：郭风的作品很少去刻意追求什么重大的主题或思想意义，明显有别于那些受文以载道思想影响的作品。这也是郭风作品最为明显的一个特征。

郭风的儿童散文在中国 20 世纪儿童文学史上是一个不容忽视的存在，同时也直接启发和影响了后来的一些散文家的创作。儿童散文这一独特的文体，也正是由于郭风和郭风的追随者们独创性的劳动和淋漓尽致的发挥，而绽放出净洁可爱的花朵，青春芬芳、独具魅力。

花的沐浴
郭　风

草地上有百里香、铺地锦、野菊和蒲公英。

有一次，天下雨了。小雨点敲打着野外的树木，在繁密的树叶上敲出声音来了，好像我们学校里摇铃一样，叮当！叮当！

于是，一群小野花走出来了，百里香、野菊、铺地锦和蒲公英们，一听见这雨声，都走出来了。她们好像在幼儿园里做唱游一样，排成小队，走出树林，到这草地上，站在雨中……

她们要在那里沐浴——

小雨点为她们从头淋下，她们口里轻声地唱着歌。有时抖抖身子，让水点落下去；

小雨点为她们从头淋下，她们口里轻声地唱着歌。她们摇摆着身子，用绿色的浴巾擦自己的头发和身体。

接着雨停止了。她们的沐浴也停止了。

这时，阳光照在草地上，草地上一片光明，那些小野花显得多么美丽，她们沐浴过了，全身发出香味。

送　行

郭　风

有蜜蜂来送行。有胡蜂来送行。

有画眉鸟来送行。

有两只小鹿跟着它们的母亲来送行。

小鹿和它们的母亲一起，站在林中的石头上送行。

有兰草来送行。有野菊和蒲公英来送行。野菊们站在草丛间，挥着淡黄的手巾，向她们送行。

野菊们一直站在草丛间，目送她们走出林中的草径了。

百合花

郭　风

春天来了，百合花开放着像喇叭一样的花朵，它的花瓣雪白雪白的。

我看见一只红色的蜻蜓，展开透明的翅膀飞来了，停在这雪白的花瓣上休息。

我看见一只暗红的瓢虫飞来了，它像一颗红豆，停在百合花长长的绿叶上休息。

春天来了，我看见百合花开放着像喇叭一样的花朵，它的花朵像雪一样洁白。

2. 张朝东与《大山的孩子》

张朝东，重庆师范大学教育科学学院教师，重庆市作家协会会员。张朝东是坚持儿童散文创作且产生较大影响的一位作家。他不仅细致观察，而且执笔认真，描绘了不少幼儿的生活。他曾发表儿童文学作品近百篇，代表作有《大山的孩子》《小萝卜头的故事》等。1993年其幼儿散文集《大山的孩子》由重庆出版社出版。

他创作的幼儿散文集《大山的孩子》由《我爱大自然》《我爱祖国山和水》《我爱亲人》《我长大了》四个部分构成，每一部分都饱含作者的真情实感。通过分析我们发现，张朝东的幼儿散文大多集中在对大自然、祖国人文景观和亲情的描绘上，在表现主题时，张朝东笔下的自然景色与人文景观全是从幼儿视角去加以观察和描摹的，因而显出一片纯真和烂漫。在他创作的《春天》中，"绿色"一词贯穿全文。在孩子的眼里，春天是绿色的。"春天是绿的。"文章的第一句便点明这一主题。"春风用画笔，把这远远的山坡染绿了，把光秃秃的树枝染绿了，把淙淙的溪水染绿了……大地还像一床绿地毯。""在草地上打滚儿，在树丛里捉迷藏，连衣服也会染上绿颜色哩！"在幼儿眼里，大地不仅是被春风染绿的，而且只要你在大地上打滚儿，你的衣服也定会全被染绿。作者连用几个"绿"字，把幼儿看见这绿色产生的欢快心情表达了出来。同时，在幼儿眼里，春天还是香的，"你闻，那粉的桃花，黄的美人蕉，红的玫瑰，白的玉兰"。春天还是勤劳的，在春天你定能听见各种美妙的声音：拖拉机耕地时响起的"突突突"，蜜蜂飞舞发出的"嗡嗡嗡"，燕子在屋檐下垒窝响起的"唧唧唧"，以及溪水流动传来的"哗哗哗"……作者用几个重叠象声词所描绘的喧闹与欢腾，把春天里人们的繁忙与勤劳鲜活地表现了出来。写春天的绿，用不同的色彩；写春天的勤劳，则用美妙的声音。张朝东如此绘声绘色地把作为时令季节的春，一下子定格在幼儿眼里和心里。

幼儿散文往往也为幼儿提供操作和表现语言的机会。对于某些词义比较复杂，并且有一定抽象意义的新词，作者往往通过动作和活动表现出词义，这样做的效果好于使用语言解释语言，因而有利于幼儿理解和记忆。在《大山的孩子》中，张朝东通过模拟声音的象声词，既让幼儿感到真切动听，又让他们学习了语言、积累了词汇。这是张朝东的散文受到广大幼儿和家长喜欢的一个原因。

另外，张朝东在写人文景观时，还爱把散漫不羁的散文语体与铿锵悦耳、节奏鲜明的语言结合，从而显现出幼儿散文特有的音乐美。如《帆》中："我家在大巴山下，嘉陵江边。屋旁，一座座青山，一层层梯田。顺着梯子一样的田坎，可以爬到山巅。站在山头上瞭望，山山水水逗人爱：红的橘子，黄的广柑，绿的江水，白的船帆。"这里不仅有长短句的结合，而且有排比与散句的结合，幼儿用以吟咏与进行语言学习，都会收到良好的效果。我们学习词汇，就是在获得某一个或一组事物概念的基础上，将这些概念与相应的语言形式对应和固定下来。学习幼儿散文，可以扩展幼儿的词汇量，培养他们自觉获取语言材料的能力。张朝东在谈创作体会时曾说：低幼散文既具有儿歌精练、优美、富有音乐感的优点，又不受韵律和节奏限制，显得自由舒放。可以说，通过努力，他把自己的审美追求熔铸到了他的创作中。

3. 江日与《我爱天空》

江日，原名郑鸿模，重庆人。其代表作《长胡子的小孩》1990年获"建国40周年重庆文学奖"。

天空中没有会摇尾巴的蝌蚪，没有能唱小曲的蛐蛐，没有爱穿花裙子的蝴蝶，可我热爱天空。

清早，天边升起一个又红又大的气球。妈妈，那是世界上最美最亮的气球。它轻轻地飘飘呀，从东边的山头，飘到西边的山头，它将云朵染成鲜艳的晚霞。比姐姐那张最讨人喜欢的花手巾还要美。

太阳公公回家了，月亮又爬上山顶，来到空中，有时弯弯的，像一只香蕉；有时扁扁的像一个柠檬；有时圆圆的像个大苹果。妈妈，风从天上吹来，我还闻到了果子的香味呢。

有时大雨下过后，天空还会出现一道七彩的长虹，就像我们用蜡笔画出的一座彩桥，只是留不住它，不多一会儿便消失了。

妈妈，等我长大以后，一定驾起银燕带你到天空去参观，去旅游。

天空中的太阳像气球，月亮像水果，还飘着果香。这样的天空小朋友当然喜欢。而驾上飞机，带妈妈去天空旅行，这样的豪言壮语更是充满童趣，也让妈妈感到由衷的高兴。

4. 柴勇与《月光雨》

柴勇，山西人，儿童文学作家，中国散文诗学会理事，山西省作家协会理事。

月光雨，月光雨，沙啦啦地跳响在树叶上，像快乐的小兔子。

月光下的孩子们咯咯地笑起来，他们高兴地跳呀跳，头上的小草帽也跳呀跳，周围的树林和小河也跳呀跳。月亮姑娘羞红了脸，遮遮掩掩，莞尔一笑，她那颗藏起来的芳心也一定在云彩后面跳呀跳的。

天赐的金色，天赐的月光雨，从头顶到脚跟，从外表到内里，从骨头到灵魂，都是金色的，都是透明的，都是像绿色一样悦目，像冰片一样清凉的。

孩子们偷来几顶荷叶，他们用荷叶把这金色的小精灵接住，小精灵们欢快地打滚。孩子们要把月光雨放起来，等明年春天种在地里让它们发芽、开花、结出满树的月光雨，然后再把这些金色的果实送给小伙伴们，送给幼儿园的老师们……

这篇散文属于幼儿写景散文。作者用简洁的语言把月光雨描写得美丽无比，创造了优美的意境。孩子们在月光下欢快地玩耍。散文的最后，孩子们要种下月光雨，希望来年能有所收获，饱含深情，让人动容。

5. 夏辇生与《项链》

夏辇生，江苏省南京人，儿童文学作家，中国作家协会会员。其作品曾获陈伯吹儿童文学奖。

大海，蓝蓝的，又宽又远。沙滩，黄黄的，又长又软。雪白雪白的浪花，哗哗笑着，涌向沙滩，悄悄撒下小小的海螺和贝壳。

小娃娃嘻嘻笑着，迎上去，捡起小小的海螺和贝壳，串成彩色的项链，挂在自己的胸前。快活的脚印，串成金色的项链，挂在大海的胸前。

《项链》一文中所说的"项链"不仅指孩子用海螺和贝壳串成的项链，还将孩子踩在沙滩上的脚印想象成挂在大海胸前的金色项链，这种新奇的想象生动地传达了孩子海边嬉戏的快乐，以鲜明的意象营造了童趣盎然的世界。

理论与实践操作

阅读下面的幼儿散文，分析它的写作角度和内容侧重点，并试着用相同的题目写一篇幼儿散文。

小秘密

"呼——"，轻轻，轻轻，秋风来了！她是位辛勤的收藏家，你知道吗？

看，她的家园好大好大：她把绿色的树叶收藏，把金黄的果实收藏，把天空的湛蓝收藏，把小溪的叮咚歌唱收藏……哦？她忘记收藏枫叶的红了吗？不是！嘻嘻，她呀，要在枫叶上写下红色的信，藏进南飞的大雁的翅膀，告诉南方的小朋友：北方的童话多么优美，好听的故事有多长，多长……这是个小秘密，你千万不要和别人讲！

拓展学习书目

［1］谭旭东.2008中国最佳儿童散文、诗歌［M］.长沙：湖南少年儿童出版社，2009.

［2］罗曼·罗兰等.世界经典儿童文学精选：儿童散文精选［M］.陈西禾，等译.武汉：湖北少年儿童出版社，2011.

［3］圣野.中国儿童散文诗画丛［M］.贵阳：贵州人民出版社，2010.

［4］谢华良，等.雪地格言［M］.长春：北方妇女儿童出版社，2010.

［5］秦裕权.看不见的礼物［M］.北京：中国少年儿童出版社，1982.

第四节　幼儿绘本

> **本节导读**
>
> 　　本节的学习目的是理解绘本的内涵、绘本的图文关系、绘本的文学性、绘本中图画的叙事特色等理论知识,以便在分析幼儿绘本时,能根据这些知识理清逻辑,更好地理解幼儿绘本表达的主题。

> **小组探讨**
>
> 　　根据绘本的有关理论知识,尝试以小组为单位合作分析一本幼儿绘本。

一、绘本的内涵

加拿大儿童文学作家和图书馆学家李利安·H.史密斯女士在《欢欣岁月》中举了这样一个例子:

一个男孩子和弟弟坐在一起看威廉·尼克尔松的《聪明的彼尔》。哥哥对弟弟说:"托米,你不认识字也没关系,只要挨页儿翻,看画儿就能明白故事。"

这个例子说明了绘本的特殊性:用图画讲故事。那么绘本中的文字与图画之间的关系到底是怎样的呢?

(一)绘本是文字与图画相互取长补短的艺术形式

我们可以从媒介的角度来理解绘本。具体来说就是绘本由文字和图画这两种媒介构成。日本的松居直先生是这样定义绘本的:绘本是文章说话,图画也说话。文章和图画用不同的方法都在说话,从而表现同一个主题。他认为,假如用数学公式来表示绘本表现特征的话,那么可以写成

$$文 + 画 = 有插图的书,$$
$$文 \times 画 = 绘本。$$

文字与图画的表现各有长短之处。文字的短处在于，在传达信息方面它是抽象的。因为文字本身作为一种符号，并不能直接呈现出所指的具体事物的本来面貌。但在表达意义方面，特别是表达抽象事物，比如时间、身份、人物关系、心理活动等方面文字有着无法替代的优势。图画在传达信息上有具象和形象的长处，但却无法表现身份、人物关系等抽象事物。我们不难发现，文字和图画的长短之处是互补的，即文字的短处就是图画的长处，而图画的短处就是文字的长处。

（二）绘本是一种视听觉艺术的整合

由于幼儿年龄较小，成人需要通过声音将绘本中文字所述内容传递给幼儿。所以，绘本的阅读是需要幼儿通过眼睛和耳朵共同完成的。正如松居直所说，绘本被印刷出来的图画是静止的，可是幼儿看到的绘本的图画在生动地活动着。他们用耳朵听来的语言，不断地使图画活动起来，形成更为广阔的世界。幼儿就是这样体验绘本所创造的故事世界的。

（三）绘本是富有创意的书籍

朱自强曾说过：绘本之所以创意频出，是因为文字与图画这两种媒介的结合给创意提供了巨大的可能性。例如，绘本《怎样画一头奶牛》以儿童的口吻来叙述画奶牛的步骤。一名幼儿开始画时似乎还有点符合简笔画的风格，画了一个长方形，我们可以理解那是奶牛的身体，可是随着一步步深入，我们明显发现奶牛已经变成一条鳄鱼。但是幼儿并没有发现自己的问题，看似荒诞的创意就由此产生。难道自己画的是什么都不知道吗？之后，当鳄鱼惹出麻烦时，甚至将鳄鱼拖进锅里煮了。然而事情到这里还没有结束，当然不能结束，因为"画一头奶牛"的任务还没有完成。就在鳄鱼反扑要把幼儿吞进肚子里这一危险时刻，解决这个危机的创意产生了，解决这一危机的关键物件居然是一块橡皮。但这似乎又那么合理，因为鳄鱼是画出来的呀！这个创意不仅产生了幽默感，而且让我们不得不佩服作者丰富的想象力和创造力。

故事情节还得继续发展下去,我们心里会觉得这创意简直太好玩了。幼儿赶紧开始尝试第二种绘画方式,说"奶牛喜欢蒲公英",这很符合逻辑,蒲公英种子要种在地里,当蒲公英长出来时,奶牛真的出现了,奶牛的一条腿出现在画面的一角,一切都似乎回归正常,但接下来的创意再次让我们大吃一惊,因为鳄鱼又来了,它吞吃的奶牛还有一条腿露在嘴外,可恶的鳄鱼!那就不要怪我不客气啦!于是幼儿拿出撒手锏——橡皮擦,把鳄鱼彻底擦掉,奶牛就被救了!鳄鱼是画的,奶牛当然也是画的,奶牛就是这样画出来的。整个故事的内容非常有创意,我们禁不住大呼:"太妙了!"整个故事如同一个游戏,这就是优秀的创意带给读者的快乐。

二、绘本的图文关系

绘本的图文关系是绘本表情达意的关键所在。通常,绘本的图文关系有以下四种情况。

(一)文字与图画共同表现

在绘本中,文字与图画共同表现有利于它们发挥各自所长,尤其是在一些特殊情况下,绘本的文字和图画共同表现会起到强烈的暗示作用。

著名的绘本作家乔恩·克拉森曾说过:"在我的创作中,文字只是讲述了故事的一部分,图画讲述了故事的另一部分。"只有这两者结合起来,才能让读者产生非常强烈的印象。例如,在丹麦作家碧琳德·宝森创作的绘本《旋风》中,小猪被它自认为的龙缠住,之后一阵旋风将它和龙卷入其中,这时连文字也是旋转式地呈现,文字内容也表现了小猪被卷进旋风后的恐慌:啊啊,不好!我们俩一块儿被卷进旋风里了。旋风捉弄我们,转了一圈又一圈,把我们都转晕了。我感觉我肚子里好像有许多蝴蝶……快让风停住,我要下去!啊……不要啊……这下又是什么情况?!当心,我们要重重地摔下去了!

这正是这本书的高潮,文字的内容和图画中旋转着的小猪和龙,都暗示危险的出现,这让人不禁紧张万分。

(二)文字与图画分担式表现

文字与图画分担式表现是绘本普遍采取的方式。例如,在美国作家杰夫·麦克创作的绘本《好消息坏消息》中,整个文字部分就是"好消息、坏消息"这两个词。兔子对好朋友田鼠说:"好消息!"但是并没有说出好消息的具体内容,这个时候图画则画出了兔子拿出的野餐篮,而且野餐篮的盖子盖不住里面丰富的食物。图画补充了好消息的具体内容。可田鼠却说:"坏消息!"同时图画告诉我们:天下雨了。文字部分只是笼统地告诉读者兔子有一个好消息要告诉田鼠,图画承担了这个好消息的具体内容。田鼠的表达也是如此。这是一本典型的文字与图画分担式表现的绘本。

（三）文字与图画错位式叙述

在绘本中，文字表达的信息或内容，有时与图画表达的信息或内容会形成一种错位，即两者所叙述的内容不是一致的。例如，在杨玲玲和彭懿翻译的由美国作家萨拉·梅泽斯和美国画家迈克尔·帕拉斯科瓦斯共同创作的绘本《去睡觉的路上》中就出现了文字与图画错位的叙述。绘本第一页，图画中的丽薇在沙发上正玩得起劲儿，一边传来大人的喊声"该睡觉了！"从图画中可以看出来，丽薇一点睡意都没有。接下来的故事采用了文字与图画分担式表现的方式，但是图画传达的信息与文字所描述的大人的呼唤完全错位。例如妈妈喊别忘了刷牙，可图画里丽薇却沉浸在走钢丝的惊险表演中。妈妈的呼喊声对于丽薇而言似乎就像耳旁风，丽薇一直沉浸在自己的幻想世界里。故事以此表现出幼儿超人的想象力。

（四）其他形式的图文关系

在绘本中，还有读者参与式的图文关系。例如，在池佳斌翻译、法国作家塞德里克·拉玛迪耶和比利时画家文森特·布卓共同创作的绘本《救命啊，狼来了！》中，第一页在画面的左中部有一只狼，在狼的上方写着"狼来了……"三个红色的字，似乎在警示读者。而在右下角则写着"快翻页啊，甩掉它！"似乎在悄悄地给读者出主意。这时，读者已经不知不觉地参与到故事中了。再翻过一页，狼的形象越来越大，红色的文字也写着"狼越来越近了……"，画面右下方就只剩四个字"快点翻页！"似乎气氛已经紧张得不得了了，此时读者早已参与其中。

三、绘本的文学性

（一）文字里的文学性

绘本中的语言是文学语言，比日常生活中的语言更有表现力。例如，在美国童书作家、插画家米莎·阿彻的绘本《丹尼尔找到一首诗》中讲述了小男孩丹尼尔跟动物朋友们探寻诗的过程，故事按时间顺序串联，一问一答。动物朋友们有天上飞的、水里游的、洞里住的……作者巧妙地把抽象的诗变成了生活中具体的画面。丹尼尔寻找诗的经历也是与自然、与生活对话的经历，在这一过程中寻找自然中动物视觉听觉的各种感受形成了诗意的语言，使作品自始至终保持着诗的意境。故事中每个动物都和丹尼尔在聊诗，也在作诗，最终丹尼尔找到了自己的诗。暮色中他在公园中诵诗，所有的朋友都在聆听：

清晨的露珠闪亮亮，脆脆的树叶嘎吱响，旧石墙上有许多窗户的家，一头扎进清凉的池塘，躺在晒得暖暖的沙滩上，从暮色中奏乐送白天退场。树枝间明亮的星星，草地上的月光，还有无声的翅膀，伴我自由飞翔。

如此具有诗意的语言，其文学性自然而然地流露出来。

（二）图画里的文学性

绘本不是只有文字，还有图画，图画里有没有文学性，是我们讨论绘本时应该关注的一个层面。朱自强认为：绘本的文学性不仅存在于文字中，也存在于图画中，由于文字与图画的"和声"，使绘本具有了特殊的文学性，因而更具有耐人寻味的效果。

因为绘本中的图画具有叙事的特点，所以图画的文学性就得以表现出来。例如，在哥伦比亚作家葆拉·博西奥的无字书《线》中，故事从封面就开始了，小女孩儿发现地上有一根线，于是小女孩跟线的游戏就开始了，线变成滑梯，线变成泡泡，线变成单杠，线变成钢丝绳，小女孩儿成为杂技演员，等等。全文没有一个字，但是小女孩跟线的游戏过程是如此快乐和惊险，图画所传达出来的故事是如此有趣，让孩子们超级喜欢这本绘本。

（三）故事的文学性

幼儿文学无论是什么文体，都强调故事性，绘本也不例外。例如，在宫西达也的绘本《青蛙小弟睡午觉》中，在一个炎热的夏天，青蛙小弟躺在树干上睡午觉，这时险情不断出现，即想吃掉青蛙小弟的天敌不断出现。但危险又一个接一个地被化解——正当一个天敌想吃青蛙小弟的时候，它却又被自己的天敌吓跑，就这样，青蛙小弟在惊险不断的下午睡了一个"舒舒服服的午觉"，当雷声吵醒青蛙小弟时，青蛙小弟又洗了一个清凉的澡，多么惬意的下午！

绘本中的故事与一般的幼儿文学故事不同，节奏感也不同。例如，《青蛙小弟睡午觉》就恰当地把握住了故事的节奏，运用象声词和画面的配合，将一个又一个的故事情节恰到好处地呈现了出来。这本绘本文字不多，但是很有创意、有巧思。

（四）绘本的人物塑造

文学是通过人物塑造来表现人的生活、内心、情感和愿望的。绘本中的人物形象往往是儿童，但是这个"儿童"不一定是人，也可能是拟人化的动物。有些人物形象很有特点，就会形成系列绘本，如宫西达也的"霸王龙"系列绘本中的霸王龙的形象。我们在《你真好》中看见了类似调皮孩子的霸王龙，当它掉进大海，在他最绝望的时候，薄片龙救了他，霸王龙在和薄片龙相知相识的过程中感受到了薄片龙无尽的关心和帮助，感受到友谊的可贵，这其实也是霸王龙内心深处的渴望。这时霸王龙的形象就立体起来，成为一个有血有肉的令人心疼的孩子的形象。

（五）绘本的情感表达

文学就是表情达意的，许多绘本都会传达动人的情感。例如，我们上面分析过的霸王龙不是也会让我们动情流泪吗？无论是《你真好》里霸王龙和薄片龙之间的感情，还是《你看起来好像很好吃》里的霸王龙对小甲龙的感情都会触动我们的内心，让我们心疼，让我们感动。

四、绘本中图画的叙事特色

绘本与连环画不同。在连环画中，文字与图画基本上是互为说明、互为补充的关系，而且连环画通常以文字为主，图画为辅。而绘本中的图文关系更加多样化，前文已介绍，这里不再赘述。

绘本与漫画也不同。图画有两种基本的表达方式：指涉和示意。指涉的图画就是画的是什么，就指涉什么；而示意的图画则往往暗示抽象的意念、状况、想法等。相比之下，示意的图画更能够与文字故事形成互补，产生新的信息，赋予故事更深层的含义。在绘本中，这两种图画都有。而在漫画中，更多的是指涉的图画。所以绘本中的图画有更加广阔的解读空间。

绘本中的图画与美术作品不同。人们在美术馆里看到的图画作品，几乎都是各自独立的，各有各的内涵。而绘本中的图画不是独立存在的，而是组合在一起的，以实现向读者传达特定内容这一目的。对于幼儿文学而言，故事不是万能的，但是没有故事是万万不能的。因此，绘本也以叙事为主。绘本在讲故事的时候，其中的图画不仅是一种叙事语言，而且是非常核心的叙事语言。

在绘本中，作为一种叙事语言的图画由很多元素组成，如色彩、线条、视角、图画中文字的位置和字体等。

（一）色彩

图画的色彩往往能起到渲染氛围和表达情绪情感的作用。一般来说，灰暗的、冷调的色彩所传达的往往是忧伤、恐惧、难过等不愉快的情感或内容，明亮的、暖调的色彩所传达的则往往是喜悦、安全、温暖的情感或内容。饱和度高的、明亮的色彩通常能表现出欢快的气氛，而暗淡的色彩则更多地与阴郁的氛围相关。比如，《青蛙小弟睡午觉》环衬粉绿的颜色其实已经暗示读者这个故事的结局不会是令人沮丧的。果然不出所料，故事的结局是青蛙小弟在不知不觉中逃脱一切令人胆战心惊的危险。再比如，《我要把我的帽子找回来》中有一页，大熊说："我看到过我的帽子！"这张图的底色是大红色，表示大熊处于愤怒的情绪之中，因为他知道帽子就是兔子偷的，兔子欺骗了它。

（二）线条

在图画中，画笔的线条也是一种语言。通常情况下，弧形比较软，柔软的线条总是给人以安稳、温暖的感觉，而过于不规则或棱角分明的线条，则有可能带来一种压抑、紧张的气氛。例如，《我是霸王龙》里霸王龙的形象就用了尖锐的锯齿状线条，使得霸王龙给人一种紧张、恐惧的感觉。

（三）视角

视角是指画面在呈现物象时采取的视点角度，比如透视技法中的平视、仰视和俯视等。在绘本中，画面采用不同的视角，往往能够表现不同的情感或意义。比如，由下至上的视角可以凸显人物或物体的高大，也可以造成一种压迫感；反过来，由上而下的视角往往能将事物变小，同时也可以产生一种超越其上的安全感。例如，在绘本《都是我的》中，那只海鸥开始一直被以由下而上的视角呈现，从而表现出海鸥的无理和无耻，小老鼠则一直被以由上而下的视角呈现,表现出小老鼠的无助和无奈。当故事到最后的时候,两者的视角呈现发生了变化,也表达了小老鼠用智慧战胜了海鸥的喜悦之情。

(四)图画中文字的位置和字体

在一些绘本中,图画中文字的位置和字体也会参与故事情绪的表达。还是以绘本《都是我的》为例,故事的名字"都是我的"是用黑体字呈现的,黑体字往往给人一种严肃、郑重、有力量的感觉,再加上故事中的海鸥一直在抢夺小老鼠的食物,还趾高气扬地大喊:"都是我的",这个黑体字就反衬出海鸥的强词夺理和卑鄙无耻,使读者更加讨厌海鸥的言行。

五、幼儿绘本经典作品推介

1. 谢尔·希尔弗斯坦的《爱心树》

本书的英文书名是 *The Giving Tree*,直译过来就是"一棵不断给予的树"。

故事梗概:从前有一棵树,他喜欢上一个男孩。这个男孩每天会跑到树下捡树叶,编王冠,他还会和大树一起玩耍。后来男孩长大,他需要钱,树就把它所有的果子给了男孩,让他拿去换成钱。再后来男孩变成了青年,他要结婚盖房子,树就把它所有的丫枝都给了男孩,让他拿去盖房子。男孩成了中年人,他要远行,需要船,树就把自己的树干给了男孩,让他拿去做成了船,树成了光秃秃的树墩。男孩渐渐老去。最后,变成佝偻老人的男孩坐在树墩上,树很快乐……

这是一个温馨又略带伤感的故事。美国作家谢尔·希尔弗斯坦为读者创造了一个令人动容的寓言,启示人们在索取与给予之间,在爱与被爱之间应该如何选择。有人把这个故事解读成父母对孩子无怨无悔的爱。是啊,如果不是最伟大的父爱、母爱,又怎能让树奉献了一切还无怨无悔,还一直快乐呢?有人想从故事中解读:大树的付出对自己意味着什么?对这个男孩子意味着什

么？这是真爱的表现吗？这样的付出真的值得赞美吗？

该作品蕴含着深刻的含义，但是对年幼的孩子来说，读出对"爱"的理解是最本真的感受。有一个5岁的孩子在听完老师讲述后说："我好想哭啊。"老师问为什么，他说："因为那棵树变成了树墩，什么都没有了。"

每个人都在故事里寻找着答案，每个人又都被这个伤感的故事深深感动。是的，大树付出了一切，但他是快乐的。孩子索取了太多，但是风烛残年时，他回到了一无所有的大树身边。故事在老人坐在树墩的画面中定格结尾，引发人们无限的感叹和深深的思索。谢尔·希尔弗斯坦用钢笔作画，简单的线条、简洁的构图和画面，向人们讲述了这样一个富有哲理的故事。

该书2001年被美国《出版者周刊》评为"有史以来最畅销的儿童读物"排行榜第14名，入选美国全国教育协会推荐的100本最佳童书，入选日本儿童文学协会评选的"世界图画书100选"。

谢尔·希尔弗斯坦的其他代表作有《拉夫卡迪欧：一只朝后开枪的狮子》《失落的一角》《阁楼上的光》。

2. 李欧·李奥尼的《小黑鱼》

故事梗概： 一群快乐的小红鱼住在大海里。其中有一条小黑鱼，他比兄弟姐妹们都游得快。有一天，一条饥饿的金枪鱼把所有的小红鱼吃掉了，只有小黑鱼逃掉了。他在深海里孤独地游啊，游啊，见到了许多奇妙的海底生物，看到了神秘的海底世界。最后，小黑鱼遇到了另一群躲在角落的小红鱼。为了避免再一次发生悲剧，小黑鱼想出了一个绝妙的办法：所有的小红鱼围聚在一起，像一条巨大的鱼，小黑鱼就是这条"大鱼"的眼睛。现在，海里没有比这只"红鱼"更大的鱼了，他们可以自由地游来游去了。

李欧·李奥尼，有人说他是一位色彩魔术大师，这本《小黑鱼》就是一场美不胜收的"视觉飨宴"。这个故事的主题是齐心协力，看似非常浅显，但是李欧·李奥尼却通过他精妙的绘画技巧向我们展示了另外一层含义：本书一共有14个场景，小黑鱼独自在海底徘徊的场景就有7个——深海、水母、龙虾、怪鱼、海草、鳗鱼以及海葵，李欧·李奥尼通过这7个画面，向人们讲述了小黑鱼在这个过程中的成长。在原版书里，当小黑鱼对那群躲在角落里的小红鱼说："你们不能老待在这里啊，我们一定要想个办法。"这个"想"是英文的大写"THINK"。积极地思考解决问题的办法，这是小黑鱼经过磨砺以后的成长、成熟、自我发现。

该书获得1964年凯迪克银奖、1967年布拉迪斯拉发国际插画双年展金苹果奖。

李欧·李奥尼的其他代表作有《田鼠阿佛》《亚历山大和发条老鼠》《小蓝和小黄》。

3. 莫里斯·桑达克的《野兽出没的地方》

故事梗概：一天晚上，麦克斯穿上他的狼服在家里撒野、淘气，妈妈就罚他不准吃晚饭，并把他关进屋子里。那天晚上，房子里长出了森林，麦克斯走出森林来到海边，坐上停靠在海边的"麦克斯"号小船，过了很久后来到了野兽出没的地方。麦克斯一点也不怕看上去可怕又奇怪还要吃人的野兽，他威风地做了它们的国王。当麦克斯带领野兽们闹腾够了以后，他想回到有人爱自己的地方，又闻到了饭菜的香味，于是他坐上小船回到了出发前的那个晚上，回到了自己的房间，床头摆放着妈妈准备的晚餐，还热着呢。

莫里斯·桑达克，美国作家，1963年，他的《野兽出没的地方》这本书一经出版就受到了成人的猛烈抨击。大人们很不安，他们怕书中那些青面獠牙的野兽吓着孩子，怕叛逆的小主人公和野兽成为孩子潜在暴力的示范。然而，50年过去了，该绘本不仅没有吓坏孩子，反而畅销不衰，大人们也喜欢起它来了。现在，该绘本被形容为美国第一本承认孩子有强烈情感的绘本。莫里斯·桑达克在这本书里用"野兽"（Wild Things）——野东西作为意象，表达了麦克斯内心世界的强烈情绪，是愤怒的升华。麦克斯因为受到妈妈的惩罚，便开始用自己的幻想来进行反抗和发泄。在野兽出没的地方，他不再是一个弱者，而变成了一个发号施令的野兽之王，成了征服者、支配者。他命令野兽对月狂舞，还不让野兽吃饭。正是通过这种幻想，麦克斯的负面情绪得到了疏解。当麦克斯愤怒的情绪得到纾解后，他又强烈地思念起妈妈的爱，于是心平气和地回到现实，而妈妈准备好的、放在床头热热的饭菜，正是妈妈爱的表现。全书在画面的设计上也颇具匠心。一开始是四周留白的画面；随着故事的发展，中心画面越来越大；进入高潮部分，即麦克斯带领众野兽狂欢时，画面占满了整个页面，没有文字；而当麦克斯的狂野结束

后,画面又慢慢缩小,直至最后一页只有文字,没有图画。这是从现实到幻想,再从幻想到现实的逐渐铺陈故事的过程。

该书获 1964 年凯迪克金奖,入选纽约公共图书馆"每个人都应知道的 100 种绘本"。2001 年美国《出版者周刊》将其评为"有史以来最畅销的儿童读物"第 63 名。

莫里斯·桑达克的其他代表作有《厨房之夜狂想曲》《在那遥远的地方》。

4. 毕翠克丝·波特的《彼得兔的故事》

故事梗概:从前有四只小兔,他们分别是弗洛普西、默普西、棉球尾和彼得,他们和妈妈住在沙窝里。有一天,兔妈妈让孩子们到田野玩,但是强调不要去麦克格莱高先生的菜园,因为他们的爸爸就是在那里出的事,他被做成了馅饼。但是彼得偏偏跑去了麦克格莱高的菜园。在菜园里彼得找到了很多好吃的东西。可是他被麦克格莱高先生发现,彼得拼命地逃啊逃啊,跑掉了鞋子,弄丢了新的蓝上衣,在麻雀的帮助下终于逃了出来,回到家就生病了。

英国童书作家毕翠克丝·波特创作的这个淘气的彼得兔的故事,历经百年后,不仅没有褪色,反而更加鲜艳夺目,成为一代又一代年轻父母给孩子的首选书。彼得兔的故事情节简单,没有魔法,甚至算不上童话,出版的又是小开本,是什么如此吸引孩子们呢?这个穿蓝色衣服的小兔子,隐含着孩子不肯听话、喜欢冒险、好奇的天性。当彼得不听妈妈的话,独自钻进麦克格莱高先生的菜园时,幼儿对后来会发生什么总是期待的。在紧张的追捕中,幼儿也一样会感受到危险的气息。最后彼得虽成功逃出,却一回家就生病了。这个结尾虽然暗含作者波特对幼儿的劝诫,却也让幼儿长长松了一口气。

如果说在《彼得兔的故事》以前的绘本中,图画还是可有可无的"装饰"的话,那么从该绘本开始,图画也在讲故事了,图与文已经不可分割。这奠定了绘本用图画讲故事的风格,也开创了现代绘本的先河。从这层意义上讲,有人把《彼得兔的故事》誉为"童书中的圣经",把作者波特称为"绘本之母"就不难理解了。

该书 1995 年被纽约公共图书馆评为 20 世纪最具影响力的 175 种"世纪之书"之一,2001 年被美国《出版者周刊》评为"有史以来最畅销的儿童读物"第 2 名。

毕翠克丝·波特的其他代表作有《松鼠纳特金的故事》《两只坏老鼠的故事》。

5. 大卫·威斯纳的《疯狂星期二》

故事梗概:星期二晚上 8:00 左右,一个寂静的池塘里,一群青蛙坐着荷叶飞上了天。荷叶像魔毯一样,载着青蛙飞向小镇。天空中一大群黑压压的青蛙,吓坏了小鸟。从房子旁边经过时，一个在厨房吃三明治的男人瞥见了窗外的青蛙，他简直不敢相信自己的眼睛。青蛙们穿过院子，撞上晾在院子里的床单，它们把床单当披风，非常神气。青蛙们还飞进一个老奶奶的房间，老奶奶开着电视睡着了，青蛙们就看起了电视。凌晨4:38，一只在路上低飞的青蛙撞上了一只大狗，可是大狗马上就被铺天盖地的青蛙吓得掉头就跑。天亮了，魔法消失了，青蛙掉到地上跳回池塘，留下一地的荷叶，小镇的人们议论纷纷，大家百思不解。下一个星期二晚上7:58，神奇的事情再一次发生了，哦，看哪，满天的大肥猪……

《疯狂星期二》是美国绘本大师大卫·威斯纳根据一次坐飞机途中突发的灵感创作的。这是一个轻松愉快、想象缜密、没有说教的有趣故事，它展现了作者超凡的想象力和高超的用图画讲故事的能力——全书几乎没有文字。因为这种想象，孩子们迷上了这个故事。青蛙飞上天，它们会飞去哪里？会遇到什么？有人看见吗？看见的人会被吓坏？还是会兴奋异常？作者巧妙的镜头感画面设计、细节安排、惟妙惟肖的形象刻画，都是使该书成为畅销书的重要因素。平时很不起眼的青蛙，在作者威斯纳的笔下多么有个性：端坐荷叶，神气活现；撞上床单，惊慌失措；观看电视，津津有味；魔法消失，满心不甘。完全可以看出青蛙有多想再一次飞起来。值得一提的是，威斯纳运用的电影镜头感的画面，巧妙地渲染了故事情节的发展。故事的第一个画面包括三个小画面，同一个角度，从远到近的镜头拉动，让我们从池塘的环境看到了惊愕的乌龟和鱼，也看到了时间变化，叫人遐想联翩——发生什么事了？再来看看第三跨页，作者在大画面上分割出三个小画面，先让我们看到月圆之夜一大群青蛙从电线上飞过的影子，三个小画面就像近景一样，我们看到了青蛙兴奋、得意的表情，被吓坏了的小鸟，以及从青蛙的视角看到的身下大片的田野，远远的村庄……

这是一本非常成功的无字书。作者威斯纳谈到对无字书的看法时说道："无字书对作者和读者来说都是一种奇特的经验，因为作者无法说故事，读者必须自己看，所以读者才是主要说故事的人。至于读者对故事的结局如何判断已经不是我所在乎的，因为我想说的全部都在那本书中了。"（威斯纳 1992 年凯迪克金奖获奖感言）

该书获得 1992 年凯迪克金奖，入选纽约公共图书馆"每个人都应该知道的 100 种绘本"，被评为日本第十五届绘本日本特别奖。

大卫·威斯纳的其他代表作有 《梦幻大飞行》《飓风》《7 号梦工厂》《三只小猪》。

6. 安东尼·布朗的《我爸爸》

故事梗概：这是我爸爸，他真的很棒！我爸爸什么都不怕，连坏蛋大野狼都不怕。他可以从月亮上跳过去，还会走高空绳索（不会掉下去），他敢跟大力士比赛摔跤。在运动会的比赛中，他轻轻松松就跑了第一名。我爸爸真的很棒！我爸爸吃得像马一样多，游得像鱼一样快……我爱他，而且你知道吗？他也爱我！（永远爱我。）

这是一本没有故事情节的绘本。文字就像是一名刚刚开始学习写作文的学生所写，由一个一个的句子组合而成。但是当我们配着图画来读时，我们就被这位亲切、可爱、勇敢、能干的父亲深深感动了。打开第一页："这是我爸爸，他真的很棒！"图中的这位爸爸，穿着睡衣，满眼惺忪，头发乱糟糟的，哪里能看出"很棒"？文字和画面的错位让读者哑然失笑。可是且慢，图中爸爸背后的墙上，贴着一张孩子画的太阳，这是在暗示什么吗？是想表达爸爸就是孩子心目中的太阳吗？当我们一幅图一幅图看下去，就看到了孩子心目中爸爸的形象：时而高大威猛，时而可爱调皮，时而聪明绝顶，时而也会犯犯糊涂。最最重要的是，我爱爸爸，而且爸爸也爱我，永远爱我。儿童阅读推广人王林说过："伟大的儿童文学作品总是具有一种非凡的气质，它能最大限度地调动起读者的童年经验，让孩子在熟悉中亲近，让大人在回忆中微笑。"

不可否认，这是一本充满温馨情感的书，但是它竟然有一种催泪的功效，很多人读到最后都忍不住热泪盈眶。这就是对"父爱"的感动和感激。年幼的孩子读来趣味盎然，因为他们能从图画里找到自己爸爸的形象。他们会自豪地说：我爸爸像……一样。例如，一名两岁的小女孩听妈妈讲完整个故事后，在接下来很长一段时间里常常念叨："我爸爸真的很棒！"

作者安东尼·布朗的爸爸在他 17 岁时突然去世，这给了他巨大的打击。有读者问过安东尼·布朗，书中爸爸为什么一直穿睡衣出场？他说："我爸爸在我年少的时候去世，那件黄色的睡衣是我们保留的爸爸的唯一遗物。"

安东尼·布朗的其他代表作有《大猩猩》《动物园》《我妈妈》。

7. 中川李枝子、山胁百合子的《古利和古拉》

故事梗概： 田鼠古利和古拉在林子里发现一个大鸡蛋，可是鸡蛋太大没法搬走。这可难不倒古利和古拉。拉着大锅，背着大碗，带上牛奶、面粉……古利和古拉在林子里烤起了蛋糕。动物们闻着香味都跑来了，大家一起分享金黄色的蛋糕。吃完蛋糕，古利和古拉把蛋壳做成一辆小汽车，装上锅碗回家去了。

在童话故事里，现实中不招人待见的老鼠常常成为可爱、机灵的化身。在中川李枝子笔下，古利和古拉这两只田鼠是那么聪明、能干，他们又擅长做好吃的，又喜欢与人分享。两只小田鼠常常唱的一首歌是："我们的名字叫古利，叫古拉。在这世界上，最最喜欢啥。做好吃的，吃好吃的，古利、古拉，古利、古拉！"该绘本最巧妙的情节是，捡到鸡蛋带不走，于是古利和古拉就在林子里烤蛋糕。这分明就是一次野餐嘛，野餐没有其他朋友和伙伴怎么行呢？于是森林里所有的动物都来了，都很期待这次盛大的聚餐。大方的古利和古拉没有让大家失望，不仅烤出了美味的蛋糕，还高兴地与大家分享。

该绘本的图作者是中川李枝子的妹妹山胁百合子。山胁百合子创作的古利和古拉的形象可谓灵动可爱。一个穿着蓝背带裤，戴一顶蓝小帽，露出两只可爱的圆耳朵；另一个穿着红背带裤，戴一顶红小帽，也露出两只可爱的圆耳朵。两只长得一模一样的田鼠，你可以把他们看作是朋友，是姐妹，是兄弟，或是伴侣。在他们身上发生了好多好多有趣的故事（古利和古拉是系列故事），他们善良、纯真、友好的性格使故事充满了快乐和温馨。幼儿非常喜欢这个故事，因为它不仅文字风趣幽默，画面也极其丰富耐读。例如，一大群动物围坐在烤锅前，急切地期盼蛋糕出炉，最后每个动物捧着一块蛋糕津津有味地品尝，幼儿会一个动物一个动物看过来：大象、野猪、白鹤、野狼……啊，狼还给白鹤喂蛋糕呢……这只小螃蟹怎么拿了两块蛋糕啊……这就是画面带给幼儿的乐趣。

中川李枝子的其他代表作有《天空颜色的种子》《鲸鱼云》。

山胁百合子的其他代表作有《天空颜色的种子》《狮子绿的星期天》。

8. 五味太郎的《鲸鱼》

故事梗概：一只候鸟飞到村子里湖的上空时吓了一跳，然后他就站在村子里最高的屋顶上尖声大叫："鲸鱼！"靠湖而生的渔民不知道什么是鲸鱼，只有一位老者急急忙忙回去拿来一本书，告诉大家鲸鱼是什么。老者话没说完，渔民们就赶紧到湖里捕捞鲸鱼去了。可惜他们找遍了大湖，甚至来到湖底，都没有发现鲸鱼，还把湖中的小鱼误以为是鲸鱼。最后大家泄气了。候鸟还在大叫："鲸鱼！鲸鱼！"人们生气地朝他掷酒瓶。只有一个始终跟在大人后面的小女孩，请求候鸟带她去看看鲸鱼。候鸟带着女孩飞上天，哦，天哪，真的是鲸鱼——那一面湖水，就是鲸鱼的形状，一只巨大的鲸鱼！

"啊，原来是这样！"几乎所有的人看到最后都会发出这样的感叹，然后又会返回来看看渔民们寻找鲸鱼时经过的每一个鲸鱼的局部，然后会说，哦，这是鲸鱼的眼睛，这是鲸鱼的尾巴，这是鲸鱼的嘴。这像不像中国古代的寓言"盲人摸象"？

该绘本以鲸鱼的形状、轮廓和颜色来促成故事的架构，强调了图画的元素，如果读者不看图画，只看文字，是体会不到故事的精妙所在的。故事里的大人、小女孩和背书包的候鸟都是有象征意义的。那群看似快乐的大人，是无知的代表。因为他们有了一点点"知识"，就争先恐后地作出贪婪、愚蠢甚至是粗鲁的事，直到最后也没有看到真正的答案。天真的小女孩被排挤在找鲸鱼的队伍之外，但她始终跟在大人后面观察，到最后，只有她看到了真相。背书包的候鸟是关键的"人物"，事情因他而起，也因他而真相大白。那个始终被他背在身上的书包，最后成为载着小女孩飞上天空的工具。只有跳出有局限的框框，只有这样飞跃着、冒着险看问题，才能看到真实的情况，这是故事的核心主题。幼儿也许体会不到这样的哲理，但是故事情节本身就已经激发起幼儿的好奇心了。大人们找了那么久，看了那么多地方，鲸鱼在哪里呢？究竟有没有鲸鱼呢？是不是本不该出现在湖里的鲸鱼躲到湖底了呢？直到最后一刻才揭开谜团，幼儿会非常开心地说："哦，真的，好像一条大鲸鱼啊！"该绘本中的图画以纯净的湖蓝色为主，朴拙又夸张的线条和造型使该绘本更加童趣盎然。

五味太郎是日本幼儿绘本领域一颗耀眼的星，他的作品创意独特、主题鲜明、画风个性十足、设计感强。读五味太郎的作品常常会有"啊，这样的故事真妙"的感觉。

五味太郎的其他代表作有《鳄鱼怕怕 牙医怕怕》《是谁吃掉的》《谁藏起来的》。

9. 李瑾伦的《子儿，吐吐》

故事梗概： 小猪胖脸儿是一个安静、可爱的孩子，因为脸特别大，所以他无论走到哪里都很容易被人认出来。胖脸儿吃东西又快又多，这不，就因为这样，有一次在学校吃木瓜，他把所有的木瓜子儿都吃到肚子里了。故事就从这里开始了。大家议论纷纷，认为把木瓜子儿吃到肚子里，头上会长出树来，长出树来多不方便啊，别人还会嘲笑胖脸儿。胖脸儿急得哇哇大哭。可是哭着哭着他又想到，长出树也有好处啊，比如鸟儿会来唱歌，有树荫可以乘凉，还能吃到好吃的木瓜。啊，这真好，大家都可以吃不同的子儿，结不同的果子了。胖脸儿想到这里，就回家静静等待头上长出木瓜树。结果呢，木瓜树当然是长不出来了，胖脸儿拉出了许多小黑子儿。这样也很好啊，胖脸儿快乐地跑开了。

这是我国台湾地区女插画家李瑾伦创作的一个充满童趣、幽默，一波三折又令人忍俊不禁的故事。看完该绘本，相信成人都会会心一笑："小时候我也吞下过水果的子儿，也有过这样的担心呢！"幼儿几乎都有过这样的经历——不小心吞下水果的子儿，他们因为知识有限，总会担心这些子儿会怎么样，会不会发芽呢？李瑾伦把自己七岁时的经历、感受放在了小猪胖脸儿身上。故事中，那些可爱的猪同学们充满创意的你一言我一语，吓得胖脸儿哇哇大哭。"子儿埋到土里会发芽，那么把子儿吞进肚子里也一样啰。"看，多么符合孩子的逻辑。"世界上的树那么多，但有哪棵树比得上我这棵会走路的树？"乐观的胖脸儿找到了快乐的理由，不仅使自己开心起来，而且使刚刚还在嘲笑胖脸儿的同学都想吞一点子儿，结点果子了。于是大家都在商量要吃点什么子儿好呢，苹果？龙眼？哈哈，可爱吧！

在绘画方面，李瑾伦采用了若干小图结合的构图方式，体现出事情发生后乱哄哄、闹腾腾的场景。人物形象设计得非常可爱，特别是胖脸儿的设计，大脑袋、肥嘟嘟，让人印象深刻。

李瑾伦的其他代表作有《惊喜》《一位温柔、善良、有钱的太太和她的100只狗》。

10. 茉莉·卞的《菲菲生气了》

故事梗概：菲菲在玩儿时，姐姐抢走了她的玩具。这下，菲菲生气了。她尖叫、踢打，发出火红火红的咆哮，她跑出家，直到跑不动为止。她看看石头，看看大树，然后她爬上大树，感到微风轻吹头发。广大的世界安慰了她，菲菲感觉好多了，她自己回到了家。看见菲菲回来，家人都很高兴。

美国著名绘本大师茉莉·卞创作的《菲菲生气了》是一本将情绪状态用直观的画面呈现出来的绘本。作为主角的菲菲是整个情绪的主控者。情绪是很感性的，用文字表达起来远不如作者笔下的色彩变化来得丰富和形象。当菲菲的火气刚冒上来时，整个画面是鲜艳的红色，以及菲菲巨大的头像：紧皱的眉头、瞪圆的眼睛、上翘的头发和向下的嘴角，一看就知道菲菲气坏了。接着，画面由红色变为紫色，说明火气升级，从菲菲嘴巴里还喷出巨大的火焰。这样形象化的情绪表达叫人不禁联想到另一位作家希亚文·奥拉姆及他的作品——绘本《生气的亚瑟》：亚瑟狂怒时，整个地球被台风、暴雨包围，最后居然宇宙大爆炸。两部作品都是在描述孩子情绪的发泄。不同的是，菲菲气到极点并跑出家门后，情绪慢慢缓和下来。随着故事的发展，画面的色调还在变化，满页的火红开始出现红色加深蓝色和咖啡色的调子，逐渐又变化到蓝、绿、白的画面色彩。读者看到这里，已经从画面中感到了一种宁静和安慰。菲菲发泄了自己的气愤情绪，回到了温暖的家中，画面色彩跟着变成柔和的暖色调了。《菲菲生气了》最为成功的地方就是作者对整个情绪过程进行了细腻的描绘，加上作者对孩子心理感受的了解，使得小读者自然而然认同了菲菲，也毫不设防地进入情节与情绪中，获得了阅读的乐趣，加深了对情绪历程的了解。

理论与实践操作

阅读一本优秀的绘本，并分小组对其进行介绍、鉴赏和分析。

拓展学习书目

［1］彭懿. 图画书：阅读与经典［M］. 南昌：二十一世纪出版社，2006.

［2］郝广才. 好绘本如何好［M］. 南昌：二十一世纪出版社，2009.

［3］康长运. 幼儿图画故事书阅读过程研究［M］. 北京：教育科学出版社，2007.

［4］松居直. 我的图画书论［M］. 郭雯霞，徐小洁，译. 乌鲁木齐：新疆青少年出版社，2017.

第五节　幼儿戏剧

> **本节导读**
>
> 本节主要介绍了幼儿戏剧概说、狭义的幼儿戏剧与广义的幼儿戏剧、幼儿戏剧的分类，以及幼儿戏剧经典作品推介，有助于引导和帮助成人更好地利用幼儿戏剧及相关活动方式与幼儿互动，更大限度地发挥幼儿戏剧在幼儿成长过程中的作用。

> **小组探讨**
>
> 比较成人与戏剧的关系、幼儿与戏剧的关系之间的差异，并思考产生这些差异的原因。

一、幼儿戏剧概说

戏剧是一门综合性的艺术，包含了文学、音乐、舞蹈、绘画造型等多种艺术形式。

从狭义的角度看，幼儿戏剧是指一种适合幼儿接受和欣赏的综合性舞台艺术形式。狭义的幼儿戏剧可以由成人表演给幼儿观看，也可以由幼儿表演给幼儿观看。其文学形式的剧本不被幼儿所关注，这是由幼儿的年龄特征所决定的。

从广义的角度看，幼儿戏剧是指在保持戏剧元素的前提下，幼儿和成人在幼儿园和家庭中开展的戏剧活动。幼儿与戏剧之间有一种天然的联系。这是因为幼儿对于大千世界感到好奇，他们有非常强的探索欲望，希望能够参与到成人的生活中，但在现实生活中这个愿望无法实现，戏剧却能为幼儿提供这样的机会。这样的幼儿是通过"听"与"动"的相互联系、相互促进来接受幼儿文学的。其中，"动"是"听"的深化，是对文学形象的联想与再现的过程。幼儿时期，游戏几乎是幼儿生活的全部。幼儿戏剧能给幼儿提供游戏的空间，在这个空间里，幼儿不仅能体味成人社会化的生活，而且自身对于模仿、表演、创造的需求也能得到满足。我们可以看到，在戏剧中幼儿进入角色是何等的投入，所以幼儿与戏剧是天生的好朋友。

二、狭义的幼儿戏剧与广义的幼儿戏剧的区别和共同特点

（一）二者的区别

从狭义和广义两个角度来定义幼儿戏剧，是有现实必要性的。狭义的幼儿戏剧主要是从戏剧作为文艺形式的一种，与成人的戏剧共同具有戏剧的艺术特点，并且以舞台表演为最终目的的角度来进行概念界定的。广义的幼儿戏剧则是狭义幼儿戏剧的延伸，在现实生活中，被广泛地运用在幼儿园和家庭之中，对幼儿成长起到助力的作用。

狭义的幼儿戏剧与广义的幼儿戏剧主要具有以下区别。

1. 目的不同

狭义的幼儿戏剧虽然也具有游戏性，但是它是幼儿游戏经过一番去粗取精、丰富、改造、加工、提炼的艺术品，是一种经过组织训练，具有戏剧艺术特征的高级游戏，其主要目的是供舞台表演。广义的幼儿戏剧具有更强的游戏性，其主要目的是满足幼儿参与成人社会化生活的需要以及幼儿的好奇心和探索欲望。

2. 参与度不同

狭义的幼儿戏剧，只有少数表演能力较强的幼儿可以参加。而广义的幼儿戏剧，所有幼儿都可以参加。

3. 时空不同

狭义的幼儿戏剧需要比较正规的演出场地。广义的幼儿戏剧则不受场地和时间的限制，如在幼儿园的教室里、操场上，在家里的客厅、卧室，在幼儿午休以后、离园之前都可以开展。

4. 演绎空间不同

所谓演绎空间不同，是指在幼儿戏剧的表演过程中，幼儿对文本创造性地再现程度不同，具体表现在情节的改编和台词的表达方面。在狭义的幼儿戏剧中，创造性的再现程度较低。而在广义的幼儿戏剧中，只要保证主题不变，情节的改编、角色的变化和台词表达都具有较大的随意性，创造性再现程度较高。比如，用戏剧方式演绎《三只蝴蝶》的故事，在幼儿园因为幼儿数量较

多,所以若采用广义的幼儿戏剧形式,可能会在一次表演中,同时出现三只黄蝴蝶、四只白蝴蝶、五只红蝴蝶;而如果采用狭义的幼儿戏剧形式,则可能要考虑舞台上能否站得下这么多幼儿,舞台构图是否美观,以及人数太多是否会妨碍舞台上的台词表达,等等。所以,广义的幼儿戏剧比狭义的幼儿戏剧的演绎空间大得多。

（二）二者的共同特点

狭义的幼儿戏剧和广义的幼儿戏剧又具有以下共同特点。

首先,二者都具有游戏性,幼儿无论是观赏还是亲自参与,都能从中享受到游戏的快乐,得到精神满足。

其次,二者都有着单纯且富于趣味的戏剧冲突。由于幼儿戏剧取材于幼儿文学作品,因此它们（无论是广义的还是狭义的）往往都在幼儿生活经验的范畴内且符合幼儿的审美期待。

最后,二者的语言都具有形象化、动作化的特点。戏剧主要通过台词来塑造形象、推动情节发展和表达主题。幼儿戏剧（无论是广义的还是狭义的）的语言都具有形象化、动作化的特点,并且常常以大幅度的、夸张的动作来表现人物的思想感情和性格,以便符合幼儿的认知特点,使幼儿一听就懂,并留下深刻印象。

三、幼儿戏剧的分类

这里我们主要介绍一下狭义的幼儿戏剧的分类。根据外在表现形式,狭义的幼儿戏剧可分为幼儿歌舞剧、幼儿话剧和偶剧。

（一）幼儿歌舞剧

幼儿歌舞剧是以歌唱和舞蹈为主要表现手段的小型歌舞剧。演员主要运用舞蹈语言和舞台音乐来表现情节、塑造形象。著名儿童歌舞剧作家黎锦晖创作的《麻雀与小孩》《三只蝴蝶》被认为是中国现代儿童戏剧发展繁荣的一个重要标志。

（二）幼儿话剧

幼儿话剧是以人物或角色形象的对话、表情、动作等为主要表现手段的一种幼儿戏剧。在幼儿话剧表演过程中,有时也会辅以歌舞手段,但仍以台词、动作为主,如方圆的《"妙乎"回春》、柯岩的《小熊拔牙》等。

（三）偶剧

偶剧是演员通过操纵偶来表演故事的一种戏剧形式,它是玩具、游戏与戏剧的综合体现,因此特别受幼儿的喜爱。偶剧的种类很多,如指偶、布袋偶、提线木偶等,其中,布袋偶制作简便、操作简单,在幼儿园活动中,不仅幼儿教师可以操作,幼儿也可以参与操作。

四、幼儿戏剧经典作品推介

（一）柯岩的《小熊拔牙》

故事梗概：这个童话剧主要讲述了一只小熊因为不听妈妈的话，吃了过多的甜食导致牙齿疼痛，最后在众多小动物的帮助下成功拔掉虫牙的故事。故事的主角是一只名叫小熊的狗熊宝宝和他的妈妈。一天，狗熊妈妈要去上班，临走时特别告诫小熊不要吃太多的零食，尤其是甜食。妈妈走后，小熊没有听妈妈的劝告，吃了很多甜食。不久，他的牙齿开始疼痛起来，疼得他在地上打滚。这时，小白兔医生来了，试图帮助小熊拔牙，但因为小熊的牙齿太结实，小白兔凭一己之力无法拔出。于是，小白兔请来了小狗、小猫、松鼠和小鸟一起帮忙。经过大家的共同努力，终于把小熊的虫牙拔掉了。

柯岩的童话剧《小熊拔牙》创作于20世纪60年代初，是我国经典的幼儿戏剧作品。剧中小熊就像一个顽皮、淘气、不讲卫生的小孩，他喜欢吃甜食，还不爱刷牙，结果牙齿出了毛病，小兔医生给小熊拔牙的场面非常生动活泼，富有生活气息。该剧将游戏、知识和教育艺术融为一体。戏剧语言的个性化在《小熊拔牙》中也表现得淋漓尽致。例如：

妈妈：我是狗熊妈妈。

小熊：我是小熊娃娃。

妈妈：我长得又胖又大。

小熊：我就像我妈妈。

短短四句，没有一句舞台提示和说明就清楚地交代了角色的身份，表现了熊妈妈和小熊的外形特征，小熊活泼、滑稽的模样，以及他们的亲密关系。韵律化的语言也是幼儿戏剧突出的特点。例如，写熊妈妈上班一走，小熊唱着："先洗洗小熊眼，再擦擦小熊嘴巴，熊鼻子抹一抹，熊耳朵拉两拉，熊头发梳三下，嗯，就不爱刷牙。"这些台词非常具有个性化和动作化，既符合小熊的特点，又把一个顽皮、任性，但活泼可爱的孩子的形象活脱脱地表现了出来。另外，该剧以诗的语句、剧的形式表现了游戏性极强的内容，其强烈的游戏性会很快把幼儿带入剧情之中。

（二）张继楼的《母鸡、耗子和黑猫》

故事梗概： 故事发生在深夜的一个农家厨房里，舞台右角有一个鸡窝，红脸小母鸡正在睡觉。老鼠甲和老鼠乙从舞台左侧上，他们自诩为"破坏大王"，拥有尖又长的两对门牙。老鼠甲和老鼠乙在厨房里打洞，试图偷吃食物。他们的出现打破了原本宁静的夜晚，也引出了接下来的一系列事件。黑猫作为捕鼠能手，自然不会放过这两个小偷。一场猫捉老鼠的游戏在厨房中展开，充满了紧张刺激的气氛。红脸小母鸡是本剧的重要角色之一，她虽然只是在一旁观看，但她的存在为剧情增添了不少趣味。老鼠甲和老鼠乙则是典型的反派角色，他们狡猾、贪婪，总是想方设法地偷取食物。而黑猫则是正义的化身，他机智勇敢，不畏强敌，最终成功地捉住了两只老鼠。

"写儿童文学作品，就必须用儿童的眼睛去观察，用儿童的心理去体会，用儿童的语言去表达。"这是张继楼的创作心得，而快板剧《母鸡、耗子和黑猫》就是他这番创作心得的最好体现。

该剧一共有四个角色，即两只老鼠、黑猫和母鸡。两只老鼠尔虞我诈、贪婪无度，但也有各自的性格特征。老鼠甲胆小怕事，做事谨小慎微，而老鼠乙胆大包天，满脑袋鬼点子。母鸡的性格有一个发展变化的过程，即从一味善良、敌我不辨到接受教训，明辨是非。黑猫虽然性情刚烈，对老鼠疾恶如仇，但也有对母鸡热情、同情的一面，因而他的性格不是单一的。

该剧不仅游戏性强，而且有单纯且富于趣味的戏剧冲突。该剧有三组矛盾冲突：黑猫与老鼠、母鸡与老鼠、母鸡与黑猫，情节也就由此展开。另外，该剧语言具有形象化、动作化和韵律化的特点，符合幼儿的认知特点。

（三）孙毅的《一只小黑猫》

故事梗概： 故事讲述了一位老爷爷一大早为幼儿园的小朋友们送来几条大鱼。他要去吃早饭，就请小朋友们帮他看着鱼篓，以防猫偷吃鱼篓中的鱼。等老爷爷一走，一只小黑猫就来了，于是在老爷爷、小黑猫和小朋友之间展开了猫想偷吃鱼、老爷爷要捉猫、小朋友喊爷爷的游戏过程。最后老爷爷捉住了小黑猫，还教会了小黑猫捉老鼠的本领。

孙毅，中国作家协会会员，著名儿童文学作家、戏剧家。他编撰了儿童剧《小霸王和皮大王》，中小学课本剧《秘密》和《美猴王》《娃娃剧场开演啦》等，他一生独立创作和参与创作的儿童剧有100余部，其作品也获过不少奖项。

木偶剧《一只小黑猫》最大的特点就在于能够让观看戏剧表演的幼儿一直参与到整个戏剧表演的过程之中，真正做到了"台上台下一出戏"。这样的设计符合幼儿的年龄和认知特点，所以该作品的演出深受幼儿的欢迎。

理论与实践操作

分组排演一个成人经典戏剧片段和一个幼儿戏剧片段，然后讨论对二者之间的异同点的感受。

拓展学习书目

[1] 黄美序. 戏剧的味道[M]. 济南：山东画报出版社，2009.

[2] 董健，马俊山. 戏剧艺术十五讲[M]. 4版. 北京：北京大学出版社，2022.

[3] 黄进. 游戏精神与幼儿教育[M]. 南京：江苏教育出版社，2006.

关于这一节，请留下你的建议吧，谢谢！

第六节　幼儿动画

> **本节导读**
>
> 本节介绍了幼儿与动画的关系，以及我国动画的发展历程，并通过经典动画片推介，帮助成人了解如何利用优秀的、经典的动画片使幼儿在成长过程中得到更为全面的精神滋养。

> **小组探讨**
>
> 1. 幼儿为什么特别喜欢看动画片？你印象最深的一部动画片是什么？为什么？
> 2. 你认为中国动画的未来发展可能面临哪些问题？

一、幼儿动画概说

动画，是近几年我们听得特别多的词汇，幼儿更是特别喜欢看动画片，一看动画，幼儿往往就会立刻安静下来。对于幼儿，动画有着巨大的魔力。

加拿大动画大师诺曼·麦克拉伦说过，动画不是"会动的画"的艺术，而是"画出来的运动"的艺术。更确切地说，动画片是一个镜头与下一个镜头相组接所产生的意义。animation 在英文中本来就有"富有生命力"的意思。动画电影的本质，不是某种具体的拍摄技巧，而应该是利用电影特性来创造生命力的手段——使原本没有生命的（美术范畴的）形象活动起来。

长期以来，在我国，人们一直把动画片叫作"美术片"，这是一个非常中国化的名词。我国动画电影的主要生产基地——上

海美术电影制片厂,也是以"美术"而不是以"动画"命名的。其实,"美术"只是动画电影的组成因素之一,将它作为动画电影的总称无疑有失偏颇。这种命名方式也折射出我国动画电影潜在的问题,就是我国的动画电影普遍电影思维和电影语言相对薄弱,美术思维大于电影思维。

从我国的第一部美术片——1926 年的《大闹画室》开始,经过几代人几十年的努力和发展,形成了被称为"中国动画学派"的具有精湛的艺术特色和独特民族风格的中国动画片,代表作有《铁扇公主》《大闹天宫》《哪吒闹海》《三个和尚》等。在 1986 年以前,我国的动画片有 31 部获得 46 次国际奖项。可以说,20 世纪 80 年代中期以前我国的许多动画片在艺术上都达到了相当高的水平。

我国动画片发展至今,经历了开拓成功期、辉煌成就期、激情回归期、面对挑战期。

(一)开拓成功期(1924—1948)

我国动画片始于 20 世纪 20 年代的万氏兄弟——万籁鸣、万古蟾、万超尘、万涤寰,他们受到欧美动画片的影响开始了动画片的实验。1924 年他们加入了长城画片公司,并于 1926 年为长城画片公司制作了第一部人画合成的动画片《大闹画室》。这部动画片讲述了一个画家(万籁鸣饰演)在画室作画,从墨水瓶里跳出来一个纸人跟他捣乱,在画室里大闹一通的故事。接着他们又创作了动画影片《一封书信寄回来》,内容是小纸人把画家寄出去的信的地址改了,信邮寄了回来,弄得画家哭笑不得。1928 年这两部最原始的动画片在上海上映后,引起人们很大的兴趣,万氏兄弟开始受到制片商的青睐。

1931 年后,由于受当时反对日本帝国主义的怒潮和左翼文化运动的影响,万氏兄弟拍摄了配合抗日宣传的动画片。

1940 年,万籁鸣、万古蟾应上海新华联合影业公司邀请,成立卡通部,并创作了我国第一部动画长片《铁扇公主》,1941 年完成并发行。这部动画作品不仅在国内引起强烈反响,还在新加坡、马来西亚和日本受到欢迎。这也是继美国迪士尼的《白雪公主》《小人国》《木偶奇遇记》之后拍摄的第四部大型动画片,标志着当时的中国动画片艺术已经接近世界先进水平。

随后,由于票房很好,万氏兄弟有了创作《大闹天宫》的想法,后因物价飞涨,投资方撤资而未能实施。

(二)辉煌成就期(1949—1965)

1949 年,长春电影制片厂成立了专门拍摄美术片的美术组。1950 年,美术组迁到上海,成为上海电影制片厂的一部分。1957 年,上海美术电影制片厂挂牌成立,万籁鸣、万古蟾、万超尘、金近、包蕾、钱家骏、章超群等一批著名艺术家、文学家纷纷加入。

从此，动画电影以上海为基地，迅速繁荣，1950—1953年该制片厂（当时是上海电影制片厂的美术片组）相继拍摄了《谢谢小花猫》《小铁柱》《小猫钓鱼》《采蘑菇》等动画片。1955年拍摄了经典动画作品《神笔马良》，这部动画片于1956年获得意大利第八届威尼斯国际儿童电影节儿童文娱片一等奖、叙利亚第一届大马士革国际博览会电影节短片银奖、南斯拉夫第一届贝尔格莱德国际儿童电影节优秀儿童片奖。

之后，1958年的剪纸片《猪八戒吃西瓜》、1958年的《小鲤鱼跳龙门》、1959年的《渔童》、1960年的《小蝌蚪找妈妈》都获得成功。特别是《小蝌蚪找妈妈》，这部只有14分钟的动画短片首创水墨动画样式，将每一种小动物都表现得格外传神。1961年该片获得瑞士第十四届洛迦诺国际电影节短片银帆奖，1964年获得法国第十七届戛纳国际电影节荣誉奖。

另一部中国动画的巅峰之作——《大闹天宫》（上、下集）分别于1961年、1964年完成。该片由万籁鸣导演，张光宇、张正宇担任美术设计。该片将《西游记》原著前七回进行改编，讲述了孙悟空出世、借金箍棒、大战天兵天将的故事。该片借助别出心裁的艺术构思和艺术表现手法，使作品的艺术性和思想性得到完美结合。该片先后获得第13届卡罗维发利国际电影节短片特别奖、第22届伦敦国际电影节最佳影片奖等。

这一时期还摄制了大型木偶动画片《孔雀公主》《金色的海螺》《人参娃娃》《没头脑和不高兴》《半夜鸡叫》《草原英雄小姐妹》等。同期，为了介绍中国动画影片成就，上海美术电影制片厂于1960—1962年举办了中国美术电影展览会，先后在北京、上海以及香港等地展出，产生广泛的影响，并在海外也获得极大声誉。

（三）激情回归期（1977—1989）

"文化大革命"结束后，中国动画业从1977年开始重整旗鼓。1979年，代表中国动画又一个高峰的动画片《哪吒闹海》问世。该片获得菲律宾马尼拉国际电影节特别奖、法国布尔波拉斯文化俱乐部青年国际动画电影节宽银幕长动画奖，1980年还作为第一部华语动画电影在戛纳电影节参展。

拍摄于1980年的《三个和尚》是中国传统艺术形式与动画表现手法的一次成功融合。这部动画的故事情节很简单，但其表现手法却独树一帜，很有实验动画的意味。同样，拍摄于1980年的《雪孩子》《老狼请客》也都获得极大的成功。

1981年出品的《九色鹿》是民族艺术和文化传统在动画艺术领域所取得的又一次成功。该作品选取了佛经中的故事，融汇了敦煌壁画及中国古代佛教绘画的风格，在人物形象和用色上实现了一种异域风情的特殊效果，是一部既具有民族美学风格，又非常时尚的动画片。

这一时期的动画呈现出将民族化、多样化、艺术化相结合的特点，如木偶动画片《阿凡提的故事》、剪纸造型的动画片《猴子捞月》、水墨画动画片《河蚌相争》《鹿铃》等。这一时期的动画不仅质量上乘，数量也不可小觑，代表作有《女娲补天》《抢枕头》《海力布》《水鹿》《网》《两只小孔雀》《狐狸打猎人》《好猫咪咪》《愚人买鞋》《黑公鸡》《小鸭呷呷》《人参果》《淘气的金丝猴》《假如我是武松》《蝴蝶泉》《阿凡提的故事之兔送信》《三十六个字》等。

由于电视的普及，1984年出品的动画连续剧《黑猫警长》产生了较大的影响。之后拍摄的系列动画连续剧，如《葫芦兄弟》《邋遢大王奇遇记》等也都非常受欢迎。

（四）面对挑战期（1990年至今）

之前的几个阶段我国在动画领域取得了不错的成绩，20世纪90年代以来，我们虽然面临着国外（尤其是日本）动漫市场的激烈竞争，但是，我们也创作出不少优秀的作品，如1995年出品的《大头儿子和小头爸爸》，2004年播出的《大耳朵图图》，2005年播出的《喜羊羊与灰太狼》等。现在，国家在政策上给予倾斜和扶持，各地企业也不断加大投入，相信我国动画的创作热情会越来越高，路漫漫兮，我国动画人将上下而求索。

二、动画与幼儿

为什么动画会如此吸引幼儿？

首先，动画可以轻松地呈现真人表演、实景拍摄所无法呈现的景观，比如上天入地、夸张变形，而这一特点恰恰符合幼儿喜欢幻想的特点，以及幼儿的"泛灵"观念。

其次,动画因为拍摄制作的特殊性,是从无到有的加法,可以控制画面中的所有元素,摈弃常规电影无法控制的"冗长""芜杂"的信息,逼近所指,即动画可以用简单纯化的方式表现物质世界,简单明了、易于理解。这也符合幼儿的接受特点。

再次,由于幼儿不识字,他们欣赏文学艺术都是通过视觉和听觉共同完成的,而动画恰恰能同时给予幼儿最为生动形象的图像和声音。再加上幼儿有强烈的好奇心和探索欲望,影视这个窗口也满足了幼儿了解世界的愿望。

最后,随着1919年美国动画片中诞生了一个著名的动画角色菲利猫,这个角色很快成为美国连续10年最受欢迎的动画明星。菲利猫成为首个电影开发商品的动物角色,一种以儿童为主要对象的全新的动画片营销模式由此建立起来。1928年有声影片发明后,首个让动画人物"说话"的华特·迪士尼把动画制作流程设计成一条生产线,在严格科学的管理下,创造出一个庞大的动画王国——"迪士尼公司"。迪士尼公司创作了米老鼠、唐老鸭、白雪公主等家喻户晓的动画明星。生动的动画形象吸引着幼儿,再加之与幼儿喜欢的游戏与玩具相结合,动画从此与幼儿密不可分。

三、幼儿动画经典作品推介

(一)国产经典动画影片

《大闹天宫》(上、下集)、《猪八戒吃西瓜》、《小蝌蚪找妈妈》、《哪吒闹海》、《三个和尚》、《九色鹿》、《阿凡提的故事》、《黑猫警长》、《葫芦兄弟》、《邋遢大王奇遇记》。这些动画影片和电视连续剧都是我国动画史上极其经典的作品,也是深受一代又一代的孩子们喜爱和欢迎的作品。这些动画不仅在内容上符合幼儿的认知特点和生活、知识水平,在艺术表现形式上也符合幼儿的接受特点,同时还具有很高的美学欣赏价值。

(二)迪士尼动画系列

迪士尼于1901年出生于美国芝加哥,1966年去世。他的成就不仅仅在创作上,还包括动画产业的经营和行销,其动画除了票房收入之外，还包括周边商品、游乐园等附加的收入。可以说，他把他的动画世界变成了一个无与伦比的动画王国，同时也变成几乎全世界人类共同文化的一部分。

迪士尼最著名的动画是"米老鼠和唐老鸭"系列，米老鼠和唐老鸭也成了迪士尼公司的当家明星。《白雪公主》《小鹿斑比》等改编童话片获得惊人的成功，开启了迪士尼将童话改编为动画的常胜之路。之后陆续推出的《小飞侠》《仙履奇缘》《爱丽丝梦游仙境》等诸多作品都延续这样的路线。《小熊维尼》是迪士尼公司于 1961 年获得版权后改编的于 1966 年推出的动画，其中的角色采用的是动物布偶造型，看起来柔软可爱，深受幼儿的喜欢。故事讲述了维尼和他的朋友之间所发生的有趣的故事，台词既风趣，又充满哲理。

（三）皮克斯系列

皮克斯的动画色彩鲜艳，人物形象设计独特、性格丰满。皮克斯的核心人物分别是：乔·拉恩夫特、史蒂夫·乔布斯、约翰·拉赛特、埃德·卡特穆尔。

皮克斯产品成为艺术品，似乎有着命中注定的天分。早在约翰·拉赛特为这个工作室起名字时，就把像素（Pixel）和艺术（Art）两个单词融合在一起，称为皮克斯（Pixar）。他试图让人们相信，动画电影除了电脑特技外，艺术的创意与非凡的想象力才是最关键的。

这个拥有绿毛怪、大眼仔、挺着肚腩的超人的皮克斯世界，早已脱离了迪士尼早年用动画取悦孩童的路线。这里宣扬着成人世界的命题与价值观：关乎寻找自我身份，关乎友情与亲情，关乎冒险与梦想，关乎小人物的命运。而皮克斯本身的成长故事，就与它所塑造的那些深入人心的动画形象一样，也在孤独的寻路之旅中，秉承着对 3D 梦想的追寻走到今天。

皮克斯大学校长艾力斯·卡尔德曼说："约翰·拉赛特的理念深刻地烙印在每一部皮克斯的动画电影中。从一开始，他就决定要为 2 岁至 92 岁的人创造他们喜欢的电影，这一点从未改变。"这一点似乎与幼儿文学作为独特的文学样式不谋而合，即幼儿文学也是 0—99 岁的人都可以阅读的文学样式。

1995 年，《玩具总动员 1》作为动画史上第一部 3D 动画片上映，在全球获得了近 4 亿美元的票房。此后，几乎每一部皮克斯推出的动画片，都在影院市场获得空前的成功。《海底总动员》《怪兽电力公司》《飞屋环游记》《小锡兵》《鸟！鸟！鸟！》《大眼仔的新车》《跳跳羊》等影片从故事选材、脚本创作直至人物刻画、技术雕刻，都充满了创意。

（四）《樱桃小丸子》

《樱桃小丸子》是改编自日本漫画家樱桃子的同名漫画，于 1990 年开始在富士电视台播出。故事以主角小丸子为核心，描写家人与同学之间发生的有趣事情。该片不论人物造型还是对话都充满趣味性和儿童的纯真,故事大多与孩子生活经验相近,风格清新幽默,深受孩子们的喜欢。

(五)"托马斯小火车"系列

"托马斯小火车"系列是英国动画片,根据英国作家瑞福·奥德瑞的作品《铁路系列》改编而成。"托马斯小火车"系列属于模型动画,以实际制作的模型车辆作为主要动画角色。但是除了车辆以外,其余的人与动物都是静态的。该系列每一集的故事都有专人以旁白的方式来担任主要的叙事者,而旁白还要负责其他角色的声音,因此非常类似讲故事,对幼儿而言极具亲和力。

理论与实践操作

看一个系列的动画片,制订一个班级影评活动计划并实施。

拓展学习书目

[1] 张之路. 中国少年儿童电影史论 [M]. 北京:中国电影出版社,2005.

[2] 蒂姆·莫里斯. 你只年轻两回:儿童文学与电影 [M]. 张浩月,译. 上海:少年儿童出版社,2008.

[3] 郑荔. 儿童文学 [M]. 2版. 南京:江苏教育出版社,2009.

关于这一节，请留下你的建议吧，谢谢！

第四章

幼儿文学实践篇

第一节　幼儿文学各种文体的创编

本节导读

本节针对不同的文体提出了具体可行的创作和改编要求及方法，是对幼儿文学各种文体知识全面学习后的提升。

小组探讨

1. 你喜欢哪种幼儿文学文体？为什么？
2. 你认为不同年龄段的孩子喜欢的文体会有差异吗？

一、幼儿诗歌的创作

幼儿诗歌的接受主体是幼儿园的孩子，他们大多不识字或识字较少，阅读能力非常有限，也不具备自我选择的条件，他们欣赏诗歌主要靠听成人（教师或家长）念诵、吟唱，靠听觉感知，然后自己学着念诵、吟唱。这一时期的幼儿天真幼稚、活泼单纯，他们的主要活动是游戏，他们以游戏的心境介入社会，以游戏的心境认识自然，同样以游戏的心境接触文学、接触诗歌。他们爱好的是"快乐"的文学，他们喜欢的是"好玩"的作品。因此，从总体要求上来说，在幼儿诗歌创作过程中创作者应通过运用多种表现手法来与幼儿"快乐""好玩"的游戏精神相吻合。

具体而言，幼儿诗歌的创作应注意以下几点。

（一）好听

好听是针对诗歌的语言而言的，它有以下两层含义。

1. 浅显明白

幼儿诗歌是听觉的艺术，如果幼儿连听也听不懂，他们就会对诗歌失去兴趣。幼儿诗歌的语言是"浅语的艺术"，因此应浅显明白，让幼儿一听就懂，如刘饶民的《春雨》：

滴答，滴答，
下小雨啦！
种子说：
下吧下吧，我要发芽！
梨树说：
下吧下吧，我要开花！
麦苗说：
下吧下吧，我要长大！
小朋友说：
下吧下吧，我要种瓜！
滴答，滴答，
下小雨啦！

这首诗歌中用的几乎都是幼儿的口语，朴实无华，幼儿一听就懂。同时，诗人在结构和韵律上很用心，用简单的语言为我们构筑了一幅声音的图画，反复手法的运用让该作品诗歌味十足、形象鲜明，非常适合幼儿朗诵。

2. 优美动听

优美动听是针对诗歌的音乐性而言的。幼儿诗歌要有鲜明的节奏、和谐的韵律，要念起来朗朗上口，不但要让幼儿听得懂，而且要让他们能吟唱，如张继楼的《小蚱蜢》：

小蚱蜢，学跳高，
一跳跳上狗尾草。
腿一弹，脚一翘：
"哪个有我跳得高！"
草一摇，摔一跤，
头上跌个大青包。

这首幼儿诗歌采用七字句式（在诗歌中，两个三字句相连于一个七字句），都是四音步，句句押韵，短短几句就勾勒出一只有趣的蚱蜢的样子——这实际上是一个自信又淘气的幼儿形象，

很合幼儿口味。

（二）好玩

一首诗歌要想让幼儿觉得"好玩"，一般应具备以下两个特点。

1. 游戏性

幼儿诗歌中有很多是游戏诗，游戏和诗歌一经结合，幼儿玩赏的兴致就会更加高涨，如张佩玉的《手指歌》：

两个拇指，
弯弯腰，
点头笑。
两个食指，
变公鸡，
斗一斗。
两个小指，
勾一勾，
做朋友。
两只手掌，
碰一碰，
拍拍手。

这是一首幼儿玩手指游戏时念的儿歌。手指游戏是一人或几人一起玩的游戏，幼儿利用手的特征，做出各种动作，变化出诸多形象。孩子边念边玩，当念到"碰一碰"时，他们就会从心里发出"哈哈哈"的笑声，游戏精神也随之飞扬起来。

2. 动作性

一首好的幼儿诗歌往往能激发幼儿参与的欲望，具有让他们活动起来的"煽动"作用，这类幼儿诗歌往往动作密集，可以边念边做、边念边演，如张继楼的《共伞》：

刮风了，下雨了，
幼儿园里放学了。
看一看，谁来了？
妈妈撑着伞来了。
走出门，回头瞧，

屋檐下站着张小宝。

招招手，笑一笑，

伞下多了一双脚。

一二一，齐步走，

踏着水花回家了。

又如圣野的《扮老公公》：

老公公，

出来了，

白胡子，

白眉毛。

点点头，

弯弯腰，

脚一滑，

摔一跤。

一摸胡子掉下了，

乐得大家哈哈笑。

这两首诗歌最大的特点是动作性强，趣味性足，虽然找不出传统说法上的"意义"，但一直以来非常受幼儿欢迎。幼儿一边吟诵，一边演，经常乐得哈哈大笑，并从中得到莫大的快乐。

（三）有趣

幼儿诗歌要能创造轻松的氛围、幽默的格调。这类诗歌中，有一些是表现幼儿天真的童趣、鲜活的想象的，如林焕彰的《日出》：

早晨，

太阳是一个娃娃，

一睡醒就不停地

踢着蓝被子，

很久很久，

才慢慢慢慢地

露出一个
圆圆胖胖的
脸儿。

把太阳想象成娃娃,这非常符合幼儿"万物有灵""物我同一"的心理特点。在这里,"太阳出来"和"我起床"是如此相像,太阳就是"我"的同伴,它和"我"有一种天然的共鸣。

又如高洪波的《小狮子理发》:

小狮子的头发长了,
他到理发馆去理发。
一进门,
他亮亮爪,龇龇牙:
"头发要剪,
胡子要刮!"
乌贼理发师,
忙得汗珠直滴答。
小狮子的胡子——没啦
小狮子的头发——没啦
漂亮的小狮子回到家,
吓跑了亲爱的妈妈……

可爱的小狮子到理发馆去理发,它龇牙咧嘴,亮亮爪子,把乌贼理发师吓得连该问的问题都不敢问了,比如你要剪什么样的发型?你要剪多长?只知道咔嚓咔嚓剪个不停。不一会儿,小狮子长长的头发和胡子都没了。漂亮的小狮子高高兴兴地回到家,却把妈妈吓跑了。通俗易懂的诗句,把小狮子理发过程描述得活灵活现,妙趣横生,很能触动人的情感。

还有一些诗用轻松的口吻、活泼的方式表现较严肃的内容,如金波的《轱辘轱辘圆》:

轱辘轱辘圆,
滚铁环,
摔了个跟头,
捡了一分钱,

买块糖，

想解馋，

吃到嘴里也不甜。

这是一首教育性很强的儿歌，但取材、表现都富有幽默风趣的特点。作者自己说："写这首儿歌的时候，我考虑到它虽然旨在批评孩子的缺点，但不能板着面孔去批评，还应当写得轻松些。我选择了以游戏作为开头，引起孩子们的听赏兴趣，进而写了一连串的动作（滚、摔、捡、买），结尾结在一个与幼儿生活常识相违背的生活现象上（吃到嘴里也不甜），以启发幼儿思考'这是为什么'，从而在行为规范上引导幼儿明确一个是非观念。"

还有一些诗歌对幼儿的缺点作轻度的揶揄和善意的讽刺。张秋生的《半个喷嚏》就是一个经典例子：

这座大楼里，

谁有他娇气？

"啊——啊——"

他刚想打个喷嚏，

正巧奶奶走过来，

问了他一个问题。

由于奶奶的打岔，

他再也打不出下半个喷嚏。

小东西又叫又嚷，

要奶奶赔他半个喷嚏。

他和奶奶怄气，

从早晨一直闹到夜里。

无论奶奶说什么话，

他都噘着嘴巴爱搭不理。

窗外刮起了北风，

奶奶叫他快穿上毛衣。

他却犟着脑袋，

偏偏走到阳台上去。
还没等吃晚饭，
他就又是眼泪又是鼻涕。
老天满足了他的要求，
一连赔了他二十个喷嚏。
小东西患了重感冒，
只因为要奶奶赔他半个喷嚏……

幼儿一般对生活常识知之甚少，加上长辈的宠爱，往往比较任性。作者根据这一现象，创作了这首讽刺诗。诗虽带刺，但幼儿却乐于接受，因为作品不是在训斥幼儿，而是围绕"半个喷嚏"（这个题目本身就很有意思），用极度夸张的手法，构想了一个诙谐有趣的故事，吸引幼儿"欣赏"缺点，让他们在笑声中领悟到：任性怄气是多么不应该，从而达到比正面教育更好的效果。

儿歌与幼儿诗是两种样式，这两种样式各有自身的特点，创作上也有些差别。如儿歌被称为"半格律诗"，更注重音韵美，要"好听"，幼儿诗则偏重情趣，要"易晓"；儿歌更在意动作性，幼儿诗则讲究画面感；儿歌创作多从民歌中汲取营养，幼儿诗创作则更多地从自由诗中借鉴技巧。

二、幼儿童话的改编

按照改编的原则，幼儿童话的改编可以从横向改编和纵向改编两个方面开展。

（一）幼儿童话的横向改编

幼儿童话的横向改编，即从与幼儿童话并列的其他文体（如幼儿寓言、幼儿诗歌、幼儿故事、幼儿散文、幼儿戏剧等）中汲取养分，并将其改编成幼儿童话。

1. 横向改编的前提——明确文体之间的区别

每一种文体都有其成为此种文体所特有的规范和要求。正因为它们之间存在差异，才造就了千姿百态的文学景观。下面我们分别介绍一下幼儿童话与幼儿诗歌、幼儿寓言、幼儿戏剧的区别。

（1）幼儿诗歌和幼儿童话

一般而言，幼儿诗歌更加注重形式，在音律、节奏、词语的排列等方面颇费功夫。此外，幼儿诗歌内容较为单纯，且用语非常简洁，所以有的理论家认为诗歌是"空白的艺术"。而幼儿童话则相对不注重形式，但其内容较为丰富，往往比较注重情节的营造和建构，同时语言也相对繁复。

鉴于幼儿诗歌和幼儿童话的区别，故在改编的时候，就要根据二者各自的特点进行增删。

（2）幼儿寓言和幼儿童话

幼儿寓言是一种讲究寓意的文体。因此，它较为忽略情节的营造以及语言的锤炼。而幼儿童话则是一种以虚构故事为载体的文学样式，强调情节的曲折、新奇。此外，幼儿寓言的写作重在揭示故事下面的寓意，所以，主题往往是这种文体的核心。相对而言，幼儿童话的主题并不是它最为关键的写作目的，它更注重人物的塑造和情节的虚构。

（3）幼儿戏剧和幼儿童话

幼儿戏剧是以人物对话的方式推动情节进展的，故语言以口语为主，且多为叙述性的语言。幼儿童话则以书面语为主，且在情节的推进过程中有较多描述性的语言。

2. 横向改编的方法

（1）增添情节

如若将中国古代寓言《守株待兔》改编成一则幼儿童话，就需要增添很多情节。因为寓言的写作目的是突出寓意，故事本身并不是寓言的写作重点，而童话则刚好相反。因此，改编的时候需增添具体的故事细节。

（2）删除枝蔓

如若将民间故事集《一千零一夜》改编成幼儿童话，就需要删除很多枝蔓情节。民间故事里往往有很多并不适合幼儿接受的内容，因此在改编的时候必须以幼儿的生理、心理以及思维发展状况为基础，删除不适宜或不必要的情节。

（3）改变语言

如若将鲁兵的叙事诗《小猪奴尼》或者普希金的《渔夫和金鱼的故事》改编成幼儿童话，就需要改变语言。幼儿诗歌与幼儿童话在语言方面有很大的区别。相比幼儿童话，幼儿诗歌的语言过于精练和凝练，这就意味着在改编的时候，要改变语言的表达方式。

（二）幼儿童话的纵向改编

幼儿童话的纵向改编，即从原有童话自身的前后发展方面进行改编，比如对古典童话、安徒生童话等进行改编。

1. 纵向改编的原则

（1）把握原作与新作的联系

既然是在原作的基础上改编，那么改编时就不能完全脱离原作，即原作的基本面不能有大的改动，如主人公的名字、外形特征等。

（2）要在原作的基础上有所改动

改编的基点在于"改"，因此在不脱离原作的基础上新作还得与原作存在一定的差别。

2. 纵向改编的方法

（1）续写法

续写，即不改变原作的内容，而在原作的基础上进行续写。采用这种方法时，原作的结尾通常就是续写的起点。经典的例子就是"龟兔赛跑"系列。在第一个故事里，兔子因骄傲自满输给了乌龟，有了第一次比赛，会不会有第二次、第三次、第 n 次比赛？这就使故事有了被续写的可能。

（2）改编四要素法

改编四要素法，即在改编的时候，从环境、人物、情节、主题这四个角度选取一个或者几个对原作进行改编，从而创作出新童话。

我国台湾地区著名童话作家孙晴峰曾对《格林童话》中的名篇《灰姑娘》进行过三种改编：《阿谢与小春》——新版本的灰姑娘；《陆小与乔大》——灰姑娘放弃了王子；《鞋盒的秘密》——王子放弃了灰姑娘。

第一个改编的童话，打破了古典童话中王子和灰姑娘历经艰险最终走到一起的传统构思方式，而是以戏谑的笔调和调侃的方式，把王子费尽千辛万苦救出灰姑娘的情节改成妖怪自动放弃的情节。在第二个和第三个改编的童话中，灰姑娘已经不是一个生活在古代的人了，而是一位生活在现代的，有主见、有想法、心灵手巧的现代人。如果说《格林童话》里灰姑娘是被动地被王子挑选的话，那么在孙晴峰的笔下，灰姑娘则由被动变成主动，放弃了王子，反而选择了聪明机智的王子的侍从。同样，王子也不再仅仅凭一双鞋就决定自己的终身，当找到真正的灰姑娘的时候，他却爱上了一个心灵手巧的做鞋姑娘，并打算与这位姑娘合办一个鞋业公司。在孙晴峰的笔下，故事背景已经从古代变成了现代，人物的性格已经发生了变化，也加入了很多现代元素，主题思想由原来单一的"善有善报，恶有恶报"这样的民间法则变为争取平等、寻求自由等现代观念。

三、幼儿生活故事的创作

由于幼儿最喜欢听故事，因此幼儿园教育的各种活动都广泛地运用故事。语言活动有特定的故事教学内容，社会、健康、科学、音乐和美术等其他各种与幼儿生活密切相关的活动也大量使用故事。这一方面出于工作需要，另一方面幼儿教师与幼儿生活联系紧密，有着得天独厚的创作条件。因此，幼儿教师应当学习幼儿生活故事的创作，也一定能够学好幼儿生活故事的创作。郑春华、李其美、胡莲娟、任霞苓、林玲、余绯、王一梅、苏梅等一批幼儿园教师或曾是幼儿园教师的幼儿文学作家就是榜样。

创作幼儿生活故事，可从以下三个方面着手。

（一）建构故事框架，编写故事情节

幼儿是否喜欢某个故事，关键在于这个故事是否有较强的故事性。所以，创作幼儿生活故事，首先要建构好故事情节。

1. 编写故事提纲

创作幼儿生活故事，应先按照故事的开端、发展、高潮和结局等情节的基本结构，编出层次分明、完整且环环相扣的故事提纲。

编写故事提纲时，要注意考虑故事情节的起承转合，前有伏笔，后就要有照应，开端、发展、高潮和结局的联结要自然顺畅，不能有疏漏和残缺。

2. 以顺序组织情节

幼儿生活故事一般不用倒叙和插叙。顺序的具体表现形式一般分为时间顺序、事件发展顺序、人对事物认识的发展顺序、叙事者的行踪顺序等四种，前两种最为常用。因为按照时间顺序和事件发展顺序来叙述的情节，更容易交代清楚故事的来龙去脉，故事的线索清晰，符合幼儿认识事物的基本规律。

3. 设置悬念，构造情节

给故事设置悬念，卖个关子，使情节波澜起伏、曲折生动，可避免平铺直叙、一览无余，易于吸引幼儿容易分散的注意力。

采用"巧合"的方法，即利用生活中的偶然事件来构造情节，以偶然表现必然，既"巧"——偶然，又"合"——必然，使情节发展既在意料之外，又在情理之中，富于戏剧性，妙趣横生，给幼儿以快感。

例如，列夫·托尔斯泰的幼儿生活故事《谢谢你》全文五句话。开端："一个小男孩玩儿的时候，不小心打碎了一只漂亮的碗。"发展设置悬念："谁也没看见碗是他打碎的。"高潮用了两句话："爸爸回来，问道：'谁打碎的？'——'我。'"结局出人意料："爸爸说：'谢谢你，因为你说了真话。'"故事虽短小，基本结构却分明而且完整，环环相扣而且连贯，线索单纯而且清晰，情节一波三折，生动地树立了一个勇于承认错误的小朋友的形象。

（二）采用多种方式，表现幼儿情趣

趣味是故事的基础。对幼儿来说，他们听故事是为了得到快乐。一个好的幼儿生活故事，应当写出幼儿特有的行为、动作、心理、性情、兴趣、喜好、思想和感情等，即幼儿的情趣，这是幼儿生活故事的灵魂。它不同于童年情趣和少年情趣，更不同于成人情趣，它是徜徉于现实世界和幻想世界之中，以自我为中心，赋予万事万物人格的情趣。幼儿生活故事具有了浓郁的幼儿情趣，才会引起幼儿的共鸣，才会让他们喜欢上这些故事。

幼儿生活故事的幼儿情趣，是由幼儿的年龄特征和他们的审美兴趣所决定的。因此，创作时既可写幼儿的稚气，也可写所有社会生活中那些吸引他们的东西。总而言之，幼儿生活故事要富有幼儿情趣，缺少幼儿情趣，就无所谓幼儿生活故事。

1. 运用幻想

幻想是孩子的天性。幼儿的幻想往往是童话式的。表现幼儿现实生活的幼儿生活故事，如果没有写出幼儿爱幻想的特征，就很难有幼儿情趣。

在运用童话式的幻想表现幼儿心理时，可以运用"闪回"的艺术手法，构成真幻交融的幼儿世界，幼儿情趣也就在其中了。

2. 运用多种修辞

由于幼儿认为万事万物都像人那样有生命，而且年龄越小，他们越信以为真，因而创作幼儿生活故事时可以运用拟人的修辞手法去写幼儿所看到的人之外的事物，让拟人化的事物和现实人物共处，使幼儿情趣融在其中。

在幼儿生活故事中，大胆运用夸张的手法，把不起眼的人和事加以放大，凸显其特征，也是使故事更加生动、使幼儿情趣更加浓郁的好办法。

此外，创作幼儿生活故事时，还可运用反复、对比的手法，这样既可以突出重点，又可以增强故事的趣味性。

3. 表现游戏精神

游戏是幼儿日常生活的基本内容和主导活动。幼儿喜欢在扮演、模仿、演绎生活中的角色和情景的游戏中生活，他们的生活总是充满着游戏精神。因此，创作幼儿生活故事时融入幼儿的游戏活动和游戏情景，或者表现幼儿在其他日常生活中具有的游戏精神，能够大大地增强故事的幼儿情趣。

例如，郑春华的"大头儿子和小头爸爸"系列中的《不怕真老虎》，写大头儿子夜晚最害怕大老虎，不敢独自上厕所，更不敢一个人半夜三更出门，他大声说着："我是小头爸爸！我是小头爸爸！""也许大老虎以为这是真的小头爸爸呢，吓得不敢出来了。"他这样说着想着进了厕所，又勇敢地跑到了外面。听到窗口传出小孩子的哭声，他跑去对着窗户缝说："小弟弟别哭，外面没有大老虎的！"他的声音把野猫吵醒了，野猫跑了，他就喊："野猫别逃！没有真的大老虎！"他还赶紧追上去。作者运用童话式的幻想和拟人、夸张、反复、对比等多种修辞手法，真实地表现了幼儿的幻想和游戏精神，使故事具有浓郁的幼儿情趣。

（二）讲究浅语艺术，打磨艺术形象

文学是语言的艺术，幼儿文学是浅语的艺术。幼儿生活故事的浅语艺术，主要表现在它主要使用日常生活运用的口语和幼儿的语言。一方面，幼儿生活故事的接受者不是读者，而是听众；另一方面，幼儿是幼儿生活故事的主要角色，所以，幼儿生活故事在表现幼儿形象时，十分讲究浅语艺术的运用。

1. 让语言浅近直白，形象生动可感

创作幼儿生活故事时，行文可多使用叙述的表达方式，少用

或不用描写、议论和抒情的方式；多用短句，少用长句；多用实词，少用虚词；多用口语，少用书面语：要与幼儿语言发展水平相适应。

同时，还可运用摹状、比喻和拟人的手法，使故事形象栩栩如生、鲜活可感，与幼儿的感知和思维特点相统一。

2. 让语言富有童趣，形象诙谐幽默

首先，运用对比的方式，可将幼儿生活中的稚拙美、纯真美、荒诞美与社会生活中的陈规陋习、成人世界的病态和丑恶相互映照。这样，故事中小主人公具有诙谐、幽默、亲切的形象，幼儿生活故事的童趣就会油然而生。

其次，要让语言富有动感。比如，用人物的具体行动构成故事的矛盾冲突，从而推进故事情节紧凑而快速地发展；用直观的特征（如明显的外部动作和表情）表现人物的内心世界；用动漫的手法（如变形、比拟、象征等方法），凸显形象诙谐、幽默、亲切的特征，从而使故事富有幼儿情趣。

再次，可运用第一人称，让故事中的小主人公直接讲述幼儿自己的生活故事，表现幼儿自己的情趣。

最后，可使用儿化音，让儿化音为表现幼儿情趣服务。儿化音在表示喜爱、委婉的语感，温和的态度，细、小、轻、微的性质和形状等方面，与幼儿的情趣相通，符合幼儿的审美习惯，幼儿对儿化音会感到特别的亲切。

3. 让浅语悦耳动听，形象亲切优美

运用反复修辞法，可使艺术化的语言像音乐的旋律飞进幼儿的心窝，使故事内容在反复修辞法构成的回环往复的语言中经久回响，令幼儿回味无穷。

遣词造句，要注意韵脚、音节，使语言富有音乐性、节奏感，使讲述性的故事语言像儿歌、幼儿诗一样娓娓动听，使幼儿像接触他们接触最早并且始终喜爱的诗歌那样，对幼儿生活故事也感到亲切美好从而恋恋不舍。

童心即诗心。富于幻想的幼儿，对充满诗情画意、趣味盎然、富有浪漫情调、能给他们愉快的直感和美的享受的故事语言尤其喜欢。浅语艺术有诗歌的特质，有音乐的旋律和节奏，有美术的画面和色彩，有舞蹈的优美和灵动。它单纯明快、质朴平实、明白浅显，在生活化、口语化的幼儿生活故事中极富魅力。

创作幼儿生活故事，讲究浅语艺术，在语言上花大功夫，下大力气，才能让幼儿在其中流连忘返。比如郑春华的"大头儿子和小头爸爸"系列故事就十分讲究浅语艺术，因而受到孩子们的欢迎和喜爱。

幼儿生活故事的创作，与所有称得上是艺术的人类精神创造物的创作一样，没有固定的模式。可供借鉴的经验，都是前人的创造，运用时不能生搬硬套，而应从具体的实际情况出发，加以创新。只有这样，所创作的幼儿生活故事才能对幼儿的成长产生现实和深远的影响。

四、幼儿散文的创作

创作幼儿散文，必须转换立足点，打破用成人眼光看问题的定式，要从幼儿的角度出发，用幼儿的眼光去观察事物，特别是要以幼儿的心灵去感受、体会周围的一切。幼儿散文创作应从幼儿的特点出发，考虑他们的心理、兴趣、爱好、思想、感情，在内容选择、形象塑造、语言表达等方面尽可能契合幼儿的欣赏水平，这样创作出来的幼儿散文才能使幼儿听得懂，喜欢听，听后有益。

（一）幼儿角度，确定内容

从幼儿角度去感受生活，就是以幼儿的眼睛和心理来观察、体味客观事物。例如，作家稽鸿写作游记散文《庐山的云》，刚开始他被庐山变幻莫测的云雾吸引，脑海里自然涌出一些感受："云雾弥漫，犹如浪涛奔涌，一时林木尽蔽；风过处，霎时雾消云散，天日顿开……"经过细心思考，他发觉这样写幼儿不会接受，因为这样写不仅语言深奥，而且所写的云雾形象不是幼儿眼里和心里的形象。于是，他再游庐山，并从幼儿的角度去感受云雾，终于写出了幼儿感兴趣的庐山的云：

> 坐在芦林湖边歇息，看着湛蓝的天空，一朵白云向山上一幢红屋子飘去，红屋子不见了，被白云吞没了，一会儿白云又把红屋吐出来，慢悠悠地飞去。

两相比较，可以发现，同是一处云，前者的感受是成人化的，后者的感受是幼儿化的，"吞""吐""飞"几个动词，很自然地体现了幼儿对事物的感受和认识。

从幼儿的角度去感受生活,就会发现可供写作散文的题材很多,如各种花草树木、鸟兽虫鱼,各种游戏活动、人际交往等。关键是一旦将某一事物确定为写作内容,就一定要用幼儿的心理来反复体味,思考幼儿对哪一点感兴趣,哪一点能引发幼儿的心灵感受等。这实际上也就进入了文学构思。

（二）幼儿想象,创造意境

构思幼儿散文除了考虑材料的取舍安排、形象的描写塑造和主题的提炼外,还有很重要的一点,就是创造幼儿能够领会的意境。

创造意境离不开形象。形象越生动、越鲜活,就越能启发幼儿的想象和联想,越能让幼儿获得散文意境提供的优美享受。当然,描写形象本身就离不开想象,而且形象也好,想象也好,都应该是幼儿能感受、能体味的,都应该以幼儿的感觉为基础。

同时,显现的主题也不能超出幼儿的感悟能力,即在构思写作意图时要考虑幼儿的理解能力和接受水平。内容应多少相宜、深浅适当,务使幼儿易于理解、能够读懂。如《圆圆的春天》,作者选取春天池塘富有特征的蜻蜓、青蛙、雨点、游鱼几个具体形象,极凝练地写出它们的动态,并从幼儿的视角,把塘中泛起的大大小小的涟漪比作圆圆的唱片,进而通过联想,把幼儿引到大大小小的圆圈组成的美妙境界里,享受"圆圆的"春天带来的优美和乐趣。《小太阳》也是如此。那"你一瓣,我一瓣"无比亲昵的动人场景,那给姥姥带来"甜蜜""温暖"的两个"小太阳"的巧妙构思,很值得我们学习。

（三）幼儿心理,准确切入

写作幼儿散文时,要找准切入点。叙事类散文常采用简略交代的方式切入。有的用一两句话写明事情起因,或交代时间、地点,紧接着叙写过程,如"姥姥病刚好,我陪姥姥晒太阳……"（《小太阳》）；又如"北京有座卧佛寺,寺院里,娑罗树花开了……"（《大卧佛》）。也有的开门见山,如"男孩子,抬轿子,女孩子,坐轿子,一颠一颠出村子……"（《抬轿子》）。抒情散文有的开门见山,很少铺垫,如"夏天的雨是金色的……"（《夏天》）；有的用特写镜头切入,然后拉为全景,如"小蜻蜓,尾巴尖,弯弯尾巴点点水……"（《圆圆的春天》）；有的用全景镜头切入,然后推到近景,如"大海,蓝蓝的,又宽又远。沙滩,黄黄的,又长又软……"（《项链》）。

（四）幼儿语言,落笔成文

幼儿散文要想吸引和感染幼儿,其语言就要符合幼儿的趣味,用词要浅显、准确、有特色,同时要恰当地使用比喻、拟人等修辞手法及词语重叠等。

例如,《草原上的联欢会》开头一段原稿为:"一场夏雨过后,林中的草地上,多了一些小花朵,还多了一些蘑菇娃娃们的小花伞。"发表时,编辑改了三处:"一场夏雨过后"被改为"下过雨了","林中"被改为"林子里","娃娃们"被改为"娃娃"。这样一改,语言有了幼儿味,幼儿更容易理解。原稿题目是《草地联欢》,太成人化,后来改了几个字就比较具体了。又如《蜡笔》,用词很有特色:"蓝色的大海,灰色的军舰和大炮,明天的'我'长着乱草样的黄胡子,褐色眼睛,脸黑里透红,住的帐篷是草绿色的,带的狗是银白色的。"这些词语色彩感很强,能产生明显的视觉效果,具有很大吸引力。

五、幼儿绘本的创作

一位绘本作家谈创作时说过这样一段话:"例如画一条狗,我把狗涂成黑色。这样就没有必要再写上'这是黑色的狗'。这时在旁边写上什么呢?我只写'狗臭'。"

这段话说明,在绘本中,文字不是图画的说明,图画不是文字的解释。文字与图画的关系应该是相融和互补的。

对于绘本这样一种特殊的儿童文学体裁,不管是文字还是图画,它们的创作都有特殊的要求。

(一)文字要求

绘本分为有文字和无文字两种。后者虽然在书中不出现文字,但是要求创作者事先有个脚本,以便于绘图。

在有文字的绘本中,文字应符合以下要求。

1. 精练准确

绘本中的文字往往要转化成画面,所以文字不可能太长,要精练准确,有色彩感。

2. 要有动感

绘本是用连续的图画来表现故事的,那么绘本中的文字就要有动感,人物、情节、场景都应该有变化。如果文字内容单一,缺乏变化，那么画家就很难创造出生动的形象，画面就容易雷同。例如，《阿木的裤子》（洪祖年设计，詹同画）："吃得嘴巴油光光，一抹抹在裤子上，小狗闻到油味香，咬片裤子尝一尝。"虽然只有四个句子，但文字有韵律，充满了动感、幽默，画家可以此为依据创作画面，因此，绘画中人物的表情、动作也在不断变化，使作品充满了趣味性和幽默感。

3. 要有节奏感

绘本的文字应该是优美的、有节奏感的，这种语言能让幼儿在阅读时受到美的熏陶，同时，带领幼儿进入图画故事这个美的世界。

例如，美国图画故事《快乐的一天》的语言充满了节奏感，可在幼儿阅读时唤起他们心中的韵律：

下雪了，田鼠睡觉了，熊睡觉了，小蜗牛在壳里睡觉了，松鼠在树洞里睡觉了，土拨鼠在地洞里睡着了。

哎呀，它们全醒了。田鼠闻闻，熊闻闻，小蜗牛钻出壳来闻闻，松鼠钻出树洞闻闻，土拨鼠钻出地洞闻闻。田鼠跑了起来，熊跑了起来，小蜗牛背着壳跑了起来，松鼠跑了起来，土拨鼠跑了起来。

它们闻啊闻，它们跑啊跑。

它们停了下来，围成了一个大圈，又笑又跳。

它们发现了什么呢？

该作品语言通俗生动、节奏流畅、优美动听，读起来朗朗上口。

4. 排列方式没有统一要求

在绝大多数绘本中，文字是一个叙述者，恪守职责，默默地承担着和图画一起讲故事的任务，在排列方式上并没有什么具体的要求。

比如，1983年凯迪克奖的银奖之作《山中旧事》（辛西娅·赖兰特文，黛安娜·古德图），在文字的排列上非常地循规蹈矩。"我小时候住在山上，浑身黑煤灰、当矿工的爷爷每天晚上回家时都会亲我的头顶，奶奶会给我们做小麦面包、煮豆子和炸秋葵荚……"一行行回忆的文字，静静地排列在那里，与书上那些朴实无华、温润如细雨般的缅怀童年山中岁月的画面十分吻合。《三只小狼和一只大坏猪》（尤金·崔维查文，海伦·奥森贝丽图）非常大胆地对人们熟知的英国民间故事"三只小猪"进行了改编——三只小猪变成了三只小狼，穷凶极恶的狼变成了猪。虽然故事很离奇，但它的文字并没有像故事那样，而是非常"安分守己"地穿插在让人匪夷所思的画面之间。

不过，也有的绘本里的文字排列非常独特，如排列得歪歪扭扭，或者又大、又粗、又黑，甚至横七竖八地扭曲起来。这时的文字就不仅仅是文字了，它们同时是图画，是情绪，能给读者带来视觉上的冲击。如美国作家维吉尼亚·李·伯顿的《小房子》里面的文字的排列和画面密切联系，其中小房子的秋天，左页文字排列的方式也如同红色的秋叶般轻灵地飘动起来了。

维吉尼亚·李·伯顿是一个很有创意的人，在她的眼中，文字不仅仅是一行行字符，也是图画，"文字图形化"可以说是她的文字排列特点之一。在《淘气的火车头》的两幅对开的画面中，左面一页文字的排列方式与右面一页的画面对称，产生了一种强烈的形式美。那呈"S"形走向的文字，像那条蜿蜒在山丘之间的小路，又像那条翻山越岭的铁道线。为了达到最好的视觉效果，她甚至还会通过削减文字的方式来配合画面。所以说绘本中文字的排列方式也展现了作者的风格。

英国女画家海伦·库柏的《南瓜汤》讲的是一个关于友情的故事：只有猫把南瓜切成片、松鼠搅汤、鸭子加盐熬出来的南瓜汤，才是世界上最好喝的南瓜汤。可有一天早上，鸭子却起了一个大早，去够那把挂在墙上、本不该属于他的汤匙。于是，伴随着"咣啷"一声巨响，汤匙掉了下来，不但画面里的猫和松鼠被震醒了，连我们也被吓了一跳。因为，"咣啷！汤匙劈里啪啦掉下来"几个字突然被放大了，也变形了，好像和汤匙一起掉了下来。这种排列文字的方式，突破了一般绘本的文字排列的方式。

（二）图画要求

1. 构图（版面设计）

通常，创作绘本的第一个步骤就是进行版面设计，就像电影剧本一样，先要把故事的情节分解成若干分镜头，然后再一段一段地画出来。同时要考虑每一个画面该怎样去表达，每幅画面之间应该如何连贯，什么地方转折，什么地方制造高潮，从而使整

个绘本有一定的韵律和节奏。具体而言，要从各个方面仔细推敲，不只考虑画面本身，还要考虑画面与文字的关系，以及每个画面在整本书布局中的位置。此外，还要考虑细节、气氛、戏剧性的起伏、画面的呼应等。绘本的韵律（布局、连贯、呼应）也就是阅读的韵律，因为绘本是用一组图画来讲故事，一个个画面就像一颗颗珍珠，必须要有一根线把它们连缀起来。图画连贯不起来，绘本就缺少了故事性，可读性就不强了。因此这根线就应该是绘本的韵律。如何找出绘本中画面的韵律呢？我们可以把书的每一张翻页连在一起看，即把书拆开，两页两页一张，连起来就一目了然了。例如，《逃家小兔》分别是两张黑白钢笔画，而后是合二为一、一张全景似的横跨两页的彩色跨页，没有文字只有色彩浓烈的想象画面（小兔子变成了兔形鱼、变成了兔形石头、变成了兔形花、变成了兔形鸟、变成了兔形小帆船、变成了兔形小飞人、变成了兔形小男孩）。当我们把画页摊开，一张一张地连接起来，就会发现它的图画是先用两张黑白单页，接着用跨页彩色全景，然后接两张黑白单页，之后再用跨页彩色全景……以此类推，最终形成一个简单明了的阅读韵律。

2. 画法

有些绘本常常直接而且理性地把文字的内容画出来。但是，也有绘本画的是作品内在的含义，即选取一个角度，表达故事内在深层的含义，震撼人心。例如，意大利作家英诺森提的《灰姑娘》把故事的高潮安排在"水晶鞋"被套上灰姑娘脚的一刹那。为了表现灰姑娘的美丽，作者选取了与众不同的角度，进行了很有创意的突破。他把灰姑娘的腿放在整个画面的中央，浑圆修长，膝盖微弯，裙摆轻拉，展现出的是优雅又贵气的美丽的腿，同时配上大家惊讶的脸。这个镜头让人想起《陌上桑》中描写秦罗敷的美丽，没有直接描写，而是通过描写人们见了罗敷以后的种种失态来间接表现，这和荷马史诗中的《伊利亚特》通过描写那些特洛伊长老们见了海伦以后的惊奇与低语来表现海伦的绝世之美的手法有异曲同工之妙。另外，作者在画面的安排上采取从下往上的镜头角度，配合众人惊讶的脸孔，灰姑娘的脚顺势下踩，把套上水晶鞋的刹那，诠释得美轮美奂。

桑达克曾说：图画创作者绝对不能完完全全如实照文本作画，而是必须在文本之中寻找图画可以发挥的空间，然后在文字表达的优势之处，让文字作主宰，这是一种幽默风趣的魔术表演，需要很多技巧和经验，才能巧妙地让韵律延续……

我国台湾地区绘本作家郝广才曾说："一张插图是对文本的一种放大、一种诠释，能让孩子更容易理解文字的意思。"

3. 造型

（1）造型要可爱

绘本绝大部分是为孩子画的，就算有些成人愿意成为绘本的读者，那他们也一定是心中还有童心的成人。幼儿喜欢一切可爱的东西，尤其是可爱的人物。于是可爱就成为给角色造型时尤其应该注意的点。在幼儿文学作品中，即使是故事中的坏蛋，也要坏得让幼儿想笑，要坏得有趣、坏得可爱，不要坏得可怕、恐怖。

幼儿喜欢可爱的造型，那么，什么样的造型才能给幼儿可爱的感觉呢？

① 孩子的造型——头大

一般来说，年龄幼小的孩子常常头部比较大，加上满脸纯真和稚气，想不可爱都难。在绘本中，为了营造可爱的人物形象，孩子的造型基本上就是头大，头与身体的比例比生活中夸张，在1∶2 到 1∶3 之间。例如，安嘉拉茉的《丑小鸭》中，小鸭的头与身体成 1∶1 的比例，显得无邪而又惹人心疼。

② 圆圆的造型

圆圆的造型往往让人觉得可爱。很多动物，尤其是小动物，本身的形态就比较圆，符合幼儿的审美，如小熊、小象、小狗等，它们都是常常被拿来拟人化的绘本角色。

③ 天真的孩童形象

A. 动作要像孩童

动作像孩童，往往就能给人一种可爱感，例如，朱里安诺画的小象——小象的鼻子泡在水里，一脸无辜的样子，动作如小孩一般。

B. 利用与孩童有关联的东西

例如，朱里安诺画的犀牛，身体上加了"大纽扣"，像童装，在犀牛角上画上了"蛋糕"，是孩童爱吃的东西。这些创意虽然是在小地方下功夫，却大大增加了形象的可爱度，有画龙点睛的效果。

④ 方的造型

有时可以用厚重的方块造型制造一种呆呆的拙趣，从而创造

出另一种可爱。比如，艾蜜莉的《爸爸不能去度假》里面的动物，乳牛就是大方块配上小方块，利用方块的厚重感创造了拙趣和可爱感。

（2）根据故事需要塑造造型

《野兽国》刚出版时引起很多人的争论，许多老师、家长感觉野兽的造型不可爱。一般给孩子看的图画都会采用柔和的线条、温馨的色彩，而桑达克的野兽造型用的是锐利的钢爪，尖牙利爪头长角。因此成人比较担心这样的造型会让孩子害怕，不被孩子认同，不适合小朋友阅读。

这是一本讲述孩子发脾气的绘本，表现孩子恐怖、愤怒、痛恨和受挫折时的无助，通过幻想宣泄、消解情绪。因此桑达克使用锐利的线条，而不是柔和圆润的线条，是要表现出一种力量。但是野兽的造型整体上还是肥肥圆圆的，这种圆冲淡了尖牙利爪的锋利，而且，桑达克的野兽造型头与身体的比例大概为1∶2，脚画得特别大，这除了创造出一种力量和厚实感，也让野兽们显露出憨直的趣味。

所以，造型的创造要看故事的需要，不必用固定的格式，不是一味可爱就一定会有好的效果。桑达克的野兽形象打破了人们传统的审美，但一样被幼儿接受，并被他们喜爱。

4. 画出幼儿认同的东西

人们在阅读的过程中，常常会对书中的某个或某几个角色产生认同感，容易把情感投射在书中的角色身上，情感往往会随着情节而起伏。一旦对角色产生认同，人们原有的价值判断、道德标准也会在故事中跟着角色转移。所以在创作绘本时，先要了解幼儿通常会认同什么。幼儿最容易认同的就是和他一样的孩子，或者小动物。这类角色跟他们很接近，他们容易对其产生亲切感，容易认同。

在《野兽出没的地方》里，从书名页开始，我们看到故事的主角是马克斯这个小孩，他自信满满，把巨大的野兽指挥得团团转，他可以任意地惩罚野兽。而那些总是受成人惩罚、无法为自己的生活做主的幼儿，自然会非常欣赏马克斯身上的自信、勇敢，从而产生对角色的认同感。

如果幼儿在故事中找不到认同感，他们就会很快丢下这本书，不再读下去。所以创作者要了解阅读的对象，要明白阅读的本质，才能抓住创作的要旨，画出能激发幼儿认同感的作品。

5. 画面与画面的连贯

在绘本中，画面与画面之间应该是连贯的，必须要有一些线索，让读者可以循着线索，一幅画一幅画地读下去，进入故事。如果画中没有线索，或者线索不明，或漏了安排，故事就很难流畅地发展下去，就会让读者感到脱节。

绘本的创作要从书的第一句话、第一个画面就开始构思，将故事流畅地发展下去，扩展为一连串图画，让画面"流动"起来，这样一直到余味无穷的终点。这样，整个画面就像一串流淌的音符，或者说就像音乐。

绘本是用图画在讲故事，书中的图画最重要的功能就是把故事的情节、内在含义表现出来。好的绘本，即使幼儿看不懂文字，光看图画也能明白故事大概在说什么。所以，绘本的故事并不只靠文字来叙述，而是由图画和文字的有机结合来共同表达的。对无字绘本，虽然书中一个字都没有，幼儿仍然可以从中读出完整的故事，因为创作者已经把文字融进图画里。

6. 主题单纯

大多数成功的绘本都有一个明显的特征，就是主题单纯，即故事有一个中心或有一个主要的问题要解决，所有情节的发展都和这个中心或问题有关。

绘本有长度的限制，不像小说，小说爱写多长就写多长，主题可以非常复杂。例如，汉斯·比尔的《小象欧利找弟弟》，这本书的主题很单纯，就是小象欧利想要一个"弟弟"做生日礼物。象妈妈满足不了欧利的要求，欧利就自己去"找弟弟"。欧利找了鹳鸟、鹿、青蛙、猫、孔雀、蝙蝠、袋鼠、啄木鸟等动物，想和他们做兄弟。欧利努力要变成其他动物那样，比如他想和袋鼠做兄弟，就用桌布给自己身上绑个袋子，想和鹿做兄弟，就把椅子绑在自己头上当鹿角，结果他还是自己，变不成其他动物。但是欧利每一次努力变成别的动物的过程，都强化了找弟弟的主题。幼儿往往在笑声中期待着欧利制造的下一次笑料，而欧利每一次变身的过程都进一步展现了他无邪傻气的可爱形象，也一步一步地强调了主题。

7. 呼应

绘本中画面里的角色可能很多，但往往每一个角色的动作都对应着另一个角色的姿态，可以说没有一个角色的眼神是乱飘的，都是互相回应且有一定含义的。

8. 气氛

绘本中图画的布景要精心设计，要为每一个画面营造统一的气氛，就像一首主题曲贯穿整本书一样。

9. 趣味

一本书不管意义有多好，如果不生动有趣，就很难吸引幼儿的注意力，很难被幼儿接受。过去幼儿文学作品都比较强调教育性，给幼儿看的故事，往往都会蕴含一个道理或一个教训，如《龟兔赛跑》《三只小猪》都是告诉孩子不能懒惰，《狼和七只小羊》《小红帽》是教育孩子不能相信陌生人。而《疯狂星期二》没有告诉读者什么道理。故事是在讲"一群青蛙飞上天"的奇妙故事，没有讲什么道理，更没有什么教训，整个故事充满了幻想的乐趣，让趣味性深入幼儿的心里。

总之，对幼儿来说阅读是一种游戏、一种娱乐，它最大的目的是要让幼儿快乐、感动，不一定要有什么道理。

（三）图画与文字的关系

在绘本中，图画与文字应该是相互融合、相互依存的。

美国作家芭芭拉·库尼说："绘本像是一串珍珠项链，图画是珍珠，文字是串起珍珠的细线，细线没有珍珠不能美丽，项链没有细线也不存在。"

1. 文字和图画一起配合讲故事

例如，艾兹拉·杰克·季兹在《下雪天》中描绘了一个下雪天给黑人小男孩彼得带来的喜悦。其中有这样一个画面，文字写道："他用内八字走路，就像那样："怎样呢？作者没有继续往下说，但他用画面告诉了读者。

2. 文字没说，图画上画出来了

例如，《母鸡萝丝去散步》在画面里叙述了一个文字里没有提到的故事，让文字与图画形成一种氛围相反的对比，让幼儿捧腹大笑。如果只看文字，这本书讲的是母鸡萝丝从容不迫去散步的故事：母鸡萝丝去散步/穿过院子/绕过池塘/翻过干草垛/经过磨面房/钻过栅栏/从蜂箱下面走过去/回到鸡舍，正好赶上吃晚饭。似乎一切都只是一场平常不过的散步，只是母鸡散步的过程中，画面里紧跟着一只狐狸。于是，在图画中母鸡萝丝散步的故事变成了一只狐狸处心积虑想吃掉母鸡的故事。《母鸡萝丝去散步》这个故事真正要讲述的，却是文字之外由画面所叙述出来的故事。

3. 文字与图画说的完全不是一回事

例如,在约翰·伯宁罕的《莎莉,离水远一点》中,文字与图画说的就完全不是一回事。少女莎莉和父母一起来到了海边,这是书中的第一个画面,是一张单页,文字是"莎莉,水太冷,不适合游泳!"听上去像是妈妈在劝说莎莉,画面上也没有什么异样。但从第二个对页画面开始,文字与图画就分道扬镳,不再叙述同一个故事了。你看,第四个对页画面,左面一页是妈妈和爸爸坐在椅子上,文字仍然是妈妈的唠叨:"你可不可以小心一点,不要把新鞋子弄脏。"右面一页的画面上,却是莎莉划着一只小船驶向了海盗船。第五个对页画面,左面一页妈妈和爸爸仍然坐在椅子上,文字也仍然是妈妈的唠叨:"莎莉,不要打那只狗,它可能是一只野狗。"而右面的画面上,海盗正用一把剑逼着莎莉……因为文字与图画各说各的,一个故事也就发展成了两个故事——左面是现实当中的一个故事,右面是莎莉脑海中的一个幻想故事。不过,正因为图文之间存在着一种特殊的关系,在这两个故事之间,还存在一个潜在的、我们看不见的故事,就是现实当中莎莉的故事。

在绝大部分的绘本里,图画与文字呈现出一种互补的关系,二者缺一不可,具有一种交互作用。文字可以讲故事,图画也可以讲故事。佩里·诺德曼在《阅读儿童文学的乐趣》中说:"一本绘本至少包含三种故事:文字讲的故事、图画暗示的故事,以及两者结合后所产生的故事。"

六、幼儿戏剧剧本的改编

幼儿热爱戏剧。无论作为幼儿戏剧的欣赏者还是参与者,幼儿都能够积极、主动地进入戏剧世界。原因有两个方面。一是幼儿的年龄特点。幼儿年龄小,生活中的很多事情他们无法参与,但是幼儿对世界充满好奇,有强烈的探索欲望。于是,幼儿戏剧就很自然地满足了幼儿的需求,可以让幼儿参与到平时生活中无法参与的活动中,从而使幼儿更深刻地体验和感受生活,也使得幼儿在参与中获得成长。二是幼儿戏剧是游戏的深化。幼儿喜

欢游戏，游戏几乎是幼儿生活的全部。因此，在改编幼儿戏剧时，不仅要遵循戏剧改编原则，同时还要遵循幼儿的身心发展规律。

（一）遵循戏剧改编原则

1. 慎重选择原作

慎重选择原作是能否改编成功的前提。改编狭义的幼儿戏剧，一般会选择那些线索比较单纯、情节完整连贯、人物形象鲜明、矛盾冲突较为突出的故事，因为改编它们并搬上舞台比较容易成功。而改编广义的幼儿戏剧，选择原作时不仅要考虑故事情节是否适合幼儿在幼儿园、家庭非正式舞台上表演，还要考虑表演的道具是否易于获取、制作和操作。例如，《木偶奇遇记》就适合专业的剧团进行改编表演，因为其中复杂的场景布置、变换，以及道具制作只有专业剧团可以做到。

2. 把握剧本改编的规律

改编是一个再创作的过程。改编时既要尊重原作的主题、情节、人物，不宜随意增删，又要根据演出的要求进行必要的改动。改编剧本的规律主要包括两方面。

（1）原作的叙述性内容要尽量转换为人物的台词、动作和舞台提示

人物台词分为独白、旁白、对白，可以根据改编剧本的具体需要选择性地使用。台词的转换还要注意遵循幼儿的年龄特点。一般情况下，对于小班和中班上学期的幼儿，最好把叙述性的语言转换成旁白或独白，少量转换为角色的对白。而对于中班下学期和大班的幼儿，则应尽量将叙述性的语言转换成对白。比如谢华的童话《岩石上的小蝌蚪》的第一自然段是一段叙述的语言：

一个绿油油的小山坡上，有一块光秃秃的大岩石。一天，下了一场大雨，岩石上一个凹下去的地方积了水，就像一个浅浅的小水塘。在这小水塘里，忽然来了两只小蝌蚪，身子一扭一扭，尾巴一摆一摆，两只黑晶晶的小眼睛，东看看，西瞧瞧。

改编如下：

地　点：绿油油的小山坡上。

时　间：快到中午。

角　色：小男孩、两只小蝌蚪、小花狗、大花鸭。

幕启后，（画外音）小哥哥今天上午在小河边捞了两只小蝌蚪。（在画外音中小男孩双手做捧着东西的样子跑上台。）

小男孩：（四处寻找状）诶，这块大岩石，太棒了！昨天下了大雨，岩石上这个凹下

去的地方积了水,刚好可以放我的小蝌蚪。(小男孩双手捧着,轻轻放下,然后飞快跑下。)

(小男孩画外音)你们等着,我回家拿个漂亮的杯子来……

(两只蝌蚪开始高兴地在水里跳舞,边跳边唱。)

小蝌蚪甲:身子身子,扭一扭,东看看,西瞧瞧;

小蝌蚪乙:尾巴尾巴,摆一摆,东看看,西瞧瞧;

两只蝌蚪:小哥哥,小哥哥,你快快去,快快回;

我们哪也不会去,就在这里等着你,

等——着——你!

改编时,创作者将叙述性语言转换为舞台提示和人物台词,同时加上了动作辅助表达。

(2)为角色设计典型化的戏剧动作,穿插必要的游戏和舞蹈

改编时,无论对狭义的幼儿戏剧还是广义的幼儿戏剧,都需要为角色设计相应的戏剧动作。例如,在上面《岩石上的小蝌蚪》的第一自然段的改编中,就将小蝌蚪游来游去的叙述性语言,转换成小蝌蚪边游边唱的歌词,穿插了舞蹈动作。在幼儿园和家庭中开展幼儿戏剧活动也要遵循最基本的戏剧原则,只是幼儿园和家庭中开展的幼儿戏剧活动从改编到表演更强调幼儿戏剧的游戏性,因为开展幼儿戏剧活动的最终目的是帮助幼儿健康成长,而不是为了演戏而演戏。对于幼儿而言,是为了游戏而演戏,因为演戏好玩儿。

3. 把握规范的剧本格式

剧本的书写格式要规范,这也是改编剧本的关键。以下是一个剧本的基本范式。

剧　名

作者名

人物:

A(主角):基本描述(年龄、职业、个人爱好等)。

B:与主角的关系及基本描述。

C:与以上人物的基本关系及基本描述。

时间：某年某月某日。

地点：某地。

　　第一场

　　（小白兔高高兴兴跑回家，发现门口有个影子，他藏在大树后悄悄地观察）——舞台提示

白兔妈：（着急状）小白兔——快回家啦！（角色对话）

小白兔：（从大树后跳出来）妈妈，我在这儿呢！（角色对话）

正文 …………

（剧终）

（二）遵循幼儿的身心发展规律

1. 保持戏剧的童趣

保持戏剧的童趣是指在整个戏剧活动中，无论是剧情改编的游戏性、角色台词设计的韵律化，还是表演动作的夸张设计，都要体现趣味性。

2. 增加幼儿参与度

增加幼儿参与度就是关注每一个幼儿的身心健康成长。在幼儿园要让更多的孩子参与到幼儿戏剧活动中去。而原作中可能只有有限的角色，例如，在汤素兰的笨狼系列故事的节选《半小时爸爸》中，角色一共只有三个。怎么办呢？可以采取增加角色的方法，但这就意味着要改编情节。无论增加角色，还是改编情节，一般都不宜改变原作的主题，情节的改编要紧紧围绕主题。若增加角色，主角应不变。

理 论 与 实 践 操 作

1. 根据本节讲述的各类幼儿文学体裁的创编方法，选择你最喜欢且最希望尝试的一种去体验一下。

2. 思考对于一篇幼儿文学作品而言，是否有不同的创编方法。

拓展学习书目

王瑞祥. 儿童文学创作论［M］. 杭州：浙江大学出版社，2006.

第二节 优秀幼儿文学作品的选择方法

本节导读

本节主要介绍选择优秀幼儿文学作品的基本方法,具体操作中,可结合个人的爱好、需要,选择符合自己要求的幼儿文学作品。

小组探讨

用选择优秀幼儿文学作品的方法选择一篇幼儿文学作品,并分析其优秀之处。

选择优秀的幼儿文学作品对父母和幼教工作者来说是一项非常重要的工作。何谓优秀幼儿文学作品?幼儿所处的状况不同,选择者的理念、所具备的幼儿文学素养不同,选择的方法肯定也各不相同。在这个快餐文化盛行的时代,人们常常无暇静下心来真正提升自我,只想直接获取快速成功的秘诀。但是,教育没有捷径可走,幼儿教育也是如此。每个孩子都是一个珍贵的个体,个体的差异决定了因材施教的教育方法。教育家汪懋祖曾说:"欲确立选材标准,必深究儿童生活、教育原理;又须具有文学训练、方言知识。"此说法虽然不一定全面,但指出了确立选材标准所需要的知识结构与实施途径。当然,优秀幼儿文学作品选择与评价的标准是一个持续不断发展的过程。

一、主题:充满儿童精神

树立正确的幼儿观和幼儿文学观是选择优秀幼儿文学作品的基本保证。不同的理念,决定着不同的选择行为。朱自强曾说:"儿童有自己的精神世界,这个世界并不完全是成人想象的那种天真、稚拙和不成熟,那里有顺理成章的离奇与夸张、活泼与想象。用幼儿的眼睛去看待世界,收获的将是五彩缤纷。"儿童精神具体表现为游戏精神和创造精神。

(一)游戏精神

幼儿在文学的世界里最自由,因为当"工作"不再受威胁和强迫的时候,就能陶醉和享受"工作"。这里的"工作"就是游戏。

（二）创造精神

爱因斯坦曾说过："想象力比知识更重要，因为知识是有限的，而想象力概括着世界上的一切，推动着进步，并且是知识进化的源泉。"幼儿文学是诗一般的、充满梦幻的艺术，在这个广阔的天地里，孩子们可以随意展开想象的翅膀，自由翱翔。

二、内容：符合幼儿发展需要

符合幼儿发展需要，即不要站在成人的视角居高临下地揣测、曲解幼儿的需要。幼儿有了解世界的需要，神奇的世界吸引了他们，使他们产生强烈的好奇心，所以他们知道的或不知道的，都是他们想探寻的。优秀幼儿文学作品的内容一般具备以下特点。

（一）给幼儿带来快乐

幼儿文学的启蒙作用是在"有趣"的前提下实现的，幼儿文学是幼儿在快乐中接受的。优秀的幼儿文学作品常常充满欢乐明朗的色调，充满幼儿情趣。幼儿文学给幼儿的"益处"正是在不经意间自然地流泻"乐趣"，吸引孩子们如痴如醉于其间。

（二）给幼儿永恒的爱

黄云生曾说："幼儿文学从创作之初，就充满了爱的初衷，作者们怀着爱意和责任感，回避着现实社会中的政治、战争、暴力、欺诈、色情等内容，以细腻而博大的爱呵护着孩子们的成长，丰富着孩子们的精神世界，使爱继续永恒。"幼儿文学作品中所表现的爱是博大的、深邃的。优秀的幼儿文学作品不仅能让孩子们理解爱的博大与深邃，懂得爱别人是快乐的，同时也能让孩子们学会体验被爱的幸福。

三、表达：浅与深的结合

这里的"浅"是就语言表达的角度而言的，即林良所说的

"浅语的艺术"。而"深"则是指在浅显的语言里表达的对人生最深切的关注,就如方卫平说的:"童年不仅仅只是幼稚的、不成熟的,还联系、融合着历史的古老、现代的年轻和未来的无限可能。"

幼儿文学作品的浅与深的结合有时还会产生一种幽默的效果。幽默对幼儿形成开朗活泼的个性会起到帮助作用。幼儿文学的幽默重在营造欢乐的、滑稽的、机智的艺术氛围,为幼儿从小播下幽默的种子。

幼儿文学是一种具有独创性和高度艺术智慧的美学。认识和发掘幼儿文学的美学价值和潜力,是当代优秀幼儿文学作品所给予我们的在选择上的又一个启示。

四、选择优秀幼儿文学作品的其他建议

(一)利用幼儿文学理论知识选择

许多成人自身的幼儿文学素养不够,严重影响了他们对优秀幼儿文学作品的选择。成人可以采取收看、参加相应的讲座培训的方式自我提高,以便更好地选择幼儿文学作品。另外,本书对不同体裁的幼儿文学作品的理论介绍和示例分析,也可供家长、幼儿教师选择幼儿文学作品时参考。

(二)慎重对待市场的广告宣传

面对市场上各种各样的广告宣传,家长和幼儿教师不要盲从,要在深入、全面了解的基础上,谨慎选择幼儿文学作品。

(三)请教专业人士或参考相应的正式获奖的书目

图书市场上琳琅满目的图书,会令很多家长感到茫然,不知买哪些好。对此向大家介绍两种方法:一是向专业人士咨询,将自己的需求特点告知专业人士,得到较有针对性的建议;二是从目前国内外儿童读物的专业大奖获奖名单中选择适合自己孩子的图书。这些专业大奖主要有以下几种。

1. 国外著名儿童文学大奖

(1)国际安徒生奖

这是目前世界儿童文学界公认的最高荣誉,因其独特的地位,人们常常称它为"小诺贝尔奖"。国际安徒生奖由国际儿童读物联盟于1956年设立,每两年进行一次评选,授予儿童图书作家和插图画家,奖励并感谢他们创作的好书。这个奖项由丹麦女王玛格丽特二世赞助,并以童话大师安徒生的名字命名。

（2）纽伯瑞儿童文学奖

纽伯瑞儿童文学奖又称纽伯瑞奖，这是美国的童书大奖，奖励的对象是在美国出版的英语儿童文学作品。由于长期形成的知名度和权威性，它在世界儿童文学界的地位仅次于国际安徒生奖。

纽伯瑞儿童文学奖由美国图书馆协会于1922年设立，每年进行一次评选，鼓励作家为孩子们创作优秀作品。这个奖项以18世纪英国著名出版家纽伯瑞的名字命名，这位出版家因开创了现代英美儿童文学的发展道路而被誉为"儿童文学之父"。纽伯瑞儿童文学奖不奖励绘本作品，因为美国图书馆协会为绘本专门设立了另外一个奖项，那就是著名的凯迪克大奖。

（3）凯迪克大奖

凯迪克大奖由美国图书馆协会于1938年设立，每年进行一次评选，授予在美国出版的优秀绘本，鼓励创作者为孩子们创作优秀的绘本。这个奖项以19世纪英国伟大的插画家鲁道夫·凯迪克的名字命名，这位插画家是现代儿童绘本的先驱。

美国图书馆协会每年从上一年美国出版的数万本绘本中选出一名首奖和三名杰作，并颁发奖章。凡是得奖作品，封面上都贴有凯迪克先生的著名插画"骑马的约翰"奖牌贴纸，金色贴纸表明为首奖（我们称其为金奖），银色贴纸表明为杰作（我们称其为银奖）。凯迪克大奖代表绘本界的至高荣誉，可谓绘本的"奥斯卡"奖。

（4）格林威大奖

格林威大奖是由英国图书馆协会于1955年为儿童绘本创立的奖项，主要是为了纪念19世纪伟大的童书插画家凯特·格林威女士。英国格林威奖设有"格林威大奖""最佳推荐奖"和"荣誉奖"。格林威大奖虽然是英国儿童绘本的最高荣誉，但得奖者却不仅限于英国的插画家，除鼓励英国本土的创作人才之外，该奖亦不忘兼顾国际性。

2. 国内著名儿童文学大奖

（1）全国优秀儿童文学奖

全国优秀儿童文学奖是由中国作家协会主办的奖项，是国内具有最高荣誉的文学大奖之一。该奖每三年评选一次，评选的体裁十分广泛，获奖作品一般不超过 20 种。该奖的评选标准坚持思想性与艺术性完美统一的原则，兼顾儿童文学中幼儿、儿童、少年三个层次。

（2）冰心奖

冰心奖创立于 1990 年，以备受爱戴的冰心的名字命名，得到了国内外文学、出版等各界人士的大力支持。多年来，它由最初的单一儿童图书奖，发展为包括图书、新作、艺术等奖项的综合性大奖，目的在于鼓励儿童文学作品的创作出版，发现、培养新作者，支持和鼓励儿童艺术普及教育的发展等。

（3）宋庆龄儿童文学奖

宋庆龄儿童文学奖成立于 1986 年，由宋庆龄基金会、团中央、中国作家协会等单位主办，早期奖金部分来自巴金、冰心等作家的捐助。它以宋庆龄益善、益智、益美的儿童教育观为指导，坚持主旋律和多样化、思想性和艺术性的统一。其宗旨为：通过表彰一批优秀作家作品，鼓励儿童文学的创作，扩大儿童文学的影响，推进新世纪儿童文学的繁荣和发展。该奖每两至三年评选一次，在社会上产生了积极的影响。该奖设有特殊贡献奖、新人奖、大奖作品、佳作奖等。2005 年，该奖项并入中国作家协会主办的全国优秀儿童文学奖。

（4）陈伯吹国际儿童文学奖（原陈伯吹儿童文学奖）

陈伯吹先生是我国著名儿童文学家、教育家，1981 年，他捐资设立由少年儿童出版社主办的"陈伯吹儿童文学奖"，2014 年该奖更名为陈伯吹国际儿童文学奖，以表彰世界范围内对儿童文学事业作出卓著成绩的儿童文学创作者、儿童文学工作者和相关人士。

理论与实践操作

1. 每位同学选择一首自己喜欢的儿歌，并陈述选择它的原因。（注：全班同学不要重复）

2. 请以小组讨论形式选出组员公认适合幼儿的一首幼儿诗、一则幼儿故事或一本绘本，并陈述选择的理由。

拓展学习书目

[1] 黄乃毓. 童书是童书 [M]. 南昌：二十一世纪出版社，2009.

[2] 黄乃毓，李坤珊，王碧华. 童书非童书 [M]. 南昌：二十一世纪出版社，2009.

[3] 朱自强. 经典这样告诉我们 [M]. 济南：明天出版社，2010.

关于这一节，请留下你的建议吧，谢谢！

第三节　幼儿文学作品的家庭阅读方法

本节导读

古人有言"至乐莫如读书",阅读是人心的第一道曙光。父母是孩子的第一任老师,父母的引导和阅读习惯将会影响孩子阅读习惯的养成。本节旨在帮助家长树立正确的阅读理念,掌握正确的阅读策略,用书籍塑造孩子的灵魂。

小组探讨

1. 家庭阅读与学校教育之间的关系是怎样的?
2. 家庭阅读与幼儿成长之间的关系是怎样的?

一、家庭阅读的要求

为了更好地开展家庭阅读,让孩子爱上阅读,家长们应该注意以下几条要求。

（一）树立正确的幼儿文学作品阅读观

家长要从心底里认可并尊重幼儿文学作品,并且不过分强调幼儿文学作品的教育功能。有的家长总是认为幼儿的文学作品过于浅显,自己不屑于阅读。持这样心态和看法的家长无法从内心进入幼儿文学作品,对幼儿文学作品的理解也不会真正深入和正确。这样,一方面会在无形中给孩子带来一种不良的心理暗示,即这个作品并不值得去阅读,从而导致幼儿对阅读作品的兴趣逐渐减小;另一方面,也很难做到真正平等并充满感情地与幼儿交流阅读心得,从而使幼儿的阅读无法真正获得提高。事实上,优秀的幼儿文学作品是能直抵人的心灵的,它与年龄没有关系。所以家长需要放下姿态,从幼儿的角度感受幼儿作品所传递的美感。

有的家长在阅读后总是试图寻找幼儿文学作品的教育价值,这其实也忽略了阅读本身的意义。阅读是一种强调过程而并非重视结果的活动,关键是看孩子在阅读中情感上是否获得陶冶，而不能过分追求阅读的功利目的，即阅读的具体过程中不能过分强调阅读能使孩子"获得什么知识"，而应该强调阅读过程中孩子是否获得阅读的"快感"。当经历了漫长的阅读过程后，家长希望达到的目的其实也能最终达到——孩子会爱上阅读，进而爱上学习。

（二）购买适合幼儿的书籍

很多家长感叹给孩子阅读书籍的时候，孩子不乐意倾听。出现这样的情况，有可能是家长的讲述方式不吸引人，也可能是书籍超越了幼儿的接受水平，或者是忽略了孩子自身的兴趣爱好。故此，家长要在深入了解孩子的兴趣、了解孩子的特殊性的基础上为孩子选择书籍。一般情况下，0—3岁的幼儿由于年龄的缘故，适合以图为主的书籍，所以可以购买故事情节较为简单且多有重复、色彩对比强烈的绘本。另外，家长也可以结合幼儿的性格特点购买书籍。一般性格内向、害羞的幼儿可以多读一些幽默诙谐、人物表情夸张大胆的书籍；有的幼儿好动易躁，难有安静的时刻，对于这样的幼儿，则可以选择温馨感人的故事，从而让孩子养成良好的倾听习惯。所以书籍的选择是关键的一步。

（三）营造良好的阅读环境与氛围

孩子是家长的一面镜子。想让孩子爱上阅读，家长在家里也要以身作则，自己也要经常阅读，给孩子树立良好的榜样。一方面，家长可以为孩子营造阅读的外在环境，即在家中专门开辟出一个空间来存放孩子的书籍，给孩子制造可以随时方便取阅书籍的外在条件；另一方面，制定家庭阅读守则和计划，家庭成员可以每周或每天在特定时间开展家庭阅读会，家人围坐一起，关掉电视，放下手机，一起拿出书籍阅读，这样有利于孩子养成对阅读的心理期待和良好的阅读习惯。

（四）阅读结束后及时进行交流

积极的反馈能够激发孩子的阅读动机和兴趣。如果家长只单纯让孩子阅读书籍，而不与孩子交流阅读所得，或者不及时解答孩子阅读中产生的疑惑，那么阅读的收效也会大打折扣。久而久之，幼儿阅读的兴趣就会下降。因此阅读后的交流是很必要的。作为家长，首先要认真倾听孩子阅读后的感受，积极并隐性地引导孩子正确理解阅读的内容。注意，这个时候父母的身份不是权威的专家，而是孩子快乐阅读的一个分享伙伴，与孩子是平等的。这样，交谈的氛围就是宽松自由的，甚至是松散的。其次，启发孩子思考并及时给予鼓励。孩子的认识总是有限的，很多时候他们的认识存在一些偏差，甚至没有正确领悟到作者所传递的信息，这个时候家长就可以采用启发的方式让孩子进一步思考。另外，心理学家分析，幼儿对自我的评价能力较低，特别容易受到外在评价的影响并以外在的评价作为自我评价的准绳。故此家长在启发幼儿进一步思考的同时，还要对幼儿的每一个小进步及时地给予正面的鼓励和评价，使幼儿在阅读中感受进步的快乐，产生阅读的成就感，从而让阅读获得良性发展。

二、具体的阅读方法

由于幼儿对文学作品主要是依靠听赏来获得，即依靠成人的力量来完成阅读活动，所以幼儿阅读活动的开展大部分时候需要得到成人的配合和帮助。幼儿期典型的家庭阅读方式是亲子阅读，即在家长的引领下开展阅读活动。

（一）家长朗读式

父母的声音在每个孩子心中都是最美的。孩子在妈妈肚子里的时候就已经开始熟悉爸爸妈妈的声音了。爸爸妈妈的声音能让孩子在心灵上获得巨大的安全感和满足感，如果家长在朗读幼儿文学作品的时候能够绘声绘色，用声音营造多样的故事情境，孩子就能更好地倾听家长的朗读。为此，家长朗读的时候可以尽量注意声音的处理，即声音的轻重缓急、粗细大小的处理。一般情况下，忧伤的文字可以用缓慢低沉的声音来表现，欢快的词句可用高亢、急促的声音来朗诵；性格傻傻的、憨憨的角色的声音可以处理得粗犷、缓慢一点，而聪明机灵的角色的声音可以处理得尖细、急促一点。下面以一篇童话《给狗熊奶奶读信》为例来说明声音的处理可以更好地提升家长的朗读质量，让孩子爱上家长的声音，尤其是朗读故事的声音。

给狗熊奶奶读信

张秋生

邮递员鸵鸟阿姨，给狗熊奶奶送来了一封信。狗熊奶奶是那样的高兴，她盼信盼了好几天，她是很想念远方的小孙子的。狗熊奶奶老眼昏花，她看不清信上说些什么。

她来到河边,请河马先生帮她念一念信。当河马张开大嘴,高声地读了一句"奶奶,您好!"时,狗熊奶奶就不那么高兴了:"他是这样粗声粗气地称呼我吗?连'亲爱的'也不加。这个没礼貌、不懂事的小东西!"当信中说到他想吃奶奶做的甜饼时,狗熊奶奶更不高兴了:"他就这样用命令的口气,叫我给他捎甜饼吗?这办不到!"狗熊奶奶气鼓鼓地从河马先生手中拿回信,步履蹒跚地回家了。

走在半路上,她越来越想小孙子了。正巧,夜莺姑娘在树上唱歌,她请夜莺姑娘把信再读一遍。夜莺姑娘喝了点露水润润嗓子,当她念了第一句"奶奶,您好!"时,狗熊奶奶听了浑身舒服:"小孙子你好!虽然你没用'亲爱的',可是我从语气中听出来了,这比加'亲爱的'还要亲爱……"当念到小孙子想吃奶奶做的甜饼时,狗熊奶奶眼眶湿润了:"这多好,我可爱的小孙子,他没忘记我,连我做的蜂蜜甜饼也没忘记,他是一个有良心的孩子……"

狗熊奶奶乐呵呵地从夜莺姑娘手中接回了信,迈着轻快的步子,回家给小孙子做甜饼去了。

这则童话总共出现了三个主要的角色,一个是狗熊奶奶,一个是河马,还有一个是夜莺。狗熊奶奶年纪很大,朗读她的话时,在声音的处理上总体来说可以相对慢一点、粗一点,但注意在河马和夜莺读信后她的表现是相反的,所以还要注意声音的变化——前者是激愤、生气的语气,声音上要在总体的缓慢、粗重的基础上,还略显高亢、急促;而后面是高兴、轻快的语气,声音上要在总体的缓慢、粗重的基础上,还略显轻柔、优美。而河马的嘴巴很大,朗读他的话时,可直接用粗声粗气的声音。夜莺的嗓音很甜美,朗读她的话时,可将声音处理得清脆、圆润一些。

(二)家长提问式

为了提升幼儿勤于思考、善于观察的能力,家长在和孩子开展亲子阅读的时候,也可以采用提问的方式来进行。尤其是阅读绘本的时候,家长可以向孩子提出相关的问题,如"这幅画画的

是谁啊？""它在干什么？""它遇到什么了啊？"等等。比如阅读绘本《可爱的鼠小弟》时就可以采用提问式。这种方法适用于那些巧设机关、注重细节的书籍，也适用于那些构思精巧、结局出乎意料的故事。家长讲述时可在情节出现逆转的地方戛然而止，向孩子提问："你认为接下来会怎样？"让孩子猜测结局，《1只小猪和100只狼》也可以采用这种方式。

（三）共同朗读式

当孩子已经具备一定的阅读能力的时候，就可以采取亲子合作完成阅读的方式。采用这种方式时，家长和孩子可以以自然句和段来区分，一人读一句或者一段轮流往下进行；也可分配角色来朗读，即家长和孩子扮演不同的角色，分别朗读对应的内容。采用这种方式时，也应注意声音的轻重缓急、粗细高低的变化。通过共同朗读，父母与孩子间的脉脉温情在家庭中氤氲而生，会极大地鼓舞孩子的阅读兴趣。这种方法适合绝大多数的幼儿文学作品。

（四）表演游戏式

阅读是多元的、立体的学习。在亲子阅读中家长也可以用游戏和活动的方式来实现阅读的目的，让孩子在玩玩演演、画画说说、唱唱跳跳中感受文学的魅力。其中，亲子共同表演故事是非常受孩子喜欢的游戏。通过表演，可以重现书中角色与情节，发挥孩子的想象力，激发阅读的兴趣，延伸阅读行为。戏剧表演作为一种高级游戏，是最受孩子们追捧、最符合孩子内在需求的一种方式，所以采用戏剧表演的方式来开展阅读活动，也是最能获得孩子认可的阅读方式。在与家长共同制作道具、共同表演中，孩子会不知不觉地产生说话的欲望，巩固和强化学得的语言，提高语言使用水平，而且，这个过程还能锻炼孩子的动手能力和空间想象力。阅读，将带给孩子精神的满足，也将促进孩子欣赏、观察、判断、表达、记忆等多元能力的发展。比如美国著名童话作家阿诺德·洛贝尔的《青蛙和蟾蜍》，因为角色相对单一，所以比较适宜家庭表演。

春天来了
〔美〕阿诺德·洛贝尔

青蛙加快脚步，跑上通往蟾蜍家的小路。到了蟾蜍家，他敲敲门，没有人答应。"蟾蜍，蟾蜍，"青蛙大声地叫，"快点起床，春天到了！""瞎扯。"屋子里传来了一个模糊的声音。"蟾蜍！蟾蜍！"青蛙又喊，"太阳出来了，雪在融化了，你该醒来了。"

"我不在家。"那个声音说。

青蛙自己开了门，走进蟾蜍的小屋。里面一片黑乎乎，所有的窗户都关着，所有的窗帘都垂着。

"蟾蜍，你在哪儿啊？"青蛙叫着。

"走开！"那个声音从屋子的一角传来。

青蛙一看，蟾蜍还躺在床上，被子蒙到头上了。

青蛙把蟾蜍推下床，又推出卧房，推到了门外的走廊上。外面的太阳好明亮，晃得蟾蜍直眨眼。

他说："救命啊！我什么也看不见了。"

"别傻了，"青蛙说，"你看见了四月明亮温暖的阳光。也就是说，我们可以开始一起度过这新的一年了，蟾蜍。"

青蛙又说："你想想看，那该多好啊。我们可以在草地上蹦跳，在树林里奔跑，还可以在小河里游泳。到了夜晚，我们就坐在这儿，数着天上的星星。"

"要数星星你去数吧，青蛙，我可没这个兴致。"蟾蜍说，"这会儿，我要回房睡觉去了。"

蟾蜍转身回到屋子里，跳上床，拉起被子，又要蒙头大睡。

"可是，蟾蜍，"青蛙着急了，"你会错过一大堆好玩的事情！"

"那你告诉我，"蟾蜍说，"我到底睡了多久啦？"

"你呀，打从去年十一月就一直睡，睡到现在了。"青蛙回答。

"这么说，我再多睡一小会儿，也不要紧。"蟾蜍说，"等过了五月半，你再回来，把我叫醒好了。再见，青蛙。"

…………

分析这个故事，我们发现它多用对话来推动情节，便于开展表演。另外该故事角色较少，适合家庭表演。在角色的处理上，青蛙是能干的、聪明的，而蟾蜍是笨笨的、可爱的。扮演的时候表情动作要夸张，声音要洪亮，尽量把不同角色的性格融入表演中。另外，为了增强戏剧效果，家长和孩子可以动手制作简易的青蛙和蟾蜍的头饰，便于更好地进入角色。

家长是孩子的第一任老师，在孩子的生命中，家长扮演着不可替代的重要角色。所以，要想孩子拥有良好的阅读能力，家长必须发挥好引导和陪伴的作用。让我们一起徜徉在阅读的海洋中，用爱心来浇灌幼儿的成长，用书籍来塑造幼儿的灵魂！

关于这一节，请留下你的建议吧，谢谢！

第四节　幼儿文学作品的具体实践方法

本节导读

幼儿往往受阅读能力的限制，不能独自阅读和理解幼儿文学作品，他们接受幼儿文学的方式是"听赏"，因此成人是幼儿文学的第一阅读者，成人对幼儿文学作品的理解和演绎就显得尤为重要。不同幼儿文学作品的文体各具特点，相应地，其演绎方法也各具特色。本节就儿歌、幼儿诗、幼儿故事、幼儿绘本和幼儿戏剧五种体裁进行具体分析，探讨幼儿文学作品的具体实践方法。

小组探讨

以小组为单位在互联网或杂志上找一篇幼儿文学实践教案，讨论分析该教案的可行性。

一、儿歌表演

儿歌是幼儿最早接触、最易接受、顺口易懂的短小诗歌，是活在孩子们口头的文学，能让他们充分地感受到美和乐趣。儿歌表演更是幼儿教师在幼儿园教育教学活动中的重要形式。幼儿教师应该能够根据幼儿的情绪和思维特点，恰当运用语言和体态语技巧，音韵优美、生动形象地表演儿歌。

（一）儿歌朗读

1. 显韵

儿歌的押韵一般表现为双句最后一字的韵母相同或相近，诗行押韵的末尾字叫韵脚，朗读儿歌时要把韵脚读得突出一些，舒展一些，将儿歌的韵律强调出来。例如《小蚱蜢》：

小蚱蜢，学跳高，（ao）

一跳跳上狗尾草。（ao）

腿一弹，脚一翘，（ao）

"哪个有我跳得高！"（ao）

草一摇，摔一跤，（ao）

头上跌个大青包。（ao）

朗读这首儿歌时，要通过突出每个韵脚（即高、草、翘、高、跤、包）将这首儿歌的韵律读出来。这种朗读方法叫"显韵"，否则叫"跑韵"。当然显韵也不要太突兀，要掌握好分寸。

2. 节奏

在儿歌中，有规律地出现一定数量的音节，形成一定数量的节拍，朗读起来就形成节奏。这里的节奏主要体现在语言的快、慢、断、连的变化上，通过它造成情感和情节叙述的紧、急、舒、缓。儿歌在节奏方面比较有跳跃性，常常可以用击掌的方式反映其旋律，朗读时需要适当夸大重音、停连和语气的表现，才能在稳定的节拍中形成明显变化。

3. 变化

变化，即根据儿歌内容作巧妙的语气词安排，增加朗读的趣味。儿歌的构思往往非常巧妙，在恰当的地方增加戏剧化的语气词，可以突出儿歌的表演性，增加其趣味性。

（二）儿歌表演

儿歌表演包括态势语、表情等与声音的有效配合。态势语和表情是儿歌生动化、形象化的保障，恰到好处的态势语还能帮助幼儿理解并记忆儿歌的内容。

在进行儿歌表演时，态势语和表情应简单、夸张、一致。

简单是指动作设计不宜过于复杂，一般应根据内容进行形象化设计，手势的出势和收势要干净利落，符合节拍点。

夸张是使儿歌富有戏剧化色彩的重要手段，也符合幼儿喜欢夸张的心理特点。在儿歌表演中眼神和动作的夸张是初学者需要注意的难点。

一致是指多次表演同一首儿歌时，动作和表情应尽量前后一致。幼儿常常用动作来帮助自己记忆儿歌内容，动作往往是儿歌内容的提示符号，因此前后一致就显得很重要。

二、幼儿诗朗读

幼儿诗比较自由，不像儿歌那样要求句与句之间的音步和节奏对称，甚至不要求押韵。幼儿诗在形式上也比较开放，可以句无定字、节无定行。在朗诵幼儿诗时，要在自然的语言律动中显示出内在的节奏感和音乐美。幼儿诗包括抒情诗和叙事诗两大类。幼儿抒情诗是幼儿心灵的直接袒露，感情色彩明显。朗读幼儿抒情诗时要做到字字含情，尽量吟诵出生活之美、自然之美、童心之美。幼儿叙事诗一般带有浓郁的情感来写人和事。朗读幼儿叙事诗时要尽量用声音塑造不同的人物，读出情节的童趣。

为了让幼儿深刻感受作品的语言美和意境美，同时也给朗读者营造更美的朗读氛围，提倡朗读时运用多种手段辅助朗读，如配乐朗读、配图朗读、表演朗读、分角色朗读等。

三、幼儿故事讲述

故事是深受幼儿喜爱的体裁，幼儿一般都是通过听赏的方式来感受故事内容的，因此成人往往是幼儿故事的第一演绎者。成人怎样才能讲好幼儿故事呢？生动讲述幼儿故事要注意以下几点。

（一）用声音变化刻画人物

人物刻画得好不好是故事讲述是否生动的一个关键因素。有的人讲故事，千人一声，听不出任何的区别，更谈不上对人物性格的刻画，让人听起来平淡无味，毫无吸引力。用声音刻画人物需要在声音的变化上下功夫，即声音要符合人物形象、人物的年龄和性别特点，更要符合其性格特征。讲故事的人可以利用声音的高、低、粗、细、明、暗、虚、实、强、弱、刚、柔、快、慢的变化塑造鲜明的人物形象。

如讲故事《狼和小羊》，故事中两个角色的音色对比比较明显，狼是凶恶、残暴、狡诈、蛮不讲理的成年男性的形象，其声音特点是：低沉、粗哑、说话力度大、蛮横。小羊是温柔、怯懦、较年幼的孩子的形象，其声音特点是：柔、细，语气间透着着急的感觉。如能将这样的发声对比体现到位，故事就能讲得生动有趣。

（二）叙述情节要有张有弛

叙述故事情节要紧扣"讲"字，即要口语化、平实自然。讲述时语气、节奏要随着情节的变化、人物的活动、情感的发展而改变。基本语气是自然、亲切，这样比较容易与幼儿亲近，使幼儿易于接受。叙述情节时语调可以比较夸张，夸张是儿童心理的一个重要特点，也是童话等故事的重要表现手法，在讲述中运用夸张技巧，可以更好地再现故事内容。应用夸张的具体方法是：加大讲述中轻重缓急的对比；夸大对停顿、重音的处理；强调不易理解的词；强调新出现的角色名称。

（三）态势语设计简单有趣

在讲述故事的过程中恰到好处地使用一些态势语，能使故事更加立体和生动。态势语主要出现在人物形象的塑造上，因此动作设计要与人物形象和人物的性格特点相符合。动作表现要到位、收放自如、夸张有趣却不做作。叙述故事情节时手势会运用得较多，如掌式、指式、拳式，但切勿杂乱或过多。

（四）运用互动增添乐趣

讲故事时若只顾自己一味地讲，幼儿往往容易走神。有经验的讲述者会在恰当的地方穿插一些有趣的提问，以增强互动，抓住幼儿的注意力。提问一般可针对刚才讲述的内容，如"他说了什么？""谁出来了？"有的提问能引发幼儿的思考，如问"为什么？"还有的问题可以适当引发幼儿的想象，如"你猜接下来会发生什么？"

四、幼儿绘本讲述

有了一本好的绘本，该如何呈现给幼儿呢？幼儿绘本的讲述主要有幼儿园集体阅读和亲子阅读两种方式。无论用哪一种方式，成人都需要了解相应的讲述方法，使绘本充分发挥它的价值。

（一）先看图再看文

看绘本时成人要习惯首先从图画里去了解故事的内容，注意图画里画了什么，图画的细部与整体有何关联，上一幅图与下一幅图之间如何串联，图与图之间的串联如何铺陈出故事的情节，等等。不忽略画面中的信息，看懂图后再看文，才能得到一个立体丰满的故事。

（二）注重讲述的顺序

绘本的讲述应该从封面开始。封面是预测绘本内容的主要依据。对题目的介绍、对故事内容的猜测并引起幼儿阅读的兴趣，往往都是从封面开始的。例如对《大卫惹麻烦》，在讲述封面时可以这样设计讲述语言：

看，他就是大卫。他在干什么？他坐在墙角，眼睛看着一个时钟。他好像被罚坐墙角了。发生了什么事？大卫惹了什么麻烦？我们一起来看这个故事吧。

环衬是封面与书芯之间的一张纸，通常一半粘在封面背后，一半是活动的，也有人将它称为蝴蝶页。环衬在绘本中有时不仅仅是一张白纸或彩纸，尤其在绘本中，要注意它所带来的信息。如《我爸爸》，环衬上画的是爸爸睡衣的花色，这件睡衣是爸爸在故事中一直穿着的衣服，是作者心目中印象最深的爸爸的形象。如果能引导幼儿去发现，这是一件很有趣的事情。

扉页，又叫主书名页，是环衬之后，正文之前的一页，上面一般写着书名、作者、出版者等。讲述绘本时在扉页部分可以再一次强调故事的名字，以加深幼儿的印象。有的绘本的扉页还有有趣的设计，如《大卫上学去》的扉页，这个穿着裙子，叉着手，站在讲桌前的人是谁呢？不妨让幼儿猜一猜。

绘本的作者有时会将封面和封底画成一个整体，在讲完故事后不妨再把封面封底展开一起看，会让幼儿更进一步体会故事的内容，如《小黑鱼》。还有的绘本故事结局是在封底展现的，如《1只小猪和100只狼》。

（三）巧妙设计讲述语言

讲述绘本可以只照着书上的文字念吗？绘本的文字常常非常简洁，如果只按照绘本文字来讲，常常构不成一个生动的故事，信息量也不够。所以讲述者需要设计个性化的语言。

1. 个性化语言的设计

设计个性化的语言,就是讲述者把自己对图画的理解变成规范完整又艺术化的语言,结合着原书的文字一起呈现给幼儿。有时需要在原来的文字上增加,有时需要适当删减。例如,讲述者向幼儿讲述《大卫,不可以》,讲到封面时,讲述者可以增加对大卫的介绍:

大卫是一个 5 岁的男孩。他长着大大的脑袋、小小的眼睛、三角鼻子,看,还有几颗小尖牙。大卫的妈妈总是说:"大卫不可以。"我们一起来看看,大卫都做了什么,让妈妈总是说这句话吧。

故事中大卫拿着锅具大吵大闹,书中只有一句话:"大卫不要吵。"此时讲述者可以增加以下语言:

大卫最爱玩的游戏是扮演小鼓手。瞧,他把大铁锅扣在脑门上,挥舞着大铁铲敲打平底锅。当当当,我是小鼓手,哈哈哈,看我多神气!妈妈生气地说:"大卫,不要吵!"

2. 讲述者角度的变化

讲述者在讲述绘本时需要小心地选择讲述角度,即确定是用第一人称讲述还是用第三人称讲述。有的绘本用第一人称讲述会让人感觉更有趣味,如《真正的 100% 女巫汤》:

孩子们,你们好,我是考克拉,是一个真正的女巫。今天啊,我来讲一个我自己的故事,是关于胡萝卜大葱土豆汤的奇妙故事。我住在一片美丽的森林里,瞧,这就是我的家。有一年冬天,天气冷得厉害。我听着大风呼呼地吹着,大雨啪啪地拍打门窗,心里十分高兴,我最喜欢这样的天气。哦,在这样的天气里要是能来点热热的浓汤,那可就太好了……

3. 适当的留白

绘画讲究画面的留白,讲述绘本也同样要注意留白,即在讲绘本的每一页时留出一些时间,不点破。

留出时间是因为幼儿需要观察画面。

不点破是指幼儿能用眼睛看到的,就不需要全部用语言讲出来,要给幼儿留出自己体会的过程。

留白的程度是多大,取决于幼儿的年龄和画面理解的难易程度。如讲《疯狂星期二》最后一页:"另一个星期二晚上 7 点 58 分,奇迹再一次发生了……"讲述者不需要讲"猪飞上了天",在讲述者意犹未尽的语气中,幼儿从图画中观察到的景象会令他们自己激动地喊起来:"猪,是猪飞起来了!"

(四)游戏化的互动设计

在幼儿园,讲述绘本通常是幼儿教师面对若干个幼儿讲述。每个幼儿的专注程度不同,幼儿教师需要适当调节讲述氛围,控制讲述节奏,在讲述过程中考虑适当加入互动环节,以活跃现场的气氛,增加游戏性。互动通常包括卖关子似的提问、共同说出故事中重复性的语言、共同完成一个简单的动作等方式。

但要注意,互动的设计要少而精,如果在绘本讲述过程中有过多的互动,会破坏故事的整体性,有时也会降低幼儿的兴趣。

(五)注重讲述的生动性

讲述绘本如果只是干巴巴地念文字,对幼儿的吸引力就会降低。尽管讲述绘本不需要肢体语言的过多配合,但是讲述时的语气和表情仍需符合幼儿喜欢夸张、愿意张扬的个性特点,音色的变化要丰富并有个性,甚至可以巧妙地运用语言节奏押韵等特点来讲述。如《月亮的味道》,原文是:"爬到山顶,月亮近多了。可是小海龟还是够不着。海龟叫来了大象。"在讲述时可以稍作修改,增加海龟的语言:

大象大象,
快到我的背上,
我们一起摘月亮,
摘下月亮尝一尝。

(六)图书翻阅技巧得当

在家庭环境中,亲子阅读是一对一或小范围的,图书摆放相对自由,只要孩子觉得舒服,家长又能看见绘本,双方可以紧紧靠在一起。在幼儿园,幼儿教师要面对集体讲述。因此,第一,要考虑使用大图大字的绘本;第二,幼儿教师持书不能离幼儿太远,幼儿看书的视线不能过高;第三,在讲述过程中,为了便于幼儿观看,绘本常常是背对幼儿教师的,所以幼儿教师对故事内容和画面情景应非常熟悉。

绘本阅读不适合一人面对太多的幼儿，有时不得已也会用多媒体替代绘本，这是一种替代方法。但我们仍强调，幼儿自己翻阅和接触图书是非常重要的体验。因此，应尽可能面对小众进行绘本讲述，最好让每个幼儿都有翻书、摸书的机会。

五、幼儿戏剧活动组织

（一）介绍故事情节

组织幼儿戏剧活动，先要给幼儿绘声绘色地讲述幼儿戏剧的故事情节（剧情），使他们喜爱上剧中的人物，激起他们表演的欲望。然后由成人（幼儿教师、父母等）扮演主角，幼儿扮演配角，进行必要的语言、动作和表情演练。待幼儿对剧情熟悉后，就可以由幼儿扮演主角进行演练了。在演练中，成人可为幼儿做一些示范。这里所谓的示范，不是让幼儿机械地模仿成人的语言、动作或表情（如果这样，就会使演练成为幼儿的一种负担，从而使他们失去乐趣），而是让幼儿体验人物的情感，熟悉人物的对话。只要幼儿能在想象中将自己置身于相应的情境，增加或忽略某些情节、更换台词中的某些词语都是容许的，因为这正是幼儿创造性的表现，应该多加鼓励。

如何让幼儿的戏剧排演回归游戏的本质

（二）设计动作性台词

成人戏剧往往主要通过人物台词（对白、独白）来塑造形象、表现主题，而幼儿戏剧很少有大段对白或独白，它主要通过人物的动作（包括舞蹈）来塑造形象、表现主题。例如，《五彩小小鸡》就是主要靠动作来展开剧情的；《照镜子》的人物形象和主题是靠唱词配合舞蹈动作来表现的。这符合幼儿好动和感情外露的特点。即使是以对白为主的童话剧和幼儿话剧，如《小熊拔牙》《"小祖宗"与"小宝贝"》，台词的动作性也很强，这样便于演员设计动作，吸引好动的幼儿观众。因此幼儿戏剧十分强调动作性语言的运用。

为幼儿戏剧设计动作性台词要注意以下几点：

1. 看得懂

每个动作的意思要清晰明白，即必须让小观众通过人物动作看懂动作的含义。要避免增加不必要的动作，以免分散幼儿的注意力。

2. 幅度大

细微的表情动作，往往不能引起幼儿的注意。《五彩小小鸡》中有这么一段：灰鼠向红蛋一扑，抱住蛋，向后一仰，四脚朝天地抱住蛋，棕鼠拖着灰鼠尾巴就跑。这一系列动作的幅度就比较大，使老鼠偷蛋的形象十分生动。

3. 有变化

单调的动作和缓慢的节奏可能会使幼儿感到厌烦，而连续的快节奏的动作又会使幼儿因过分兴奋而疲劳。因此，动作要有变化，动作节奏也要有变化。如《五彩小小鸡》中，在一系列追回鸡蛋、赶走老鼠的动作之后，是伴随有音乐的孵小鸡动作，节奏是缓慢的，接着又是老鹰捉小鸡的紧张追逐。这种有张有弛、有快有慢的节奏变化，既能使幼儿保持注意力集中，又不至于使幼儿太过疲劳。

在幼儿戏剧的排演中，夸张的表情和形体动作也是使幼儿戏剧产生幽默感的一种方式。需要注意的是：首先，舞台动作要结合幼儿舞蹈动作，使其具有美感；其次，动作的多少要恰到好处，一般不要边做动作边说台词，这样会影响戏剧的表达；最后，不要在说台词的同时，出现背台词的现象。

（三）加入音乐元素

幼儿戏剧中的音乐元素要比成人戏剧中的音乐元素更为突出。幼儿戏剧中的音乐元素主要包括以下两个方面。

1. 台词的音乐性

幼儿戏剧的台词要朗朗上口，最好是韵文，以便幼儿记诵。例如，《小熊拔牙》的台词就十分富于音乐性。幼儿戏剧中的歌舞形式很受幼儿欢迎，因为它动作性强，谱了曲的唱词还能使小观众加深印象。

例如，在《小熊请客》中，谱了曲的唱词经过反复演唱，待全剧结束时，小观众也能跟着唱了。

2. 烘托气氛和人物形象的音乐

幼儿戏剧经常借用音乐来烘托气氛。例如，在《小熊请客》中，每一个小动物出场都伴有相应的音乐。由于幼儿对音

乐的感受力较强，因此烘托气氛和人物形象的音乐有助于加深小观众对剧中形象和气氛的领悟。

（四）搭配上夸张的服装与道具

在幼儿戏剧排演过程中，服装和舞台道具不容忽视。不论是服装还是道具，色彩都要鲜艳亮丽，造型都要立体和夸张。例如，老鼠的造型要突出它的尖鼻子、圆耳朵和细长的尾巴，尖鼻子可以用较硬的纸张折叠而成，使老鼠尖嘴猴腮的特点更真实，细长的尾巴可以用铜丝毛线裹成；小黄鸡的造型可用嫩黄色的金丝绒做成一件帽子衫，那一身绒毛的样子，让人一看就感觉到它的可爱；小熊的造型可用肥大臃肿的连衣裤，那肥肥胖胖、傻得可爱的形象便活灵活现了。

在幼儿戏剧表演中，背景的创设既要注意色彩，又要注意立体感。例如，制作苹果树时，可以将树画成平面的，把苹果做成立体的，这样可以增加真实感。幼儿戏剧中的道具适宜做得夸张一些。比如，在制作童话剧《"妙乎"回春》中小猫拿的一把菜刀时，就不能做成和真实生活中菜刀一样大小，而要做成真实生活中菜刀的三倍左右，这样才能产生喜剧的幽默效果；菜刀的色彩也要引人注目，可以用硬纸壳来制作，外面贴上金色或银色的锡箔纸。

幼儿在游戏中最容易相信假定的前提，这是他们的心理特征使然，毫不奇怪。对幼儿来说，一把椅子可以是火车，也可以是商店的货柜，甚至是医院的手术台。因此，幼儿戏剧中服装道具只要多少有些象征性就够了，比如老人的手杖、解放军的帽子或手枪、小姑娘的花手帕等，剧情都是在想象中发展的，幼儿会明白可以相信什么，不应该去注意什么，从而假戏真做地去进行表演。

作为幼儿最喜爱的文学形式之一，幼儿戏剧能给幼儿带来真正的快乐。而让幼儿快乐，比使幼儿明白一个道理、掌握一个知识点、学会一种技能重要得多。

参考文献

[1] 黄云生. 人之初文学解析[M]. 上海：少年儿童出版社，1997.

[2] 朱自强. 儿童文学概论[M]. 北京：高等教育出版社，2009.

[3] 金波. 幼儿的启蒙文学：金波幼儿文学评论集[M]. 南宁：接力出版社，2005.

[4] 方卫平，孙建江. 1949—2009浙江儿童文学60年理论精选[M]. 杭州：浙江少年儿童出版社，2009.

[5] 林良. 浅语的艺术[M]. 福州：福建少年儿童出版社，2017.

[6] 朱自强. 经典这样告诉我们[M]. 济南：明天出版社，2010.

[7] 丰子恺. 丰子恺文集：艺术卷二[M]. 杭州：浙江文艺出版社，1990.

[8] 朱光潜. 文艺心理学[M]. 桂林：漓江出版社，2011.

[9] 黄进. 游戏精神与幼儿教育[M]. 南京：江苏教育出版社，2006.

[10] 中国作协儿童文学委员会. 光荣与使命：2004全国儿童文学创作会议论文集[M]. 济南：明天出版社，2005.

[11] 张美妮，巢扬. 幼儿文学概论[M]. 重庆：重庆出版社，1996.

[12] 郑荔. 儿童文学[M]. 2版. 南京：江苏教育出版社，2009.

[13] 周忠和. 俄苏作家论儿童文学[M]. 郑州：河南少年儿童出版社，1983.

[14] 班马. 中国儿童文学理论批评与构想[M]. 石家庄：河北少年儿童出版社，2023.

[15] 王国维. 人间词话[M]. 北京：中国人民大学出版社，2004.

[16] 老舍. 文学概论讲义[M]. 上海：复旦大学出版社，2004.

[17] 卢梭. 爱弥儿[M]. 方卿，编译. 北京：北京出版社，2008.

[18] 蒋风. 中国儿童文学发展史[M]. 上海：少年儿童出版社，2007.

[19] 吴其南. 中国童话发展史[M]. 上海：少年儿童出版社，2007.

[20] 韦苇. 外国儿童文学发展史[M]. 上海：少年儿童出版社，2007.

[21] 方卫平，王昆建. 儿童文学教程[M]. 3版. 北京：高等教育出版社，2016.

[22] 王泉根. 儿童文学教程[M]. 北京：北京师范大学出版社，2009.

［23］郑克鲁，蒋承勇．外国文学史［M］．4版．北京：高等教育出版社，2023．

［24］洪汛涛．童话学［M］．合肥：安徽少年儿童出版社，1986．

［25］彭懿．走进魔法森林：格林童话研究［M］．北京：外语教学与研究出版社，2010．

［26］梅子涵．阅读儿童文学［M］．上海：少年儿童出版社，2005．

［27］张之路．中国少年儿童电影史论［M］．北京：中国电影出版社，2005．

［28］林文宝，等．幼儿文学［M］．台北：五南图书出版股份有限公司，2010．

［29］颜慧，索亚斌．中国动画电影史［M］．北京：中国电影出版社，2005．

［30］周杰人，李杰．学前儿童文学［M］．上海：华东师范大学出版社，2009．

［31］松居直．幸福的种子［M］．刘涤沼，译．济南：明天出版社，2007．

［32］郝广才．好绘本如何好［M］．南昌：二十一世纪出版社，2009．

［33］彭懿．图画书阅读与经典［M］．南昌：二十一世纪出版社，2006．

［34］彭斯远．中国儿童文学悖论［M］．长春：时代文艺出版社，2010．

［35］彭斯远．叶君健评传［M］．太原：希望出版社，2004．

［36］王泉根．现代中国儿童文学主潮［M］．重庆：重庆出版社，2000．

［37］朱自强．中国儿童文学的走向［M］．上海：少年儿童出版社，2006．

［38］陈丹辉．幼儿教师语言训练：幼儿文艺作品吟诵与表演［M］．北京：高等教育出版社，2010．

［39］华东七省市、四川省幼儿园教师进修教材协作编写委员会．幼儿文学［M］．上海：上海教育出版社，1987．

［40］王泉根．新时期儿童文学研究［M］．石家庄：河北少年儿童出版社，2004．

［41］于虹．儿童文学［M］．北京：人民教育出版社，2004．

［42］方卫平．儿童文学教程［M］．上海：复旦大学出版社，2015．

［43］朱自强．绘本为什么这么好（上、下）［M］．广州：新世纪出版社，2021．

［44］孙莉莉．在幼儿园，和孩子一起阅读［M］．北京：中国轻工业出版社，2023．

［45］许央儿．论幼儿文学接受的游戏性特征［J］．学前教育研究，2006（06）．